Walter Laufenberg

Ritter, Tod und Teufel

BASTEI
LÜBBE

BASTEI-LÜBBE-TASCHENBUCH
Band 12302

© 1992 Albert Langen/Georg Müller Verlag in der
F. A. Herbig Verlagsbuchhandlung GmbH, München
Lizenzausgabe: Gustav Lübbe Verlag GmbH, Bergisch Gladbach
Printed in Germany April 1995
Einbandgestaltung: K. K. K.
Titelfoto: Archiv für Kunst und Geschichte
Satz, Druck und Bindung: Ebner Ulm
ISBN 3-404-12302-6

Quod fuimus, estis;
quod sumus, vos eritis.

Was wir gewesen sind, seid ihr jetzt;
was wir sind, werdet ihr sein.

1. KAPITEL

Wo ein toter Ritter kniet und betet, völlig regungslos,
und wie lange er das schon aushält

Steh auf, fünfter Diether, nimm deinen Helm unter
den Arm und deine Frau Margarethe an die Hand und
komm heraus aus der Kirche zum heiligen Vitus. Lange genug hast du dort gekniet, versteinert. Zwar mit Schwert
und Dolch an der Seite, mannhaft, aber den Rosenkranz
um die betenden Hände geschlungen wie gefesselt. Schluß
jetzt mit der Demutshaltung! Nach mehr als fünfhundert
Jahren im stillen Gebet – Musterexemplar eines Gläubigen
– sollst du dich uns endlich so zeigen, wie du wirklich warst.
Nimm deiner Frau den Schleier ab und auch den Rosenkranz. Für das Leben an deiner Seite braucht sie bessere
Sicht und mehr Bewegungsfreiheit. Denn leicht gemacht
hast du es ihr ja wahrhaftig nicht. Aber immer schön der
Reihe nach erzählt:
War da ein Dörfchen so hart am Rand der Rheinsenke wie
hart am Rand des Mittelalters. Ganz in der Nähe floß der
Neckar in den Rhein, und es ging auf das Jahr 1400 zu. Die
Leute hatten Angst vor dem Jüngsten Gericht, und das
nicht nur dort in Handschuhsheim. Die Maler malten lieber Totentänze als fromme Bibelbildchen. Überall. Und
die Dichter bedichteten kunstvoll die hohe Kunst des Ster-
bens. Denn der Glaube, der Welten Lauf sei nun vollendet,
war weit verbreitet. Dieses Jahrhundert ist das letzte, sagte
einer dem anderen, wie er es von wieder anderen gehört
hatte. Der Weltuntergang steht unmittelbar bevor. Wohl
dem, der ihn nicht miterleben muß, der das Glück hat,
noch vor dem Jahre 1400 zu sterben. Nicht wenige halfen
deswegen ihrem Glück mit eigener Hand ein wenig nach.

Seit der Mitte des Jahrhunderts, also soweit man sich erinnern konnte, raste die Pest durch Stadt und Land – wie ein Vorbote der apokalyptischen Reiter. Sie war eine ständige Bedrohung für jeden, gleich, ob arm oder reich, ob rechtschaffen oder schurkisch. Was ungewöhnlich gerecht war, ja.

Und doch, es war das kein Leben mehr. Nichts hatte geholfen. Nicht die Geißlerwallfahrt, an der man teilgenommen hatte, blutiggeschlagen und stöhnend, und auch nicht, daß man die Juden zu Zehntausenden verbrannt hatte. Alles vergebens. Kein Mittel taugte gegen die Pest. Wär nur der letzte Tag des Jahrhunderts endlich da, damit die Qual endlich ein Ende hat.

Dabei hätten die Leute in dem Dörfchen Handschuhsheim eigentlich Grund gehabt, sich zu freuen. Ihr Dorf war von der Landesherrschaft zum Flecken erklärt worden. Das war kein geringer Fortschritt. Als Flecken hatte der Ort das Marktrecht. Das heißt, jetzt würde es ein größeres Warenangebot und viele neue Tauschmöglichkeiten geben, was mancher Familie zu einem etwas erträglicheren Dasein verhelfen könnte. Doch wer kann angesichts des Weltendes noch an Geschäfte denken.

Der schaut ja nicht über seinen Tellerrand hinaus, so pflegen wir fehlenden Überblick zu monieren – oft genug zu Unrecht. Gegenüber ganzen Gesellschaften aber gilt dieser Vorwurf zu Recht, nämlich wenn sie unmittelbar vor einer Jahrhundertwende stehen und nicht weiter wollen oder können. Tief sind die Teller der Ängstlichkeit und gewaltig hoch deren Ränder. Was unseren Teller heute füllen soll, am Ende des 20. Jahrhunderts, und ihn doch leer bleiben läßt – Demonstrationskonsum, Drogenseligkeit und Esoterik –, das hieß auf einem früheren Teller Frömmigkeit, Teufelsspuk und Freßsucht: ein dicker, zäher Brei. Kein Wunder, daß unsere Teller auch heute noch von seinen Resten bekleckert sind. Dabei ist das alles längst Historie und brauchte uns nicht mehr zu beschäftigen. Wissen doch selbst die einfallsreichsten Historiker keinen plausiblen Grund zu nennen, warum wir uns überhaupt mit Geschichte abgeben sollen. Zum Daraus-Lernen? Sicher nicht, denn immer kommt es ganz anders, als es damals war. Aber wenn wir schon nicht über unseren Tellerrand 2000 hinaussehen können, so können wir doch wenigstens zurückschauen und damit unserem heutigen Brei einen ganz neuen Geschmack abgewinnen. Wohl bekomm's!

Das mit dem letzten Tag des Jahrhunderts erwies sich als nicht so einfach, wie es sich zunächst anhörte. Wie an jeder Jahrhundertwende entstand unter den Gelehrten ein großer Streit darüber, ob das Jahr mit den zwei Neunen am Ende das letzte sei oder das mit den zwei Nullen am Ende. Eine Frage, so schön unsinnig, daß sie exakt den Geschmack der Zeit traf. Und die gelehrte Disputation verteilte die letzten Spritzer dieser hochgeistigen Zweifelsfrage und ihrer Lösungen bis in den allerletzten halbwegs gescheiten Kopf im hinterletzten Dorf.

So kam man auch in Handschuhsheim über Silvester 1399 ganz gut hinweg, weil man sich damit beruhigen konnte, daß man ja erst in einem Jahr mit dem Schlimmsten rechnen müßte. Und man kam schließlich ebensogut in den 1. Januar 1401 hinein, indem man sich sagte: Der Weltuntergang hätte letztes Jahr um diese Zeit sein müssen, jetzt ist längst keine Gefahr mehr. Wofür doch unsere Fähigkeit zum Problematisieren gut ist! Plötzlich fühlte man sich also schon richtig drin im fünfzehnten Jahrhundert. Und kein Gedanke daran, daß es später einmal heißen könnte: Das fünfzehnte Jahrhundert war des Teufels, weil die Leute damals viel mehr an den Satan dachten als an Gott. Tatsächlich, je mehr die Kleriker sich aufregten und schrien: »Apage, Satanas!«, um so deutlicher war der Teufel omnipräsent und omnipotent.

Mitten in dem Flecken Handschuhsheim stand eine Burg – nicht, wie sonst üblich, auf einer Anhöhe, sondern im flachen Gelände. Wer sich nicht auf einen schützenden Bergkegel zurückziehen konnte im Dauergemetzel des Mittelalters, der grub sich halt in die Erde ein. Eine Tiefburg also. Sie lag inmitten einer mehr als mannshohen Mauer von über hundert Metern Seitenlänge. Darin Gärten und, an die Mauer angelehnt, einige Schuppen. Mittendrin aber stand die eigentliche Burg, umgeben von einem breiten, tiefen Burggraben, der nur in Kriegszeiten wassergefüllt war. An der Südseite führte eine Zugbrücke über den Graben zum einzigen Tor der Burg, durch ein Fallgatter geschützt. Die Burg zeigte ringsum glatte, drei Stockwerke hohe Mauern, von einem aufgesetzten Wehrgang gekrönt, und war damit so abweisend, wie man in diesen Zeiten sein mußte, wollte man überleben. Fast schon wie ein Hohn mußte auf Feinde wirken, daß sich unter dem Wehrgang ein hübsches Bogengesims rund um die Mauern zog, bloß so zur Verzierung, ohne alle Drohgebärde und auch ohne jeden fortifikatorischen Sinn.

Nicht gerade eine Zierde, aber sehr praktisch waren die Aborterker, die an der Außenwand klebten. Was da alles im freien Fall aus luftiger Höhe herab in den Burggraben klatschte – und auch gegen die Burgmauer, das machte den Graben zu einem Garten Eden für Ratten, Schmeißfliegen und all das Getier, das sich unterm untersten Deck von Noahs Arche in unsere schöne neue Welt herübergerettet hatte. Wer sich jetzt vorstellt, wie grauslich es um die Burg herum ausgesehen haben muß – alles voller Klopapier –, der übertreibt ein wenig. Papier war damals ja noch etwas Neues und sehr Rares, gerade erst für wichtige Dokumente üblich geworden. Im Aborterker war kein Papier. Man brauchte keins – und auch sonst nichts. Anspruchslos und selbstverständlich wie die Hunde. Eine Handvoll Heu oder weiches Stroh, das war schon Luxus. Ein Nebenschauplatz der Kulturentwicklung – und Kultur stinkt nicht. Es soll uns so was nicht davon abhalten, uns näher mit den Menschen von damals zu beschäftigen. Denn bis auf solche Kleinigkeiten unterschieden sich unsere Vorfahren nicht von uns. Zunächst aber zurück zum Schauplatz unserer Geschichte:

Die hohen Mauern mit den innen vorgebauten Gebäuden ließen einen Hof frei, und in diesem Hof stand ein vier Stockwerke hoher Wohnbau, das Zentrum der Burg. Er ersetzte den Bergfried, den man eigentlich als die letzte Zuflucht der Burgleute erwartet hätte. Doch konnte dieses geräumige Wohnhaus seinen Bewohnern sicher weit mehr Komfort bieten – benutzen wir einfach mal diesen unpassenden Ausdruck – als so ein Burgturm. Als allerletzten Unterschlupf für den Fall der Eroberung hatte man ja die Keller, mit mächtigen Gewölben ausgebaut, die sich sogar noch unter etlichen Gebäuden entlang der Schildmauer hinzogen. Dort, tief unten, war auch die Tür zu dem unterirdischen Gang, der aus dem Burgkomplex hinausführte. Eine Maulwurfsburg also. Der sie sich gebaut hat, mußte Anlaß gehabt haben, sich so einzugraben. Wir werden uns gelegentlich mit diesem Maulwurf beschäftigen. Zunächst aber mit dem Vater Diethers V., nämlich mit Heinrich V.

2. KAPITEL

Wie erst mal der Vater unseres jungen Ritters
auf die Welt kommen muß, und was dessen Vater
dazu sagt und gegen seine Angst tut

Sich nur nicht verwirren lassen. Klar geht es um Diether. Trotzdem soll hier mit seinem Vater Heinrich begonnen werden. Das Leben eines Menschen ist ja so erschreckend kurz und klein, da muß man, um ihm wenigstens ein bißchen Bedeutung zu geben – und das gilt nicht nur für die Arbeit an einem Roman – auf die Leben rundum zurückgreifen, auf Eltern und Geschwister und Kinder und und und. Stammt doch der ganze schöne Ahnenkult, auch das hehre Traditionsverständnis des Adels, letztlich nur aus der Erkenntnis: Weia, wie ist das Leben schnell vorbei! – Lassen wir es also etwas früher anfangen:

Heinrichs Geburt war unerheblich. Wie jede Geburt. Nun ja, für die Mägde gab es einige Aufregung in der Burg an dem bewußten Tag und für seine Mutter natürlich auch, ging es doch, wie damals noch bei jeder Geburt, um Leben oder Tod. Feinstes Linnen lag schon bereit, in das man das Kind einwickeln wollte. So fängt es immer an. Auch die Weise Frau hatte der Vater holen lassen – gegen den Willen der Mutter. Angeblich verstand die Weise Frau sich nämlich auf Hexerei. Und wie sähe es aus, wenn so eine zu ihnen in die Burg käme, hatte die Mutter geschimpft.

Aber der Vater sah das anders. »Ein Kräuterweiblein ist sie, und deshalb ist sie jetzt wichtig für uns. Sie hat die richtigen Mittelchen, um Schmerzen zu vertreiben und das Blut am Auslaufen zu hindern.«

Damit war die Frage ihrer Konsultation geklärt. Plötzlich war überhaupt alles erledigt. Der kleine Heinrich war da, hatte den ersten Schlag erhalten – zur Einstimmung auf dieses Leben – und den ersten Schrei getan. Das eine wie das andere sollte ihm nicht das letzte Mal passiert sein.

Aber das war es dann auch schon. Das war seine Geburt. Unerheblich, wie gesagt. Gerade nur für seine Eltern von einiger Bedeutung. Sein Vater, Diether W. von Handschuhsheim nannte er sich, war natürlich stolz auf den Stammhalter. Seine Mutter mit dem schönen Namen Metze von Neipperg war glücklich, es hinter sich zu haben. Im übrigen ging das Alltagsleben weiter wie gehabt. Nichts gegen den kleinen, grünen Heinrich, so belanglos fängt es bei jedem an. Ein Kind ist halt bloß ein Entwurf der Natur, kaum mehr. Um wirklich ein Mensch zu werden, braucht es Jahrzehnte. Durchaus verständlich deshalb, daß man weder den Tag noch das Jahr seiner Geburt festgehalten hat. Uns reicht es zu wissen, daß dieser Heinrich irgendwann um das Jahr 1400 zur Welt gekommen ist.

Ganz egal, wie viele Versäumnisse den Chronisten von damals unterlaufen sind. Hier geht es ja nicht um Heimatkunde, eigentlich nicht einmal um Historie, obwohl die Leute tatsächlich gelebt haben, die hier auftreten, und die Ereignisse stattgefunden haben, die hier geschildert werden. Ganz egal, es geht um Menschen, unter anderem um Menschen des fünfzehnten Jahrhunderts. Und die waren – und sind – so, gleich ob ein bißchen älter oder jünger, gibt es doch keine wesentlichen Unterschiede zwischen den Frühgeborenen und den Spätgeborenen.

Also frischweg zu ihm, dem frischgewickelten Stammhalter Heinrich – wenn auch schon ohne sein Geschrei alles verwirrend genug war. Da gab es doch plötzlich drei Päpste gleichzeitig. Die drei behaupteten unisono, rechtmäßiger Nachfolger des heiligen Petrus zu sein, was natürlich nicht mit rechten Dingen zugehen konnte. Schließlich hatte Jesus doch nur von einem einzigen Fels gesprochen, auf den er seine Kirche bauen wollte, nicht von einer ganzen Gebirgsgruppe. Zu allem Überfluß traten auch noch Männer auf, die die Lehre der Kirche insgesamt in Frage stellten, die alles besser zu wissen glaubten. Und irgendwas mußte wohl auch dran sein an ihren Lehren, wären ihnen sonst so

13

viele Menschen zugelaufen? Dieser Johann Hus zum Beispiel, weit hinten im Böhmischen zu Hause, was wußte der denn besser als der Papst? Oder als die drei Päpste? Mein Gott, es ging ja alles durcheinander.

Der Vater und die Mutter des kleinen Heinrich hatten sich mit ängstlichen Blicken angesehen, als sie von den neuesten Weltereignissen hörten. Daß ein Heiliges Konzilium in Konstanz zusammengetreten war. Daß man den frechen Irrlehrer, den Prager Universitätsmagister Johann Hus, aufgefordert hatte, dort zu erscheinen und seine Lehre zu verteidigen. Und daß der auch nach Konstanz gereist ist, weil er sicher war, er könnte seine Zuhörer von der Richtigkeit seiner Lehre überzeugen. Man hatte ihm ja auch freies Geleit zugesagt. Und dann drang die Kunde bis in die Tiefburg in Handschuhsheim, daß man das dem Johann Hus gegebene Wort einfach gebrochen und ihn auf den Scheiterhaufen geschleppt hat. Weil er ein Ketzer sei, sagte man. Und weil er ein Ketzer sei, brauche man ihm gegenüber auch nicht Wort zu halten und ihm kein freies Geleit zu gewähren.

»Was soll man dazu sagen«, meinte die Mutter in der hilflosen Art der kleinen Leute, die fragen, was man sagen soll, um überhaupt was dazu gesagt zu haben.

»Eigentlich«, meinte ihr Mann, »kann man es überhaupt nicht verantworten, heutzutage noch Kinder in die Welt zu setzen. Aber – was soll ich machen?«

Kurz darauf hörten sie, daß ausgerechnet der Pfalzgraf und Kurfürst bei Rhein, Ludwig III., der Mann gewesen war, der den Ketzer hatte verbrennen lassen – angeblich pflichtgemäß, weil er das Amt des Reichsrichters innehatte.

»Ein viel zu mächtiger Mann«, sagte Vater Diether, »und gefährlich nah bei uns. Unser direkter Nachbar, allein durch den Neckar von uns getrennt. Und über den führt ja leider wieder eine Brücke. Wenn das nur gutgeht. Es wäre sicher besser gewesen, sie wäre nicht erneuert worden, die Brücke, nachdem das Hochwasser sie weggerissen hatte. Ich glaube, daß wir schon bald den Burggraben vorsichtshalber wieder vollaufen lassen werden.«

»Und mein Kräutergärtchen das ich unten im Graben habe, gleich beim Törchen? Das soll wohl im Wasser verschwinden?«

»Pflanz deine Kräuter rechtzeitig in das obere Gärtchen, damit wir auch in schlechten Zeiten was davon haben. Das kleine Ausfalltor in den Graben werde ich bald zumauern lassen müssen.«

Eines Tages hörten sie, daß der Kurfürst auf seine Burg oberhalb von Heidelberg zurückgekehrt sei. Aber nicht allein, sondern mit Papst Johannes XXIII. als seinem Gefangenen. Da sahen sich Vater Diether und Mutter Metze noch ängstlicher an. Der Papst habe sich der Piraterie schuldig gemacht, erzählte man, und des Mordes, auch der Vergewaltigung und der Sodomiterei. Und Inzest habe er getrieben.

»Ein Papst, ein richtiger Papst im Turm gefangengehalten, das hat es noch nie gegeben.«

»Was redest du da, Weib. Er ist kein Papst mehr. Er hat ja zugunsten eines anderen Papstes abgedankt.« Weswegen 550 Jahre später noch mal ein Papst sich Johannes XXIII. nennen konnte.

»Abgedankt oder nicht, er war doch ein richtiger Papst. Er war das Oberhaupt unserer Heiligen Kirche. Und jetzt drüben in Heidelberg im Kerker. Und ob man ihn dort anständig behandeln wird, da bin ich nicht so sicher«, sorgte Mutter Metze sich.

Ihr Mann wußte dazu wenig Tröstliches beizutragen: »Der König, hörte ich, hat ihn in die Obhut des Pfälzers gegeben, weil er weiß, daß der ihn nicht leiden kann. Auf der Burg des Pfalzgrafen wird es ihm mit Sicherheit nicht gutgehen. Kein Mensch dort versteht seine Sprache, er kommt ja aus Neapel, und er versteht keinen Menschen. So kann er nicht einmal mit kleinen Bestechungen und wohlfeilen Versprechungen sein Los verbessern.«

»Daß es so was gibt. Der Papst als Gefangener im Turm. Und das gleich nebenan«, entsetzte sich Mutter Metze.

»Schlimme Zeiten, schlimme Zeiten«, meinte Vater Diether. Und als seine Frau riet: »Wir sollten beten, für den

Heiligen Vater und für uns selbst«, da kniete er neben ihr nieder und betete mit ihr ein Vaterunser. »Für die ganze Christenheit«, sagte er, »und für den Papst«, wobei er Gregor XII. oder Benedikt XIII. meinte, so genau wußte er das in dem Moment selber nicht.

Seine Frau jedenfalls betete für Johannes XXIII. und für ihren Mann. Der aber eilte gleich anschließend hinunter, lief über den Hof zu der Tür der Kapelle neben dem Burgtor, vergewisserte sich, daß ihm niemand folgte, ihn auch niemand sah, schloß hastig auf, huschte hinein und verriegelte die schwere Tür von innen. Gleich linkerhand die Tür führte ihn auf die enge Wendeltreppe und hinab in den Keller unter der Burgkapelle. Er war allein in dem dunklen Gewölbe, einem völlig leeren Raum. Gleich rechts neben dem Eingang kniete er an der Mauer nieder, beugte sich vor und schlug dreimal mit der Stirn gegen die Wand. »Hilfe, Hilfe, Hilfe«, murmelte er dazu. Und er hörte, wie seinen Schlägen jedesmal dumpf geantwortet wurde. Von einem sonderbar hohlen Dröhnen. Und was da so schaurig hohl klang, das war nicht sein Kopf, das war das Gemäuer. Was für Diether IV. sehr beruhigend war.

3. KAPITEL

*Wie nichts zu gering ist, auch kein zeremonielles
Ketzerrösten, um aus einem Jungritter einen harten
Mann zu machen*

Der Mühlbach brauchte nicht in den Burggraben geleitet zu werden. Mutter Metzes Kräutergärtchen blieb unbehelligt. Der furchterregend mächtige Nachbar, der Pfalzgraf und Kurfürst Ludwig III., ließ die Handschuhsheimer in Ruhe. Er hatte Wichtigeres zu tun. Und so hatte der kleine Heiner denn das, was man eine glückliche Kindheit nennt. Die Burg mit ihren vielen Kellern und Kammern, mit den engen Stiegen und verwinkelten Gängen war sein Abenteuerspielplatz. Und so klein sie war, diese Burg, für den Jungen war sie die große, weite Welt. Eine heile Welt zudem. Die Bauern bearbeiteten die Gärten seines Vaters, die noch innerhalb der weiten Umfassungsmauern lagen, gleich hinter der inneren Burg. Und was dort nicht wuchs, das brachten sie aus ihren eigenen Gärten, von ihren Äckern und aus ihren Ställen.
Diese Bauern, fand er, waren nette Leute. Sie verneigten sich tief vor seinem Vater und seiner Mutter und waren immer besonders freundlich zu ihm. Nur mit den Kindern der Bauern spielen, das durfte er nicht. Weil die keine Zeit zum Spielen hätten, erklärten ihm seine Eltern. Anders als er hätten die daheim mitzuarbeiten, er aber sei ja was Besseres.
Er verstand zwar nicht, was das sein sollte: etwas Besseres. Aber daß er etwas anderes war als die Kinder der freundlichen Bauern, das wurde ihm doch schon bald selbstverständlich. Im übrigen hatte er ja seine jüngeren Brüder Henne und Hartmann sowie seinen Vetter Heinrich und seine Basen Elisabeth und Anna zum Spielen, die alle nicht

viel älter oder jünger waren als er – und ebenfalls was Besseres. Die Vetter und Basen und ihre Eltern, also Onkel Heinrich und seine Frau Christine, wohnten mit in der Burg. Eine gutbestückte Welt also.

Die Jungen hatten schon früh kleine Bogen und Pfeile bekommen. Damit übten sie sich im Garten, und die Vögel hatten nicht lange Gelegenheit, sich darüber aufzuregen. Wenn das Wetter so schlecht war, daß die Kinder drinnen bleiben mußten, spielten sie mit kleinen Tonfigürchen. Das waren natürlich Pferde mit Reitern drauf, lanzenbewehrt. Die schoben sie mit viel Geschrei aufeinander los. Und wenn sie oft genug vom Tisch gefallen waren, dann waren endlich auch die Lanzen gebrochen und die Reiter lagen in Stücken auf dem Boden. Noch keine zehn Jahre alt, da stülpten die Jungen sich schon kleine Lederhelme über und nahmen ebenso kleine Schilde und Schwerter aus Holz zur Hand und droschen aufeinander los, daß das Holz nur so wegsplitterte. Und ihre Väter fanden das genausogut wie sie selbst. Sie übten schon früh, auf Ziegen zu reiten, und sie ließen sich auch schon mal auf ein richtiges Pferd setzen, in der Mähne festgekrallt und von kräftigen Bauernarmen aufgefangen, wenn sie herunterrutschten. Sie badeten im Dorfteich, kletterten in jeden Baum und an den Burgmauern herum, wo sie Erobern spielten, sie wälzten sich in wilden Ringkämpfen im Dreck und machten Wettspringen. Ein herrliches Leben. Was man eine glückliche Kindheit nennt, wie gesagt. Daß sie damit eine Art Wehrertüchtigung betrieben, wußten sie nicht. Doch zum vollkommenen Ritter gehörten eben diese siebenerlei Behendigkeiten: Er soll reiten können und schwimmen, schießen und klettern, fechten mit der linken Hand wie mit der rechten und weit springen, daneben soll er bei Hofe auftreten und sich gut benehmen können.

Vater Diether bemühte sich, aus Jung-Heinrich einen richtigen Mann zu machen. Dazu gehörte für ihn, daß er ihn frühzeitig auch die harten Seiten des Lebens kennenlernen ließ. Mutter Metze hätte ihrem Söhnchen so manches lieber erspart. Doch Vater Diether entschied: »Der Junge soll ein richtiger Mann werden, und das heißt ein Ritter. Zu einem christlichen Ritter aber gehört, daß er mit all seiner Kraft und Geschicklichkeit seinen rechten Glauben verteidigt und daß er die Gegner seiner Kirche gerne brennen sieht.«

Er erklärte ihm, weshalb die Hussiten so gefährliche Ketzer seien und deshalb ihre Hauptfeinde. Er erklärte es, so gut er konnte, und das war nicht besonders gut. Denn so ganz klar war ihm die Sache selbst nicht. Da ging es um diesen Johann Hus, den sie in Konstanz auf dem Scheiterhaufen verbrannt hatten, und es ging um den Engländer John Wiclif, den sie nicht verbrannt hatten, von dem aber die schlimmen Meinungen des Johann Hus stammten. Kompliziert, zugegeben. Jedenfalls gab es in Böhmen Aufstände, als Johann Hus verbrannt worden war. Dahinter standen seine Anhänger. Die bewaffneten sich und fielen über ihre deutschen Nachbarn her. Daraus entwickelten sich die Hussitenkriege: ein schreckliches Gemetzel.

Eines schönen Tages sagte Vater Diether zu seinem Sohn Heinrich, der nun schon erwachsen war: »Heute geht es zwar nicht in die Schlacht, Heinrich, denn in unsere Heimat sind die Hussiten ja zum Glück nicht eingefallen. Aber auch hier gibt es einen Hussiten, den Johann von Drändorf, und dem geht es heute ans Fell. Deshalb zieht heute alles hinüber nach Heidelberg, und auch wir wollen hinüberreiten.«

»So viele gegen einen«, wunderte sich der Jungritter, als er die Menschenmenge sah, die auf die Brücke über den Nekkar zuströmte.

Sein Vater versuchte ihm zu erklären, daß sie genau wie alle anderen nur Zuschauer seien und daß Zuschauer ja nichts tun. Also nicht alle gegen einen. Und er war doch selbst voller Zweifel, ob man das so sagen könne, ob nicht in Wahrheit auch die Zuschauer, die sich an einem Hinrichtungszeremoniell ergötzen, mitrichten und mittöten.

Dieser Johann von Drändorf, ein sächsischer Edelmann und Priester, war der wortgewaltigste Anhänger des toten Johann Hus. Er zog rastlos umher und predigte den Leuten die Armut, die Jesus ihnen einst vorgelebt habe. Das gefiel zwar den kleinen Leuten, den Bischöfen und Priestern aber nicht, weil es nicht zu ihrem Lebensstil paßte. Die Kirche trat prächtig und mächtig auf: Sie war nicht arm, höchstens an Ausreden für ihren Reichtum. So mußten die gelehrtesten Köpfe der Heidelberger Universität dazu herhalten, ein einigermaßen plausibles Urteil über den Irrlehrer zu fällen, den der Kurfürst gefangengesetzt hatte. Der eigentliche Grund dafür war: Johann von Drändorf hatte Unruhe in die Pfälzer Städte und Dörfer gebracht. Denn seine Vorwürfe gegenüber der viel zu sehr verweltlichten Kirche kamen gut an. Sie entsprachen den leidvollen Erfahrungen, welche die Leute selbst mit den geistlichen Herren gemacht hatten. Das war Grund genug, den Wanderprediger einem tagelangen strengen Verhör zu unterziehen und ihn dann ganz schnell als Irrlehrer zum Tod auf dem Scheiterhaufen zu verurteilen. Als ob man störende Wahrheiten einfach verbrennen könnte.

Der 17. Februar des Jahres 1425 war ein unbarmherzig kalter Wintertag, und die Leute waren froh, daß sie so dichtgedrängt auf dem Marktplatz von Heidelberg standen. So wärmten sie sich gegenseitig. Jeder bemühte sich, mitten im dichtesten Haufen zu stehen – und möglichst weit vorn natürlich. Vorn, das hieß gleich gegenüber dem Pfahl, um den herum Reisigbündel so aufgeschichtet waren, daß sie ein hohes Podest bildeten. Eine hölzerne Treppe wurde an den Scheiterhaufen herangeschoben, Musik erklang, und die Leute trampelten von einem Fuß auf den anderen, um sich zu wärmen.

Der Kurfürst hat Glück, daß heute kein Wind weht, überlegte Heinrich. Sonst könnte der Holzstoß ihm die Häuser am Marktplatz in Flammen aufgehen lassen. Das alte Holz der Häuser, gut ausgetrocknet, was für ein herrliches Feuer das gäbe.

Es kam ihm vor, als ob die Häuser direkt nach den Flammenzungen gierten. Alle standen sie mit der Giebelseite zum Marktplatz hin, alle schauten wie mit erwartungsvollen Augen auf die Menschenmasse hinab, die sich dort versammelte. Das erste Obergeschoß vorgekragt, das zweite etwas mehr und die Giebelspitze noch mehr, so streckten die Häuser die Hälse wie die Zukurzgekommenen in der Menge.

Es wäre wahrhaftig schade um die schön bunt angemalten Häuser, überlegte Heinrich, und erst recht um den hohen Kirchenbau, der ihnen gegenübersteht. Wie ein Herrscher vor seinen Vasallen. Oder nicht doch mehr wie eine Glucke, die ihre Küken um sich schart? Gerade erst fertiggestellt, die herrliche Kirche. Wenn die Bauleute so eifrig weitermachen wie bisher und wenn dann erst noch der Turm über das Ganze hinauswächst, was für ein erhebender Anblick.

Bei der Vorstellung von einem hohen Kirchturm kam Heinrich der Pfahl auf dem Podest lächerlich klein vor, und plötzlich verstand er: Der Holzstoß ist mit Bedacht nicht so gewaltig hoch aufgeschichtet, wie sonst üblich. Man hat an die Gefahr für den Chor der neuen Kirche und die Häuser am Marktplatz gedacht. Das heißt, der Ketzer soll auf kleinem Feuer geröstet werden, er soll möglichst lange leiden. Nun, um so mehr gäbe es zu sehen.

Da kam Unruhe auf. Die kirchlichen Würdenträger zogen in feierlicher Prozession auf den Platz, alle in vollem Ornat. Und gleich dahinter die Magister der Universität in ihren Roben. Ein würdevoller Aufzug. Danach dauerte es wieder eine ganze Weile, bis es Neues zu sehen gab: Kurfürst Ludwig III. trat endlich mit großem Gefolge auf. Er trug einen weitwallenden Rittermantel, festlich geschmückt, und dazu den Kurhut. In seiner Begleitung der gesamte Hofadel, Ritter in Prunkharnischen, und – ein besonders schönes Bild – die Hofdamen in ihren langen, farbenprächtigen Gewändern. Dann folgten auch schon die Gerichtsbüttel mit dem Karren, auf dem Johann von Drändorf hockte.

Man hatte ihm das Priestergewand genommen, das er noch beim Verhör getragen hatte. Da hatte er Wert darauf gelegt, als Geistlicher mit Geistlichen zu disputieren. Nun war er kein Priester mehr. Gleich nach der Verurteilung zum Tode war er in feierlicher Form degradiert und in ein dunkles, rauhes Büßergewand gekleidet worden. Nicht ein Priester sollte brennen, sondern ein Büßer. Alles muß seine Ordnung haben. Deshalb wurde ihm vor der Hinrichtung auch noch eine letzte Gelegenheit geboten, seinem Irrglauben abzuschwören und sich als braver Sohn seiner Kirche zu zeigen. Schon auf das Podest hinaufgeführt und dort mit dem Rücken gegen den Pfahl fest angebunden, rief ihm ein Priester die Aufforderung zu, seinen Irrtum zu bekennen und zu bereuen. Eine allerletzte Chance, in den Himmel zu kommen. An einer hohen Stange hielt er dem Gefangenen ein Kruzifix vors Gesicht, um ihn an den rechten Glauben zu erinnern.

Vergebens. Johann von Drändorf hatte keinen Irrtum zu bekennen, hatte nichts zu bereuen und war sicher, daß seine Seele aufgrund des Märtyrertodes, den er nun erleiden durfte, geradewegs in den Himmel aufgenommen würde. Mit lauter Stimme begann er eine Predigt über die Armut und die Demut, als stünde er in der Kirche nebenan auf der Kanzel und nicht auf dem Scheiterhaufen.

Mit einer unwilligen Gebärde gab der Kurfürst das Zeichen zur Hinrichtung. Die Henkersknechte stürzten mit Fackeln in den Händen heran und entzündeten hastig die Reisigbündel, auf denen der Delinquent stand. Der Mann am Pfahl aber sprach unbeirrt weiter. Er machte seinen Zuhörern die unausweichliche Verpflichtung zu Armut und Bescheidenheit klar, bis er von den Flammen und dem Rauch völlig eingehüllt war und schließlich keine Luft mehr bekam. Da wurde es für einen Moment vollkommen still auf dem Platz. Nur noch das Knistern des brennenden Reisigs war zu hören.

Dann aber kam um so mehr Unruhe auf. Was der gerade Hingerichtete den Leuten gesagt hatte, das schien bei vielen nicht unter die Dornen gefallen zu sein. Denn es hatte schon gleich am Anfang seiner Predigt vorsichtige Zustimmung gegeben. Die Armut hochhalten? Nichts leichter als das für Leute, die ohnehin nichts als ihr Leben und harte Arbeit haben. Ja, die Armut sollte das sein, was sie mit allen gemeinsam haben wollten. Aber auch mit den Geistlichen und mit denen von Adel. Kopfnicken konnte man sehen und Gemurmel hören. Und dann Schreckensrufe, als das Büßergewand des Predigers Feuer gefangen hatte. Unterdrücktes Wutgeschrei. Das war nicht nur Heinrich und seinem Vater Diether aufgefallen, die sich verstört umsahen. Die Priester und die Gelehrten der Universität sahen mindestens ebenso irritiert drein und formierten sich schnell wieder zu einer Prozession, begannen sogar schon abzuziehen, noch ehe der Holzstoß mit dem Hingerichteten ganz heruntergebrannt war – eine Beobachtung, die Heinrichs Vater sehr nachdenklich machte. Während sein Sohn plötzlich hell auflachte, hatte doch einer der Zuschauer gerufen: »Der wenigstens hat's gut. Dem ist nicht mehr kalt!«

Daß der Jungritter während einer so feierlichen Handlung lachte, das zeigte: Hier war etwas falsch gemacht worden, nämlich in seiner Erziehung. Eigentlich hatte der Junge ehemals, vor mehr als zehn Jahren, als Page an den Hof eines Adligen geschickt werden sollen, um den richtigen Schliff zu bekommen. Aber Mutter Metze hatte sich so schlecht von ihrem kleinen Liebling trennen können, wie sie sich gut durchsetzen konnte gegenüber ihrem großen. Und sie hatte ja auch versprochen, es selbst in die Hand zu nehmen, daß der Junge gesittetes Verhalten lernte. Mindestens so gut wie anderswo, hatte sie aufgetrumpft. Was die Tischzucht betraf, die ihr sehr wichtig war, hatte sie auch viel erreicht. Ja, Heinrich konnte das Brot schneiden, ohne es gegen die Brust zu stemmen. Er wußte, daß man am Tisch nicht den Gürtel abschnallt und daß man mit einem Stück Brot in die gemeinsame Schüssel langt statt mit den Fingern. Mutter Metze hatte ihm beigebracht, sich nicht über den Tisch zu legen beim Essen, nicht den Schaum vom Bier zu blasen, nichts in die Schüssel zurückzulegen, was man angebissen hat, nicht zu schmatzen und nicht zu rülpsen und sich nicht in das Tischtuch zu schneuzen, wenn eins auf dem Tisch liegt – Taschentücher gab es ja noch nicht. Sogar, daß man vor dem Essen sein Messer nimmt und sich die Fingernägel säubert und kürzt und daß man nicht nach dem Essen mit dem Messer in den Zähnen herumstochert, wußte der junge Ritter.

Doch war das alles gerade nur die Mindestausstattung eines Ritterbürtigen. Da gab es noch ganz andere Feinheiten der Etikette: daß man sich nur in die linke Hand schneuzt, zum Beispiel, weil man die rechte ja zum Essen braucht, und daß man dann auf das, was auf den Boden gespuckt wird, drauftritt. Diese Raffinesse des Auftretens hätte Heinrich jedoch nur an einem vornehmen Hof lernen können, denn man selbst war ja noch nicht so richtig vornehm. All dies war auch für seine Eltern noch etwas ungewohnt. Mach dir nichts draus, Heinrich. Nobody is perfect.

4. Kapitel

In Handschuhsheim ließ es sich leben, hatte man
doch immer etwas zu reden. Gerade erst war es die Verbrennung des Hussiten Drändorf gewesen, dann war dem
Pfalzgrafen von nebenan mal wieder ein Sohn geboren
worden: Friedrich. Man konnte allerdings nicht davon ausgehen, daß dieser Friedrich einmal für einen selbst sehr
wichtig würde, hatte er doch keine Chance, jemals den
Kurhut zu tragen. Der stand ja seinem älteren Bruder Ludwig zu. So die Kommentare in den Wirtshäusern von
Handschuhsheim. Na, die Leute sollten sich noch wundern. Dann hatte der junge Herr der Tiefburg geheiratet,
der Sohn Diethers IV. Seine Frau war hübsch, stellte man
fest, und sie hatte einen hübsch langen Namen. Guta Ennel Knebel von Katzenelnbogen, so hieß sie. Und daß der
Stammsitz derer von Katzenelnbogen irgendwo am Rhein
liegt, das erfuhr man auf diese Weise auch. Viel mehr aber
auch nicht. Eheleute sind ja zunächst immer so gern für
sich.
Deshalb sprach man schon bald wieder über das Handschuhsheimer Lieblingsthema, und das war der Ärger mit
den Heidelberger Scholaren. Man kannte sie mehr als gut,
diese übermütigen, sauflustigen Nichtstuer, die sich an jedes junge Frauenzimmer heranmachten. Jedes Jahr beim
Kirchweihfest gab es Krach mit ihnen. Die Burschen des
Dorfes ließen es sich halt nicht gefallen, wie die Studenten
ihren Mädchen die Köpfe verdrehten. Da setzte es Prügel.
Dabei hatte es auch schon schwere Verletzungen gegeben,
weil einzelne Studenten unerlaubterweise Degen trugen

25

und der eine oder andere Bauer sich mit dem langen Schlachtermesser zur Wehr setzte.

Die Dorfschönen galten den Studenten als Freiwild und die Studenten den Dörflern als Stutzer und Nichtsnutze. Das mußte zwangsläufig zu Auseinandersetzungen führen. Dabei wollten die Studenten, die nach Handschuhsheim hinüberwanderten, sich nur einmal ein paar Stunden von den strengen Vorschriften erholen, mit denen sie in Heidelberg gequält wurden. Dort war ihnen ja beinahe alles verboten. Sie durften keine Waffen tragen und nicht einmal Fechtunterricht nehmen, nicht mit Würfeln oder mit Karten spielen, am Abend nicht ohne eine Laterne in der Hand, nicht mit bedecktem Gesicht oder sonstwie vermummt das Haus verlassen. Es war ihnen verboten, die Weinberge und Gärten zu betreten, und erst recht, an Burg und Wall oder Stadtmauer herumzulungern. Sie durften keinen nächtlichen Lärm machen, auch keinen Gesang zur Laute anstimmen, schon gar keine lästerlichen Flüche oder Schwüre aussprechen. Sie durften keine Vögel fangen und keine Fische aus den Fischteichen des Hofes holen, nicht am Mühlenwehr im Neckar baden, nicht den Nachtwächter auslachen und so weiter. Wie angenehm war es da, diesem Zwangssystem Heidelbergs einmal zu entfliehen und in Handschuhsheim als Mensch unter Menschen zu leben – wenn es nicht regelmäßig Ärger gegeben hätte. Denn die Handschuhsheimer waren natürlich nicht weniger engstirnig und mißgünstig und eifersüchtig als die Heidelberger, derentwegen all diese Verbote erlassen worden waren. Es zeigte sich, daß die geniale Idee des Pfalzgrafen Ruprecht I. – Gott hab ihn selig –, seiner noch dörflichen Hauptstadt eine Universität aufzupfropfen, so genial doch nicht war. Heidelberg war nicht Prag und nicht Paris. Und seine nächste Umgebung war so heidelbergisch-kleinkariert wie Heidelberg selbst.

Studenten und Bürger, das war halt schon immer ein problematisches Verhältnis. In den damaligen Zeiten nahmen die Studiosi den Bürgerstöchtern die Unschuld, heute nehmen sie den Bürgern selbst die Parkplätze weg. Die Verhältnisse haben sich also noch verschlimmert.

Dabei waren nicht nur die kleinen Leute für eine Universität zu klein. Auch die auf der oberen und unteren Burg – von einem Schloß konnte ja noch lange nicht die Rede sein – in Heidelberg Residierenden erwiesen sich als überfordert. Für sie war jeder Student, der von auswärts kam, eine Gefahr. Am liebsten hätten sie nur ihre eigenen Landeskinder an ihrer Universität studieren lassen, doch davon gab es nicht so viele gescheite, daß sich dafür eine Universität gelohnt hätte. Wer aber nicht aus Kurpfalz kam, der war ein Ausländer und wurde zunächst einmal scheel angesehen – war doch jeder Ausländer ein Untertan eines konkurrierenden Potentaten und somit ein potentieller Spion. Wehe ihm, wenn er zufällig an den Befestigungsanlagen des Städtchens spazierenginge, während er über die rhetorischen Feinheiten der Anklagerede Ciceros gegen Catilina nachdachte. Damit wäre er schon so gut wie überführt. Die Herren von Adel in den beiden Burgen über Heidelberg machten kurzen Prozeß. Erst wenige Wochen zuvor hatten sie einen Studenten aus Speyer als Spion aufgeknüpft.

Ein Glück, sagten sich die Studenten, daß der Pfalzgraf jetzt erst einmal weg ist: mit seinen engsten Vertrauten zu einer Pilgerfahrt ins Heilige Land aufgebrochen. Ein Glück, sagten sich auch die Handschuhsheimer. Denn so ein mächtiger Mann gleich nebenan, das ist nie geheuer. Die Mächtigen können gar nicht weit genug weg sein, soll das Leben einigermaßen erträglich bleiben. Doch wenn irgendwo im Dorf der Strauß rausgesteckt war und die Handschuhsheimer sich nach getaner Arbeit zum fröhlichen Umtrunk zusammensetzten, dann konnte es passieren, daß solche Gespräche über den mächtigen Nachbarn plötzlich verstummten, nämlich sowie die Studenten auftauchten. Und selbst an deren noch viel kühneren Reden beteiligten sich die Handschuhsheimer vorsichtshalber nicht. Etwa als es auf einmal um die höchst wichtige und reizvolle Frage ging, ob der Pfalzgraf seiner Frau wohl einen Keuschheitsgürtel angelegt habe, ehe er ins Heilige Land aufgebrochen ist.

»Der Fürst ist doch schon ein alter Mann von beinahe fünfzig Jahren«, meinte einer der Studenten. »Ich glaube, da geht es ihm mehr um seine Schatztruhen als um seine Frau.«

Doch ein anderer widersprach: »Man weiß ja: Alte Scheunen brennen gut.«

Und ein Dritter hatte die Lacher auf seiner Seite, als er bemerkte: »Seine zweite Frau Mathilde hat der Pfalzgraf jetzt schon acht Jahre um sich, acht lange Jahre. Was für ein schreckliches Schicksal. Da denkt er sicher weniger an einen Keuschheitsgürtel für seine Frau als an Samt und Seide für seinen Hofstaat.«

»Und an die feinsten Gewürze des Orients für seine Küche.«

»Und an eine Scheherezade für sein Bett.«

Der das eingeworfen hatte, war ein Italiener, und der mußte nun erzählen, was er in Italien von den Geschichten aus Tausendundeiner Nacht mitgekriegt hatte – das ganz heiße Gesprächsthema in Südeuropa.

Die Scholaren amüsierten sich köstlich, die Handschuhsheimer aber zogen es diesmal vor, ohne jeden sachverständigen Kommentar unauffällig zu verschwinden. Man weiß ja nie.

Pfalzgraf Ludwig III. kam schon im nächsten Jahr von seiner Pilgerreise heim. So bald hatte ihn niemand zurückerwartet. Eine solche Reise, die man nur einmal in seinem Leben unternimmt – wenn überhaupt –, die pflegte kein schnelles Hin und Her zu sein. Kein Stopover im Heiligen Land, wie wir das heute ausdrücken würden. Damals brauchte man noch Zeit, um aus seiner vertrauten Welt ganz allmählich in eine völlig andere einzutauchen. Und erst recht brauchte man Zeit, um sich von dem besonderen Reiz dieser fremden Welt wieder freizustrampeln, nicht zuletzt von den fremdartigen Frauen, was manchem nie gelang. So blieben denn auch mehr Wallfahrer für ewig verschollen als durch Unfälle oder Überfälle umgekommen waren. Ob ums Leben gekommen oder ob ein neues Leben angefangen, das ließ sich in der fernen Heimat meist nicht unterscheiden, so bewahrte man ihnen in jedem Falle ein ehrendes Angedenken.

Beim Heidelberger Pfalzgrafen und Kurfürsten Ludwig war das keine offene Frage. Sein großes Abenteuer war im Nu beendet, weil er schwer erkrankte. Zu der Gicht, an der er schon vorher gelitten hatte, war ein Augenleiden gekommen. Die Pilgerreise, die für sein Seelenheil gut sein mochte – wer weiß das schon mit Sicherheit –, sie war offensichtlich für seine angeschlagene Gesundheit der Ruin gewesen. Das konnte auch der lange Bart nicht überdekken, der ihm auf der Reise gewachsen war und den er jetzt stolz weiter trug, wie das Fähnchen von der Wallfahrt nach Kevelaer.

5. KAPITEL

*Das sollte nicht überlesen werden: Diether geboren. Und in
was für einen Schlamassel hinein*

Ja Pfalzgraf Ludwig III. war ruhiger geworden. Seine
Nachbarn bemerkten es mit Erleichterung. Auch die
Handschuhsheimer. Dafür war es in der Tiefburg schon
wieder ein bißchen voller und lauter geworden. Der jung-
verheiratete Heinrich V. konnte voller Stolz einen Schrei-
hals, seinen Erstgeborenen, herzeigen. Einen prächtigen
Jungen, dem er den Namen Diether gegeben hatte. Das
war nun der fünfte Diether. Und damit sind wir bereits bei
dem angekommen, den wir durch sein ganzes Heldenle-
ben begleiten wollen. Jetzt heißt es also sich umstellen:
War bisher von Vater Diether und Sohn Heinrich die
Rede, so wird es von nun an um Vater Heinrich und Sohn
Diether gehen. Das ist nun einmal die Krux mit den Dyna-
stien: Man kann die Leute kaum auseinanderhalten, weil
sie in der Wahl der Vornamen so beschränkt waren. Hinzu
kam als weiterer Übelstand, daß auch noch vergessen
wurde, das Geburtsdatum von Klein Diether zu notieren –
das Geburtsdatum, das wir Heutigen wie ein Brandzeichen
mit uns herumschleppen. Unseren Vorfahren war der Geburtstag nicht wichtig. Viel wichtiger war der Namenstag,
also der Tag des jeweiligen Namenspatrons. Und dieser
Tag war kurioserweise auch nicht dessen Geburtstag, sondern dessen Todestag. In der damaligen Diktion: der Tag,
an dem der Heilige durch seinen Tod für das Leben im
Himmel geboren wurde. So hatte unser Diether jeweils am
9. November seinen großen Feiertag – und am 10. November einen Kater.
Daß der Kurfürst nebenan sich wegen seiner diversen Lei-

den vom Intrigieren und Streiten auf das Studieren umgestellt hatte, war so erstaunlich wie angenehm. Ein kranker Herrscher mag für die Leute, mit denen er täglich Umgang hat, fast unerträglich sein, für seine Nachbarn wird er so erst erträglich.

Auf seine alten Tage hatte der Fürst mit Lateinstudien angefangen. Latein war nun mal die Voraussetzung für jegliche Bildung, denn alles, was an Erkenntnissen aufgeschrieben war, das war in Latein geschrieben. Die Sprache der Kirche war zur Sprache der Gebildeten geworden, weil in den Klöstern jahrhundertelang eifrig abgeschrieben worden war, was große Geister zu Papier oder Papyrus gebracht hatten. Daß dabei nur das kopiert wurde, was christlichem Geist entsprach, und alles unter den Tisch fiel, was ihm widersprach, ist ein anderes Thema. Es führt zur unvermeidlichen Einschränkung des hohen Lobes, das man den fleißigen Mönchen für ihre Kopistentätigkeit zu erteilen pflegt. Aber bleiben wir positiv.

Auch der Pfalzgraf und Kurfürst konnte sich nun bilden. Bei Hochwohlgeborenen reicht es ja, wenn die Bildung nachträglich kommt. Ludwig III. wurde ein großer Bücherliebhaber, ja ein Leser. Was sich so an Büchern ansammelte in der Burg auf dem Jettenbühel über Heidelberg, das verdiente schon bald den Ehrentitel Bibliothek. Das meiste war zwar theologisch-erbauliches Geschreibsel, aber darunter waren auch so kunstvoll illustrierte Handschriften, daß man schon von einem Bücherschatz sprechen konnte. Diesen Schatz, so hatte Ludwig III. schon vor Jahren bestimmt, sollte die Universität bekommen, wenn er selbst sie nicht mehr brauchte – er dachte an sein Verfallsdatum. Die Bücher sollten dann in der Stiftskirche der Universität, also in Heiliggeist, auf besonders eingebauten Emporen aufgestellt werden, und alle Studierenden der Universität sollten darin lesen dürfen. Für die junge Hochschule ein bedeutender Zugewinn, hatte sie doch bisher nur ihre eigene Büchersammlung, und die bestand vor allem aus Vorlesungsmitschriften und theologischen Traktätchen oder juristischen Gutachten der Professoren.

Werke des Altertums waren dabei die Ausnahmen. Einige dieser wertvolleren Schriften waren allerdings durch die Stiftung der Privatsammlung des hochgelehrten ersten Rektors der Universität, Marsilius von Inghen, in diesen Fundus geraten. Ein Erbfall als besonderer Glücksfall.

Es war schon paradox: In einer Zeit völliger Unordnung bildete sich der Grundstock zur später einmal berühmtesten Bibliothek nördlich der Alpen, der Bibliotheca Palatina. Und es war ausgerechnet ein schon fast erblindeter Kurfürst, dem wir das verdanken. Dafür ließ er in der großen Politik die Zügel schleifen. An dem wichtigen Reichstag zu Nürnberg, den König Sigismund aufs Jahr 1431 einberufen hatte, nahm er zwar noch teil. Aber den Feldzug gegen die Hussiten, der dort beschlossen wurde, überließ er anderen. Er meldete sich krank und schickte als Vertreter seine beiden Brüder, Johann und Stephan, und tat recht daran. Denn der Kriegszug wurde ein großer Reinfall. Schon im August desselben Jahres wurden die Truppen des Königs vernichtend geschlagen, zum Glück weit weg von der Rheinpfalz.

Diese Hussiten waren aber auch eine Plage. Sie hielten sich einfach nicht an die üblichen Regeln der Kriegskunst – was wohl daran lag, daß sie keine gelernten Krieger waren. Bürger und Bauern waren sie, deshalb ihre unkonventionelle Art zu kämpfen. Sie besaßen die Frechheit, die Methode der beweglichen Festung einzuführen. Nicht ganz neu eigentlich – schon die Germanenhorden der Völkerwanderungszeit hatten sich in der Wagenburg verschanzt –, doch waren diese Unsitten später einfach vergessen worden. Die Hussiten stellten nun auf einmal ihre Planwagen zu einem Kreis oder Viereck auf und ketteten sie aneinander, so daß kein Reiter eindringen konnte. Sie selbst kämpften mangels Pferden zu Fuß. Sie stürmten so plötzlich zwischen den Wagen hervor, daß sich kein Ritterheer richtig darauf einstellen konnte. Das war keine Attacke, das war ein gemeiner Überfall. Und dann noch mit Feuerrohren zwischen den Wagen hindurch in die feindlichen

Reihen zu schießen! Ein ganz und gar stilloses Verhalten. Es kann halt kein ordentliches Match entstehen, wenn der eine Tischtennis und der andere Golf spielt.

Die halbherzige Aktion gegen die Hussiten hätte man besser gar nicht angefangen – aber hinterher ist man eben klüger. Was kümmerten einen schon die Aktivitäten des Königs. Vor der eigenen Tür gab es genug zu tun. Räuberbanden durchzogen das Land. Mancher verarmte Ritter hatte sich auf das recht einträgliche Geschäft des Raubritters verlegt. Kaufleute waren ja immer und überall unterwegs. Und diese Art Leute war zwar gut im Feilschen, aber schlecht in der Selbstverteidigung. Auch stets nur mangelhaft gewappnet. Zu allem Übel war auch der lästige Lothringer Krieg immer noch nicht zu Ende. Immer wieder flammte er irgendwo neu auf. Er würde auch den Handschuhsheimern noch zum Schicksal werden. Dabei hatten die eigentlich die Dinge gut im Griff, für die sie zuständig waren. Doch was hilft es, daheim Ordnung zu halten, wenn die Welt drumherum in Scherben geht. Die komplizierten Lehensverhältnisse ihrer Zeit ließen vielfältige Abhängigkeiten entstehen und brachten einen schneller aufs Schlachtfeld, als man dachte.

Wie die Herren von Handschuhsheim als Ministerialen in einem besonderen Abhängigkeitsverhältnis zum Kloster Lorsch standen, so unterstand dieses dem Erzbischof von Mainz, der wiederum in Konkurrenz stand zu den Bischöfen von Speyer und Worms. Und da in dem langen Hin und Her des Lothringer Krieges weltliche Fürsten, freie Städte und Bischöfe teils miteinander Bündnisse eingingen, teils gegeneinander antraten, blieb es nicht aus, daß eines Tages auch die Herren von Handschuhsheim zu ihrer pflichtgemäßen Kriegsleistung gerufen wurden. Neben Heinrich V. und seinen jüngeren Brüdern Henne und Hartmann II. gehörte auch der Vetter Heinrich IV. zu ihrem Aufgebot.

Wie großartig das in unseren Ohren klingt: das Aufgebot. Wie alle militärischen Begriffe ein bißchen überhöht, mit ein wenig zuviel Trara. Das kommt von der langen Tradition eines Geschichtsunterrichts, in dem die Schlachten größer waren als die Menschen. Schauen wir uns deshalb im nächsten Kapitel die Menschen einmal genauer an.

6. KAPITEL

Von Jeanne d'Arc und dem Leben eines Ritters,
das angeblich doch nur eine einzige Prügelei ist

Jetzt kannst du froh sein, Vetter, daß du immer noch die ganze Verwandtschaft mit in deiner Burg hausen hast«, so Heinrich IV. zu Heinrich V. »Sicher wäre ich sonst jetzt nicht bei dir.«

»Ja, darüber bin ich wirklich froh. Und auch darüber, daß wir beide uns oft genug im Kampf geübt haben. Jeder kennt des anderen Stärken und Schwächen.«

»Und deshalb werde ich dir in der Schlacht den Rücken freihalten. Deine Brüder sind noch zu jung und unerfahren. Und auf die Reisigen scheint mir wenig Verlaß, wenn es heiß hergeht. Ich aber werde nicht von deiner Seite weichen.«

»Dank dir, Vetter. Ich weiß, ich könnte keinen besseren Ritter an meiner Seite haben. Und doch, mir wäre noch tausendmal lieber, ich wüßte dich daheim, als Beschützer unserer Burg, vor allem der Frauen.«

»Was machst du dir Sorgen um die daheim, Vetter. Sie sind weit genug weg vom Kampfgetümmel. Bei uns an der Bergstraße geht das Leben seinen ruhigen Gang.«

»Wo Leben ist, da ist aber auch der Tod. Stets bereit zuzugreifen.«

So der Fünfte zum Vierten, mit trauriger Miene, im Feldquartier auf hartem Stein, irgendwo im Lothringischen, nahe beim Feind.

»Aber warum plötzlich so verzagt, Vetter?«

»Nicht verzagt, nein, aber ich sehe düstere Wolken aufkommen. Und mein Sohn Diether ist noch an der Mutterbrust. Er wird schon bald der Herr auf Burg Handschuhsheim sein, der Führer unseres Lehens. Und du, Heinrich, du sollst sein Vormund sein. Morgen werde ich das vor all unseren Leuten verkünden. Es ist allerhöchste Zeit. Doch nicht mehr darüber, nicht jetzt. Ich bin todmüde. Wir werden morgen weitersprechen.«

Das Fähnlein der Herren von Handschuhsheim mit ihren Reisigen war ein imponierender Anblick gewesen, als es durch die Rheinebene gen Südwesten zog. Im Feldlager jedoch verschwand es wie Spucke im See. Da gab es weit größere Einzelkontingente von Bewaffneten und bei weitem prächtigere zudem. Kostbar ziselierte und gepunzte Harnische mit goldenen und silbernen Verzierungen wurden vorgeführt wie Pfauenräder: mit eitlem Kopfrecken und mit kleinen, aufgeregten Schritten. Für Heinrichs jüngeren Bruder Hartmann II. war dies noch ein neuer Anblick – verwirrend zunächst. Doch war der Jungritter gescheit genug, die Situation zu genießen, statt sich von ihr unsicher machen zu lassen.

Der enge Kontakt mit Rittern aus vielen Teilen des Deutschen Reiches bot ganz neue Chancen, sich über das große Weltgeschehen zu informieren. Sogar Ordensritter waren im Heerlager zu sehen. Das große schwarze Kreuz in silberner Umrandung der Deutschherren leuchtete von den Rittermänteln. Doch als der Jungritter einen von ihnen fragte, was sie hier im Südwesten, so weit weg von ihren Ordensburgen, machten, da bekam er zu hören: »Die Angelegenheiten unseres Ordens reichen von Sonnenaufgang bis Sonnenuntergang, und auch nachts kennen wir keine Ruhe.«

Hartmann traf auf kampferprobte Männer, die hatten drüben im Französischen mitgemacht bei dem großen Hauen und Stechen zwischen Engländern und Franzosen, das nun schon bald hundert Jahre dauerte. Davon war nur sehr wenig bis in die Burg der Handschuhsheimer gedrungen. Daß die Engländer übers Wasser gekommen waren und sich auf dem Festland breitmachten, das wußte man. Und auch, daß da ein armes Bauernmädchen sich Männerkleider angezogen und mitgekämpft hatte, war ihnen von fahrenden Rittern berichtet worden. Und sie hatten nicht gewußt, ob sie darüber lachen oder staunen sollten. Oder aber die Wut kriegen, weil der Ritterstand so heruntergekommen war.

Jetzt ließ sich Hartmann diese Geschehnisse von einem Augenzeugen, einem Mitkämpfer, in allen Einzelheiten erzählen. Der schilderte ihm das Mädchen so ausführlich und begeistert, daß es dem jungen Mann sogar das Bild der Madonna in St. Vitus übermalte:

»Ein halbes Kind noch und doch schon eine Heldin, unsere Jeanne d'Arc. Eine wunderschöne Jungfrau. Sie hat sich an die Spitze der Ritterheere gestellt und sie zum Sieg geführt. Sie hat ihrem ohnmächtigen König den Thron gerettet. Und das alles, weil sie die Stimmen gehört hatte, die Stimmen der heiligen Katharina, der heiligen Margarethe und des heiligen Michael, himmlische Stimmen also, die ihr den Auftrag gaben, ihr Volk und ihr Land von den ruchlosen Engländern zu befreien.«

Hartmann sah sie plötzlich vor sich, die Heldenjungfrau, in einem sehr schmalen Harnisch. Aber der war nicht über dem Bauch vorgewölbt wie üblich. Dieser zierliche Harnisch hatte etwas höher zwei wunderschöne kleine Wölbungen nebeneinander, zwei Hügel wie zwei kleine Sonnen. Und das lange blonde Haar des Mädchens quoll unter dem Helm hervor und flatterte den Rittern siegverheißend voran wie ein Wimpel.

»Auch ich wäre ihr gefolgt«, gestand Hartmann dem Erzähler, »mit Freuden und sofort.«

»Das glaube ich Euch gern, junger Recke. Es ging uns ja allen so. Auch ich war wie von Sinnen. Drei Jahre Befreiungskampf wie im Rausch. Jeanne d'Arc hat uns alle zu Helden gemacht, bis – ja bis . . .«

Der fremde Ritter hatte Mühe weiterzusprechen.

»Bis?« fragte Hartmann in seiner noch kindlich ungeduldigen Art, ohne Rücksicht auf die Ergriffenheit des Fremden.

»Bis sie im März letzten Jahres gefangengenommen wurde. Im Mai dieses Jahres stand sie in Rouen als Hexe auf dem

Scheiterhaufen, keine Heldin mehr, eine Heilige wohl eher.«

»Und ich, ich bin zu spät gekommen«, seufzte Hartmann. »Ich habe es ja gewußt, ich bin zu spät zum Ritter geschlagen worden. Weil ich zu jung sei, hieß es nur immer.«

Da wurde der fremde Ritter sonderbar väterlich zu ihm. Er sprach ihn auf einmal in einem Ton an, den Hartmann gar nicht gern hatte. War er doch froh, daß sein Vater schon tot war. Von dem Moment an, da sie den Vater begraben hatten, hatte er sich anders gefühlt, endlich auf sich selbst gestellt. Was er natürlich niemals ausgesprochen hatte. Und jetzt so eine Art der Belehrung. So väterlich. Widerlich! Und doch mußte Hartmann dem Fremden zuhören.

»Jammert nicht um Euch und Eure Jugend, lieber junger Freund«, sagte der Fremde. »Auf Euch kommen noch Aufgaben zu, mehr als Euch lieb sein wird. Das Leben eines Ritters ist doch nur eine einzige Prügelei, vom sanften Ritterschlag bis zu dem letzten Schlag, der einen endlich niederstreckt. Und wenn man Pech hat, dann ist das nicht einmal ein ehrlich geführter Schlag eines ehrlichen Ritters, sondern nur eine von diesen vermaledeiten Kugeln, mit denen ihn jeder Troßknecht vom Roß holen und in die Hölle schicken kann. Diese verfluchten Arkebusiere! Sie sind doch jedem Ritter überlegen.«

»Sprecht nicht so vom Rittertum, Herr, ich wüßte nichts, was größer, edler und lohnender wäre, sein Leben dafür hinzugeben.«

»Ich schon. Wahrhaftig, wenn ich noch einmal jung wäre, ich würde dreist ein Mönch, um mein Leben so richtig ausleben zu können.«

»Aber . . .«

»Aber was soll das. Viel Glück Euch, junger Held, in der morgigen Schlacht«, verabschiedete sich der Fremde. »Ihr seid wahrhaftig zu spät zum Ritter geschlagen worden – und dabei noch so jung. Alle Heiligen und alle Teufel sollen Euch beschützen!«

Weg war der Mann mit dem verwegenen Aussehen und dem französisch-fremdartigen Klang in der Stimme. Weg, verschwunden in der Masse der Ritter und Knappen und Fußsoldaten. Und Hartmann stand immer noch auf demselben Fleck, das Bild der jungen, blonden Jeanne d'Arc vor Augen und die letzten Worte des Fremden im Ohr: »Alle Heiligen und alle Teufel sollen Euch beschützen!«

Wie kann man die Heiligen mit den Teufeln zugleich anrufen, überlegte er. Wo sie doch gegeneinander kämpfen, unversöhnliche Gegner vom Anfang der Welt an und für alle Zeiten. Der Fremde hatte ihm sein Weltbild mehr durcheinandergebracht als das ganze bunte Gewühl des Feldlagers, mehr auch als der Gedanke an die morgige Schlacht. Ich sollte nach Bruder Heinrich Ausschau halten, und ich sollte ihm erzählen, wie der Fremde mir Glück gewünscht hat. Hören, was er dazu sagt. Auf Bruder Heinrich zu hören, wird mir ja ständig ans Herz gelegt. Aber in diesem Falle – der Jungritter Hartmann II. von Handschuhsheim würde sich noch wundern.

7. KAPITEL

Der hier, der da und jener dort, jeder hatte den anderen gesucht. Als sie sich nun endlich gefunden hatten in dem Durcheinander von Menschen, Zelten, Kästen, Waffen, Wimpeln, Maultieren und Pferden, da wunderte sich jeder über den anderen.

Hartmann trat vor seinen älteren Brüdern Henne und Heinrich und dem Vetter Heinrich so großartig auf, als wollte er sich den englischen König zum Frühstück als Duellgegner leisten: Rache für den Tod der schönen Jeanne d'Arc. Sein Bruder Heinrich dagegen sah ihn mit einem Blick an, der geradewegs aus dem Jenseits zu kommen schien. Und er ließ Hartmann kaum zu Wort kommen, als der ihnen von dem sonderbaren fremden Ritter erzählte.

»Alle Heiligen und alle Teufel sollten mich beschützen, hat er gesagt. Was soll man davon halten?«

»Der Mann hat es nur gut gemeint mit dir«, versuchte Bruder Heinrich ihn zu beruhigen.

»Aber die Heiligen und die Teufel, das geht doch nicht zusammen.«

»Doch, das geht. Der Mann hat die Wahrheit gesagt. Es geht. Du mußt nur stark sein im Glauben.«

»Aber was erzählst du dem Jungen da«, mischte sein Vetter sich ein. »Du machst ihn ja nur verwirrt.«

»Du hast recht, Vetter. Was mir da auf die Zunge gekommen ist, das solltest du schnell wieder vergessen, Hartmann. Und du auch, Henne. Euch wollte ich ganz was anderes sagen, das ihr wissen müßt. So hört denn gut zu: Falls mir etwas zustößt in der Schlacht, dann ist mein Vetter

Heinrich IV. der Führer unseres Lehens. Ich bestelle Heinrich IV. hiermit zum Vormund über meinen unmündigen Sohn Diether. Ihr beide sollt in ihm allzeit mich, euren älteren Bruder, sehen, ihm stets gehorchen und mit ihm Frieden halten. Aber nun zu dir, Heinrich, mit dir habe ich noch über dein neues Amt zu sprechen. Komm mit, wir werden uns ein Plätzchen suchen, wo uns niemand stört.«

Damit zog er seinen Vetter weg von den Brüdern und ging mit ihm abseits. Hinter einem Stapel von Transportkisten mit Rüstungsstücken ließen sie sich auf einem langen Kasten nieder. Er war vermutlich voller Büchsen. Ihr Besitz wirkt ja so beruhigend. Im übrigen sind Rüstungsgüter traditionell sehr diskrete Dinge. Warum sitzen wir nicht öfter so schön nebeneinander, dachte sein Vetter, so ruhig, in die Ferne sehend, reglos, wortlos – und glücklich, bis Heinrich V. ihn unterbrach: »Das ist das letzte Mal, daß wir so zusammensitzen. Morgen wirst du mich ins Grab legen, Vetter.«

»Heinrich, was sagst du da!« Der Vetter sprang auf und sah sein Gegenüber mit irren Augen an. »Glaubst du, daß ich dich nicht beschützen würde? Dich, Heinrich, das Haupt unserer Sippe.«

Heinrich zog seinen Vetter wieder an seine Seite. »Mit keinem Gedanken zweifle ich an dir und deiner Tüchtigkeit. Aber – selbst wenn du wie der heilige Michael mit einem Flammenschwert kämpfen würdest, du kannst nichts daran ändern: Ich bin an das Ende meines Weges gelangt. Ich weiß es. Und deshalb ist jetzt die Stunde gekommen, dir zu sagen, was du wissen mußt.«

Doch der Vetter war nicht begierig, noch mehr Neuigkeiten zu erfahren. Er war jetzt mit Wichtigerem beschäftigt, mit der Vorbereitung auf die morgige Schlacht. Und er war einfach nicht einverstanden mit der Art, wie Heinrich aufgab. Er wollte es nicht wahrhaben, daß der Mann, der sich in jeder noch so schwierigen Situation zurechtgefunden hatte, seinen nahen Tod für eine unausweichliche Tatsache ansah.

»Gott hat uns zwar ein Ende bestimmt, ja, aber er kündet es uns niemals an«, versuchte er Heinrich umzustimmen.

»Das ist wahr.«

»Und auch die Heiligen, die wir verehren und die uns oftmals helfen, sie verraten uns weder den Tag noch die Stunde unseres Endes.«

»Auch das ist zweifellos wahr.«

»Aber wenn das eine so wahr ist wie das andere, dann kann nicht wahr sein, daß du weißt, daß morgen dein irdischer Weg endet.«

»Du hast einen scharfen Verstand, Vetter. Du wirst es noch weit bringen mit dieser Art, klar und Schritt für Schritt zu denken. Und ich bin sicher, richtig entschieden zu haben, daß ich dich zum Vormund über meinen Sohn Diether bestellt habe und nicht einen meiner Brüder. Und doch, in diesem Falle irrst du. Denn es gibt mehr zwischen uns und der Ewigkeit als allein Gott und die Heiligen.«

»Du meinst den Satan, Heinrich?« kam es zögernd, nach einer längeren Pause. Und als Heinrich V. nur stumm nickte: »Du bist also ein Verehrer des Teufels? Ist das wahr? Bist du das? Du – mein Vetter?«

»Wer Gott verehrt, der verehrt auch den Teufel, weil der eine nicht ohne den anderen ist. Gemeinsam regieren sie die Welt.« Sein Vetter starrte nachdenklich vor sich hin. Deshalb fuhr er fort: »Du kennst – neben dem Eingang unserer Burg – den vorgebauten Turm, in dem die Burgkapelle ist. Das ist der Ort, an dem du dich einfinden sollst, wann immer du in Not bist. Unsere Kapelle ist von dem heiligen Abt Anselm persönlich dem heiligen Michael geweiht worden. Damit steht sie der Michaelskirche auf dem Heiligenberg gleich. Denk immer daran, daß wir diesem starken Beschützer anempfohlen sind.«

Sein Vetter schwieg immer noch, nickte nur einmal kurz.

»In diesem Turm«, fuhr Heinrich fort, »ist aber außer der Kapelle noch ein weiterer Raum von besonderer Bedeutung. Und den kennst du noch nicht. Aber auch diesen Raum sollst du in jeder Gefahr aufsuchen. Es ist der Keller unter der Kapelle. Ihn wirst du nur immer allein betreten.

Und du wirst das Tor stets sorgfältig hinter dir verschließen, wenn du hinein- und hinausgegangen bist. Nichts wirst du finden in diesem Keller, gar nichts. Und du wirst auch nichts hineinbringen, und sollte es noch so eng werden in der Burg. Dieser eine Raum bleibt leer und allein dir vorbehalten. Damit du dich in der Stunde der Not dort vor der Wand auf die Knie werfen kannst, gleich rechts neben dem Eingang. Merk es dir gut. Dann beuge dich vor und schlage mit der nackten Stirn dreimal gegen die Wand und sprich die Worte: Hilfe, Hilfe, Hilfe. Und wenn du es hohl dröhnen hörst, dann kannst du beruhigt der Gefahr ins Auge sehen. Du bist vor ihr gefeit. Wenn es aber mit einem fremden Geräusch antwortet, sobald du mit der Stirn an die Wand schlägst, mit einem sonderbaren Klirren und Rasseln, wie es mir geschehen ist, gestern, unmittelbar vor unserem Aufbruch, dann weißt du, daß dein Ende nahe ist. Dann ist Eile geboten. An diesem Tag, spätestens aber an dem Tag, bevor mein Sohn mündig wird, mußt du und darfst du, aber keinesfalls früher, meinem Sohn Diether das Geheimnis dieses Kellers anvertrauen, das Geheimnis unseres Geschlechts. Und du mußt ihm dieselbe Verpflichtung auferlegen, wie ich sie dir jetzt auferlege und wie mein Vater sie mir auferlegt hat und sein Vater ihm und so fort: Dann sofort, aber niemals früher und auch nicht später, muß das Geheimnis unseres Geschlechts an den weitergegeben werden, der der Führer des Lehens ist. Und nun hör gut zu, was das Geheimnis unserer Familie ist, durch das unser Geschlecht so stark und erfolgreich ist, durch das es aber auch eines Tages sein Ende finden wird, weil das Geheimnis nicht in der richtigen Stunde weitergegeben wird. Verflucht der Mann aus unserem Geschlecht, der die Stunde verpaßt. Der ins Grab fährt, ohne das Geheimnis seinem Sohn anvertraut zu haben. Er fährt geradewegs in die Hölle.«
Überflüssig, seinen Vetter zu ermahnen, er solle gut zuhören. Der war so ergriffen von dem dramatischen Ernst, mit dem Heinrich sprach, daß er keine Bewegung machte und kein Wort sagte, um nur ja nichts von dem zu überhören,

was sein Vetter ihm nun mitteilte. Mit beinahe tonloser Stimme sprach Heinrich weiter, nachdem er sich noch schnell vergewissert hatte, daß niemand hinter den Kästen hockte und lauschte. Und es war wirklich niemand sonst in der Nähe. So war das Ergebnis, daß tatsächlich nur die beiden Heinrichs dieses Geheimnis kannten und kein Mensch sonst. Tut mir leid, liebe Leserin, lieber Leser, aber das war Absicht.

8. KAPITEL

Wie so eine Schlacht für jeden einzelnen einen anderen
Ausgang nimmt und so mancher nicht mehr geht

Wie schön das sein kann; man möchte glatt mit Dichterzungen sprechen: Hörner erschallen, lassen sich auf ein fröhliches Morgenständchen mit den Vögeln ein, und die junge Sonne lacht... Doch wenn die Hornsignale zur Schlacht rufen, sieht die Welt anders aus. Ein tückischer Überraschungsangriff der Gegner in der Nähe der Ortschaft Bulgnéville. In aller Frühe, zur halben Nacht noch. Also unausgeschlafen, ungewaschen und ohne Frühstück in die Rüstung klettern, mit einigen besonders saugfähigen Lappen in der Hose, Ritterpampers, weil es beim Kampf um Leben oder Tod, Mann gegen Mann, nicht etwa das Herz ist, das einem unweigerlich in die Hose rutscht. Nach den Waffen greifen, zu seiner Fahne eilen.

Heinrichs Brüder Henne und Hartmann waren etwas enttäuscht von der prosaischen Art, in der die Schlacht begann, ihre erste richtige Schlacht, die lang erwartete Bewährungsprobe als Ritter. Die war nun plötzlich da – und schon in vollem Gange, kaum wußte man wie. Die ersten Reitertrupps prallten bereits aufeinander. Zum Glück hielten die Handschuhsheimer sich nicht lange mit ihrer Enttäuschung auf, sondern die Augen offen. So fanden sie schnell ihren Platz.

Der war, wie am Vortag besprochen, hinter ihrem Bruder Heinrich. Rechts, an dessen ungeschützter Seite, hatte der Vetter Heinrich als starker Beschützer des Hauptes der Familie seinen Platz, weil Heinrich V. sich im Kampfgetümmel stets nach links wandte. Denn er kämpfte mit einer besonders langstieligen Streitaxt. Der athletisch gebaute

Mann drängte sein Pferd immer von rechts an den Gegner heran, parierte mit seinem Schild dessen Angriff und teilte dann schnelle Schläge von ungeheurer Wucht aus. Seine Streitaxt mit ihrer schweren, keilartig stumpfen Klinge zerschlug auch die besten Helme und Rüstungen. Heinrich V. selbst trug einen mit besonders dicken Eisenplatten verstärkten Harnisch. Eine Neuanfertigung. Seine Antwort auf die Entwicklung der Kriegskunst, die den gepanzerten Ritter neuerdings mit Geschossen aus schweren Handfeuerwaffen bedrohte.

Der Vetter wich nicht von Heinrichs rechter Seite. Er hieb und stach mit dem Langschwert zu, und das mit solcher Geschicklichkeit und mit so viel Erfolg, daß Heinrich V. sich nicht ein einziges Mal um seine ungeschützte rechte Seite zu kümmern brauchte. Der Vetter hatte seinen Schild auf den Rücken gehängt und sein Schwert mit beiden Händen ergriffen, um ihm noch mehr Wucht zu geben. Die Pferde der beiden Kämpfer blieben Seite an Seite, als wären sie fest aneinandergebunden. So waren die beiden Ritter beinahe unangreifbar. Und so schlugen sie sich in die Reihen der Feinde hinein, daß die glauben mußten, es mit leibhaftigen Teufeln zu tun zu haben. Wir würden sie heute wohl eher als eine gewaltige Kampfmaschine bezeichnen, eine mit zwei Köpfen, wenn man die Pferdeköpfe nicht mitzählt. Dabei sahen die mit ihrer Panzerung nicht weniger martialisch aus als die Köpfe der Ritter in der Hundsgugel mit aufgestecktem Visier, durch dessen schmale Schlitze man nicht ausmachen konnte, wohin der Ritter gerade sah. So wußte man nie, wohin er im nächsten Augenblick schlagen würde.

Ein prächtiges Bild müssen wir beide abgeben, ging es dem Vetter durch den Kopf. Heinrich von Handschuhsheim und Heinrich von Handschuhsheim, Seite an Seite. Er war glücklich. Das Gemetzel nahm er als verdienten Lohn für das jahrelange Üben, Üben, Üben. Er sah kaum noch Einzelheiten, nur ein wildes Hin und Her. Er hörte das Geschrei rundum, wildes Kampfgeschrei und das Aufschreien Getroffener, hörte Lanzen brechen, Eisen auf Eisen klingen, hin und wieder einen einzelnen Büchsenschuß und dazwischen immer das harte Krachen von Heinrichs Streitaxt neben sich, die wie ein Hammerwerk arbeitete. Ihm klangen sie wie Trommelschläge, die todbringenden Axthiebe. Eine herrliche Musik in seinen Ohren. Er warf nur hin und wieder einen kurzen Blick nach links hinüber, und jedesmal sah er einen Gegner, dem das Blut aus dem zerquetschten Helm spritzte, der vom Pferd sank wie vom Blitz getroffen. Er brauchte überhaupt nicht hinzusehen, er brauchte nur auf das Stakkato der krachenden Axtschläge zu lauschen, während er wie rasend mit dem Langschwert um sich hieb.

Bis ihm auffiel, daß das Hammerwerk neben ihm auf einmal langsamer arbeitete. Bis er im Augenwinkel sah, wie Heinrich sich wieder hochreckte zum nächsten Schlag, diesen Schlag aber nicht ausführte, sondern plötzlich in sich zusammensackte. Wie seine Arme einfach runterhingen, die Streitaxt zu Boden fiel, der schwer gepanzerte Mann vom Pferd rutschte, während er selbst jetzt noch schneller und kraftvoller nach rechts und links seine wuchtigen Schläge austeilen mußte, um die triumphierenden Gegner zurückzudrängen. Mit einer energischen Handbewegung holte er Heinrichs Brüder und die Handschuhsheimer Reisigen dichter an sich heran, ließ sie einen engen Kreis um ihn und Heinrich bilden, der bewegungslos neben seinem Roß lag.

Vier Mann vom Fußvolk, das schnell herandrängte, packten Heinrich von Handschuhsheim und schleppten ihn aus dem Kampfgetümmel weg, von dem Kreis der anderen geschützt. Heinrichs Brüder Hartmann und Henne schlugen bei diesem Rückzug derart wütend um sich, daß der Vetter sich um seinen Verwandten kümmern, seinen Kopf hochhalten konnte. Als sie den Reglosen endlich in einem kleinen Waldstück in Sicherheit gebracht und mühsam aus seiner Rüstung befreit hatten, stellten sie mit Entsetzen fest, daß er tot war. Und sie standen ratlos und verzweifelt um ihn herum, weil sie nicht die kleinste Verletzung an dem Toten entdecken konnten. Auch die prächtige neue Rüstung war bis auf viele Kratzer unbeschädigt.

»Keiner kann sagen, er hätte Heinrich V. von Handschuhsheim bezwungen«, sagte der Vetter schließlich, damit überhaupt etwas gesagt wurde. Und er bedauerte dann auch schon seinen Ausspruch, weil er wußte, jetzt würden die anderen wie er selbst auf den Gedanken kommen: Nur der Satan persönlich kann diesen tapferen und starken Mann bezwungen haben.

Es war dann der Älteste der Reisigen, der ihnen endlich aus der Verlegenheit half: »Die neue, schwere Rüstung meines Herrn war sein Bezwinger«, sagte der. Und als die anderen nicht wußten, was sie davon zu halten hätten: »Ich habe schon früher zweimal Ritter gesehen, die gerade so im Kampf vom Pferd gesunken sind, ohne daß sie einen richtigen Hieb oder Stoß abgekriegt hatten – oder einen Schuß. Ihr Herz hat einfach aufgehört zu schlagen, von der übergroßen Anstrengung zersprungen. Es war zuviel, wie diese Recken in ihren schweren Rüstungen getobt hatten.«

Als das Fähnlein der Handschuhsheimer erneut durch die Rheinebene zog, auf dem Weg nach Hause, da sah es nicht mehr so prächtig aus. Mit müdem, traurigem Schritt ging es heimwärts. Und einer fehlte: das Haupt der Familie, in fremder Erde bestattet.

Statt seiner ritt der Vetter Heinrich IV. vorneweg, allein. Und er war jetzt gern allein, mußte er doch soviel auf einmal überdenken: Wie er es Heinrichs Frau sagen sollte, wie er sich als der Vormund des neuen Herrn auf Burg Handschuhsheim verhalten sollte und was Heinrich V. ihm am Tag vor seinem Tod mitgeteilt hatte.

Auch Heinrichs Brüder waren sehr nachdenklich geworden. Mit einem Male sah sogar der tatendurstige junge Hartmann die Welt mit anderen Augen. Er dachte an den sonderbaren Ritter im Feldlager, der gesagt hatte, das Leben eines Ritters sei doch nur eine einzige Prügelei. Nun mußte er ihm nachträglich recht geben. Und zum Schmerz über den verlorenen Bruder, mit dem er sich so

gut verstanden hatte, kam die Wut darüber, daß seine
Freude am Rittersein so kurz gewesen war, so verdammt
kurz. Wenn in diesem Leben alles, auf das man sich freut,
so schnell den Glanz verliert, schimpfte er in sich hinein,
dann soll der Teufel dieses Leben holen!

9. Kapitel

Was alles einen Kurfürsten beschäftigt, wenn er nicht gerade einen neuen König zu wählen hat

Heinrich V. war tot, sein Vetter Heinrich IV. der neue Herr der Tiefburg. Genaugenommen zwar nur der Vormund des neuen Herrn, des Kleinkindes Diether. Aber das Faktische ist ja immer stärker als das Rechtliche. Und die ganze Familie, auch die Brüder des Verstorbenen, erkannten den neuen Herrn ohne jede Einschränkung an. Das furchtbare Erlebnis, den Bruder sterben zu sehen, hatte die beiden Jungritter reifen lassen. Da war auf einmal nichts mehr übrig von der jugendlichen Ungeduld. Mit ruhig-ernster Miene berieten sie sich in wichtigen Fragen mit ihrem Vetter. Und taten dann, was der für richtig hielt.

Der neue Chef des Clans ließ es zunächst ruhig angehen, immer gut überlegt und sehr vorsichtig. Er wußte, was er zu tun hatte. Die Hauptsache war jetzt, daß Ruhe und Ordnung an der Bergstraße herrschten und alle Abgaben pünktlich geleistet wurden. Darauf hatte er all seine Leute eindringlich verpflichtet. Durch das gemeinsame Kampferlebnis hatte er ein besonders enges Verhältnis zu seinen Verwandten wie zu den Knechten, und diese zeigten alle hohe Achtung und sogar Bewunderung für ihn wegen seiner großartigen Haltung in der Schlacht. Das spürte Heinrich. Und das genügte ihm im Moment. Im übrigen hielt er sich ruhig, um keine unnötigen Streitereien mit irgendwelchen Nachbarn entstehen zu lassen.

Daß der Krieg nicht besser ist als das Würfelspiel, sondern genauso unberechenbar, also möglichst zu vermeiden, das hatte er schon früher gehört, jetzt war es ihm sehr deutlich vorgeführt worden. Es war das so was wie ein Vermächtnis des gefallenen Verwandten, und es war nicht das schlechteste Vermächtnis. Heinrich hatte sich vorgenommen, immer daran zu denken, daß er zwar für den Kampf gerüstet sein müßte, jederzeit, den Kampf aber niemals suchen dürfte. Und genau das wollte er auch dem kleinen Diether beibringen, wenn der erst einmal groß genug sein würde, daß er von Mann zu Mann mit ihm reden könnte. Und wenn dann der Tag gekommen wäre, an dem Diether mündig wird, dann würde er das Familiengeheimis an ihn weiterreichen wie einen Wimpel, und er würde ihm dabei auch klarmachen – bei aller Bewunderung für den Urahn –, daß es kein geschicktes Verhalten ist, eine Fehde nach der anderen vom Zaun zu brechen. In dieser Zeit der Unordnung solle er lieber für sich und die Seinen eine Insel der Ruhe schaffen, um auf ihr leben zu können, glücklich und in Wohlstand. Wenn auch nicht so heldenhaft wie der berühmt-berüchtigte Urahn, würde er dem Jungen sagen, dafür aber sicher viel angenehmer. Es gibt halt noch andere Dinge, die einen glücklich machen können, als nur der Ruhm des Helden und der Heldentod.

Die Töchter, die auf den Burgen ringsum heranwachsen, die werden eines Tages nach diesem Jungen die Hälse rekken, wenn er bei ihnen einreitet. Ich werde schon dafür sorgen, daß er ein ehrenwerter Jungritter wird. Er wird zwar nicht so reich sein wie mancher Adlige, aber er hat als Lorscher Ministeriale eine bedeutende Stellung, die ihm großes Ansehen geben wird. Und was sein Vater mir am Vorabend seines Todes über das Familiengeheimnis Schauriges offenbart hat, davon weiß ja zum Glück niemand. Davon werden allein Diether und ich wissen, und er wird gewiß so eisern schweigen wie ich.

War das Jahr 1431 für die Tiefburgbewohner zum Schicksalsjahr geworden, so wurden die nächsten Jahre für sie zu einer einzigen Schonzeit. Vor allem, weil der übermächtige Nachbar auf der anderen Seite des Neckars anderes zu tun hatte, als sich um das kleine Handschuhsheim und seine Burgleute zu kümmern. Sehr angenehm!

Dem Pfalzgrafen brachte schon das nächste Frühjahr neue

Aufregung: ein großes Hochwasser. Ihm selbst, der auf den beiden Burgen oberhalb des Städtchens residierte, konnte das Wasser ja nichts anhaben, aber seinen Untertanen verdarb es die Wohnungen und alle Vorräte. Diese Wassernot vom Frühjahr 1432 sollte den Leuten noch lange im Gedächtnis bleiben, zumal sie ihnen überdeutlich gemacht hatte, daß ihr mächtiger Schutzherr ihnen dagegen keinerlei Schutz bieten konnte. Sehr peinlich! Freilich waren die Leute noch lange nicht soweit, aus dieser Erkenntnis Konsequenzen zu ziehen. Sie erduldeten einfach. Im übrigen hatten sie nur noch beten können. Oder aber fluchen. Und das eine hatte sowenig geholfen wie das andere.

Ludwig III. vergrub sich hinter seinen gelehrten Folianten. Doch holte die Alltagsbanalität den spätberufenen Privatgelehrten immer wieder ein. Da gab es erneut Streitereien zwischen den Heidelbergern und ihren Studenten. Und seine Hofleute waren nicht besonders geschickt darin, solchen Streit zu schlichten, wollten es wohl auch nicht sein. Der Hochmut der Adligen richtete sich gegen die Studenten, deren geistiger Hochmut ihnen als Konkurrenz erschien. Wer nichts als seine Abstammung hat, ist halt immer besonders empfindlich gegenüber Leuten, die Besseres haben.

Für die Heidelberger, die sich über die scheinbar so faulen Scholaren ärgerten, war die einseitige Antipathie der Hofleute natürlich eine zusätzliche Ermunterung zu Ausschreitungen. Das ging bis hin zu Zusammenrottungen und plötzlichen Überfällen, bei denen sich die Scholaren und die Magister der Universität mehr als einmal in ihren Bursenhäusern verschanzen und um ihr Leben zittern mußten.

Als bei diesen Tätlichkeiten eines Tages ein Student ums Leben kam, mußte der Pfalzgraf und Kurfürst sich persönlich um die Regelung des Vorfalls kümmern. Denn die gesamte Studentenschaft und ihre Lehrer hatten daraufhin beschlossen, der Stadt Heidelberg den Rücken zu kehren. Das wäre das Aus gewesen für die erste Universität auf deutschem Boden, das Aus wohl auch für das weitere Prosperieren des Städtchens selbst.

Ludwig III. wollte es soweit nicht kommen lassen. Er verlangte kategorisch, daß die Totschläger sich freiwillig stellen sollten – was wohl etwas zuviel verlangt war, lieber Ludwig, weil es bedeutet hätte, sich selbst die Schlinge um den Hals zu legen. Wer macht schon so was. So blieb die fürstliche Aufforderung zwar lange in aller Munde, aber ohne Effekt. Darauf hin ließ der Fürst alle, die sich an dem Überfall auf die Studenten beteiligt hatten, des Landes verweisen. Wahrhaftig ein sehr schmerzlicher Eingriff, wie ich dir gut nachfühlen kann, armer Ludwig. Höchst ungern nur verlor ein Fürst dieser Zeit einen Untertan, denn die Bevölkerung war ohnehin schon stark ausgedünnt, und jeder einzelne Untertan bedeutete ja mit seiner Arbeitskraft für den Fürsten eine Einnahme. Aber in diesem Falle war hartes Durchgreifen erforderlich, wollte der Pfalzgraf nicht noch viel mehr verlieren.

Doch war der erhoffte Friede in seiner kleinen Hauptstadt auf diese Weise nicht herbeizuzitieren. Eine hochnäsige Adelsclique, das unruhige Studentenvölkchen und die schwer arbeitenden kleinen Leute, das Zusammenleben so grundverschiedener Menschengruppen auf engstem Raum sorgte für immer neue Schwierigkeiten. Nach dem harten Durchgreifen des Pfalzgrafen hatten die Studenten Oberwasser, die Bürger und Bauern und Handwerker Heidelbergs aber das Gefühl, der Landesherr sei grundsätzlich gegen sie. Und aus diesem Gefühl wurden prompt Ängste. Und schon erschienen ihnen die Studenten nicht mehr nur als Nichtsnutze, nun wurden sie sogar als Gefahrenpotential gesehen. Plötzlich ging das Gerücht um – und wie das bei Gerüchten so ist, wußte kein Mensch, woher und wieso man es behauptete –, die Studenten hätten sich heimlich verschworen, an einem bestimmten Tag die Stadt an sechzig Enden anzuzünden und die ganze Bürgerschaft auszuräuchern. Plötzlich gab es überhaupt kein anderes Thema mehr. Einer machte den anderen verrückt mit seiner Angst vor den gefährlichen Studenten, und der Kurfürst hatte schon wieder keine Ruhe mehr zum Lesen. Eine brisante Situation. Da nützten keine beruhigenden Erklärungen vernünftiger Leute, da nützte auch kein schnelles Dementi des Rektors der Universität. Die ganze Stadt war in heller Aufregung, als ob die Franzosen kämen; dabei ließen die sich doch noch zweihundertfünfzig Jahre Zeit mit dem Anzünden der Stadt.

Schließlich sah sich die Leitung der Universität gezwungen, sämtliche Scholaren einen förmlichen Eid ablegen zu lassen, Mann für Mann und alle bei Gott, der dabei überhaupt nicht mehr zur Ruhe kam – einen Eid des Inhalts, daß sie der Herrschaft, den Räten und der Stadt keinen Schaden zufügen wollten. Man beachte die Reihenfolge.

Mit dem Pfalzgrafen und Kurfürsten Ludwig III. ging es unübersehbar bergab. Er war inzwischen fast völlig blind. Das Regieren wurde dadurch aber nicht leichter, wie man vielleicht vermuten könnte. Jetzt erst wurde deutlich, was für eine Musterexemplar von einem Landesfürsten er immer gewesen war: Umsichtig und energisch für sein Land eintretend, sowohl der Machtpolitik als auch den Wissenschaften zugetan, streng und fromm zugleich. Wenn ihm auch die hohe Geistlichkeit um so leichter eine fromme Stiftung nach der anderen abhandeln konnte, je näher das Grab ihm rückte. Das Land hatte es ja, und er wollte seine ewige Ruhe haben. Sein großes Problem war der Nachfolger.

Zu wissen, daß man nicht mehr lange das Glas in der Hand halten kann, und dabei zusehen, daß der einzige Sohn immer noch ein Kind ist, das ist hart. Sein erster Sohn Ruprecht, von seiner ersten, früh verschiedenen Frau Blanca von England, war schon mit zwanzig Jahren gestorben. Klein Ludwig, jetzt sein ältester Sohn, von seiner zweiten Frau, Mathilde von Savoyen, war erst im Jahre 1424 geboren. Bis der regierungsfähig sein würde, könnte er sicher nicht mehr durchhalten, das wußte er. Deshalb bestellte der alte Vater vorsichtshalber schon frühzeitig einen Vormund für den Kleinen, und zwar den Oheim Otto von Mosbach. Der war der jüngste Bruder Ludwigs III. und der einzige, mit dem er sich gut verstand – auch der einzige, dem er über den Weg traute. Hatte doch Ludwigs nächstjüngerer Bruder Johann bereits erkennen lassen, daß es ihn selbst danach gelüstete, den Kurhut zu tragen, und der nach ihm folgende Bruder, Stephan, hatte sich schon mehrfach auf die Seite von Ludwigs Gegnern geschlagen. Bei so wenig Familiensinn dieser Brüder blieb nur Onkel Otto.

Diese Familiengeschichten hier so ausführlich zu bringen, hat seinen guten Grund. Denn erstaunlicherweise funktionierte diese Vormundschaftsregelung, während eine andere, einige Jahre später, nicht mehr so reibungslos durchzuführen war, wie wir sehen werden. Irgendwie kam Ludwig III. mit dem in Rechtsfragen sehr pingeligen Kaiser Sigismund klar, irgendwie auch mit den eigentlich entgegenstehenden Reichsgesetzen. So konnte er Ende des Jahres 1436 beruhigt die Augen schließen. Er sah ja eh nichts mehr. Klein Ludwig war nun zwölf Jahre alt und wartete darauf, Kurfürst Ludwig IV. zu werden, und viel später sollte er zu diesem Titel sogar den Ehrentitel »Der Sanftmütige« dazubekommen.

Genau ein Jahr später starb Kaiser Sigismund und ein halbes Jahr darauf auch die Mutter von Klein Ludwig, Mathilde von Savoyen. Für den deutschen König gab es bald einen Nachfolger, König Albrecht II., für die Mutter gab es keine Nachfolgeregelung. Nicht nur für den jungen Ludwig sah deshalb plötzlich die ganze Welt verändert aus. Die Karten waren neu verteilt, und ob sie gut gemischt waren, müßte sich erst noch zeigen.

Von der anderen Seite des Neckars aus verfolgte man natürlich mit besonders wachen Augen und Ohren die Vorgänge in Heidelberg. Man war froh über jedes Jahr, das man in Ruhe gelassen wurde, wußte man doch, daß das sicher nicht so bleiben würde. Eine der grundlegenden Erkenntnisse des sogenannten kleinen Mannes heißt ja: So kann das nicht weitergehen. Und damit hat er noch immer recht behalten, denn stehengeblieben ist die Uhr der Geschichte noch nie. Die Handschuhsheimer wußten darüber hinaus: Solange die Pfalzgrafen mit sich selbst, mit ihresgleichen und mit dem Kaiser beschäftigt sind, kann

Handschuhsheim es sich im Windschatten der Geschichte gut sein lassen.

Vom rechten Neckarufer aus sah man deswegen ruhig zu, wie Heidelberg und seine mächtigen Herren mit tausend großen Kleinigkeiten beschäftigt waren. Man konnte zwar nicht alles verstehen, aber doch über manches lächeln und vielsagend dazu schweigen. Vor allem aber: Man konnte ohne Angst vor dem starken Nachbarn seine Weinstöcke hochbinden, seinen Kohl anbauen und den Dinkel ernten, und man konnte die kirchlichen Feste feiern, wie sie fielen, und die Frauen schwängern. Was wollte man mehr. Vom Streben nach Glück war ja noch keine Rede. Glücklichsein, so hatten sie sich sagen lassen, findet erst im Jenseits statt. Man nannte das die ewige Seligkeit.

10. Kapitel

Wie aus Klein Diether ein ungeduldiger Jung Diether
wird und dessen Onkel sich aufs Turnier vorbereitet

Klein Diether verbrachte seine Kindheit mit den üblichen Spielen: Ertüchtigung für ein Leben voller Kampf. Daß man so was spielen nennt, darüber dachte er nicht nach. Die Großen taten es ja auch nicht. Kinder genug in der Burg. Sein Vetter Dam war kaum jünger als er, seine Base Margarethe war so alt wie er. Aber nur ein Mädchen, würde er selbst diese Gleichstellung kommentiert haben. Seine Schwestern Kunigunde und Margarethe waren ein paar Jahre älter beziehungsweise jünger als er. Zu ihnen hatte der zukünftige Held deshalb schon etwas mehr Abstand. Am liebsten war ihm sein Oheim Hartmann. Der erzählte ihm von dem Bauernmädchen, das eine Ritterrüstung getragen und wie ein richtiger Ritter gekämpft hatte. Jeanne d'Arc war dem kleinen Diether schon ein Begriff, da war er gerade erst etwa acht Jahre alt. Das mit der Jungfrau, wovon immer die Rede war, verstand er zwar nicht. Aber daß der Harnisch des Mädchens ganz anders gebaut war, das brachte ihn doch schon früh dazu, etwas genauer hinzusehen bei den marginalen Unterscheidungsmerkmalen von Frau und Mann. Onkel Hartmanns gestenreicher Vergleich der Jeanne d'Arc mit der Muttergottes in St. Vitus fiel so plastisch aus, daß er ihn sein Lebtag nicht mehr vergessen konnte. Den Onkel, der schon bald darauf sterben sollte, schon.
Diethers Vormund, Onkel Heinrich, hatte andere Vorstellungen von der Vorbereitung des Jungen auf seine Aufgabe als Führer des Handschuhsheimer Lehens. Er legte Wert auf eine intensive Ausbildung im Waffenhandwerk.

Außerdem sollte der Junge mit möglichst vielen Menschen zusammengebracht werden, um auf diese Weise frühzeitig einen Blick für die wesentlichen Unterschiede zu bekommen. Der Onkel freute sich über jeden fahrenden Ritter, der zur Tiefburg kam, und er ließ die Fremden bei einer Kanne Wein nach der anderen ausführlich erzählen. Dabei übernahm er selbst es, für den kleinen Diether die notwendigen Zwischenerläuterungen zu geben. Der Junge lernte schnell und hatte schon bald mehr Interesse an dem, was sein Onkel unerklärt unter den Tisch fallenließ, und auch an einem Schluck Wein als an den Großtaten der Ritter, die sich für ihn irgendwie immer gleich anhörten.

Dabei war es manches Mal nicht einfach, sich mit den fahrenden Rittern zu unterhalten. War da doch eines Tages einer eingeritten, der kam von den Britischen Inseln. Der stattliche Recke hatte feine Umgangsformen, die er auch besonders vorführte, aber er sprach ein Sächsisch, das so fremd klang, daß die Handschuhsheimer kein Wort verstehen konnten. Nichts außer seinem Namen – oder was sie dafür hielten. Denn er sagte alle paar Augenblicke: »Thänkselot.«

Dieser Ritter Thänkselot hatte den jungen Diether ganz besonders beeindruckt. Nicht daß der danach auch angefangen hätte, beim Sprechen mit der Zungenspitze gegen die Zähne zu stoßen, nein, ihm wurde vielmehr durch dieses Musterexemplar eines Ritters klar, daß es bei einem richtigen Rittersmann nicht aufs Wortemachen ankommt. Haltung ist alles.

Inzwischen war drüben in Heidelberg der Kurfürst gestorben. Und auch dort war der Nachfolger noch zu jung für sein hohes Amt. Er wurde von seinem Oheim und Vormund Otto von Mosbach aufgezogen. Aber er war wenigstens schon dicht davor, mündig zu werden, und so beneidete Diether ihn. Bald würde er Pfalzgraf und Kurfürst Ludwig IV. heißen. Diether hatte keine Hemmungen, sich mit ihm zu vergleichen. Er wurde ungeduldig. Und sein Onkel bemerkte die Ungeduld mit Unruhe.

Es kam mal wieder neue Kunde von der Kirche. Ihr war etwas eingefallen, was zwar nicht in der Bibel stand, aber schön war, nämlich daß sie allein seligmachend sei. Ja, wer denn sonst sollte für unsere Seligkeit zuständig sein, fragte man sich in Handschuhsheim. Manch einer hatte zwar prompt eine Antwort zur Hand: seinen Krug Wein. Darüber lachte man, da machte man natürlich auch gern mit, doch wußte man, wie lange diese Seligkeit anhält: immer nur bis zum nächsten Kater. Da war es doch gut, daß man die Kirche hatte. Für die Ewigkeit. Ja, man dachte durchaus über den Tag hinaus in Handschuhsheim. In der Tiefburg wußte man sogar, was es damit auf sich hatte, mit diesem Anspruch der Kirche, allein seligmachend zu sein. Ein fahrender Ritter hatte erzählt, was er in Spanien gesehen hatte. Moscheen statt Kirchen, wo man hinschaute. Pluderhosen und Krummsäbel und Turbane. Da lebten die Muslime, als gehörte ihnen die ganze Welt, hatte er sich erregt. Dabei waren sie nicht einmal getauft. Und kein einziges Kirchenlied kannten sie.

Daß diese Leute, die Mauren, ihnen ansonsten in allem weit voraus waren, in der Musik und Literatur wie in den Naturwissenschaften und der Medizin, das hatte der Ritter nicht gesehen – oder ganz einfach nicht sehen wollen. War ja auch zu peinlich.

»Ja, die Ungläubigen, das ist die große Gefahr unserer Zeit«, hatte der fremde Ritter gesagt und sich dabei mit grimmigem Gesicht nach Westen gewandt: »Deshalb denkt immer daran, die Gefahr kommt aus dem Westen.«

Es kamen auch andere als fahrende Ritter ins Dorf. Die Landstraßen waren ja voll von Vaganten: Heilkundige und solche, die sich dafür ausgaben, Studenten ferner Universitäten, auch abgefallene Priester, entlaufene Mönche, die sogenannten Lotterpfaffen, daneben Verfemte und Spielleute. Sie alle fanden das Burgtor verschlossen.

Diether hatte als Kind zwar hauptsächlich mit Mädchen gespielt, wurde dafür aber von Männern erzogen: von seinem gestrengen Vormund, daneben von seinem erzählfreudigen Onkel Hartmann. Und nachdem der gestorben war, nahm sich nun Onkel Henne um so mehr des Jungen an –

was für Diether besonders reizvoll war, weil Onkel Henne dabei war, sich auf das große Turnier in Landshut vorzubereiten. Das sollte im folgenden Jahr stattfinden. Ein ganz besonderes Ereignis für einen Ritter, gab es diese großen Turnierveranstaltungen doch nur in langjährigen Abständen, so daß ein junger Ritter eine solche Gelegenheit, sich zu beweisen, mit hoher Wahrscheinlichkeit nur einmal oder höchstens zweimal in seinem Leben geboten bekam und deshalb keinesfalls verpassen durfte. Wer wußte denn, ob er nicht schon beim nächsten Turnier zu alt oder zu krank, vielleicht auch gerade zu schwer verletzt sein würde. Denn dieser Sport war nur etwas für junge und junggebliebene Ritter – das heiße Vergnügen einer Jeunesse dorée in Samt und Eisen.

Solch ein großes Turnier hatte zwar erst im Jahre 1436 in Stuttgart stattgefunden. Aber das letzte davor, das war schon 1412 in Regensburg veranstaltet worden. Landshut war deshalb die Chance für Henne von Handschuhsheim, nachdem sein guter Vater, Heinrich V., und auch sein Bruder Hartmann bereits gestorben waren und der Vetter Heinrich IV. sich schon zu alt fühlte für diesen Sport, bei dem es um Leben und Tod ging.

Hatte Hennes Bruder Heinrich sich noch eine Spezialrüstung für die Schlachten des Lothringer Krieges anfertigen lassen, mit stärkeren Stahlplatten gegen die neumodischen Geschosse – ein praktisch denkender Mensch –, so war für Henne die Anschaffung einer speziellen Turnierrüstung wichtiger. Das erste Stück dazu war ein Extrahelm für das Kolbenturnier, ein Helm, der mit seinem Spangengitter freiere Sicht und trotzdem genügenden Schutz bot. Denn der erste Teil des Turniers würde ein Kolbenturnier sein, hatte Henne erfahren. Die Kolben, mit denen dabei gekämpft wurde, waren nicht die schweren, eisernen Streitkolben, wie sie in der Schlacht benutzt wurden, so mit Zacken bewehrt, daß sie jeden Helm zerschlugen. Es würde mit hölzernen Keulen gekämpft werden. Es ging ja nicht darum, den Gegner zu töten, sondern ihn durch die größere Geschicklichkeit in der

Schlagführung aus dem Gleichgewicht zu bringen und vom Pferd zu werfen – eine Sportart, die Henne mit seinen Leuten inzwischen oft genug hinter der Burg geübt hatte. Er konnte so überraschende und blitzschnelle Schläge anbringen, daß er jeden Gegner aus dem Sattel hauen würde.

Doch war ihm dieses Kampfspiel schon bald nicht mehr reizvoll genug gewesen. So wurde die erste große Anschaffung seit dem Tod des Vaters ein spezielles Rennzeug, wie er es bei Besuchen auf fremden Burgen gelegentlich gesehen hatte. Dieses »Rennzeug« dürfen wir ruhig mit einem Rennwagen vergleichen, was die Gefährlichkeit des Sports und den enormen finanziellen Aufwand betrifft. Vergleichbar auch insofern, als das Zeug im Alltag nicht zu gebrauchen war. Es kostete fast soviel wie eine Hufe, das heißt ein mittelgroßer Bauernhof.

Kein Wunder, daß Hennes Schwägerin Guta Ennel energisch gegen diese Anschaffung protestiert hatte. Allerdings vergebens. Frauen waren im fünfzehnten Jahrhundert nicht dazu da, vernünftige Ratschläge zu geben und sich etwa über die fehlende Notwendigkeit solcher Kampfspiele zu äußern. Wo käme das edle Rittertum denn hin, wenn es sich auf so was einließe. Frauen hatten nur zu jubeln beziehungsweise entsetzt aufzuschreien, zu bewundern beziehungsweise zu beweinen. Im übrigen hatten sie Heldensöhne zu gebären. Damit sollte ihr Leben ausgefüllt sein. Alles andere war Angelegenheit der Männer. Eine klare Sache.

Das Rennzeug, das für Henne von Handschuhsheim maßangefertigt wurde, bestand aus einem besonderen Helm, der an die Schallern erinnerte: Er hatte Sehschlitz und Nackenschutz, bedeckte aber nur die obere Gesichtshälfte. Also kein Integralhelm, wie die Hundsgugel, die in der Schlacht getragen wurde. Dafür gab es einen besonderen Eisenbart, der Mund und Hals schützte. An der Brustplatte des Harnischs war rechts ein kräftiger Rüsthaken befestigt, auf den die Rennlanze aufgelegt wurde.

Zu diesem Rennharnisch gehörten mehrere verschieden

große Schilde, hier besser mit der alten Bezeichnung Tartsche vorgestellt, weil ja heute kaum noch einer Schilde und Schilder unterscheiden kann. Zum Scharfrennen wurde eine riesige Tartsche, die bis zum Sehschlitz hinaufreichte, mit Schrauben am Kinnschutz und an der Harnischbrust befestigt. Beim Rennen der beiden Gegner aufeinander zu ging es darum, die Lanze so präzise zu führen, daß die Tartsche des anderen sich von den Halterungen löste und abfiel, oder aber den gewölbten Schild so zu treffen, daß er zersplitterte.

Sich dabei im Sattel zu halten, war das besondere Kunststück, denn der Aufprall der gegnerischen Lanzen gab einen gewaltigen Ruck. Zu diesem Sport gehörten deshalb Pferde, die besonders stark und ruhig waren, Gäule, so unerschütterlich wie Brauereipferde, keine rassigen Rennpferde. Diese Tiere wurden besonders gezüchtet und kosteten ein kleines Extravermögen, mußten aber nicht unbedingt gekauft werden. Es war auch möglich, einen dieser Gäule für das Turnier anzumieten. Zum Rennen wurde ihnen mit einer eisernen Roßstirn die Sicht genommen, damit sie nicht scheuten. Für den Reiter galt im Gegenteil, daß er sehr genau hinsehen mußte, weswegen ganz Verwegene ohne den störenden Helm antraten. Solche helmlosen Rennen, als Wulstrennen oder auch Pfannenrennen berühmt und berüchtigt, waren natürlich ein besonderer Nervenkitzel, weil dabei die Todesrate besonders hoch lag. Dabei gab es auch unter den bestgeschützten Turnierkämpfern immer wieder Tote.

Verständlich deshalb, daß der Turnierhelm mit seinem schönen Helmbusch das einzige Stück war, gegen das Schwägerin Guta Ennel nichts einzuwenden gehabt hatte.

»Mir wäre ja viel lieber, du würdest nicht an dem Turnier in Landshut teilnehmen«, sagte sie zu ihrem tatendurstigen Schwager. »Aber ich sehe schon, ich werde dich nicht davon abhalten können. Doch eines mußt du mir versprechen, hoch und heilig, nämlich daß du nicht ohne Helm antrittst. Ist es nicht genug, daß ich bereits Witwe bin und schon einen Schwager verloren habe? Ich will jetzt nicht auch noch dich verlieren.« – Immer dieser Egoismus der Frauen.

Der Ernst, mit dem Guta Ennel diese Bitte vorbrachte, war offenbar überzeugend. Henne konnte nicht anders, als ihr dieses Versprechen zu geben, auch wenn es ihn um den größten Triumph bringen würde. Denn jene, die derart ungeschützt dem Tod in die Augen sahen, pflegten die eigentlichen Helden des Turniers zu sein, das wußte er. Und doch nur deshalb hatte er sich das Rennzeug angeschafft. Damit er seine Unerschrockenheit in einem Wulstrennen beweisen könnte. Was denn könnte mir passieren, maulte er heimlich, ich bin ja schneller und stärker als alle anderen, die sich mir je gestellt haben.

11. KAPITEL

*Von der großen Reise nach Landshut und der
Rückversicherung Hennes gegen die drohende
Exkommunikation*

Aber zu etwas sind sie doch gut, die Frauen! Das
wurde Henne von Handschuhsheim klar, als er auf das äußere Burgtor zuritt: zum Abschiednehmen. Da stand seine
Schwägerin Guta Ennel Knebel von Katzenelnbogen, die
Frau seines in der Schlacht gefallenen Bruders Heinrich,
am obersten Fenster des hohen Herrenhauses, um ihm
möglichst lange nachsehen zu können. Und sie winkte,
winkte, winkte. Mit einem Tüchlein in den Farben blau,
weiß und rot, den Farben derer von Handschuhsheim. Sie
hatte das Tuch kurzentschlossen in der Mitte durchgeris-
sen, als er sich von ihr verabschiedete, hatte ihm unter Tränen die eine Hälfte in die Hand gedrückt und hatte die
andere Hälfte selbst in der Hand behalten. Für die Tränen
– und zum Winken.
»Und nun winkt sie immer noch«, murmelte er vor sich
hin. »Wenn man sie so sieht«, schüttelte er den Kopf. Was
für eine Unvorsichtigkeit, überlegte er. Aber das Winken
kann ja ihrem Jungen gelten. Wie er sich dauernd umwen-
det und sich kaum trennen kann von seiner Mutter.
Kommst du noch klar, Henne?
Was für eine Nacht, ging es ihm durch den Sinn. Was
könnte selbst eine Hochzeitsnacht Schöneres bringen als
eine solche Abschiedsnacht. Eine Nacht, ausgelebt als wäre
sie die letzte ihres Lebens. Oder meines Lebens? – Egal.
Diese innige Hingabe! Bei der Erinnerung gab er seinem
Roß die Sporen, daß es einen plötzlichen Satz machte und
ihn beinahe abgeworfen hätte. Das wäre ein blamabler Anblick gewesen! Er riß sich zusammen, während er sich wie-

der umwandte und seiner Schwägerin zuwinkte. Mit dem halben Tuch. Nun ziehe ich mit ihrem Tüchlein dahin, als wäre sie meine verehrte Herrin, für die ich in die Schranken trete, zu deren Ehre und Ruhm ich kämpfe. Die hohe Frau, deren Ehrenritter ich bin. Mich nach ihr verzehrend, sie anbetend. Die hehre Frau, für die ich mich todesmutig auf jeden Gegner stürze, wie von Sinnen im Gedanken an sie. Ihr Recke, ihr Verehrer, ihr Held, der sich nach ihr sehnt, immer und ewig, obwohl er weiß, daß er ihr nie und nimmer nahekommen kann. – Aber ich war ihr doch noch in der letzten Nacht so nahe, näher geht's nicht. Und er kam wieder mit seinen Erinnerungen durcheinander und ließ dem Pferd die Zügel schleifen und sagte sich: Nein, ich kann doch nicht als der Ehrenritter meiner Schwägerin antreten. Ich kann nicht die um meinen Bruder trauernde Frau als die minniglich verehrte, hoch über mir und über allen Frauen stehende, hehre Frau in meinem Herzen tragen – und ihr Tüchlein auf dem Herzen, wenn ich mich zum Kampf stelle. Aber sie war ja zu mir wie Mutter, Frau, Geliebte und Schwester in einem. Und wie eine zärtliche Tochter. Und immer noch winkt sie mir nach. Er konnte es genießen, als er sich noch einmal umwandte.

Wir dürfen ihm nicht verübeln, daß er nicht klarkam mit dem Kontrast zwischen dem hohen Ritterideal und der banalen Wirklichkeit. Solange es nur um die Einstellung gegenüber der Frau ging, für die er kämpfte, solange war das ja ungefährlich. Wenn es aber zum Kampf kommen würde, müßte Henne längst wieder Fuß gefaßt haben in seiner Zeit. Und das war nun mal eine Zeit, in der die hehren Ritterideale längst durch brutale Gewalt und üble Tricks abgelöst waren. Guta Ennel hatte gewußt, warum sie den Abschied so intensiv zelebrierte. Manch einer wird nicht zurückkommen von diesem Turnier, hatte sie gedacht. Hoffentlich bleibt nicht auch Henne auf dem Turnierplatz. Deshalb diese Heftigkeit, diese wollüstige Hingabe – als wäre es das allerletzte Mal.

Doch hatte sie dabei etwas lernen müssen, was sie nie geahnt hatte: Diese Nacht, diese unermüdlich begeisterte

Feier der Vereinigung, von der sie angenommen hatte, sie würde ihn sein neues Rennzeug glatt vergessen, ihn für immer in ihrer Umarmung hinschmelzen lassen – denkste, denkste –, diese Nacht beendete er früher als alle anderen. Ungeduldig rief er nach den Mägden, nach heißem Wasser für den Badezuber, nach seinen Knechten, seinen Begleitern.

»Wir haben einen langen Weg vor uns«, erklärte er seine Hast, »und je früher wir ankommen, desto besser werden wir unterkommen.«

Recht hatte er. Wo viele hundert eingerittene Ritter mit ihren Leuten und all den Pferden unterzubringen waren, da wurde es eng. Da konnte selbst ein so vermögender Fürst wie Heinrich der Reiche, Herzog von Bayern-Landshut, der zu diesem Turnier geladen hatte, mit der Organisation in Verlegenheit kommen. Deshalb war Eile geboten.

Dieser Herzog Heinrich XVI. war ein Herrscher, der sein Land mit äußerster Strenge in Ordnung hielt, hatten die Handschuhsheimer gehört. Der sich aber auch um die Belange des Reiches kümmerte, und das unterschied ihn von manchem Standesgenossen. Man erzählte überall von seinem Zug nach Böhmen gegen die Hussiten. Das war erst vor fünf Jahren gewesen. Damals hatte Herzog Heinrich eine Streitmacht von 1400 Schützen und 11000 bewaffneten Bauern aufgeboten, gar nicht zu sprechen von dem gesamten bayerischen Adel, der mitritt.

Henne dachte an seine Geliebte. Es war das erste Mal, daß er ihr für längere Zeit fern sein sollte. Er hatte gemerkt, wie sie sich darüber wunderte, daß er nicht vor seinem Aufbruch zu dieser Reise, wie bei solchen Gelegenheiten üblich, sein Testament machte. Dabei barg so eine Reise mehr Gefahren, als man sich vorstellen konnte. Dazu kam, daß er sein Leben im Turnier riskieren wollte. Aber sie hatte ihn nicht an das Testament zu erinnern gewagt. Sie fürchtete wohl, mich damit unsicher zu machen, wollte sich vor mir wohl auch nicht allzu ängstlich zeigen. Und nicht berechnend. Aber wie sie mir die Sorge für ihr Söhnchen ans Herz gelegt hat, das war deutlich genug. Dabei ist doch Heinrich der Vormund.

Heinrich von Handschuhsheim hatte eingewilligt, daß sein Mündel Diether mit nach Landshut fuhr – als Hennes Page. Dort konnte er Eindrücke sammeln, die ihn für sein Leben prägen würden. Das paßte in sein Ausbildungskonzept: ein Ritter ohne Furcht und Tadel. Aber er selbst war ebenfalls mit von der Partie. Zwar nicht, um am Turnier teilzunehmen, wohl aber, um auf Diether aufpassen zu können. Weil Henne natürlich anderes zu tun haben würde, als den Babysitter zu spielen.

Sie hatten schon daheim angekündigt, daß sie viel Zeit brauchen würden. Das Turnier selbst sollte zwar erst Anfang Dezember stattfinden, sobald der Frost den Boden hart genug gemacht hat. Nur auf hartem Winterboden konnten die tagelangen Reiterspiele ausgetragen werden, sollten die Pferde nicht schon am zweiten Tag im Morast steckenbleiben. Doch mußte man die Reise schon Ende Oktober dieses Jahres 1439 antreten, um unterwegs noch gutes Wetter zu haben, wenn man auch möglichst wenig den Landweg benutzen wollte. Auf dem Wasser war das Reisen viel bequemer als auf den Straßen, um deren Erhaltung sich niemand kümmerte.

So ließen sich Heinrich, Henne und ihre Begleiter zunächst den Neckar hinauf treideln. Auf flachen Kähnen, die vom Ufer aus von Ochsen gezogen wurden. Eine schrecklich langsame Art der Fortbewegung. An manchen Stellen nahmen die Schiffer zwar die Ruder zu Hilfe, und wo es ging, setzten sie auch mal ein Segel, aber dadurch kamen sie auch nicht viel schneller voran. Vom Neckar ging es in die Jagst, den Fluß hinauf bis nach Crailsheim, einer schönen Stadt mit hoch aufragender Burg. Die gehörte dem Burggrafen von Nürnberg, bei dem die Handschuhsheimer sich zunächst einmal von der langen Flußfahrt erholten, waren die Übernachtungen in den primitiven Herbergen am Wege doch nicht das reine Vergnügen. Falls sie überhaupt Betten fanden, in denen sie jeweils zu zweit schlafen durften, konnten sie sich noch glücklich schätzen, wenn sie ohne Flöhe waren. Manchmal mußten sie aber auch mit einer Nacht im Heu oder bei ihren Pferden vorliebnehmen. Und etwas Ordentliches zu essen und zu trinken zu finden, war genauso ein Glücksspiel. In einem mehrstündigen Ritt ging es von Crailsheim aus über die Frankenhöhe nach Osten, durch flaches Land dann hinüber ins liebliche Altmühltal. Von da an kam man schneller voran. Die Altmühl mit ihren unendlich vielen Windungen hinab, das war eine Vergnügungsreise. Als das Boot dann bei Kelheim auf die Donau kam, wurde aus der malerischen Landschaft eine gigantische Szenerie. Die mächtige Donau trug sie durch einen engen Gebirgseinschnitt nach Nordosten. In schneller Fahrt ging es nach Regensburg, wo die Reisegruppe an Land ging. Hier sollte eine mehrtägige Rast gemacht werden.

Die stolze Reichsstadt bot einen imponierenden Anblick. Dagegen erschienen den Handschuhsheimern Orte wie Heidelberg, auch Speyer, Worms und Mainz, nur als größere Marktflecken. Regensburg, das war ein richtiger Handelsplatz. Hier gab es alles, was man sich nur wünschen konnte. Die reichgeschmückten Fassaden der großen Bürgerhäuser verrieten, wie einträglich der Fernhandel mit den italienischen Städten war. Die dreihundertjährige steinerne Brücke über die breite Donau kam den Leuten von der Bergstraße wie ein Wunderding vor. Die hölzerne Brücke über den Neckar wurde immer mal wieder vom Hochwasser weggerissen, und wenn sie erneuert war, wirkte sie auch nicht stabiler als zuvor. Dazu all die prächtigen Kirchen, mit denen Regensburg sich schmückte: St. Emmeram, St. Jakob, St. Ulrich, die Dominikanerkirche und andere mehr.

Genug zu bestaunen und auch Aufforderung genug, für den weiteren glücklichen Verlauf der Reise zu beten – und um ein gutes Abschneiden beim Landshuter Turnier. Es mußte ja nicht gleich die ausgelobte Siegesprämie von 6000 Gulden sein, die dem erfolgreichsten Turnierkämpfer winkte. Henne sagte vorsichtshalber, es gehe ihm nicht ums Geld, es gehe ihm allein um die Ehre, zu den Siegern zu gehören.

Von Regensburg aus zog er mit seinen Begleitern Richtung München auf einer Straße weiter, die direkt gen Süden führte. Sie hatten Glück mit dem Wetter. Der Boden war noch nicht novemberlich aufgeweicht. So kamen sie gut von der Stelle: Von Regensburg nach Landshut, das war mit ausgeruhten Pferden bei zügigem Tempo gerade nur eine Tagesreise.

Den Rückweg wollten sie auf dem gleichen Weg antreten – nur daß sie dann die Flußstrecken, die sie sich hatten treideln lassen, sich treiben lassen könnten. Und umgekehrt. So gleicht sich im Leben alles aus, das wußten die Handschuhsheimer. Die Flüsse waren damals für jeden Reisenden noch genauso ein Erlebnis wie heute die Berge für Wanderer und Radfahrer: mühsam und langsam hinauf, dafür mühelos und schnell hinab. Woran sich die Mentalitäten schieden: Die einen freuten sich schon beim Hinauf auf das Hinab, die anderen grauste schon beim Hinab der Gedanke ans Hinauf. Lebenskunst war halt schon immer eine Sache der Einstellung.

Landshut zeigte sich als ein riesiges Feldlager mit einem Städtchen mittendrin und einer Burg darüber. Nachdem Henne sich beim Turniervogt gemeldet hatte, bekam er für sich und seine Begleiter Quartiere in einem Kloster angewiesen, Quartiere, an denen nichts auszusetzen war – was Henne von Handschuhsheim sich nicht anders denn als ein großes Kompliment deuten konnte: »Ein Handschuhsheimer gilt etwas in der Welt.« Na ja, sagen wir lieber: in der ritterlichen Gesellschaft. Auch wie die Prüfung der Zulässigkeit seiner Teilnahme am Turnier ablief, bestätigte ihm wohltuend: Wir Handschuhsheimer gehören zu den vornehmsten Geschlechtern des Reiches.

Wie jeder Bewerber hatte er zunächst bei der Wappen- und Helmschau seine edle Geburt zu beweisen. Das heißt, er hatte im Rittersaal der Landshuter Burg seinen Schild mit dem Handschuhwappen, seinen Turnierhelm mit dem Helmbusch in den Farben seiner Familie und einige von seinen Ahnen ererbte Schmuckstücke zu präsentieren, um seine Herkunft zu belegen, eine Formalie, die man in seinem Fall schnell erledigte. Keine Probleme. Er war ohne jeden Zweifel berechtigt, am Turnier teilzunehmen.

Nichts konnte einen Ritter mit mehr Stolz erfüllen. Obwohl diese Feststellung auf der anderen Seite hieß: Er war als turnierfähiger Ritter auch verpflichtet mitzumachen. Standespflicht halt.

So war das einzige Problem für den turnierfähigen Ritter, wie er dieses Recht und diese Pflicht und erst recht dieses Vergnügen und die Lebensgefahr mit den Vorschriften der Kirche in Übereinstimmung bringen sollte. Denn die Kirche hatte die Teilnahme an diesen martialischen Spielen mehrfach ausdrücklich verboten. Wenn die Ritter unbedingt kämpfen wollten, so war ihr Standpunkt, dann sollten sie das gefälligst für den Glauben tun, also beispielsweise als Kreuzritter. Und wenn auch in Sachen Kreuzzüge der letzte Zug längst abgefahren war, das absolute Verbot des Turniersports war geblieben.

Doch Henne hatte vorgesorgt. Sie solle sich in den nächsten Tagen öfter in der St.-Vitus-Kirche zeigen, hatte er seiner Schwägerin Guta Ennel dringlichst empfohlen – oder richtiger: befohlen. Und im Gespräch mit dem Pfarrer solle sie schon ankündigen, daß ihr Schwager vorhabe, nach seiner Rückkehr eine fromme Stiftung zugunsten der Mutter Kirche zu machen.

»Ja, das werde ich dem Pfarrer in der Beichte sagen, denn beichten muß ich ihm unsere schwere Sünde ja doch – die schöne Sünde. Dann wird er mir wenigstens nicht die Absolution versagen«, hatte sie sich mit ihm geeinigt.

Henne war es recht. Er wußte, der Pfarrer würde die frohe Botschaft mit Sicherheit sofort weitergeben an den Bischof. Und nur von diesem drohte Gefahr. Denn der Bischof könnte ihn wegen der Teilnahme am Landshuter Turnier exkommunizieren. Der Lehnsherr der Handschuhsheimer Ritter dagegen, der Lorscher Abt, soviel wußten Henne und Heinrich, sah es gar nicht ungern, daß seine Ordnungshüter sich als kampferprobte Recken einen Namen machten. Das würde nur gut sein für die Ruhe und Ordnung an der Bergstraße, und diese Ruhe, diese Ordnung diente dem Gedeihen der ganzen Bergstraße – und damit den Geschäften des Klosters.

12. KAPITEL

*Wie die Herren der Tiefburg in Landshut den Duft der
großen, weiten Welt schnuppern*

Die Burg Landshut wurde für die Handschuhsheimer
zum Inbegriff einer großen Festung. Was ist dagegen unsere Tiefburg, fragten sie sich betroffen. Aber wir sind ja
auch keine Herzöge, widersprachen sie sich dann schnell,
sondern nur Ritter. Und sie bedauerten sogleich das Wörtchen »nur«. Man soll sich nicht selbst klein machen. Ich
bin ein Ritter, machte Henne sich trotzig klar. Und was für
ein Ritter! Ja, mit sich selbst wurde er immer noch fertig.
Ob auch mit anderen, das würde sich erst noch zeigen.
Sein Neffe Diether betrachtete schon mit fachmännischen
Blicken die Befestigungsanlagen, während sie den Zwin-
gerweg entlangritten, vom äußeren Tor hinüber zum Hun-
gerturm.
»Durch diese enge Gasse hinter der südlichen Wehrmauer
müßte der Feind ziehen, wenn er das Vorwerk überwunden hat und in den äußeren Burghof eindringen will«,
überlegte er laut. Links neben ihm der mit schweren Bal-
ken abgestützte überdachte Wehrgang und die vielen
schräg in den Burggraben hinab gerichteten Schießscharten. »Das wäre dann schon alles nutzlos, wenn die Gegner
bis hierher vorgedrungen sind. Aber rechts neben mir der
Hang mit der hohen Stützmauer und der Schildmauer
dort oben. Von dort aus sind die Eindringlinge zu bestrei-
chen, mit Pfeilen, Kugeln und Felssteinen. Richtig, von der
rechten, der ungeschützten Seite her. Was würde ihnen
dann der Schild am linken Arm noch nützen. Da gäbe es
nur noch eins: Absitzen und hier rechts geduckt und dicht
an der Mauer entlang weiterschleichen. Tatsächlich, die

Mauer gäbe einen guten Schutz, sogar gegen herabrollende Steine, die weit über die Mauerkante hinausspringen würden. Seht doch mal, ist die Mauer rechts nicht zu hoch? Hätte ihre Kante nicht mehr abgeschrägt werden müssen, um den Feinden den Schutz zu nehmen?«

Heinrich und Henne wunderten sich, daß der Page Diether die Festungsbaumeister der Bayernherzöge bei einem schweren Fehler ertappt hatte. Und dem gab das auf einmal ein ganz neues Selbstbewußtsein, das er dort in der Fremde auch dringend brauchte.

»Ja, wir Handschuhsheimer sind eben was Besonderes«, sagte der Junge. Und seine Verwandten stimmten ihm gerne zu.

Dennoch kam Henne gar nicht mehr der Gedanke, die prächtige Burgkapelle, die er als erstes aufsuchte, mit der schlichten Kapelle daheim in der Tiefburg zu vergleichen. Er gab sich ganz dem feierlichen Eindruck hin, den dieser Raum des Gebetes auf ihn machte, und betete: für sich und für sein Kampfesglück beim bevorstehenden Turnier. Und auch für seine geliebte Guta Ennel, nach der er sich schon wieder zurücksehnte, kaum daß er sie zwei Wochen nicht gesehen hatte. Nun sah er sie schon in jedem vornehm gekleideten jungen Weib, das ihm begegnete. Doch sprachen die alle so sonderbar, daß er Schwierigkeiten hatte, sich mit ihnen zu unterhalten. Das ließ ihn sehr zurückhaltend werden, was der Treue zur Geliebten förderlich war. Viel lieber sah er seine Guta Ennel deshalb jetzt in der beinahe lebensgroßen Gottesmutter, die in der Burgkapelle über ihm hing. Wie er dabei den Kopf in den Nacken legte, daß es schon weh tat – das war nicht Stolz. Da verband sich bei einem typischen Vertreter des Standes christlicher Ritter, der gerade eben noch kluge fortifikatorische Überlegungen bewundert hatte, auf wunderbare Weise tiefe Frömmigkeit mit einem ganz natürlichen Sehnen nach Umarmungen, was ein köstlich-wohliges Gefühl ergab. Lassen wir ihm den Genuß noch ein Weilchen.

Die Stadt Landshut kam den Handschuhsheimern sehr

sonderbar vor. Sie bestand eigentlich nur aus zwei langen und ungewöhnlich breiten Straßen mit Laubengängen, die Altstadt und Neustadt genannt wurden und doch ziemlich gleich alt aussahen. Prächtige Bürgerhäuser flankierten sie, nicht ganz so überwältigend groß wie in Regensburg, aber doch auch protzigen Reichtum zeigend. Und dazu Stolz und Lebensfreude. Was sind dagegen die schlichten Häuser in Heidelberg, überlegten sie. Aber über Heidelberg geht auch nicht der Salzhandel. Salz, das war es, wovon in Landshut überall die Rede war. Das Salz hatte die Landshuter Bürgerschaft selbstbewußt gemacht, hatte sie sich ein Rathaus bauen lassen, aus drei Bürgerhäusern zusammengefaßt, ein Bauwerk, das eines Fürsten würdig gewesen wäre.

»Als ob sie es ihrem Fürsten gleichtun wollten, der ja nicht zufällig Heinrich der Reiche genannt wird«, meinte Heinrich. Als sie dann im Chorraum der neuen Martinskirche standen, in dieser himmelhohen Halle, und als sie sahen, daß der anschließende, halbfertige Bau des Kirchenschiffs sich noch viel höher aufreckte, ebenfalls ganz aus gebrannten Ziegeln gebaut, und als sie hörten, daß diese Kirche einen Turm bekommen sollte, höher als jeder andere Kirchturm, so hoch, daß er denen da oben auf der Burg in die Fenster schauen könnte, da wurde ihnen die Stadt Landshut unheimlich. Was nehmen die sich heraus, diese Stadtleute? Was glauben die denn zu sein, nur weil sie viel Geld scheffeln? Sie bieten dem Adel dreist die Stirn, diese Händler und Bierbrauer, diese Handwerker und Gastwirte, reichgewordenen Bauern, Winzer und Schiffer. Mit ihren schmutzigen, verarbeiteten Händen, ihren verschwitzten Gesichtern, ihrem ganzen geldgierigen Gehabe dringen sie in unsere Welt ein, so erfolgreich und selbstsicher, daß unsere Welt fast nicht mehr wiederzuerkennen ist. Überall das Wappen der Stadt – drei Helme – dem Wappen des Herzogs – weiß-blaue Rauten – gegenübergestellt wie gleichwertig. Und Bürgermeister, Stadtkämmerer und Stadtschreiber treten auf und werden hofiert, als wären sie regierende Fürsten.

»Denen werde ich beim Turnier zeigen, was sie in Wahrheit sind«, ereiferte sich Henne. »Nichts, überhaupt nichts sind sie im Vergleich mit einem Ritterbürtigen, und schon gar nicht turnierfähig sind sie, diese Geldleute. Gerade nur zuschauen dürfen sie – und staunen.«

»Nur tröstlich«, meinte Heinrich, »daß sie wenigstens noch Kirchen bauen. Und das offenbar mit großem Eifer: Dort ist die neue Martinskirche im Bau, da draußen werkeln sie an einer Kirche für St. Jodok. Und hier am Ende der Altstadt, beinahe schon am Ufer der Isar, bauen sie eine Heiliggeistkirche, auch erst halb fertig, aber schon geweiht und als Gotteshaus genutzt.« Als sie sich den Bau so angelegentlich von außen und innen ansahen, fielen sie dem Küster auf, der sich gleich an sie heranmachte und ihnen nach wenigen Begrüßungssätzen eine Geschichte erzählte, bei der sie sich heimlich fragten, ob sie als Fremde damit gewarnt werden sollten oder ob man ihnen damit einen besonderen Dienst erweisen wollte:

Es ging um einen Mann, der vor einigen Jahren erst den goldenen Meßkelch vom Altar der Heiliggeistkirche gestohlen hatte. Die Hostien habe er einfach unter das Altartuch geschüttet, den Kelch aber habe er durch seine Magd zu einem Goldschmied bringen lassen, um ihn zu verkaufen. Der habe die Sache jedoch dem Richter angezeigt. So sei der Mann eingelocht und verurteilt, mit glühenden Zangen gezwickt und dann lebendig verbrannt worden. Seine Magd habe man an die Schandsäule gebunden und ihr dort die Ohren abgeschnitten.

So einer jungen Maid die schönen kleinen Ohren abzuschneiden für den Gehorsam gegenüber ihrem Herrn, das schien Henne ein wenig übertrieben.

»Ansonsten nichts Außergewöhnliches«, sagte Heinrich. »So was passiert da wie dort, und so bestraft wird es auch anderswo.«

Dem Küster aber gab er einen rheinischen Gulden für die freundliche Mitteilung. Vielleicht auch für den Genuß des Entsetzens über diese ruchlose Tat und ihre Ahndung.

Dann zogen sie sich schnell zurück. Man weiß ja nie so recht, mit wem man es zu tun hat, manchmal nicht einmal bei sich selbst.

13. KAPITEL

Daß uns so ein Turnier etwas fürs Leben lehrt:
Was dich nicht umwirft, bringt dich weiter

Anstrengende Tage in Landshut, und das schon, ehe die Wettkämpfe überhaupt begonnen hatten. So anstrengend, weil es sich um das größte gesellschaftliche Ereignis des Jahrzehnts handelte, genauer gesagt: um die größte Modenschau ihrer Zeit. Einige hundert Ritter in der Stadt, darunter allein siebzig vom alten Landadel. Alle mit großem Gefolge. Da bemühte sich natürlich jeder, noch prächtiger als die anderen zu erscheinen. Und das galt nicht allein für die Damen. Vor allem das Bild des Ritters wurde herausgeputzt bis zum Gehtnichtmehr. Noch mehr festlich gekleidete Begleiter, noch schmuckere Rüstungen für die Herren, noch gewaltigere Sporen und noch mehr Zierrat am Helm, so daß manch einer schon aussah wie ein veritabler Zwölfender. Da stellten sie sich zur Schau, die Herren mit dem vierfachen Wappen im Schilde. Rein adlige Abstammung hieß das. Henne sah es voller Bewunderung – und mit kaum unterdrücktem Neid.

Wer nicht die Mittel gehabt hatte, seinen Harnisch mit künstlerischen Ätzungen oder feinen Ziselierungen und Punzarbeiten, mit Gold und Silber verschönern zu lassen, der legte um so mehr Wert auf sein Gewand. Samt und Satin, Damast und Silberbrokat, auch paillettenbesetzt, wetteiferten miteinander. Über dem Wams mit Kapuze einen weit wallenden kostbaren Rittermantel und die dazu passende lange Decke des Rosses. Schwere brokatene Schabracken zierten die Pferde, dazu wippende Federbüsche, goldene und silberne Beschläge auf dem Lederzeug. Phantasievoll geschmückte Roßschweife traten in Konkurrenz

77

zu den künstlerisch gelockten Bärten ihrer Reiter. Die schönsten Wimpel flatterten an den Speeren, die artig senkrecht getragen wurden. Schon vor dem eigentlichen Turnier ein Kampf aller gegen alle, und das unter den kritischen Blicken der Hofdamen des Herzogs von Bayern-Landshut und einer süßen Hundertschaft von Ehrendamen aus allen deutschen Landen.

Es ging hoch her an diesen Tagen vor Beginn des Turniers. Die Ritter bekamen viel Besuch und machten eifrig Gegenbesuche. Die Straßen der Stadt waren voll von prächtigen Menschen. Denn jeder zeigte seine Bedeutung durch eine möglichst vielköpfige Begleitung. Am Abend wurden den Herren große Wachslichter vorangetragen, so viele, daß man glaubte, die Nacht habe ihren Wettstreit mit dem Tag schon verloren. Hier zeigten sie sich, die Modebewußten, hier lebten sie ihre Überlegenheit gegenüber den Konservativen und Nichtkennern voll aus. Die Harnischbrust noch einfach gewölbt zu tragen, das erwies sich als out. Wer in sein wollte, mußte eine Harnischbrust tragen, die in der Mitte von oben bis unten scharfkantig vorsprang. Und mit den unendlich langen, spitzen Schnabelschuhen aus Eisen, die so schön geholfen hatten, im Stehen das Gleichgewicht zu halten, war es ähnlich: Wer mit der Mode ging, trug nun Eisenschuhe von italienischem Design: kurz und vorne stumpf-breit. Bärenfüße nannte man diesen Hit der Saison. Man war damit zwar nicht mehr so standfest, dafür aber up to date.

Das alles zu sehen, zu hören und auch zu erleiden, war natürlich nicht die ideale Vorbereitung des ehrenwerten Ritters Henne von Handschuhsheim auf die bevorstehenden Kämpfe. Denn es machte ihm schonungslos klar, daß er ein Hinterwäldler war, ein hoffnungsloser Fall. Bei dieser Prachtentfaltung konnte er nicht mithalten. Und der Pfälzer Schmied, bei dem er sein teures Rennzeug in Auftrag gegeben hatte, war offensichtlich auch nicht die feinste Adresse. Ich hätte in Italien arbeiten lassen müssen, verstand er, oder wenigstens hier in Landshut, wo man schon in italienischer Manier schmiedet.

Ja, Landshut war ein frühes Rüstungszentrum: Blechner und Plattner und Harnischfeger in jeder Gasse. Und dabei, ärgerte Henne sich, baut mein biederer Pfälzer Schmied gerade auch noch den neuen, schweren Kampfharnisch von Bruder Heinrich selig auf meine Figur um. Wie werde ich damit nur aussehen?

Da mußte er durch. Und er kam durch. Der Handschuhsheimer beschloß, sich nicht durch solche Äußerlichkeiten unterkriegen zu lassen – recht so, Henne –, sondern sein Hinterwäldlerimage durch besonderen Schneid wettzumachen.

Als dann der ersehnte Tag des Turnierbeginns kam, als man sich draußen auf dem hartgefrorenen Rasen versammelt hatte, war Henne schnell wieder in bester Stimmung. Denn dort bei den Buden und Zelten hinter den abgesteckten Schranken sah er neben Bürgern und Bauern auch viel fahrendes Volk: Gaukler und Spielleute, Narren und Possenreißer, Krüppel und Bettler auch, und natürlich die Weiber, die nie fehlen, wo Männer ihre Kräfte messen. Der ganze bunte, rechtlose Bodensatz der Gesellschaft. Wie einfach, sein Selbstbewußtsein wiederzufinden, wenn man auf andere hinabschauen kann.

Schon beim ersten Teil der Wettkämpfe, dem Kolbenturnier, schlug Henne so wild um sich, daß ihm kein Gegner gewachsen war. Wobei er aber auch selbst viel wegstecken mußte, weil er die Deckung vernachlässigte vor lauter Angriffseifer. Bei dieser stundenlangen Prügelei wurde ihm schmerzhaft klar, daß die Knechte daheim nicht mit letztem Kraftaufwand zugeschlagen hatten, wenn sie den Kampf mit den Holzkeulen geübt hatten. Sonst hätte ich mich mehr mit der richtigen Deckung beschäftigt, fluchte er in sich hinein. Diese verdammte Rücksicht werde ich ihnen beim nächsten Mal mit einer um so härteren Gangart heimzahlen, diesen erbärmlichen Wichten, die mich schonen wollten. Ich werde euch nicht schonen, ihr Lumpen!

Mit diesem frommen Vorsatz war er endlich richtig eingestimmt. Jetzt schlug er so vehement zu, daß er schon die sechste Keule zu Kleinholz machte. Es war wirklich nichts auszusetzen an diesem Ritter aus Handschuhsheim. Wenn auch nicht nach der neuesten Mode gerüstet, so bot er doch einen überwältigenden Anblick, weil er nun auf seine Gegner eindrosch, als wäre er vom Teufel besessen. Und keinem Ritter gelang es, ihn aus dem Sattel zu werfen, nicht einmal einem von den alten Landadligen.

Henne von Handschuhsheim machte wahrhaftig eine gute Figur in der Turniergesellschaft, zu der er eingeteilt war. Streng nach der Reichsheerschildordnung und nach der geographischen Herkunft der Ritter gehörten sie zu einzelnen Turniergesellschaften, die zur leichteren Unterscheidung Tiernamen trugen. Der Handschuhsheimer gehörte zu der Gesellschaft der Ritter vom Rheinstrom, der auch die Grafen von Nassau, Hanau und Katzenelnbogen angehörten, ebenso die Landtschaden von Steinach, die Hirschhorner, die Sickinger, die Gemminger und Venninger. Diese ehrenwerten Herren trugen voller Stolz den Namen »Löbliche Gesellschaft der Esel«. Nie zuvor hatte Henne sich für Esel begeistert, zugegeben, aber nun würde er sich eins von diesen herrlichen Geschöpfen zulegen, sobald er wieder daheim wäre.

Beim Buhurt, dem Kampf mit eingelegter Lanze, wobei eine Rotte Berittener gegen eine andere antrat, widerfuhr dem Handschuhsheimer ein kleines Mißgeschick. Gerade in dem Moment, da die Hörner das Zeichen zum Kampf gaben, daß die beiden Reitertrupps aufeinander losstürmten, gerade in dem Moment mußte ihm der Gedanke kommen, daß es doch erschreckend viele Männer gab, die genauso jung und unternehmungslustig waren wie er selbst. Womit sich sofort die bange Frage verband: Wäre es nicht doch besser gewesen, ich hätte meiner Geliebten Guta Ennel den Keuschheitsgürtel angelegt, der in der Waffenkammer an der Wand hängt? Dieses alte Eisen, das irgendeiner meiner Vorfahren seiner Frau angepaßt hat, die wohl ein ebenso tolles Weibchen war. Ob die sich auch auf ihren Pfarrer berufen hatte, wenn sie sich so aufreizend hin und her wiegte? »Ihr sollt mit eurem Pfunde wuchern, hat der Herr gesagt, und . . .«

In dem Augenblick prallte eine gegnerische Lanze mit solcher Wucht auf seine Tartsche, daß es ihn vom Pferd riß. Ein Glück nur, daß sein Roß sofort stand und stur stehenblieb, bewegungslos wie ein Triumphtor. So konnte Henne sich geistesgegenwärtig unter das Tier rollen, um dort ohne Gefahr das Ende des Kampfgetümmels abzuwarten. Das brave Pferd wehrte sogar mit heftigem Auskeilen die Knappen der Gegner ab, die ihn herausziehen und zu ihrem Gefangenen machen wollten. Henne war dem Tier dankbar wie einem Freund. Wie oft schon hatte er doch gesehen, wie ein abgeworfener Reiter im Gewühl der vielen Pferdehufe übel zugerichtet wurde. Sich allein vom Boden zu erheben, war ja wegen der schweren und kaum beweglichen Rüstung nicht möglich.

Die Scharte auswetzen, dachte er nur und schlief kaum in der folgenden Nacht vor lauter Ehrgeiz. Die Scharte auswetzen! Und dann kam endlich die Aufforderung an ihn zu tjosten. Das war sie, die große Chance, auf die er gewartet hatte. Beim Tjost, dem Zweikampf hoch zu Roß, der eigentlichen Attraktion eines jeden Turniers, würde sich zeigen, daß er in seinem neuen Rennzeug den modischen Stutzern etwas vormachen konnte. Die Rüstung saß an ihm so fest und doch nicht hinderlich, als wäre er in sie hineingewachsen. Und er saß auf dem schweren Leasing-Pferd, die spitzen Schuhe fest in die Steigbügel geklemmt und die Schenkel angepreßt, als wären Mann und Tier und Rüstung aus einem einzigen Stück gemacht.

Der Hornstoß, das war das Zeichen. Der Handschuhsheimer stieß seinem Pferd so energisch die Sporen in die Weichen und schoß so wild auf seinen Gegner zu, daß der noch kaum richtig losgeritten war, als ihm schon die Tartsche davonflog – und er selbst gleich hinterher.

Henne erklärte sich sofort zum weiteren Tjosten bereit und bekam nun einen alten, erfahrenen Kampfgefährten des bayerischen Herzogs zum Gegner. Das war ein Kämpe, der genau wußte, wie man durch eine winzige Bewegung im letzten Augenblick dem Aufprall der gegnerischen Lanze die Wirkung nimmt – was aber auch Henne mit seinen Leuten daheim immer wieder geübt hatte. So rasten die beiden aufeinander los, die Lanzen knallten gleichzeitig auf die Tartschen, daß es fast wie ein Kanonenschuß klang. Doch kein Schild barst oder riß ab, und keiner der beiden Reiter verlor den Halt, nur die beiden Lanzen zersplitterten unter der ungeheuren Wucht des Aufpralls.

Kein Sieger, kein Besiegter. Aber gerade für diesen unentschiedenen Kampf bekam Henne besonders viel Lob zu hören, weil der Gegner, gegen den er bestanden hatte, als schier unschlagbar galt. Jubel, Beifall, Anerkennung, das war es, was Henne von Handschuhsheim gebraucht hatte nach der Blamage beim Buhurt. Dieser Erfolg gab ihm erst die richtige Kampfeslust. Er brauchte keine lange Verschnaufpause. Er verlangte sofort nach dem nächsten Gegner. Da trat ein gewaltiger Hüne in einer ebenso gewaltigen Rüstung gegen ihn an, von einem riesigen Schild geschützt. Als sie aufeinander zu ritten, bemerkte Henne, daß das Pferd seines Gegners Mühe hatte, das Gewicht von Reiter und Rüstung zu tragen. Es galoppierte so langsam auf ihn zu, daß Henne sich Zeit lassen und bis zum allerletzten Augenblick exakt den Punkt anvisieren konnte, der die Riesentartsche seines Gegners zersplittern lassen mußte. Und da flogen sie auch schon den beiden Reitern und den Pferden um die Köpfe, die tausend Holz- und Filz- und Lederfetzen. Der seines Schutzes beraubte Hüne hielt sich zwar wie angerostet im Sattel, aber sein Pferd knickte mit den Hinterbeinen ein, so daß sich Roß und Reiter hinterrücks überschlugen.

Von diesem Moment an war für Henne von Handschuhsheim alles nur noch eine einzige Feier. Der Jubel, die Gratulationen, die Bewunderung und auch der Neid: Er wußte das alles zu genießen wie ein alter Lebenskünstler. Sonderbar, manche Dinge muß man nicht erst lernen; sie kommen unseren Instinkten zu sehr entgegen. Wie stand der junge Handschuhsheimer aber auch da: Nicht nur, daß er selbst nicht gezwungen war, heimlich zum Juden zu gehen und Schmuckstücke zu versetzen, um seine Ausrüstung auslösen zu können, nein, er war es, dem

Pferde und Rüstungen von zwei Gegnern als Gewinn zuge-
fallen waren und dem nun als gutes Geld in der Tasche
klimperte, was seine unterlegenen Gegner als Auslösesum-
men gezahlt hatten. Ein voller Erfolg. Nicht zu vergessen
das feine, weiße Seidentüchlein, das ein noch sehr junges
Fräulein aus der Ehrenloge bei der Siegerehrung zu ihm
hinunterflattern ließ – ein Tüchlein mit einer eingestick-
ten roten Rose.

Wie er schnell herausbekam, handelte es sich bei der
freundlichen Schönen um eine der Hofdamen des Bayern-
herzogs. Doch mit der Freude über diese Trophäe durchfuhr ihn ein Schreck. Der ließ ihn doppelt glücklich sein,
ließ ihn aber auch doppelt schwer tragen an den beiden
Tüchlein, mit denen er nun heimkehrte. So einfach, wie er
es sich damit machte, als er das eine in der linken und das
andere in der rechten Satteltasche verstaute, würde die Sache in Wirklichkeit wohl nicht zu regeln sein, befürchtete
er. Aber zum Glück war ja die Heimreise lang genug, sich
gründlich zu überlegen, was man mit dem Tüchlein anfangen könnte.

14. KAPITEL

Von der Königskrönung zu Aachen, die der Stadt durch
ein Blutbad den Titel Bad einzubringen droht

Noch rechtzeitig vor der Heimkehr war dem heldenhaften Henne eingefallen, wie er das kompromittierende Rosentüchlein der Landshuter Schönen, das ihn so beglückt hatte, loswerden könnte. Um irgendwelche Komplikationen in dem so angenehmen Verhältnis zu seiner Schwägerin Guta Ennel zu vermeiden, schenkte er die Trophäe einfach seinem Neffen Diether: als Landshut-Souvenir. Und der war schon guterzogen genug, sich dafür zu bedanken, obwohl er nichts damit anzufangen wußte, war er doch gerade in dem Alter, da man weder von Mädchen noch von Blumen was hält. Aber das sollte sich bald ändern.

Vorläufig sah Diether nicht nach Mädchen, sondern nach Süden. Denn da saß schon bald wieder ein Kurfürst. Seit Beginn des Jahres 1442 war der Pfalzgraf volljährig. Beneidenswert! Nun war der jugendliche Ludwig also selbst Herrscher. Wenn das nur gutgeht, sagte man sich in Handschuhsheim. Sein Oheim, Otto von Mosbach, hatte der ganzen Region eine ruhige Zeit beschert, solange er als Vormund regierte. Keine Eroberungskriege, nur eine ordentliche Verwaltung des Landes und kluges Taktieren, um sich aus den großen Streitereien herauszuhalten. Mit dieser Art zu herrschen macht man sich zwar bei seinen Untertanen und Nachbarn beliebt, wird aber ungerechterweise nicht berühmt. Als Ausgleich für den fehlenden Nachruhm deshalb hier: ein Hoch auf Onkel Otto! Der Junge, den Otto von Mosbach aufgezogen hatte, erwies sich als sein ebenbürtiger Nachfolger, wie man aufatmend feststellen konnte. Schon bald nach seinem Geburtstag war eine besonders große Aufgabe auf den gerade Achtzehnjährigen zugekommen. Es galt, König Friedrich, der an den Rhein kam, um nach Aachen zu seiner Krönungsfeier zu fahren, einen würdigen Empfang zu bereiten. Eine selbstverständliche Pflicht für den Mann, der nun den Titel Pfalzgraf und Kurfürst bei Rhein trug. Das Reichsoberhaupt in pfälzischen Gauen, da galt es, alles an Aufwand zu zeigen, was man nur aufbieten konnte. Einerseits, um den neuen König gebührend zu ehren, andererseits, um ihm zu zeigen, wer man selbst ist – wenn die Reihenfolge nicht sogar andersherum richtiger wäre.

So zog der junge Kurfürst also mit glänzendem Gefolge seinem König entgegen an den Rhein. In dem alten Besitztum des Pfälzers, dem Städtchen Bacharach, empfing er den König und sein Gefolge mit großem Pomp. Alles an Männern von Rang und Namen, was er aufbieten konnte, war in seiner Begleitung. In dem prächtigen Heerhaufen nicht weniger als achtundzwanzig Grafen und – etwas weniger großartig, etwas weniger glanzvoll, aber doch sehr stolz: Heinrich IV. von Handschuhsheim mit seinem Mündel Diether als seinem Pagen. Klar, daß der Handschuhsheimer dem fürstlichen Nachbarn seine Begleitung angeboten hatte. Auf gute Nachbarschaft, hatte er sich gesagt. Und klar, daß der junge Pfalzgraf das Angebot gern angenommen hatte. Jeder Ritter mehr war ein Juwel mehr in seiner eigenen Krone.

Ganz ähnlich hatte Heinrich von Handschuhsheim überlegt: Auch diese Reise wird ein Mosaiksteinchen in der Erziehung des jungen Diether, und sie bringt ihn dem jungen Kurfürsten von nebenan etwas näher. Deshalb nahm er den Jungen mit auf die große Reise. Und der war glücklich. In Bacharach schon rauschende Feste zu Ehren des Königs. Der gute Rheinwein überzeugte jeden: Der Rhein ist eine Reise wert. Und der gewaltige Aufwand überzeugte den König: Der Pfälzer ist ein loyaler Untertan – was schon sehr bald auf die Probe gestellt werden sollte.

Mitte Juni dieses Jahres 1442 zog König Friedrich III.

durch das doppelt befestigte Ponttor in die Stadt Aachen ein, an der Spitze eines Zuges von eintausend Berittenen. Ein herrliches Bild der Machtentfaltung, wie es ein König in dieser Zeit brauchte, damit nicht jeder im Reich machte, was er wollte. So würde das nur noch fast jeder tun.

Das alte Aachen, seit Jahrhunderten die Krönungsstadt der deutschen Könige und römischen Kaiser, zeigte sich in vollem Schmuck. Mitten in der Stadt, vor dem Rathaus, das auf dem Platz der ehemaligen Pfalz Karls des Großen steht, versammelten sich die Edlen des Reiches.

Währenddessen hatten ihre Roßknechte draußen vor der Stadt alle Hände voll zu tun. An der Pferdetränke herrschte ein unbeschreibliches Gedränge, und jeder hatte es eilig. Ein Pferd war noch wichtiger als das andere, weil ein Herr wichtiger als der andere war – und damit natürlich auch sein Knecht. So gerieten die Roßknechte des Pfalzgrafen ausgerechnet mit denen des Königs aneinander. Im allgemeinen Tumult ertrank einer der Knechte, da griffen andere zu den Waffen. Schon gab es das schönste Handgemenge. Waffenlärm, Geschrei, und kein Mensch, der noch den Überblick hatte, kein Mensch, der wußte, worum es eigentlich ging. Die Hauptsache, man schlug zu. Ein höchst gefährlicher Augenblick, weil sofort Gerüchte von Mund zu Mund eilten. Da hieß es, die Stadt sollte überfallen werden. Andere wußten zu berichten, Pfalzgraf Ludwig IV. wolle den König stürzen – ein Gerücht, das so unglaublich gar nicht klang.

Was ist nicht alles möglich in diesen Zeiten, überlegte Heinrich von Handschuhsheim, als er davon hörte. Und sofort war ihm klar, daß er mit drinstecken würde in diesem Schlamassel. Mitgegangen, sagte er sich, und wenn es schiefgeht, dann schon bald mitgefangen und auch mitgehangen. Dabei habe ich das Geheimnis unseres Geschlechts noch nicht an mein Mündel weitergegeben. Also darf ich nicht sterben. Es darf einfach nicht sein. Also werde ich mich meiner Haut wehren müssen, wenn es jetzt losgeht. Dabei fühlte er nach dem Griff seines großen Dolches, der beruhigend an seiner Seite hing.

Ganz anders reagierte der junge Pfalzgraf und Kurfürst Ludwig IV., als das Gerücht zu ihm gedrungen war. Er wußte sofort, jetzt geht es nicht so sehr um Leben oder Tod, jetzt geht es vor allem um Vertrauen oder Mißtrauen. Energisch bahnte er sich einen Weg hin zum König. Er beugte huldigend sein Knie vor Friedrich III. und eröffnete ihm gleichzeitig ohne jede Aufgeregtheit: »Gnädiger Herr, es gehen wunderliche Gerüchte um in der Stadt. Man sagt, ich wolle mich gegen Eure königliche Gnaden erheben. Das ist nicht so. Ich will bei Euch, mein König, sterben oder gedeihen.«

Der junge Mann mit seinem offenen, ehrlichen Gesicht, und eine so eindeutige Unterwerfung, das muß Eindruck gemacht haben. Doch noch ehe der überraschte König reagieren konnte, vielleicht in Cäsarenmanier seinen Daumen nach unten oder nach oben haltend, kam die Nachricht, daß es sich um ein bloßes Gerangel der Roßknechte gehandelt habe und daß der Herzog von Berg durch sein persönliches, energisches Eingreifen die Ordnung wiederhergestellt habe. Ende gut, alles gut. Jung Diether war von dem jungen Ludwig ungeheuer beeindruckt.

So wurde Aachen am 17. Juni dieses Jahres 1442 doch noch der Schauplatz eines großen Festes. Wieder einmal eine Krönungsfeier in den Mauern der uralten Stadt. Doch braucht man sich den 17. Juni nicht zu merken. Dieses Datum gehört zu denen, die nicht mehr gefeiert werden, und das ist gut so. Würde die Welt mehr Daten einfach vergessen, gäbe es viel weniger Streit und Blutvergießen.

In Aachen fand also eine große Feier statt und keine große Schlacht, was nicht zuletzt auch den Aachenern sehr viel lieber war. Sind sie doch seit eh und je entschieden viel feierfreudiger und auch geschäftstüchtiger als auf Ruhm erpicht, nicht einmal auf den, einen Königssturz in ihren Mauern erlebt zu haben. Der feierlich zum König des Heiligen Römischen Reiches Deutscher Nation gekrönte Friedrich III. aber konnte ebenfalls mit dem

Ausgang des Zwischenfalls zufrieden sein. Wußte er doch nun, daß der Pfälzer nicht heimlich hinter seinem Rücken handelte, sondern sich ihm offen anvertraute.

15. Kapitel

*Was so eine Kaiserstadt an schönen Gnadenbildern zu
bieten hat, wenigstens für den,
der dafür was übrig hat*

Festzelte da und dort, auch Ritterspiele, und dazu
Wein, Musik und Tanz oder ein Bad in den heißen Quellen: ein volles Programm für die vielen noblen Besucher
der Stadt. Und das war noch lange nicht alles, was Aachen
zu bieten hatte. Sprudelnde Vielfalt, möchte man fast sagen – wenn das nicht so albern klingen würde.
Ein Glück für Heinrich von Handschuhsheim, daß der
Kurfürst sich Zeit ließ mit der Heimreise. So blieb ihm Gelegenheit, sich ein wenig in Aachen umzusehen. Wer weiß,
ob ich jemals in meinem Leben wieder in diese schöne
Stadt komme, überlegte er, als er vor dem Rathaus stand,
von dem er schon so viel gehört hatte. Ein einzigartiges
Kunstwerk sollte es sein. Und wirklich, welch eine Pracht.
Das breit hingelagerte Bauwerk mit der figurengeschmückten Fassade. Die bunten Bildnisse alle, die beiden
flankierenden Türme mit den spitzen Hauben und die
zierliche Treppenlaube, die zu dem hochgelegenen
Haupteingang hinaufführt. In dem Stockwerk darüber,
also dort oben, ist der herrliche Saal mit den gewaltig dicken Stützpfeilern. Dort haben wir die Krönung mit einem
festlichen Bankett gefeiert. Ein Essen mit dreißig Gängen,
das überhaupt nicht enden wollte. Der Saal so schrecklich
voll wie die Tische und schließlich auch die ganze Festgesellschaft. Trotzdem, es war herrlich. Denn nie mehr wohl
werde ich meinem König näher sein, als ich es in diesem
Festsaal war. Einmal hat mich sogar sein Blick gestreift. Ich
werde daheim viel zu erzählen haben.
Er ging weiter, um das Rathaus herum, Richtung Hühner-

markt, als er bewundernd vor dem östlichen Rathausturm stehenblieb, den ein vorübergehender Aachener Granusturm nannte. So einen hohen Wehrturm müßte unsere Burg haben. Dieses massige Gemäuer mit den wenigen, schmalen Schießscharten – was für ein Anblick! Hoch oben auf die Ecke gesetzt der Ausguck. Er würde mir einen weiten Blick die Bergstraße hinauf und hinunter ermöglichen. Aber was würde es mir nützen, so einen trutzigen Bergfried zu errichten, selbst wenn ich Leute genug hätte, ihn zu bauen? Wenn ein Feind anrückt, dann mit Geschütz. Damit ist auch der stärkste Turm schnell zerstört, zumal so ein quadratischer. Tatsächlich, nicht einmal rund haben sie ihn gebaut, damit die Steinkugeln abprallen. Aber natürlich, das war kein Gedanke damals, in diesen glücklichen Zeiten, als noch der ehrliche Kampf Mann gegen Mann galt. Dieser Turm soll ja noch von der Kaiserpfalz des großen Karolus herstammen.

Die engen Gassen mit den hohen Häuserfronten, alles höher und imposanter, als er es von Heidelberg her kannte, begeisterten ihn. Hier könnte man leben, fühlte er plötzlich bürgerlich. Erst recht ganz was anderes als der Flecken Handschuhsheim mit seinen Misthaufen vor jeder Tür. Ordentlich mit Steinen gepflasterte Gassen, auf denen man nicht dauernd über Pfützen springen muß. Doch das eigentliche Schmuckstück der Stadt, die Pfalzkapelle Karls des Großen, war ihm jetzt noch wichtiger als die Steingassen, hatte er doch bei der feierlichen Krönung vor lauter Menschen und Fahnen und Weihrauch und rußenden Fackeln kaum etwas von diesem vielgerühmten Bauwerk zu sehen bekommen.

Jetzt trat er in den hohen, achteckigen Raum ein, der ihn mit seiner feierlichen Erhabenheit ganz klein werden ließ. Zunächst stand er nur reglos da wie ein frommer Pilger. Dann fühlte er an eine der Marmorsäulen und wunderte sich, wie kalt sie war, mitten im Sommer.

»Harter und kalter Stein, was Ihr da anfaßt, edler Herr«, hörte er hinter sich eine Frauenstimme. Und als er sich erstaunt umwandte: »Es gibt hier in Aachen Besseres zu fühlen für eine kundige Hand wie die Eure.«

Eine junge Frau, die in einem dunklen Winkel stand wie eine Beterin.

»Ich hörte, Kaiser Karolus habe diese uralten Säulen, viele Jahrhunderte alt sollen sie ja sein, aus Italien hierherschaffen lassen«, erklärte der Tourist sein Interesse an der Säule.

»Es gibt hier in Aachen Frischeres, womit ein Mann sich beschäftigen könnte, als diese alten Säulen.«

»Ja gewiß, was kümmern mich die Säulen. Ich bin gekommen, um den Marmorthron zu sehen, auf dem schon der große Karolus gesessen hat und auf dem gerade erst unser verehrter König Friedrich III. gekrönt wurde. Ich hörte, daß ein König, um im Deutschen Reich herrschen zu können, auf diesem hohen Stuhl wenigstens so lange Platz nehmen muß, wie man ein Vaterunser betet.«

»Bei mir könnt Ihr länger bleiben als nur ein Vaterunser lang, edler Herr. Das verspreche ich Euch.«

Da erst ging dem Touristen auf, was für jeden Reisenden einmal zum Ahaerlebnis wird: Ich bin nicht nur zu meinem Vergnügen hier, sondern auch als Erwerbsquelle für andere. Und er sah sich die junge Frau, die ihn so dreist-freundlich angesprochen hatte, einmal etwas genauer an und fand, daß sie auffallend hübsch aussehe, und verstand endlich: Das ist eine von den vielen hundert Hübschlerinnen, die von nah und fern hier zusammengekommen sein sollen, um den vielen Festgästen die Tage und Nächte zu verschönern.

»Madeleine heiß ich«, sagte die junge Frau. Das klang ihm sonderbar fremd in den Ohren. Als ob er schon drüben bei den Franzosen wäre. Doch er sagte deutsch-brav: »Und ich Heinrich.«

Und sie sah ihn in einer Weise an, daß er nichts anderes mehr sah als ihre Augen, große dunkle Augen, nichts mehr fühlte, als daß sie ihn an die Hand nahm, und nichts mehr verstand, außer daß sie ihn aus der Kirche führte, hinein in das Gewirr der engen Gassen, in denen es schon dunkelte. Womit sie die löbliche Absicht des Handschuhsheimers, sich auch noch die vielgerühmte hohe Chorhalle anzusehen, vereitelte.

»Und das Gnadenbild«, wagte Heinrich noch einen lahmen Einwand, »das Gnadenbild, zu dem hin man alle sieben Jahre wallfahrtet?«

»Das spart Euch für ein andermal auf, Herr. Kommt nur mit hier hinein, da zeig ich Euch mein Gnadenbild. Und wenn Ihr großzügig seid, auch von einem halben Dutzend Kerzen angestrahlt. Ihr werdet zufrieden sein. Doch erst Eure fromme Spende bitte – bei jeder Wallfahrt das wichtigste.«

Heinrich von Handschuhsheim ging mit hinein. Warum sollte er nicht? War er doch endlich einmal ohne den Jungen, auf den er aufzupassen hatte, endlich einmal ohne diese schwere Verantwortung. Da fühlt man sich gleich wie ein anderer Mensch. Und hatten die Stadtväter Aachens den neuen König nicht damit geehrt, daß sie ihm bei seinem Einzug feierlich die schönsten Mädchen der Stadt zuführten, zu seinem persönlichen Vergnügen?

»Denn der Mensch lebt nicht vom Brot allein«, hatte der Stadtälteste in seiner Begrüßungsrede gesagt, »und auch, damit unser hochverehrter König sein Aachen stets in bester Erinnerung behalten möge.«

Und genau das wollte auch Heinrich.

16. KAPITEL

Wie viele verschiedene Gesichter der Teufel hat,
und woran man ihn doch in jeder Verkleidung
erkennen kann

Wenigstens fragen wird man ja dürfen: War es Fügung oder war es Zufall, daß Heinrich von Handschuhsheim schon am Tag darauf wieder in der hohen Domkirche zu Aachen war? Jedenfalls war es keine üble Absicht, denn Heinrich hatte seinen Neffen Diether bei sich. Diesmal kam er in den hohen Dom, um der Predigt des berühmten Dominikanerpaters Thomasius zu lauschen, der eigens wegen der Krönungsfeierlichkeiten nach Aachen gekommen war, wie man sagte.

Aber was sagte man nicht alles über Pater Thomasius. Der Mann war in aller Munde, und das nur seines erstaunlichen Mundwerks wegen. Wenn Pater Thomasius irgendwo die Kanzel besteigen sollte, dann mußte eine riesige Menschenmenge versammelt sein; für eine kleine Gemeinde war seine hochgelehrte Rhetorik viel zu schade.

Die Dominikaneroberen wußten, was sie an dem Mann hatten. Thomasius, das Maschinengewehr Gottes in der Armbrustzeit.

Diesmal aber sprach der Pater nicht von Gott, sondern vom Teufel, worüber sich auch niemand wunderte, war es doch allgemein üblich, daß man viel mehr vom Teufel als von Gott zu hören kriegte. Woher sich vermutlich der negative Charakter des Ausdrucks »was zu hören kriegen« ableitet.

Aber Scherz beiseite: Dem Pater war es verdammt ernst mit seiner Teufelei. Daß Gott das Prinzip des Guten verkörpere und der Teufel das des Bösen, das erklärte er so wortgewaltig, daß jeder andächtig lauschte – obwohl dieser

Prinzipienkram natürlich ohnehin längst jedem klar war. Aber dann kam auch schon die überraschende Wende: Es solle nur ja keiner glauben, daß das Böse neben dem Guten als ein gleichwertiges Urprinzip stehe.

»Nein, Gott hat kein gleichwertiges Gegengewicht«, dröhnte es von der Kanzel herab. »Nichts ist gleich Gott. Das war es ja, was der Teufel gewollt hatte. Es war ihm nicht genug gewesen, der Luzifer, der Bringer des Lichts zu sein, zu Anbeginn der Schöpfung. Er wollte sich nicht mit seiner Rolle als der Fürst der Engel zufriedengeben. Nein, er wollte sein wie Gott. Er stellte damit seine Eigenliebe über die Liebe zu Gott, was die schwerste aller schweren Sünden ist. Ich wiederhole: Die schwerste aller schweren Sünden ist es, die Eigenliebe über die Liebe zu Gott zu stellen!«

An der Stelle machte der Prediger eine längere Pause, sah zufrieden auf die aufmerksam lauschende Menge hinab und strich sich mit beiden Händen über den kräftig gewölbten Bauch. Das war ja auch ein Bild, das einem Freude machen konnte: Die Zuhörer starrten den eifrig gestikulierenden Gottesmann mit seinem hochroten Gesicht an, wie verzückt, während der ihnen den Teufel schilderte, den von Gott Abgefallenen, den in die Hölle Gestürzten, der sich nun die größte Mühe gibt, Gott die Seelen der Menschen zu stehlen. Der dafür jede Maskerade benutzt, mal als schönes, junges Weib auftritt, mal als Luftgeist oder aber als ein hungriger Löwe, der umhergeht und suchet, wen er verschlingen kann. Sie sollten sich nicht irreführen lassen von den Verstellungen des Teufels, schrie der Pater seine unheimlich stille Zuhörerschaft an. »Sonst zeigt der Teufel euch plötzlich sein wahres Gesicht, und das ist ein schrecklicher Anblick. Aus seinem breiten, grinsendem Maul wird er euch mit seinem Schwefelhauch anfauchen, sobald er euch in den Klauen hat, er läßt seine eklige, lange Zunge herausschnellen und schreckt euch mit seinen mächtigen Zähnen, mit Zähnen wie Eberhauer so groß und noch größer. Mit Fledermausflügeln umflattert er euch, und seine graßlichen Hängebrüste zeigt er euch, ein Anblick, graßlicher noch als bei einer alten Hexe. Hörner trägt er auf dem scheußlichen Kopf, und einen langen Schwanz hat er, den er zu verstecken sucht. Mit seinem Bocksfuß hinkt er triumphierend um euch herum, und mit seiner langen, nach unten gebogenen Nase hackt er auf euch ein wie ein riesiger Raubvogel. Alles Merkmale, mit denen sich der Satan verrät. Manchmal hat er auch einen riesengroßen Vogelfuß, an dem man ihn erkennen kann.« Welch ein Glück für einen begnadeten Rhetoriker, daß Gott nur verboten hatte, sich von ihm ein Bild zu machen, nicht aber vom Satan. Damit hat er dem Teufel das Feld der Phantasie überlassen und ihm die Gelegenheit gegeben, sich zu seinem Gegenpart zu mausern in den Köpfen der Menschen.

Ja, den Teufel zu erkennen, das wird mir nicht schwerfallen, überlegte Heinrich von Handschuhsheim. Diese langen, krummen Nasen waren mir schon immer widerwärtig. Davor haben mich schon meine Eltern gewarnt. Die einzige Verstellung des Teufels, auf die ich tatsächlich hereinfallen könnte, ist die als hübsche, junge Frau – ein Gedanke, der ihn fast amüsierte.

Doch schon kamen ihm Bedenken: Ob ich dem Teufel vielleicht schon auf den Leim gegangen bin? Und er dachte an die schöne Madeleine vom Abend zuvor und hörte nicht mehr auf Pater Thomasius, machte sich sein eigenes Bild vom Teufel – und fand ihn sehr anziehend, vor allem ausgezogen. Und er war gern bereit, ihm für immer zu gehören, solange er nur in dieser Gestalt aufträte. Und er war schon bei der Hölle und sah sie vor sich, voll von schönen, jungen Frauen, und es wurde ihm heiß, und plötzlich glaubte er, keine Luft mehr zu kriegen, und mußte hinaus.

Als Heinrich mit Diether an der Hand zum Ausgang hindrängte, hörte er es hinter sich wie ein fernes, sehr fernes Dröhnen: »Und ich sage euch, wer nicht hören will, wird fühlen!«

Eigentlich war Pater Thomasius nicht nach Aachen gekommen, um Heinrich von Handschuhsheim die Leviten zu lesen. Es ging um Wichtigeres, um Politik. Dem großen

Krönungszeremoniell sollte etwas entgegengesetzt werden, das gleich aufregend wäre. Die Dominikaneroberen hatten beschlossen, der weltlichen Herrschaft nicht einfach das Feld zu überlassen. Sie wollten die Kirche als Gegengewicht ins Spiel bringen. Nebeneinander und mindestens gleich scharf: das weltliche Schwert und das geistliche Schwert. Das muß den Leuten doch klarzumachen sein. Dazu mußte nur einmal wieder die unaufhaltsame Macht der Kirche in der Verfolgung des Bösen demonstriert werden, und das hieß: Es müßten Scheiterhaufen lodern! Daß bei diesem so wichtigen Kräftemessen der Großen immer die Kleinen die Leidtragenden sein müssen, das verstehe, wer will. Ich jedenfalls, ich will nicht.

17. KAPITEL

So viel Mühe macht man sich mit einer einzigen
kleinen Hexe: Jung Diether ist hin- und hergerissen

Haufen Volks vor der prächtigen Kulisse des Rathauses. Tausende, die den hochaufgeschichteten Scheiterhaufen umlagerten, dicht gedrängt, wenn auch mit respektvollem Abstand zu den kirchlichen Würdenträgern mit all ihrem Pomp und zu den Richtern und dem Henker mit seinen Gesellen. Das Volk johlte vor Ungeduld. Eine Sensationsgier, so brennend, als könnte sie allein die Reisigbündel schon in Brand setzen. Als dann endlich der Karren der Gerichtsbüttel über das Kopfsteinpflaster rumpelte, empfingen die Aachener ihre Hexe mit lautem Ah und Oh. In einem kurzen Kleid aus grobem Sackleinen, ohne Ärmel und ohne Gürtel, so hockte sie auf dem Karren, kahlgeschoren und wie mit nach innen gekehrtem Blick. Alles andere als ein großartiger Anblick. Und dafür steht man schon über zwei Stunden lang hier, um gute Sicht zu haben. Na, wenn sie wenigstens schön aufregend stirbt.

Maria, die gerade erst dreizehn Jahre alte Hexe, sie dachte nicht ans Sterben. Sie dachte an ihre vier Brüder, die mit demselben Karren zum Richtplatz gebracht worden waren, wo man sie aufs Rad geflochten hat. Sie hatte dabeistehen müssen – mehr tot als lebendig, als sie die Knochen krachen hörte unter den Keulenschlägen der Henkersknechte. Sie wußte immer noch nicht, was sie Schlimmes getan hatten, die großen Brüder. Mit ihrer Schwester waren sie immer sehr liebevoll umgegangen. Nur das wußte sie.

Und vorher schon Vater. Warum hatte Vater sterben müssen? So gräßlich zerschunden, wie er ausgesehen hatte. Kaum noch wiederzuerkennen, als sie ihm Arme und Beine brachen. Jetzt sah sie den Scheiterhaufen vor sich, den Pfahl auf dem Podest und rundherum das aufgeschichtete Reisig. Wie gut, daß Mutter wenigstens nicht zusehen muß, dachte Maria. Als sie die Häscher kommen sah, ist sie davongerannt, die Schürze noch umgebunden. Maria hatte mit ihr fliehen sollen, hatte sich aber gesträubt. Wer sollte ihr was anhaben wollen? Maria wußte von den Schergen: Mutter haben sie auf der Flucht erschossen. Ich wäre mit ihr umgebracht worden, schneller, ohne all die Quälerei. Aber auch noch früher. Noch kürzer dieses viel zu kurze Leben. – Nein, lang genug, sagte sie sich. Jetzt endlich lag ihr nichts mehr am Leben.

So etwa sieht es im Innern einer Hexe aus. Ganz ungefährlich, sich einmal in sie hineinzuversetzen. Wenn man das früher gewagt hätte, wären viele tausend Frauen und Mädchen und auch viele tausend Männer nicht so grausam abgeschlachtet worden. Aber in der Geschichte der Menschheit kommt das Denken ja immer erst mit großer Verzögerung nach dem Handeln. Eigentlich erstaunlich, daß die Menschheit damit so lange überlebt hat. Der einzelne Mensch könnte sich diesen Luxus der Dummheit nicht ungestraft leisten.

»Wenn ich das gewußt hätte, Mutter«, flüsterte Maria in das Dröhnen des Karrens hinein.

Aber das hatte sie nicht wissen können. Der Chirurgus hat das Teufelsstigma ja erst bei mir entdeckt. Da, das ist die Stelle, wo der Teufel in sie hineinfährt, hatte er triumphiert. Denn da ist sie unempfindlich. Mit einer langen Nadel hatte er sie überall gestochen, daß sie kaum noch Luft kriegte beim Schreien. Keine Warze und kein Muttermal hatte er ausgelassen. Aber als er sich dann zu früh gefreut hatte, als Maria ihn beim Betrug erwischt hatte – gesehen, ganz deutlich gesehen, wie der Herr Chirurgus die Nadel heimlich umgedreht hat, daß das stumpfe Ende nur leicht die Haut eindrückt –, da war der Mann in Zorn geraten und hatte losgestochert wie ein Besessener. Und dann hat er auf dem Kopf, mitten auf ihrem Kopf die Stelle gefunden, wo sie unempfindlich war. Sie spürte ja längst keine einzelnen Stiche mehr. Womit feststand, daß Maria mit dem Teufel im Bunde war. Wenn sie auch nicht wußte, wer das war, der Sukkubus und der Inkubus, von denen der Pater immer sprach, als er ihr die Daumenschrauben anlegen ließ. Sie sollte gestehen, genau erzählen, was sie mit ihnen gemacht habe, sie sollte es nur freiweg gestehen. Aber was denn? Was?

»Ja, ja, ja, ich gestehe«, hatte sie dann geschrien, als der Büttel auch noch auf die Schraube schlug, daß sie glaubte, wahnsinnig zu werden vor Schmerzen.

Nach dem ersten Grad der Folter hatte Maria alles widerrufen. Sie wollte doch lieber bei der Wahrheit bleiben. Sie hatte ja nichts zu gestehen. Mit deiner Hochachtung vor der Wahrheit, liebe Maria, lagst du falsch. Wer dich so erzogen hat, der hat dich nicht für dieses Leben erzogen, sondern fürs Jenseits. Und auf diesem Karren warst du ja auch schon unterwegs zum Jenseits. Konntest du doch nicht wissen, daß die Folterknechte wie der Chirurgus und der Pater Inquisitor allen Ehrgeiz daransetzten, überführte Missetäter vorzuweisen. Was sonst?

Marias Blick fiel auf ihre Beine, auf denen sie nicht mehr stehen konnte. Auf den Wagen hatte man sie tragen müssen. Nicht gerade sanft. Und wo die überall zugepackt haben. Gleich würde sie auch wieder getragen werden, hinauf auf den Scheiterhaufen. Meine schnellen Beine, dachte sie. Ja, ehe sie eingeklemmt waren in diese Bretter, die der Pater Inquisitor spanische Stiefel nannte. Marias Beine waren zu schweren Gewichten geworden, die an ihr hingen, völlig kraftlos. Die Muskeln abgerissen, die Knochen mit Meißeln aufgesprengt. Oder war das schon vom Strecken gekommen? Auf dem Streckbett, als sie fühlte, wie ihr Körper auseinandergerissen wurde, und jeden Moment damit rechnete, daß sie ihre Arme und Beine abgetrennt neben sich sehen müßte. Maria unterschied in der Erinnerung die einzelnen Grade der Folter so wenig, wie sie jetzt ihre Schmerzen noch unterscheiden konnte.

Das Rumpeln und Schütteln hatte aufgehört. Dann kamen auch schon die Männer, die sie packten, von dem Karren herunterzerrten und zu dem Pfahl hin schleppten. Zwei der Schergen hielten sie aufrecht, mit dem Rücken an den Pfahl gepreßt, während ein dritter sie festband. Sehr fest.

Als ob ich davonlaufen könnte, dachte Maria. Sie hatte alles gestanden, was sie gestehen sollte. Auch daß sie mit dem Teufel geschlafen habe. Schlafen, schlafen, was ist denn Schlimmes am Schlafen, hatte sie sich gefragt. Das Schlimme hatte sie erst kennengelernt, als der Pater und der Chirurgus sie dann im Kerker mit diesen Kerlen alleingelassen hatte. Sie hatte ja keine Kraft mehr gehabt, sich zu wehren.

Jetzt nicht an so was denken, sagte Maria sich. Ich habe alles gestanden, was ich gestehen sollte. Auch daß ich es war, die die Hühner verhext hat, die von dem Bauern am Lousberg. Daß ein Huhn nach dem anderen verendete, sogar noch als Vater und Mutter und alle vier Brüder schon tot waren. Da blieb ja nur ich übrig. Da mußte ich es ja getan haben. Die Köhlerin hatte in der Folter gestanden, daß sie wüßte, wer die Hühner verhext. Namen hatte sie nennen sollen, Namen, Namen! Die alte Köhlersfrau hatte Marias Vater genannt, als sie nicht mehr ein noch aus wußte. Sie kannte ja sonst kaum einen Menschen, überlegte Maria, als der Kirchenchor anfing zu singen und das Volk ringsum plötzlich so ruhig war. Sie kannte doch nur Vater, der ihr immer Gemüse in den Wald brachte, frisch aus unserem Garten. Bei dem Gedanken verspürte Maria Hunger. Hunger? Das kam ihr komisch vor.

»Sie lächelt! Die Hexe lacht uns aus«, riefen die Leute, die nahe genug herangekommen waren.

Daß ich einmal eine Hexe werde, das hätte ich nie gedacht. Ich habe doch nie eine Hexe werden wollen. Und bin auch keine. Aber je lauter ich geschrien habe, daß ich keine Hexe bin, um so wilder wurden die Kerle. Diese Verstocktheit ist der Beweis dafür, daß sie vom Teufel besessen ist, hatte der Pater immer wieder gebrüllt. Die hätten mich ganz zu Tode gefoltert, wenn ich nicht gestanden hätte, eine Hexe zu sein. Und nun verbrennen sie mich als Hexe. Mir bleibt nichts als der Tod.

Was du nicht wissen konntest, liebe Maria: Deine Peiniger hatten selbst Angst davor, daß du über der Folter sterben könntest. Denn dann wärst du ohne Geständnis gestorben, und ein Tod ohne Geständnis und Verurteilung gab nicht das Recht zur Einziehung des gesamten Vermögens. Und wenn es bei dir auch nur eure armselige Kate mit dem Garten war, die zugunsten von Richter und Kirche eingezogen werden sollte, deine Peiniger wußten: Kleinvieh macht auch Mist. Aber ich will dir keine Vorwürfe machen, daß du gestanden hast, was du nicht getan hattest. Ich hätte auch alles gestanden. Nur ganz, ganz wenige Menschen haben es geschafft, alle fünf Grade der Folter ohne Geständnis durchzustehen, mit allen perfiden Quälereien nebenher. Und diese wenigen Heldinnen und Helden waren dann körperlich und seelisch so gebrochen, daß sie ihres Lebens nie mehr froh werden konnten.

Jetzt trat der Pater, der bei den Folterungen dabeigewesen war, an den Scheiterhaufen heran und hielt Maria an einer langen Stange ein Kruzifix vors Gesicht. Er sprach ein kurzes Gebet, dann forderte er die Gefesselte auf, an ihr Seelenheil zu denken und zu bereuen. Wieder bereuen, wie schon die ganzen letzten Tage.

»Jesus, ich bereue, Jesus, ich bereue«, krächzte Maria mit ihrer heiser geschrienen Stimme. »Jesus, ich bereue!«

Erst als der Pater dann drei Schritte zurückgetreten war und die Gehilfen des Scharfrichters die brennenden Fakkeln an die Reisigbündel hielten, konnte Maria so beten, wie es sie drängte: »Mein Jesus, hol mich ganz schnell zu dir, bitte, bitte!«

Endlich allein in dieser sicheren Zelle aus Flammen und Rauch. Vor den Augen der Neugierigen bald ganz verborgen, wurde Maria bewußtlos. Als die Fesseln durchgebrannt waren, fiel sie vornüber mit dem Gesicht in die Glut. Und als ein unangenehm süßlicher Gestank von verbranntem Fleisch schwebte sie über die Menschenmassen hinweg. Endlich frei. Die hohe Geistlichkeit hielt sich Dufttüchlein unter die Nase. Genauso der Richter. Und Pater Thomasius, der nun von seinem Thronsessel aufstand, weil der Kirchenchor zum feierlichen Abschluß der Veranstaltung das Tedeum anstimmte, machte einen sehr zufriedenen Eindruck. Das war Manna fürs Volk, wußte er. Was ist dagegen die simple Krönung eines Königs.

Der Page Diether von Handschuhsheim ging nicht so glücklich vom Platz. Er hatte das Gefühl, als wäre ihm mit der Hinrichtung dieses Mädchens etwas geraubt worden. Was für ein Unsinn, sagte er sich. Als ob es nicht Mädchen genug gäbe. Aber nicht so eins. Die sind doch alle gleich. Diether gab sich alle Mühe, sich selbst in die Zügel zu greifen, was ihm nicht leichtfiel. Ein Mädchen bedeutete ihm neuerdings sehr viel. Vielleicht lag es an den Männern, die seine Erziehung in die Hand genommen hatten. In Sachen Frauen waren die ja selbst nicht die geschicktesten Rosselenker.

18. KAPITEL

Die als Rauchopfer in den Himmel über Aachen auf-
gefahrene kleine Hexe Maria war natürlich alles andere als
eine Hexe. Genaugenommen gehört sie zu den mehreren
Hunderttausend religiös-zeremoniell Ermordeten, die von
der Kirche noch nicht zur Ehre der Altäre erhoben worden sind. Eigentlich sämtlich Heiligkeitsaspiranten. Die
Kurie kommt nur leider so schnell nicht nach mit dem Hei-
ligsprechen.

Das Thema Heilige bringt uns zurück zum Heiligenberg
über Heidelberg. Dort oben konnte es sogar einem Frommen passieren, daß er alle Heiligen verwünschte – heimlich natürlich und nur einen ganz kurzen Gedanken lang,
den er dann schnell und inbrünstig bereute. Wer wollte es
sich wohl mit den Heiligen verderben, mit den tausend
Nothelfern in den tausend kleinen Schwierigkeiten des
Alltags? Bei den Problemen, die zwar lästig sind, aber doch
zu unbedeutend, um damit gleich Gott persönlich zu be-
helligen. Der tägliche Kleinkram war Sache der Heiligen,
damit mußten die sich abfinden. Denn darin lag ihre Bedeutung. Aber an dem Tag machten sie nun wirklich zuviel
Arbeit, all die Heiligen.

In den beiden Klöstern auf dem Heiligenberg, der von den
Leuten ringsum auch gern Allerheiligenberg genannt
wurde – der kleine Mann kriegt ja den Hals nie voll –, fehlten überall helfende Hände. Gebäude und Gärtchen mußten sauber und in schönster Ordnung sein für das, was unmittelbar bevorstand: die große Prozession. Das galt für die
beiden Kirchen, das galt nicht zuletzt aber auch für den

Pilgerhof neben der Michaelsbasilika, den sie das Paradies nannten. Und das galt auch für den kleinen Klosterfriedhof und für die Empfangsräume. Das alles sollten die wenigen Mönche, Brüder und Nonnen leisten, die in den erschreckend leer gewordenen Gebäuden des Allerheiligenklosters und des Stephansklosters noch lebten.

Daß gerade am Montag der Bittwoche, also der sechsten Woche nach Ostern, besonders viele Gläubige auf den Berg hinaufzogen, das hatte nicht nur Tradition, sondern auch seinen Sinn. Diese hohe Doppelkuppel des Odenwaldes, die letzte im Zwickel von Neckartal und Rheintal, kam den Bewohnern der Gegend schon immer wie ein heiliger Olymp vor – sei es, weil der obere Teil des Berges an so vielen Tagen des Jahres in Nebel und Wolken versteckt blieb, sei es, weil das Geraune nicht verstummen wollte von uralten Heiligtümern, die dort gestanden haben sollten.

Schon fast zweihundert Jahre lang lebten nun Prämonstratensermönche im früheren Michaelskloster. Und gleich nebenan im Stephanskloster, auf der südlichen der beiden Kuppen, saßen Prämonstratenserinnen, Schwestern vom sogenannten Zweiten Orden. Das halbe Dutzend älterer Damen, das noch übriggeblieben war, pflegte in altgewohnter Weise voller Hingabe das Andenken einer besonders großzügigen Stifterin, die ihren Lebensabend in ihrem Hause verbracht und ihm bei ihrem Tode ein großes Vermögen vermacht hatte: Hazecha, die Witwe eines Ritters namens Ricfried, der beim ersten Kreuzzug dabeigewesen und nicht mehr heimgekehrt war. Das Grab der hochgeschätzten Wohltäterin hatte einen Ehrenplatz in dem Klosterkirchlein bekommen, an dem die Schwestern es Tag für Tag sehen mußten. Was für ein tröstlicher Gedanke für eine Nonne ist doch das Andenken an eine Witwe.

Weil sie aus Allerheiligen im Schwarzwald gekommen waren, nannten die Mönche ihr Michaelskloster nun Allerheiligenkloster.

Zuvor hatten in den Klausen Benediktiner gelebt, mehr als dreihundertfünfzig Jahre lang. Die hatten ihre Kirche, die

Michaelsbasilika, über den Resten eines römischen Heiligtums errichtet. Und vor den Römern hatten dort die Kelten ihren Göttern geopfert. Und davor? Kein Mensch konnte das wissen. Aber denken konnte man sich so allerhand. Damals konnte man noch auf den Gedanken kommen, der Berg heiße vielleicht richtig Heidenberg, weil schon in vorchristlicher Zeit manche heidnische Gottheit auf diesem Berg verehrt wurde. Und die Stadt zu seinen Füßen müsse deshalb auch nicht Heidelberg heißen, sondern eigentlich Heidenberg.

So nahe war einem das Heidentum noch, wenn auch bunt überlagert von allerlei kirchlichem Brimborium. Meinten doch manche Leute, die es wissen mußten, der große Wald, der hier beginnt, heiße eigentlich nicht Odenwald und auch nicht Ottenwald, wie die Bauern sagten, sondern Odins Wald, weil Gott Odin mit seinen wilden Heerscharen durch ihn zu jagen liebte. Was er vielleicht auch jetzt noch tue.

Sicher, den meisten Pilgern, die auf den Heiligenberg hinauf wallfahrteten, reichten durchaus die Heiligen, die dort verehrt wurden. Die ersetzten ihnen die Götter ihrer Vorfahren. Es war ja auch ein rundes Angebot: In der Michaelsbasilika wurden neben dem Erzengel Michael die Heiligen Petrus und Paulus verehrt und natürlich Sankt Benedikt, außerdem der heilige Abt Friedrich von Hirsau, der dort sein Grab gefunden hatte. Die Stephanskirche nebenan war nicht nur Sankt Stephan geweiht, sondern auch noch Sankt Laurentius, also zwei besonders geschätzten und als Fürbittern beliebten Märtyrern. Auf einem Fleck so viele Heilige als Adressaten für die vielen Kümmernisse der Menschen, das war das Sonderangebot der Bittwochenprozession auf den Allerheiligenberg.

»Alle Heiligen«, schimpfte Bruder Nikolaus leise vor sich hin. Den Boden wischen, das war ihm die unangenehmste Arbeit. Dieses unwürdige Knien neben dem Putzeimer. »Alle Heiligen, da sollt Ihr Nothelfer sein. Dabei hat man mit Euch seine liebe Not.« Er lockerte den Strick, der seine Kutte zusammenhielt, weil er ihm den Bauch so hochdrückte, daß ihm die Luft wegblieb. »Wenigstens Luft wird man ja noch haben dürfen, wenn man schon sonst nichts hat.«

Bruder Nikolaus schien sich vor den Heiligen sicher zu fühlen, weil er unten tief in der Krypta arbeitete: unter dem hohen Westwerk der Michaelsbasilika, von schweren Kreuzgewölben vor jedem kritischen Blick aus dem Himmel verborgen. Und er lag ja auf den Knien, also in demütiger Haltung, wenn auch mit dem nassen Scheuerlappen in der Hand. Durch diese Krypta würden die Pilger morgen ziehen, einzeln hintereinander die wenigen Stufen heruntersteigen an der einen Seite, sich vor dem Altar versammeln und dann an der anderen Seite wieder hinaufsteigen in die Kirche. An vier Opferstöcken vorbei, damit sie nicht übersehen könnten, was hier gefragt ist. Und die Patres des Klosters würden hier wie am Hauptaltar und in der Ostkrypta unter dem Hauptaltar abwechselnd die Messe feiern, Stunde um Stunde, bis der Pilgerstrom, so wie er dieses Haus der Ruhe überschwemmt hat, wieder versiegte.

»Ich hätte nicht gedacht, Bruder Nikolaus, dich an einem Ort zu finden, der so weit von der Küche entfernt ist.«

Das war die Stimme von Pater Aegidius, wußte der Angesprochene. Dafür brauchte er nicht einmal von der Arbeit aufzusehen. Eifrig weiterwischend maulte er: »Ich kann gar nicht glauben, daß wir überhaupt eine Küche haben, so kurz wie man hier gehalten wird.«

»Dein majestätischer Bauch, Bruder, widerspricht dir, da brauche ich mehr nicht zu sagen.«

»Der Bauch, der ist dick allein von dem vielen Ärger, den ich runterschlucke, wenn ich in unsere Suppenschüsseln schaue.«

»Nun, nun, Bruder Nikolaus, so schlimm sieht es doch noch nicht aus mit uns. Und vielleicht gelingt es uns ja morgen, die Bauern da unten zu überzeugen, daß sie uns mehr Spenden bringen müssen. So würdig-sauber, wie du diesen heiligen Raum erscheinen läßt, und so eindringlich, wie ich in meiner Predigt den knauserigen Dörflern ins Gewissen reden werde.«

»Der Himmel gebe Euch Engelszungen, ehrwürdiger Vater.«

»Und deiner Zunge gebe er kräftige Zügel, Bruder Nikolaus, beim Essen, beim Trinken und beim Reden.«

Im Weggehen hörte Pater Aegidius noch, wie Bruder Nikolaus unwirsch vor sich hin murmelte, was längst als geflügeltes Wort über das mönchische Leben von Kloster zu Kloster ging und was er deshalb nur vornehm überhören konnte: »Man kommt zusammen, ohne sich zu kennen, man lebt miteinander, ohne sich zu lieben, und stirbt, ohne beweint zu werden.«

19. Kapitel

So eine Prozession hat halt ihre Eigenart – und
Jung Diether anschließend eine ganz neue Gangart

Kam da mal wieder ein Tag – als Dichter müßte man
wohl sagen: wie aus dem Arsenal des Sommers geraubt.
In den typischen Outstanding-Ausdrücken der Lyrik, die
ja immer ein klein wenig danebenliegen müssen, damit
sie als Dichtung erkannt werden, würde dieser Tag so aussehen: Der Himmel unbestechlich blau, mit einzelnen
Schönwetterwölkchen nur, die gelangweilt herumstanden
und einen dabei so unverwandt ansahen, als wollten sie
sich malen lassen. Nicht der süßeste Windhauch weit und
breit. Die ganze Natur hielt die Luft an, als wüßte sie, daß
dies ein ganz besonderer Tag ist.
Die ungewohnt warme Nachmittagsluft ließ die Pilger
ihre schönen Überkleider verwünschen, als sie sich bei
der alten Dorfkirche zum heiligen Vitus versammelten.
Nicht nur die Handschuhsheimer stellten sich da zur Prozession auf. Von weither waren Leute gekommen, um an
diesem Tag auf den Heiligenberg hinaufzuziehen. Natürlich waren auch die Nachbargemeinden Schriesheim,
Dossenheim, Neuenheim und Ladenburg mit eigenen
Pilgergruppen vertreten, jeweils um ihre Kirchenfahnen
und ihren Pfarrer geschart. Aus den Odenwaldgemein-
den würden eigene Pilgergruppen bei den Klöstern zu ihnen stoßen, wußte man. Ein besonders großer Trupp Pilger war gerade aus Heidelberg herübergekommen. Darunter waren auch etliche junge Männer, von denen man
wußte, daß sie Studenten waren. Doch hatten sie ihr stu-
dentisches Habit, den talarartigen Kittel mit der anhän-
genden Kapuze, wider alle Vorschriften daheim gelassen

und gingen, als biedere Bürgersöhne verkleidet. Man wußte, warum. Schon Pfalzgraf Ludwig III. hatte für die Studenten seiner Universität ein ausdrückliches Verbot der Teilnahme an der alljährlichen Handschuhsheimer Rolloß-Prozession erlassen. Und auch da wußte man, warum. Doch hatte man in Handschuhsheim Verständnis für die Studenten, wenigstens solange ihre unfrommen Nebenabsichten nicht gerade die eigene Tochter betrafen.

Die Rolloß-Prozession hatte halt ihre Eigenart. Man zog durch die frühlingsfrische Natur, die so aufdringlich ans Vergehen und Werden erinnerte. Und man wollte doch nicht ans Vergehen denken. Viel lieber dankte man dem Schöpfer für all die Pracht, die er seiner Erde geschenkt hatte, besonders für den guten Wein, der einem den Aufstieg auf den Berg erleichterte. Und man dankte auch gern für die schönen Mädchen, die der Herr geschaffen hatte, beziehungsweise für die kräftigen Burschen. Die einen wie die anderen im Sonntagsstaat, festlich geputzt. Doch je länger sich der Weg den Berg hinauf hinzog, desto mehr pflegte man sich freizumachen von der schönen Aufmachung. Das Tuch wie den Überwurf, man zog aus und nahm in die Hand, was einen beengte. Und hin und wieder mußte man einmal abseits gehen, um sich zu erleichtern oder in kleinen Grüppchen Rast zu machen. Das war so üblich. Da gab es halt Traditionen, und die hingen mit uralten heidnischen Fruchtbarkeitsriten zusammen, so wußte der Pfarrer sich das Geschehen zu erklären – es aber nicht zu verhindern.

Mutter Guta Ennel fühlte sich unpäßlich und konnte deshalb diesmal nicht an der Prozession teilnehmen, was sie aufrichtig bedauerte. Nicht so aufrichtig war das Bedauern von Diethers Vormund Heinrich, daß eine wichtige Angelegenheit in Ketsch seine Anwesenheit erfordere. Seit er kein junger Mann mehr war, hatte er mit schöner Regelmäßigkeit solche Verpflichtungen gefunden, die ihn hinderten, an der Prozession teilzunehmen. Diether könne sie beide ja vertreten, schlug er vor.

»Was redest du da, mein Sohn ist doch noch viel zu jung für so was«, wurde die Mutter heftig.

»Na und? Muß man etwa alt sein, um fromm sein zu dürfen?«

»Fromm, was heißt hier fromm? Du weißt doch, daß es bei dieser Prozession nicht nur fromm, sondern auch hoch hergeht.«

»Diether ist kein Kind mehr«, entschied der Vormund. »Und er soll einmal ein ganzer Mann werden.« Und als die Mutter noch einmal widersprechen wollte: »Du hast ihn immer zu einem braven und gottesfürchtigen Jungen erziehen wollen. Nun soll sich zeigen, was deine mütterliche Fürsorge gebracht hat.«

Ohne je ein Buch über Kindererziehung gelesen zu haben – sie konnten überhaupt nicht lesen –, hatten die beiden so ungleichen Erziehungsberechtigten es vermieden, ihre grundsätzlichen Überlegungen in Diethers Gegenwart anzustellen. So traf den die Aufforderung des Vormunds, als Vertreter der Familie am Rolloß teilzunehmen, völlig überraschend. Und es gelang ihm natürlich nicht, seine Freude und Aufgeregtheit zu verbergen, hatte er doch schon so viel über dieses feierliche Ereignis gehört. So wünschte der Oheim seinem Mündel viel Glück, die Mutter ihrem Jungen Gottes Segen, als der mit großen Schritten hinaus und nach St. Vitus eilte. Die Mutter hatte es bei aller Sorge um sein Seelenheil doch nicht unterlassen können, ihm festliche Kleidung aufzunötigen und sich persönlich darum zu kümmern, daß er wie ein junger Herr aussah. So ging er in den ungewohnten Sachen etwas steif daher, war sich dabei aber ganz seiner Würde als Vertreter der Familie bewußt. Er trug, um das noch schnell nachzutragen, einen dunkelroten, gegürteten Rock mit vielen Falten im Rücken, der bis zur Hüfte reichte, dazu aus hellem Leinen genähte, enge Strumpfhosen, an denen Lederfüßlinge waren. Den Überrock, so schön blau er war, hatte er in der Hand, weil ihm schon auf dem Weg zur Kirche heiß geworden war. Musiker und der Pfarrer von St. Vitus in vollem Ornat sowie seine Meßdiener, sie zogen voran, als die Prozession sich endlich in Bewegung setzte. Durch die Gassen des Dorfes zu den Gärten hinaus und in die Weinberge empor, um dann im Wald zu verschwinden. Auf langen, gewundenen Wegen ging es langsam aufwärts. Die Gläubigen sangen fromme Lieder, und das so laut und so eifrig, als wollten sie damit die bunten Fahnen zum Flattern bringen, die sie mitschleppten. Die verschiedenen Zünfte gingen in separaten Gruppen, darunter auch die Gruppe der frommen Huren, weil die Prostituierten als Fachkräfte für den ältesten Bedarf ebenfalls als Angehörige einer Zunft galten.

Noch immer regte sich kein Wind, und die Sonne fand an diesem Westhang immer wieder eine Lücke im Wald, durch die sie den Pilgern ganz schön zusetzte. Der Bittersbrunnen auf der zweiten Hälfte des Weges, das war für jeden die schönste Hoffnung, vor allem für den, der dummerweise keinen ausreichenden Vorrat an Wasser oder Wein mitgenommen hatte.

Immer wieder hielt der Zug an, kniete man zu einem kurzen Gebet nieder, wechselten sich die Fahnenträger ab. Die schöne Ordnung löste sich allmählich auf. Einzelne Grüppchen waren schneller im Beten und Gehen als die anderen und überholten sie. Die Alten blieben immer weiter zurück, die jungen Leute immer mehr unter sich.

Neben Diether ging jetzt eine Frau aus dem Dorf, die er vom Ansehen kannte. Wie sie an seine Seite gekommen war, hatte er nicht mitbekommen. Wohl aber wußte er, daß sie Witwe war und Mitte Zwanzig. Sie soll ihren Mann durch den Stoß eines unruhig gewordenen Ochsen verloren haben, hatte er gehört, mehr aber auch nicht. Darum sah er sie sich jetzt überm Beten und Singen vorsichtig von der Seite an. Ein bißchen größer als er war sie. Eine Frau wie auf dem Marienaltar, dachte er. Klar, zu der mußte er ja auch aufschauen. Jedenfalls ist sie nicht so albern und kindisch wie die Mädchen im Dorf, kam es ihm in den Sinn. Sie ist ja auch viel älter. Aber nicht so streng und so alt wie Mutter. So weitete sich bei genauerer Betrachtung plötzlich das Weltbild des Jungen, und daß er dabei zu unfairen Vergleichen kam – wer wollte ihm das vorwerfen.

»Ich habe Euch noch nie beim Rolloß gesehen, Diether«, sprach die junge Frau ihn an. Und er wunderte sich, daß sie seinen Namen kannte, sagte das aber nicht, sondern gab ehrlich zu, daß der Rolloß für ihn noch ein neues Erlebnis sei. Woraufhin sie sagte, sie heiße Edeltrud. Darauf wußte er nichts zu sagen. Sein Glück, daß er beten und singen durfte.

Die Frau, die aussah wie die Mutter Gottes, trug ein dunkles, ärmelloses Kleid aus Leinen, das tief ausgeschnitten war und von einem schmalen Gürtel zusammengehalten wurde. Diether sah allerdings nur den tiefen Ausschnitt und die rote Schürze, die sie vorgebunden hatte. Er fühlte sich etwas sonderbar in ihrer Nähe und wünschte, sie würde schneller oder langsamer gehen als er. Aber wie er es auch hielt mit seiner Pilgergeschwindigkeit, sie blieb an seiner Seite. Und als er schließlich sagte, er werde nun eine kurze Rast machen, zog sie ihn gleich am Ärmel mit sich ins Gebüsch. Sie wisse da eine gute Stelle, wo man sich ein wenig niedersetzen könne.

Schon sah er nichts mehr von der Prozession, nur noch ihre hellblauen Augen dicht vor sich. Die gingen immer hin und her, und er wußte nicht, was das sollte. Jedenfalls fand er es lästig. So senkte er den Blick – und sah in ihren tiefen Ausschnitt und auf zwei milchweiße Kuppen, wie er sie noch nie gesehen hatte. Ganz anders als auf dem Marienaltar, dachte er.

»Wenn dir deine Beinkleider zu eng werden«, hörte er die Frau sagen, »dann mach sie doch auf.«

Dabei tippte sie mit spitzem Finger auf seine Schamkapsel, daß ihm ganz sonderbar wurde. Er sah zu ihrem Finger hinab und diesen Schmuck seiner Strumpfhose, auf den er so stolz war, weit ausgebeult. Und es drückte und pochte, und er bekam einen heißen Kopf, und er wollte gerade weglaufen, als sie mit ihren weichen Händen um seinen Kopf griff und sein Gesicht zwischen ihre Brüste drückte. Da war kein Halten mehr. Da klammerte er sich so wild und bebend an ihr fest, daß sie alle Mühe hatte, ihn aus seinen Kleidern zu befreien – und sich selbst dann aus den ihren. Als er endlich auf ihr lag und sie ihm mit schnellem Griff dahin geholfen hatte, wohin er gehörte, da dachte er nicht mehr an die Madonna und schon gar nicht mehr an seine Mutter. Für die Frau, die da unter ihm lag, gab es keine Vergleiche.

»Edeltrud«, keuchte er immer wieder: »Edeltrud.«

Und sie schrie ihm nur immer mit weit aufgerissenem Mund und großen Augen ihr Ja ins Gesicht. Immer nur: »Ja, ja, ja!« Immer schneller und immer atemloser. Und dann, nach einem hellen Aufschreien, auf einmal nichts mehr. Da nahm sie ihn nur ganz sanft in ihre Arme und ließ ihn auf ihrem heißen Leib einschlafen.

So bekam Jung Diether nichts mit von der sich anschließenden feierlichen Messe in der Michaelsbasilika. Er bemerkte nicht, wie fein sauber alles für ihn gemacht worden war. Und er hörte nicht, was Pater Aegidius in seiner Predigt Erbauliches über das nicht zu verachtende Scherflein der armen Witwe sagte. Er sang nicht mit beim feierlichen Gloria in excelsis deo, sah nicht das bunte Treiben rund um die beiden altehrwürdigen Klöster, bekam leider auch nichts ab vom Rolloß-Segen und hörte die Leute nicht grölen, überwältigt von der Sonne, der Frömmigkeit und dem Wein. Dafür hatte er nachher die Last, seine Kleider im Dunkeln wieder so weit sauberzumachen, daß seine Mutter nichts merken könnte. Ein Glück, daß Edeltrud ihm so eifrig und geschickt dabei half.

Sie war zu ihm, als wären sie zusammen aufgewachsen. Sie hielt ihn an der Hand, als sie den Berg hinabgingen. Fest an ihrer kleinen, weichen Hand, bis sie die ersten Häuser des Dorfes vor sich liegen sahen. Da verabschiedete sie sich von ihm mit einem schnellen Kuß und ließ ihn allein zur Burg seiner Väter gehen – gehen in einer Art, wie Diether noch nie gegangen war, so stolz und dabei wie schwebend.

20. KAPITEL

Was man alles haben muß – und vor allem wo –,
um endlich als mündig akzeptiert zu werden

Der junge Kurfürst Ludwig IV. machte auf der politischen Bühne eine gute Figur, und auch der junge Diether von Handschuhsheim sah schon recht gut aus, wenn man diesen unmöglichen Vergleich einmal anstellen will. Ja, der Junge war im Kommen und offensichtlich immer für eine Überraschung gut. Noch hatte Mutter Guta Ennel sich nicht von dem Schock erholt, den ihr das Rolloß-Erlebnis ihres Sohnes versetzt hatte, da kam schon der nächste Streich. Natürlich hatte Diether ihr nichts erzählt, und sie hatte auch nicht gefragt. Aber sie hatte an seinen Kleidern und an seinem veränderten Auftreten deutlich genug gesehen, was passiert war. Mehr wissen zu wollen, darauf verzichtete sie vorsichtshalber.

»Der Junge löst sich von mir. Ein Gefühl, wie beim allerersten Einsetzen der Wehen«, sagte sie zu Henne. Womit sie dem einen schönen Schrecken einjagte, wußte er doch, daß es bei einer Geliebten Ernst wird, wenn vom Einsetzen der Wehen die Rede ist. »Unsinn«, beruhigte sie ihn. »Das ist es nicht. Ich bin doch schon über diese Zeiten hinaus.« Und vermutlich fügte sie auch noch was von Dummkopf und so hinzu. »Nein, Henne, ich meine nur, ich spüre, wie Diether sich von mir löst. Und das beunruhigt mich.«

Zu so komplizierten Sachverhalten sagte Henne nur: »Ja«, um sich dann schnell in den Stall davonzumachen: »Ich muß mal nach meinem Pferd sehen.«

Im Stall fand der irritierte Liebhaber aber auch keine Ruhe. Da stöberte ihn sein Neffe auf. Mittlerweile genauso groß wie er, baute der Junge sich vor ihm auf und verkündete, er wolle einmal von Mann zu Mann mit ihm reden. Henne hatte kaum Zeit zu fragen, worüber, da schilderte sein Neffe ihm schon in allen Einzelheiten, wie die Rüstung aussehen müßte, die er nun endlich haben wollte: Harnisch und Beckenhaube, Schild und Schwert und Lanze. Darum also ging es von Mann zu Mann. Nicht mehr länger die vom Vater oder Oheim abgelegten Rüstungsstücke, sondern eine eigene Vollrüstung.

»Ach, das Scheußliche an so einer Ritterrüstung«, erklärte ihm sein Onkel, »ist doch, daß du dich niemals kratzen kannst. Und wenn es noch so juckt. Und erst die Läuse, Wanzen, Flöhe, die . . . na ja.«

Den Rest verkniff er sich. Denn das schien ihm doch noch zu früh für seinen Neffen: das Geständnis nämlich, daß man sich diese lästigen Tierchen bei jedem Bauernmädchen holt, das man mal kurz ins Heu wirft.

Doch da kam auch schon der nächste Wunsch: »Ich will zum Ritter geschlagen werden. Denn ich bin jetzt mündig.«

Onkel Henne, der Held von Landshut, fühlte sich geschmeichelt, weil der Junge sich mit seinem Wunsch an ihn wandte und nicht an seinen Vormund. Er fühlte sich von soviel Ehrgeiz seines Neffen aber auch überfordert, zumal da er wußte, daß Rüstung und Ritterschlag höchst kostspielige Dinge waren.

»Du bist noch lange nicht mündig«, wehrte er ab, »und im übrigen hat ein Ritterschlag überhaupt nichts mit der Mündigkeit zu tun. Die ist dafür nicht nötig. Da . . .« Und schwieg schnell, weil er im selben Augenblick verstand, daß diese Argumentation nicht allzu geschickt war.

Aber sein Neffe hörte sowieso nicht richtig zu. Statt dessen zog er seine Kleider aus, Stück für Stück, wortlos. Auch die Strumpfhose. Warf einfach alles in die Ecke auf den Strohhaufen und stand plötzlich splitternackt vor seinem Heldenonkel, warf die Arme hoch und verkündete mit bemüht tiefer Stimme: »Im Sachsenspiegel heißt es: Welches Mannes Alter man nicht weiß: Hat er Haar in dem Bart und danieden am Bauch und unter jeglichem Arm desgleichen, so soll man wissen, daß er mündig ist. Und deshalb bin ich mündig, Oheim, wie Ihr seht!«

Henne von Handschuhsheim lachte, daß es in den Stallgewölben nur so dröhnte, was Diether sehr schnell seine Kleider aufnehmen und sich überziehen ließ. Sogar Hennes Pferd wieherte fröhlich mit. Und Diether stand verlegen da und ärgerte sich, daß der Hinweis auf das alte Rechtsbuch so wenig Eindruck gemacht hatte. Ob man mir was Falsches erzählt hat? Doch sein Onkel ließ ihn zum Glück nicht im unklaren.

»Zunächst einmal, woher hast du dieses Wissen?«

»Von einem fahrenden Ritter, den Ihr, Oheim, vor gut einem Jahr aufgenommen hattet. Ihr erinnert Euch sicher an den Recken in der schwarzen Rüstung. Einen schwarzen Rappen ritt er. Hat er mir etwa nicht die Wahrheit gesagt? Das könnte ich nicht gut glauben.«

»Vorsicht, mein Junge, die fahrenden Ritter erzählen viel. Und meist sind sie nicht so groß, wie sie tun. Wir sind hier zwar nicht in Sachsen, aber was der fremde Ritter dir aus dem Sachsenspiegel beigebracht hat, das stimmt. So habe auch ich es einmal gehört.«

»Na, also, dann kann ich ja jetzt . . .«

»Geduld, Geduld, Diether.«

Damit nahm er ihn am Arm und führte ihn aus dem Stall, ging mit ihm hinüber ins Herrenhaus und die Stiegen hoch ins zweite Obergeschoß, direkt hinein in das elterliche Schlafgemach, das seit Vaters Tod ja nur noch das Schlafgemach der Mutter war. Was Diether sehr wunderte. Denn dort hatten die Kinder und auch sonst niemand Zutritt.

Onkel Henne trat mit seinem Neffen an das breite Bett im Alkoven und deutete auf helle, mit einem Messer in die Pfosten geschnittene Kerben.

»Das da sind die Jahre deiner Schwester Margarethe«, sagte er, »und das da sind die Jahre deiner Schwester Kunigunde. Und hier sind deine Jahre. Zuerst hat dein Vater eure Jahre hier eingeschnitten, dann habe ich selbst es gemacht, immer wenn der Tag der Geburt sich bei ihnen und bei dir jährte.«

Dazu wußte Diether nichts zu sagen. Daß es hier in der Burg noch etwas gab, das er nicht längst kannte, fand er unerhört.

»Zähl deine Kerben«, befahl sein Onkel. Und er zählte seine Lebensjahre, und es waren nur vierzehn.

»Aber ich habe Bart und hienieden . . .«, wollte er noch auftrumpfen.

Doch sein Onkel tat ihn kurz ab: »Was du Bart nennst, ist der erste Flaum. Im übrigen gilt diese Regel nur, wenn man das Alter nicht weiß, wie du selbst gesagt hast, mein Junge. Bei dir aber weiß man es. Du bist vierzehn, und erst mit achtzehn wirst du mündig.«

Und als Diether den Bettpfosten so wütend ansah, als träfe den die Schuld an seinem Mißerfolg, ergänzte Onkel Henne noch schnell: »Und wehe dir, mein Junge, wenn du dich in die Schlafkammer deiner Mutter einschleichst, um heimlich weitere Kerben in den Bettpfosten zu schneiden. Das Bett deiner Eltern soll dir allzeit heilig sein. Und ich sage dir: Deine Hand soll verdorrt abfallen, wenn du dich an ihm vergehst!«

21. Kapitel

*Wie man allein durch Fehler anderer unversehens in die
große Politik und damit in ganz neue Zwänge gerät*

Die Herren der Tiefburg fühlten sich nicht nur als etwas Besonderes, etwas ganz anderes als die Bauern und
Handwerker Handschuhsheims, sie waren es auch. Und
das nicht allein durch ihren höheren Stand als Ministerialen des Klosters Lorsch, durch ihr Rittertum und dadurch,
daß sie einigermaßen vermögend waren. Sie waren vor
allem auch besser informiert. Fahrende Ritter waren immer und überall unterwegs, und sie klopften an jedes
Burgtor, weil man halt jeden Tag hungrig, durstig und
müde wird und eine wohlgestellte Dankesrede immer
leicht über die Lippen kommt.
Heinrich sah die Recken genauso gern einreiten wie sein
Mündel. Er ließ ihnen Speise und Trank und ein Bett bereiten, setzte sich aber vor allem mit ihnen zusammen.
Stundenlang. Hatten die Fahrenden doch soviel zu berichten wie heute Auslandskorrespondenten. Und wenn man
es verstand, die notwendigen Abstriche zu machen bei
ihren Erzählungen, die Spreu vom Weizen zu trennen, die
Renommage vom wahren Erlebnis – oder einfach immer
die Hälfte nahm, dann konnte man durch diese Kontakte
tatsächlich eine Überlegenheit gewinnen, die manchmal
sogar den Ortspfarrer staunen machte.
Diether von Handschuhsheim war ein aufgeschlossener
junger Mann, der zu fragen wußte und auch zuzuhören.
Was ihm an Bildung fehlte, das suchte er durch Informiert-
heit wettzumachen – darin schon fast ein Vorläufer des
modernen Journalisten, an den damals natürlich noch niemand dachte. Es ging ja noch nicht um Tagesereignisse,

um banale Aktualitäten. Die Entwicklungen vollzogen sich noch nicht im Stundentakt, sie kamen gemächlich daher, dauerten an und wirkten lange nach.

Eine solche Entwicklung, von der anfangs niemand ahnte, was daraus werden würde, war das Aussterben des Geschlechts der Herren von Schauenburg. Nachbarn, die in ihrer Burg über dem gleich nördlich von Handschuhsheim gelegenen Dossenheim gesessen und keinen besonderen Ärger bereitet hatten. Dabei waren sie mehr gewesen als bloß Nachbarn. Die Schauenburger waren kurioserweise die Herren des Fleckens Handschuhsheim gewesen. Das hatte den wesentlichen Unterschied zwischen den Handschuhsheimern und den Tiefburgbewohnern ausgemacht: Sie gehörten nicht zusammen. Wenn auch die Tiefburg mitten im Dorf lag, das Dorf selbst gehörte nicht zur Tiefburg, sondern zur Herrschaft Schauenburg, genau wie das sich südlich anschließende Neuenheim.

Die Herren von Schauenburg aber waren ebenfalls Ministerialen des Klosters Lorsch gewesen, insofern also Kollegen, die für denselben Herrn, den Abt von Lorsch, gearbeitet hatten wie die Herren von Handschuhsheim. So wenigstens war es früher gewesen. Nun aber war alles anders, weil die Schauenburger zunächst in wirtschaftliche Schwierigkeiten geraten waren, dann aber auch noch Nachwuchsprobleme bekommen oder einfach sich nicht genug bemüht hatten und ausgestorben waren. Eine Unachtsamkeit, die so unverständlich ist, wie sie drastische Folgen zu haben pflegte: Aller Besitz der Schauenburger war nun auf Umwegen an den Erzbischof von Mainz gefallen, und der Mainzer Erzbischof hatte den Flecken Handschuhsheim als kurmainzisches Lehen in die Hände Diethers von Handschuhsheim beziehungsweise seines Vormunds gegeben. Das war im Jahre 1444 geschehen, und es bedeutete eine ziemliche Aufwertung des Handschuhsheimer Rittergeschlechts.

Daß es auch noch etwas anderes bedeutete, sollte Diether von Handschuhsheim schon bald erfahren, nämlich im nächsten Jahr. Da wurde zur Hochzeitsfeier eingeladen.

Der junge Kurfürst bei Rhein, der Pfalzgraf Ludwig IV., beehrte sich, seine Vermählung mit Margaretha von Savoyen, verwitwete Königin von Neapel, anzuzeigen.

Daß immer wieder von Margarethens oder Margarethas die Rede ist, liegt übrigens nicht an der Phantasielosigkeit des Autors, die Damen hießen tatsächlich so. Namen waren schon immer modeabhängig, und im fünfzehnten Jahrhundert stand das Gretchen halt ganz oben auf der Liste der beliebtesten weiblichen Vornamen. Diese Hochzeitsfeier war natürlich ein sehr wichtiges Ereignis, zu dem die Edelsten der Edlen und einige mehr eingeladen waren. Auch die Herren von Handschuhsheim. Und natürlich wollten sie zur Hochzeitsfeier gehen. Da aber bekamen sie durch einen reitenden Boten aus Mainz den dienstlichen Befehl: »Nicht hingehen, unter einem plausiblen Vorwand verhindert sein!«

Was war geschehen? Noch nichts zum Glück, außer daß neuerdings das Gebiet des geistlichen Kurfürsten von Mainz mit Handschuhsheim und dem sich südlich anschließenden Neuenheim unmittelbar an das Gebiet des weltlichen Kurfürsten in Heidelberg angrenzte. Kurmainz und Kurpfalz lagen plötzlich Wange an Wange. Aber sie küßten sich nicht. Im Gegenteil. Denn in der Politik gilt: Nähe gebiert Rivalität. Jeder möchte sein Gebiet auf Kosten des anderen ausweiten und hat Angst davor, der andere könnte so ein Schuft sein, dasselbe zu wollen. Und da die Handschuhsheimer neuerdings kurmainzische Lehnsmannen waren und gleich an der Grenze der beiden Kurfürstentümer saßen, kamen sie in eine zwangsläufige Gegnerschaft zu ihrem Nachbarn auf der anderen Seite des Neckars, was ihnen gar nicht gefiel, aber nicht zu verhindern war. Dabei schätzte Diether den jungen Ludwig IV., zeigte sich doch, daß der ein ungewöhnlich friedliebender und vernünftiger Herrscher war. König Friedrich III. betraute den jungen Fürsten mit wichtigen und kniffligen Aufgaben und ließ ihn so sehr schnell in den Ruf eines echten Friedensfürsten kommen. Und ausgerechnet zu so einem Nachbarn sollte er Distanz halten? Wollen wir doch einmal sehen, ob das Gebot nicht zu umgehen ist, sagte Diether sich.

Zunächst aber galt: nichts mit Hochzeitsfeier, auch nichts mit Kindtauffeier drei Jahre später. Und als im Jahr drauf der junge Ehemann und Vater plötzlich starb und feierlich beerdigt wurde, da durften die Handschuhsheimer ebenfalls nicht dabeisein. Der Bischof von Mainz beobachtete argwöhnisch, was in Heidelberg geschah, und legte größten Wert auf die Respektierung der Grenze, die der Neckar bildete. Dieser Ludwig IV. war ihm suspekt. Wie konnte ein Herrscher nur so erfolgreich als Friedensstifter in internationalen Verwicklungen auftreten, wie konnte er sich den Ehrentitel »der Sanftmütige« erwerben. Da mußte doch ein besonderer Trick dabei sein.

Sehr schade, lieber Diether, daß du keine Gelegenheit hattest, engeren Kontakt mit diesem jungen Fürsten zu halten. Er war als Herrscher eine absolute Ausnahmeerscheinung: anständig und redlich. Noch der alte edle Ritter, ganz offensichtlich ein Produkt der guten Erziehung, die er durch seinen Oheim Otto von Mosbach genossen hatte. Doch dieser Ludwig IV. wirft für uns Heutige die peinliche Frage auf, ob er vielleicht nur deswegen als Friedensfürst dasteht, weil er so früh gestorben ist, oder ob er so früh sterben mußte, weil er ein Friedensfürst war. Lassen wir die Frage auf sich beruhen – und ihn selbst ruhen in Frieden.

Faktum ist, daß Heidelberg für die Handschuhsheimer – und das traf besonders hart den jungen, erlebnishungrigen Diether – fast schon ein fremder Ort wurde. Die nächstgelegene Stadt und doch kaum erreichbar, weil der Chef in Mainz es nicht gern sah, daß man über die Neckarbrücke ritt. Indes – viel ging unserem Diether durch das Fernbleiben von Heidelberg nicht verloren. Die kurfürstliche Residenzstadt war immer noch ein Nest mit nur etwa fünftausend Einwohnern, und die waren meist Weingärtner oder Ackerbauern. Davon hatte Diether in Handschuhsheim genug um sich. Doch machte Heidelberg immerhin schon den Eindruck eines Städtchens, während sein Handschuhsheim mit seinen paar hundert Einwohnern und den Misthaufen vor jeder Tür immer noch ein richtiges Dorf war.

Und was an Heidelberg das Beste war: Es hatte viele Schmiede. Darunter waren einige Muskelmänner, die weit mehr als nur Hufeisen und Radreifen oder dergleichen machen konnten. Die durch die zahlreichen vornehmen Besucher am kurfürstlichen Hof viel mitgekriegt hatten, was die moderne Entwicklung der Rüstungstechnik anging. Heidelberg war eine Waffenschmiede, so schien es Diether. Zwar noch lange nicht vergleichbar mit Landshut, erklärte ihm sein Onkel Henne, aber immerhin. Und was gäbe es wohl Wichtigeres für einen ernsthaften jungen Rittersohn.

Verständlich daher, daß Diether sich doch immer mal wieder heimlich nach Heidelberg begab, nicht zuletzt zur Anprobe bei dem Lieblingsschmied der Herren von Handschuhsheim. Denn das größte Ereignis im Leben eines Ritters, größer noch als sein Tod – der Ritterschlag –, er warf bereits seine Glanzlichter voraus. Dem zukünftigen Ritter wurde die Rüstung gebaut, in der er den Ritterschlag erhalten sollte.

22. Kapitel

Von all den Mühen, die Diether auf sich nehmen muß,
um endlich ein Ritter zu werden

Zur Geduld hatte Onkel Henne geraten. Doch ausgerechnet Geduld war nicht die stärkste Tugend seines Neffen Diether – wie es ja immer so ist, daß die am wenigsten Geduld haben, denen noch die meiste Zeit zur Verfügung steht. Was zeigt, daß das eine mit dem anderen nichts zu tun hat. Diether also wartete ungeduldig darauf, endlich erwachsen genug zu sein, um zum Ritterschlag zugelassen zu werden. Jede Woche schabte er sich nun Kinn und Wangen, weil er gehört hatte, daß die Barthaare um so schneller wachsen, je öfter sie abgeschnitten werden. Das war aber nur die lustige Seite seiner Vorbereitung auf den Ritterstand. Die ernste Seite war: Sein Vormund schickte ihn zur weiteren Ausbildung im edlen Kriegshandwerk auf die Burg Hirschhorn am Neckar. Dort, bei den befreundeten Herren von Hirschhorn, sollte er als Knappe dienen. »Denn wer herrschen will«, so hatte sein Vormund mit Nachdruck erklärt, »der muß beizeiten gelernt haben zu dienen.«
Auch so ein Spruch, für den Diether wenig übrig hatte.
Es würde das mit dem späteren Herrschen so großartig ja auch nicht sein. Sein Vater Heinrich V. war wie seine Vorfahren ein Dienstmann des Klosters Lorsch gewesen. Denselben Stand hatten jetzt auch seine beiden Onkel Henne und Heinrich IV. Im Jahre 764, also in eisgrauer Vorzeit, war dieses Kloster durch den Bischof von Metz gegründet worden – im Beisein Karls des Großen und seiner Familie, wie man stolz berichtete. Inzwischen wurde Kaiser Karl selbst dort schon – neben etlichen anderen – als Heiliger

verehrt. Das Benediktinerkloster, zwischen Bensheim und Heppenheim gelegen, wurde schnell zum reichsten und deshalb mächtigsten Grundeigentümer an der Bergstraße. Nicht übertrieben reich und schon gar nicht mächtig und leider auch nicht von altem Adel waren die Herren von Handschuhsheim. Aber wichtig waren sie. Die Tiefburg, in der sie saßen, gehörte dem Kloster. Sie war ihnen nur als Lehen gegeben. Dafür und für einen festgelegten Anteil an den Steuereinnahmen hatten sie den Sheriff zu spielen. Sie hatten dafür zu sorgen, daß an der Bergstraße Ruhe und Ordnung herrschte. Damit die Bauern ungestört schuften und ihre Abgaben leisten konnten. Und damit die Händler ungehindert durchreisen und ihre Geschäfte machen konnten. Auch das natürlich zu Nutz und Frommen der Abtei Lorsch.

Dabei war es gar nicht so einfach, in dieser Zeit für Ruhe und Ordnung zu sorgen. Im 15. Jahrhundert machte in deutschen Landen jeder, was er wollte. Der Einfluß der deutschen Könige war beschämend gering. Er hatte nicht einmal dazu ausgereicht, so viel Einigkeit zu schaffen, daß man die aus Böhmen eingefallenen Hussiten zurückschlagen konnte. Ganze Landstriche in der Oberpfalz hatten sie schon verheert, also im Herzen Deutschlands, und es schien nur eine Frage der Zeit, wann sie ihre Kriegszüge bis in die Rheinpfalz hinein ausdehnen würden.

Trotzdem gab es keinen geschlossenen Widerstand. Im Gegenteil suchte jeder Adlige, der eine Burg und eine Schar bewaffneter Männer hatte, seine Macht auf Kosten seiner Nachbarn zu vergrößern. Da wurden Nichtigkeiten als Gründe für große Fehden aufgebauscht, nur weil man nicht gut zugeben konnte, daß man lediglich die Gunst der Stunde zum Ausbau seiner Herrschaft nutzte.

Immer dasselbe: Das Fehlen einer starken Zentralgewalt läßt um so mehr Provinzgewalttäter auftreten. Ein natürlicher Ausgleich: Was an verbrecherischen Aktivitäten im Großen wegfällt, machen all die einzelnen Verbrechen wieder wett. Ob das für die kleinen Leute einen wesentlichen Unterschied macht, ist noch die Frage. Zwar bedeutet das für sie, daß sie mit mehr Gefahren von allen Seiten und in jedem Augenblick rechnen müssen, andererseits haben sie aber auch selbst mehr Möglichkeiten, sich ihr schweres Los auf unrechtmäßige Weise ein wenig zu erleichtern. Solch ein Zustand pflegt irgendwann zu enden, merkwürdigerweise aber nicht, weil die kleinen Leute ihn unerträglich finden, sondern weil die Clique der Stärkeren findet, daß er ihre Macht zu sehr beschneidet. Die Mächtigen einigen sich dann auf einen aus ihrem Kreis, der dafür zu sorgen haben soll, daß sie selbst weiterhin ungestört tun und lassen können, was ihnen paßt, daß aber die kleinen Leute in strenge Zucht genommen werden. So banal wird gezeugt, was nachher so großkotzig auftritt: der Staat.

Aber bleiben wir bei Jung Diether, dem Knappen auf Hirschhorn. Dem ging es dort nicht schlecht, wenn man auch versuchte, ihn in strenge Zucht zu nehmen – zu seinem Besten, versteht sich. Seine Onkel und Tanten und auch seine beiden Schwestern und die Basen und Vettern nahmen jede Gelegenheit wahr, ihn auf Hirschhorn zu besuchen. Auch die Mutter kam gelegentlich mit. Sie sah ihn nun immer mit Blicken an, die jedes bißchen Mehr an Männlichkeit registrierten und mit Wehmut und Stolz kommentierten. Diether guckte dann weg. Mütterliches kann ja so peinlich sein, wenn man gerade richtig in die Mangel genommen wird. Diether zeigte seiner Sippschaft besonders gern, wie stark die Befestigungen der Hirschhorner Burg waren. Dort, hinter dem massigen Bergfried, die zwanzig Meter hohe und mehr als zwei Meter dicke Schildmauer. Und hinter dieser Mauer, zum ansteigenden Berg hin, der sechzehn Meter tiefe Halsgraben. »Da kommt kein Angreifer rüber«, meinte der Junge fachmännisch.

Daß die Feinde der Hirschhorner ganz woanders den Hebel ansetzten, das bekam Diether nicht mit. Seinen freundlichen Gastgebern und Ausbildern stand trotz Schildmauer und Halsgraben das Wasser bis zum Hals: Sie waren hoch verschuldet und hatten ihre liebe Not mit Juristen statt mit Belagerern.

Der Mutter imponierte ohnehin der herrliche Ausblick vom Burghof und erst recht vom hohen Turm ins Tal hinab mehr als die Stärke der Befestigungen.

»Der Neckar und der Finkenbach begrenzen eine Bergzunge, die wie ein Horn ins Land steht. Das war ein idealer Platz für eine Burg«, ließ sie sich von den Hirschhornern geduldig erklären. Dabei dachte sie an die Maulwurfsburg daheim und haderte wieder einmal mit dem Urahn, der sich in die Erde eingebuddelt hatte. Warum hast du nicht so ein Vogelnest gebaut, schimpfte sie in sich hinein, ein Nest in luftiger Höhe, wie alle anderen es gemacht haben? Im übrigen stellte sie fest, daß es auf Hirschhorn nicht weniger eng war als in der Tiefburg. Es war auch nicht weniger Lärm dort, von den vielen Hunden und dem Pferdegetrappel auf dem steingepflasterten Hof, von dem Vieh und den Kindern und Knechten. Und es war hier wie dort der gleiche Gestank, von den Tieren und den Aborterkern, vor allem aber von Pech und Schwefel und vom Schießpulver. Der reiche Vorrat zur Verteidigung der Burg, der einen Tag und Nacht in Pulvergeruch einhüllte und einen bei jedem Gewitter Höllenängste ausstehen ließ. Es gab ja noch keinen Blitzableiter. Benjamin Franklin ließ sich damit noch gut dreihundert Jahre Zeit. Da sagen manche Leute, Erfindungen würden immer dann gemacht, wenn sie notwendig seien. Unsinn! Der für alle mittelalterlichen Burgen zu spät gekommene Blitzableiter widerlegt die so schön klingende These ebenso wie die mindestens hundert Jahre zu früh gekommene Kernspaltung.

Zur Feier von Diethers Mündigkeit gab der Vormund Heinrich endlich nach, was den ersehnten Ritterschlag betraf, und damit auch sein Amt ab. Er hatte den Abt des Klosters Lorsch, selbst ein erfahrener Ritter, gebeten, die feierliche Zeremonie zu vollziehen. Der Abt, der eigentlich längst kein Abt mehr war, sondern nur der Propst des Klosters Lorsch, das seinerseits dem Erzbischof von Mainz unterstand, dieser sogenannte Abt legte großen Wert auf diesen Titel. Und so hatte man sich daran gewöhnt, ihn weiterhin als Abt zu bezeichnen.

Als Heinrich von Handschuhsheim ihn förmlich darum gebeten hatte – in drei Sätzen dreimal Abt und ehrwürdigster Vater –, da hatte der Kirchenmann gern eingewilligt, den Ritterschlag zu erteilen, allerdings unter der Bedingung, daß der Onkel auf eigene Kosten die Rüstung und die Waffen herstellen lasse, mit denen der Abt den Jungen dann ausstaffieren würde.

So kam endlich der große Tag, der aus einem tüchtigen Knappen einen christlichen Ritter machen sollte. Die Herren von Handschuhsheim waren gemeinsam mit den Herren von Hirschhorn nach Lorsch geritten, zu dieser gewaltigen Klosteranlage, die auch dem Unfrommen Schauer der Erschütterung einjagen konnte. Wie klein er sich auf einmal vorkam, der Möchtegernritter Diether, angesichts solcher Macht- und Prachtentfaltung. Dabei war die große Zeit der Abtei Lorsch schon lange vorbei. Nur noch eine Erinnerung, von der oft und gern gesprochen wurde, daß einst – vor vierhundert Jahren – ein Lorscher Abt mit einem stolzen Gefolge von zwölfhundert Berittenen auf einem Reichstag aufgetreten war.

Nicht ganz so großspurig sollte es diesmal zugehen. Nicht in der großen Klosterkirche sollte der feierliche Akt des Ritterschlages stattfinden, sondern in der Marienkapelle des Torhauses. Dieses alte Bauwerk gefiel Diether auch weit besser als die riesige Kirche des Klosters.

Die große Kirche war halt eine Pilgerkirche, so gewaltig in ihren Ausmaßen wie ein riesenhafter Klingelbeutel. Mit einer Vorkirche sogar noch und einem Hof davor, dem sogenannten Paradies, in dem sich die Pilgerscharen zu sammeln pflegten. Hierher zu wallfahren, wußte Diether, war in jedem Jahr das Ziel vieler Tausender, hatte diese Kirche doch den heiligen Nazarius zu bieten, oder wenigstens einen Teil seiner Gebeine.

Nazarius, das wußte jeder, war Soldat im römischen Heer gewesen und hatte im Jahre 303 den Märtyrertod erlitten. Seitdem wurde er oft und gern mit Bitten aller Art bestürmt, und er hatte schon vielen Menschen aus größter Not geholfen. Es war eben etwas ganz Besonderes, wenn ein Heiliger mit seiner Reliquie selbst anwesend war in einer Kirche, viel besser, als wenn man sich mit der Verehrung von etwas begnügen mußte, das von dem Heiligen lediglich einmal berührt worden war – oder sogar nur von seinen Gebeinen. Hierher mußte man kommen, wenn man in die ewige Seligkeit eingehen wollte. Und wer es sich leisten konnte, mehr für sein Seelenheil zu tun als nur fromm und gottesfürchtig zu leben und viel zu beten und eine Wallfahrt nach Lorsch zu machen, der vermachte diesem beliebten Heiligen – und damit dem Kloster Lorsch – ein Stück Land, so erklärte es einer der Mönche dem prospektiven Ritter Diether. Deshalb sei der Grundbesitz des Klosters so verstreut. Er konnte sich nicht verkneifen, voller Stolz darauf hinzuweisen, daß die Besitzungen des Klosters von der Nordsee bis zu den Alpen reichten. Diether war nicht nur aus Freundlichkeit tief beeindruckt. Nein, er nahm sich sogar vor und sagte das auch, daß er es eines Tages ebenfalls mit einer Schenkung versuchen werde. Aber noch nicht so bald, sagte er sich, lieber erst ganz zuletzt, am Ende meines Lebens, wenn ich das Land nicht mehr brauche. Typischer Fall von Mentalreservation.

Zunächst wandte er sich lieber wieder dem Leben zu. Und dem Torhaus, durch das sie den Klosterbezirk betreten hatten. Dort oben stand die Kapelle des heiligen Michael, gleich über den drei Torbögen. Diether ging bewundernd um das kunstvoll verzierte Gebäude herum. Das Torhaus stammt noch aus der Zeit des großen Kaisers Karl, hatte er gehört. Bewundernd betrachtete er die reichgeschmückten Fassaden. Dieses abwechslungsreiche Spiel von rotem und weißem Stein, das muß dem großen Kaiser besonders gefallen haben. Vielleicht, daß er darin sich selbst dargestellt fand: Rot wie das blutige Schwert, also seine Macht, und weiß wie der reine christliche Glaube, seine Tugend. In dieser Kapelle also werde ich zum Ritter geschlagen, sagte er sich, um nach der vielen Bewunderung für andere auch sich selbst mal wieder etwas Gutes zu bieten.

Aber zunächst hatte Diether noch einen ganzen Tag und eine Nacht im stillen Gebet zu verbringen, allein und bei strengem Fasten, um sich für diese größte Stunde seines Lebens zu sammeln. So hatte er Muße, sich mit der Überraschung zu beschäftigen, die sein Vormund ihm am Abend vor ihrem gemeinsamen Aufbruch nach Lorsch geboten hatte. In den Keller unter der Kapelle hatte er ihn geführt. Und was er ihm dort, hinter der sorgsam verschlossenen Tür, vom Geheimnis des Geschlechts der Handschuhsheimer berichtet hatte, das war so haarsträubend, daß Diether damit noch lange nicht fertig sein würde. Sein heiter-verspieltes Leben, das er bis dahin geführt hatte, das kam ihm jetzt plötzlich wie beschmutzt vor. Nun trug er ein Geheimnis mit sich herum, das ihn innen anders aussehen ließ als außen.

Was war denn passiert? Eigentlich nichts, außer daß Diether plötzlich erwachsen geworden war. Denn mit einem Male hatte er Abstand zu sich selbst gefunden, hatte sich als nicht nur guten Jungen erkannt, hatte akzeptieren müssen, daß er mit drinsteckte in Verhältnissen, die so waren, wie er sie als Junge immer abgelehnt hatte. Wen wundert es, daß Diether in diesen einsamen Stunden mehr grübelte als betete. Aber das läßt sich ja außer vom Himmel aus ohnehin nicht unterscheiden.

Dann endlich war es soweit. Ein Festgottesdienst leitete die Zeremonie ein. Der Knappe Diether empfing die Kommunion. Danach führten ihn die beiden Ritter Henne von Handschuhsheim und Caspar von Hirschhorn, die als seine Zeugen mitgekommen waren, vor den Sessel des Abtes. Sie bezeugten laut und deutlich, daß Diether von Handschuhsheim von rittermäßiger Geburt sei, christlichen Glaubens, unbescholtenen Lebens und daß er die Pflichten des angestrebten Ritterstandes zu erfüllen vermöge. Langsam, Wort für Wort wiederholten sie die uralten Formulierungen wie Zaubersprüche, die einen einfachen Menschen in einen Ritter zu verwandeln vermochten. Währenddessen stand Diether zwischen den beiden Rittern, selbst schon gerüstet und im langen Rittermantel, aber noch ohne Schwert, Schild, Helm und Ring.

Doch als Diether nun niederkniete, um den Ritterschlag

zu empfangen, unterbrach der Abt die feierliche Handlung. Er winkte Onkel Heinrich zu sich heran und flüsterte ihm etwas zu, was zu einer längeren, leise, aber lebhaft geführten Auseinandersetzung wurde. Warum es verheimlichen? Um die Kosten der Veranstaltung ging es. Ob Heinrich sich darüber im klaren sei, wollte der Abt wissen, daß er auch für das Ritual selbst zu zahlen habe und erst recht für das Liebesmahl, das sich anschließen sollte und zu dem der Abt sich mit all seinen Mönchen eingeladen fühlte. Da ging es um stattliche Beträge, zu zahlen in harten rheinischen Gulden. Abwechselnd schüttelte mal Heinrich den Kopf, dann der Abt, während Diether das Knien in voller Rüstung schwer wurde. Schließlich war das eine Übung, die nicht zur Ausbildung auf der Burg Hirschhorn gehört hatte.

Die kleine Festgesellschaft begann unruhig zu werden. Diether blickte nach rechts und sah, auf die Giebelwand gemalt, Reihen von musizierenden Engeln in schwarzen, blauen und grünen Kleidern und mit großen, weit ausgebreiteten Flügeln. Und er glaubte die Engel singen zu hören, zum Spiel ihrer Fiedeln und Schalmeien, Flöten und Lauten.

Wie um mich abzulenken von diesem ärgerlichen Warten, um mich zu belohnen für dieses anstrengende Knien. Hoch über den Engeln wurde die Gottesmutter mit einer Lilienkrone gekrönt. Diether ließ den Blick nach links gehen und sah auf der anderen Stirnwand die schmerzhafte Muttergottes in grünem Mantel und zwischen den beiden kleinen Fenstern Jesus als Schmerzensmann. Rechts daneben thronte Gottvater, und dort, vor ihm kniend, wieder Jesus, im weißen Lendentuch, wie er die Wundmale zeigt. Auch Jesus kniet, dachte er. Diether kam es vor, als wären diese Bilder eigens für ihn auf die Wände gemalt worden. Die Schmerzen, aber auch die Krönung und die Musik. Was da alles an Schriftzeichen auf den Bändern stand, die um die Figuren flatterten, konnte Diether allerdings nicht lesen – und das lag nicht nur an dem ungleichmäßig verteilten, flackernden Kerzenlicht.

130

Schließlich gab sich Onkel Heinrich einen deutlichen Ruck, wandte sich von dem Sessel des Abtes ab, neben dem er gestanden hatte, trat vor seinen Neffen und die beiden Zeugen und zog sein Schwert aus der Scheide. Mit lauter und vor Erregung scheppernder Stimme verkündete er: »Kraft des mir als Ritter zustehenden Rechtes, jedem die Ritterwürde zu erteilen, den ich dessen für würdig erachte, schlage ich dich, Diether von Handschuhsheim, hiermit zum Ritter.« Dabei gab er seinem Neffen mit der flachen Klinge einen leichten Schlag auf die linke Schulter, einen auf die rechte Schulter und dann einen an den Hals – links, wo die Halsschlagader verläuft, durch die Diethers Blut in diesem Moment besonders heftig gepumpt wurde. Bei jedem dieser drei Schläge sagte er: »Zu Gottes und Mariens Ehr', diesen Schlag und keinen mehr! Sei kühn, gut und gerecht: besser Ritter als ein Knecht!«

Danach setzte er Diether den Helm auf, hieß ihn aufstehen, umgürtete ihn mit dem Schwert, steckte ihm den goldenen Ritterring mit dem großen Edelstein auf den Ringfinger, der deshalb Goldfinger hieß – alles schon mal dagewesen – und gab ihm den Schild an den linken Arm. Und auf diesem prächtigen Schild, Diether sah es mit Stolz, prangte das Wappen derer von Handschuhsheim: Auf blauem Feld der silberweiße Handschuh mit roter Stulpeneinfassung und Quaste: Diese Farben, auf die er so lange gewartet hatte. Nur drei Farben, das war sein besonderer Stolz. Denn Diether wußte natürlich, daß ein Ritter als um so vornehmer gilt, je weniger verschiedene Farben sein Wappen zeigt.

Diether schwor nun bei Gott, trotz der Aufgeregtheit mit recht fester Stimme, daß er ein Verfechter der heiligen Christenheit sein, das Reich nach geschriebenem Kaiserrecht vor Schaden behüten, Witwen und Waisen beschirmen und Ketzern und Ungläubigen schädlich sein wolle. Wie oft hatte er sich diesen Spruch schon vorgesagt, um ihn nur ja fehlerlos bringen zu können. Es klappte tadellos. Doch jetzt schwor er sich heimlich noch dazu, dem Abt, der ihm seinen schönsten Tag vermasselt hatte, seine

Unverschämtheit bei passender Gelegenheit zurückzuzahlen.

Schon ohne diesen unausgesprochenen Zusatz war das Zeremoniell beendet. Diether war nun Ritter. Er durfte den Ehrentitel »Herr« führen, und er durfte – alles hat seine zwei Seiten – fortan nicht mehr allein auf die Straße gehen, sondern nur noch in Begleitung eines Knechtes oder Dieners, der ihm sein Schwert nachtrug. Denn das Schwert selbst zu tragen wie ein Gerichtsbüttel, das wäre unziemlich gewesen, außer im Turnier und in der Schlacht. Und das Schwert am Sattel hängen zu haben, ging schon gar nicht: Das war die Art der Kaufleute. Und wer wollte schon mit so einem verwechselt werden. Kaufleute waren ein zwielichtiges Volk, weil sie immer unterwegs waren und gute Kontakte mit Fremden pflegten. Ein Ritter war doch ganz was anderes. Diether hatte von einem Moment auf den anderen unvorstellbar viel an Rang und Würde gewonnen, doch sein Leben ebensoviel an Kompliziertheit.

Denn das Rittertum war keine einfache Angelegenheit. Ursprünglich ein literarischer Entwurf, in den Liedern der Troubadours und der Artussage ausgeformt, war es nach wie vor ein Ideal. Und wer einmal versucht hat, einem Ideal zu entsprechen, der weiß, wie schwer das ist. Rittersein, das verlangte von Jung Diether soviel an Tugenden gleichzeitig, daß ihm schwindlig geworden wäre, wenn er es sich klargemacht hätte. Was er aber nicht tat, auch nicht tun konnte, weil dazu seine Bildung nicht reichte. Dabei gehörten zu einem Ritter als Kardinaltugenden Tapferkeit und Bildung, Weltgewandtheit und Demut, Herrscherhaltung und treuer Gehorsam. Einander widersprechende Tugenden also, die kein Mensch unter einen Hut bringen kann.

Vor allem drei Bereiche waren es, auf die Diether als Ritter nun festgelegt war: der Dienst für den Herrn, der Dienst für die Kirche und der höfische Frauendienst. Wobei dieser letzte Dienst ihm noch am verlockendsten schien. Vorsicht, Diether, gerade dort warten die Fallgruben auf dich. Paß auf, daß du nicht – allen Idealen zum Trotz – ein Ritterleben wie die meisten Ritter führst, voller Höflichkeit zwar, bis hin zur Galanterie und Schwärmerei, auf der anderen Seite aber in einem tristen Alltag voller Habgier, Verschwendung, Müßiggang und Sauferei, ständigem Familienzwist und immer wieder Krieg und einer absoluten Verantwortungslosigkeit gegenüber den Untergebenen.

Beim anschließenden Festmahl, zu dem sich der Abt mit seinen Mönchen als erster niedergelassen hatte, bekam Diether von Handschuhsheim zwar einen Ehrenplatz, gleich an der rechten Seite des Abtes, aber er selbst durfte bei diesem Mahl weder essen noch trinken. Solche banalen Verrichtungen paßten nicht zu einem gerade zum Jungritter erhobenen Mann. Doch hatte der Streit um die Kosten ihm sowieso den Appetit verdorben. Dafür rächte er sich damit, daß er während des ganzen Festessens kein einziges Wort mit dem Abt sprach – eine schlimme Ungehörigkeit, doch war der Abt zum Glück viel zu sehr mit Atzung und Labung beschäftigt, um diesen Affront zu bemerken.

Der Appetit des Mannes entsprach seinem Leibesumfang. Wenn die Fasanen und Rebhühner und Wildschweine noch auf den silbernen Platten vor dem gewaltigen Esser gezittert hätten, Diether hätte es nicht gewundert.

Angefangen hatte das Festmahl mit Met im Krug und den üblichen Steinbrotfladen mit Griebenschmalz. Dann gab es Rauchfleisch mit Meerrettich, dazu ein kühles Braunbier. Weißes Brot mit Blattgoldhäubchen wurde hereingebracht. Was die Jäger alles an Wildbret herangeschafft hatten, das wurde jetzt vom Tranchiermeister zerlegt, um von der Festgesellschaft schnell und in gewaltigen Mengen heruntergeschlungen zu werden. Da gab es neben Sau und Reh und Hasen auch Hirschleber und Bärentatzen, Rebhühner und Eichhörnchen. Ein Kornbrannt hinterher zum Nachspülen. Danach servierte man gefüllte Wachteln auf Eierteigstäbchen sowie Salm und die Zungen von Lerchen und Karpfen und hinterher einen Apfelschnaps mit einem Apfelschnitz drin, was der Abt mit vollem Munde schmatzend und wohlgelaunt als Adam und Eva bezeichnete. Anschließend gab es – Diether betrachtete die Köstlichkeiten mit wachsendem Staunen und hätte doch längst nicht mehr sagen können, der wievielte Gang es war – die Gemüse: Mangold und Lauch, zu Mus gekocht, dazu spanische Pasteten und hinterher einen Obstbranntwein mit Wacholderbeeren. Schließlich kam ein feines Eierragout auf die Tafel, Wein wurde im Trinkhorn herumgereicht, danach wurde ein alter Gebirgskäse serviert, und den Abschluß bildeten Hirsebrei und Mandeltorte mit in Wein gedünsteten Äpfeln.

Es duftete nach feinsten Gewürzen: Zimt und Muskat, Ingwer und Safran waren nach dem Pfeffer, den Nelken und dem Kümmel herumgereicht worden, Leckereien, die einem immer wieder von neuem das Wasser im Mund zusammenlaufen ließen. Und als allerletzte Köstlichkeit dann Konfekt, der Höhepunkt des Mahles. Kunstvolles Naschwerk, vom Pater Apotheker hergestellt, mit Fenchel und Anis, mit Koriander, Mandeln und Nüssen.

»Etwas Süßes hintendrauf«, sagte der Abt, »das paßt auch noch in den vollsten Magen – und sorgt für eine gute Verdauung.« Er machte eine kleine Pause zum Schlucken und fügte dann zu allem Überfluß hinzu: »Amen.«

Diether widerte es an, und er war froh, daß er von all den feinen Gerichten nichts essen durfte. Dafür fiel ihm plötzlich auf: Der Abt ißt ja mit einer Gabel. Das hatte er noch nie gesehen. In der Tiefburg wie auf Hirschhorn aß man mit den Fingern und hilfsweise mit dem Messer, das man am Gürtel trug. Und so machten es auch die Mönche an der langen Tafel. Aber dieses kleine, zweizinkige Gerät zum Stochern, von dem er gehört hatte, daß es am französischen Hof erfunden worden sei, das fand er doch zu komisch in der schweren Hand eines Ritters.

23. KAPITEL

Wie Diether doch wieder nur die Hälfte über seinen verrufenen
Vorfahren und den Handschuh erfährt

Das mutige und selbstbewußte Auftreten Heinrichs
von Handschuhsheim vor seinem Lehnsherrn, dem Abt
von Lorsch, hatte zum Glück keine nachteiligen Folgen für
ihn und seine Sippschaft. Der Abt hatte die entgangenen
Einnahmen für seine Mitwirkung bei dem Ritual einfach
auf die Kosten für das Festmahl draufgeschlagen, und Onkel Heinrich hatte gezahlt. Es war ihm nichts anderes
übriggeblieben.
Um so schönere Folgen hatte dieser Zwischenfall beim Ritterschlag für das Verhältnis zwischen Onkel und Neffen.
Plötzlich standen sie einander wirklich von Mann zu Mann
gegenüber, und der eine Mann wußte, daß er sich auf den
anderen Mann verlassen konnte. Vergessen alle Aufsässig-
keit des Jungen, vergessen seine Zweifel an der Richtigkeit
mancher Entscheidung seines Vormunds. Die beiden fühlten sich nun wie zu einer Blutsbrüderschaft verschworen.
Und es war ein herrliches Bild, wenn sie Seite an Seite ausritten in ihrer vollen Rüstung, stolz ihr Wappen tragend,
mit ihren reisigen Knechten als Gefolge: die Ordnungshüter der Bergstraße.
Es war bei solch einem Ausritt, daß Diether, wie schon früher gelegentlich, nach dem tieferen Sinn des Handschuhs
auf ihrem Wappen fragte: »Ihr habt mir versprochen,
Oheim, mir auch dieses Geheimnis zu entdecken, wenn
ich Ritter sein werde. Erst am Abend vor der Abreise nach
Lorsch habt Ihr dieses Versprechen wiederholt. Nun, jetzt
bin ich Ritter, und jetzt sollte ich wohl erfahren dürfen,
was unsere Familie mit diesem Handschuh verbindet.«

Wie das so geht: Aufklärungsgespräche haben den besonderen Reiz, daß sie viele Fragen offenlassen. Jugendliche Ohren sind immer noch viel geräumiger, als die Alten denken.

»Du hast recht, Diether, es gibt keinen Grund, dir diese Kenntnis länger vorzuenthalten. Also denn, sieh auf meine Tartsche, sieh nur genau hin, dann wirst du feststellen, daß es sich um einen weißen rechten Handschuh mit roter Einfassung an der Stulpe und einer weißen Quaste handelt.«

Onkel Heinrich ritt rechts von Diether, so daß dieser seinen Schild genau betrachten konnte.

»Ja, die Quaste, die fand ich schon immer lustig.«

»Lustig oder nicht, Handschuh und Quaste erinnern dich sicher an einen Bischof.«

»Ja, das tun sie.«

»Nur daß der Bischof die Quasten an seinem Bischofshut trägt statt am Handschuh, aber das wußtest du vermutlich auch schon.«

Der Onkel und gewesene Vormund zeigte sich noch einmal als geschickter Pädagoge. Jede Tätigkeit prägt. Diesen Hinweis hier nur, damit glaubhaft ist, daß Heinrich aus dem jungen Diether einen recht gescheiten Mann gemacht hatte.

»Ja«, sagte Diether eifrig. Aber mehr auch nicht, weil er intensiv nachdachte. Es hatte ihn der Ehrgeiz gepackt, die nächste Folgerung schon selbst zu ziehen, ehe sie ihm gesagt würde. Doch es blieb beim bloßen Ja. Er kam noch nicht dahinter.

»Nun«, erklärte sein Onkel geduldig weiter, »unser Wappen spiegelt den Stolz des Abtes von Lorsch wider, der zwar kein Bischof war, wohl aber der Vorsteher des bedeutendsten Klosters, das es in deutschen Landen gab. Und zu den Insignien eines Abtes gehören Handschuh, Stab und Mütze. Um sich einem Bischof vergleichbar zu zeigen, trug der Abt von Lorsch eine Bischofsquaste an der Stulpe des Handschuhs. Und unsere Vorfahren, seine Dienstmannen, ehrte der Abt damit, daß er sie dieses Zeichen seiner Macht und Würde als Wappen tragen ließ. Wir sind ja nichts anderes als ein Stück von ihm. Und das schon seit Generationen.«

»Ich verstehe«, sagte Diether. Und damit hätte das nicht besonders tiefschürfende Handschuhgespräch eigentlich zu Ende sein können. Doch war Diether damit nicht zufrieden. Daß der Handschuh etwas Besonderes ist, das weiß ich, überlegte er. Der Ritterhandschuh, den ich trage, ist ein Zeichen meiner Macht und Würde. Mit dem hingeworfenen Handschuh kann ich einem anderen den Streit verkünden, und ich kann mit dem Hingeben meines Handschuhs mein Eigentum an Land und Leuten und sogar meine eigene Freiheit hingeben. Aber hier geht es ja gar nicht um meinen Ritterhandschuh, hier geht es um einen Abtshandschuh. Nun gut, daß die Bischöfe und Äbte die ersten waren, die solch ein Zeichen ihrer Würde trugen, das weiß ich auch. Wo steckt dann aber das große Geheimnis? Und laut zu seinem Onkel: »War das wirklich ein so bedeutsames Geheimnis, daß ich es bis heute nicht erfahren durfte?«

»Nicht dieses Geheimnis war bedeutsam, Diether. Bedeutsam wird es nur durch das tiefere Verständnis, das es erfordert. Und zum Verständnis gehört das nötige Alter, gehört Menschenkenntnis.«

»Jetzt also traut Ihr mir das nötige Verständnis zu, Oheim, und doch muß ich zugeben: Ich verstehe Euch nicht.«

»Es geht darum, daß unser Wappenbild nicht immer so ausgesehen hat, wie du es heute siehst. Bevor die Prämonstratensermönche die Abtei Lorsch und damit die beiden Klöster auf dem Heiligenberg übernahmen, lebten jahrhundertelang Benediktiner in diesen Mauern. Die Benediktiner aber tragen, wie du weißt, eine schwarze Tunika. Deshalb soll auch der Handschuh auf unserem Wappen früher schwarz gewesen sein.«

»Auch gut. Aber was hat das mit Menschenkenntnis zu tun«, wurde Diether ungeduldig.

»Der Handschuh in unserem Wappen war nicht immer weiß, und er war nicht immer ein Abtshandschuh.«

»Sondern?«

»Unsere Altvorderen trugen einen Lederhandschuh mit schuppenförmig aufgesetzten geschwärzten Eisenplättchen in ihrem Wappen, also ihren Ritterhandschuh, und das aus gutem Grund. Einer unserer Ahnen – er war der dritte Diether in unserer Familie – hat die Burg, in der wir heute leben, erst zu einer richtigen Burg ausgebaut. Das liegt nun schon rund hundert Jahre zurück. Davor hatte er in einer kleinen Burg gelebt, die auf dem westlichen Bergvorsprung des Heiligenberges stand. Die Reste dieser Burg sind da ja noch zu sehen. Dieser Diether war ein streitlustiger Recke und ein großartiger Kämpfer. Er soll sein Leben lang eine Fehde nach der anderen ausgefochten haben. Er lag mit beinah jedem im Streit und war deshalb gefürchtet wie der Leibhaftige. Kein noch so friedlicher Nachbar konnte sich vor ihm sicher fühlen. Auch wenn er unserem Vorfahren nichts getan hatte, plötzlich bekam er den Fehdehandschuh vor die Füße geworfen. Ein Vorwand zum Streit läßt sich ja immer finden. Der Fehdehandschuh aber hieß für den Mann Tod oder zumindest Gefangenschaft und spätere Entlassung nur gegen ein hohes Lösegeld. Die Leute argwöhnten, es stimme etwas nicht mit diesem Diether, weil er in jeder Fehde Sieger blieb. Und manchmal sprachen sie auch aus, was sie befürchteten: Der steht mit dem Teufel im Bunde. Da wundert es nicht, daß man unserem streitbaren Vorfahren, dem der Fehdehandschuh so locker saß, aus dem Weg ging. Man machte einen großen Bogen um seine Burg. Vorsicht, hieß es, da ist der mit dem Handschuh daheim.«

»Der mit dem Handschuh daheim – daher also der Name unseres Geschlechts«, verstand Diether, wobei er zwischen Stolz auf seinen allseits gefürchteten Vorfahren und Scham über dessen Rabiatheit hin und her schwankte. Den Franzosen geht es heute mit ihrem Napoleon ja ähnlich, den Russen vermutlich genauso irgendwann mit ihrem Stalin, und uns Deutschen – nein, lassen wir das lieber.

Daß man auf seine Vorfahren nicht nur stolz sein kann, war eine peinliche Erfahrung für den Jungritter Diether. Aber auf den Trick, sich einfach als Spätgeborenen zu bezeichnen und zu behaupten, damit wäre er aus dem Schneider, kam Diether nicht. Nein, er war offensichtlich betroffen. Und er hätte sich gern weiter mit der Frage beschäftigt, die ihm gerade gekommen war: Warum tun Menschen so etwas? Er hatte plötzlich das Gefühl, ganz nahe bei diesem Diether III. zu sein, ihn fast schon verstehen zu können. Recht betrachtet, überlegte er, war dieser schreckliche Diether III. nicht anders als alle anderen Menschen auch. Diether wollte schon seine Folgerungen daraus ziehen, wollte sagen, daß wir . . . Da wurde er leider unterbrochen.

»Ja, daher der Name«, sagte Onkel Heinrich. »Unsere Burg war das Heim von dem mit dem Handschuh. Aber damit ist die Sache noch nicht ganz erklärt. Der schwarze Fehdehandschuh, den Diether III. sich zum Schrecken seiner Nachbarn auf seinen Schild malen ließ, der schien dem Vorsteher des Klosters Lorsch natürlich nicht ganz passend für seinen Lehnsmann. Ihm genügte es auch nicht, daß unser unfrommer Ahnherr sich als braver Dienstmann zeigte und das Geld für den Bau der Kirche zu Dossenheim stiftete – sicher nicht allzu freiwillig. Damit noch nicht genug, forderte der Kirchenmann unseren Ahnherrn auf, das Bild des Schreckens auf seinem Schild durch ein schöneres Bild zu ersetzen. Was dem ganz sicher nicht recht war. Sein Wappenzeichen nicht mehr tragen dürfen, das ist, so weißt du, wie sein Leben verlieren. Doch der fromme Kirchenmann setzte durch, daß unser Vorfahr den Fehdehandschuh von seinem Wappen entfernen und statt dessen den Handschuh eines Abtes aufmalen ließ. Daß er einen Abtshandschuh in seinem Wappen tragen durfte, das mußte Diether III. sogar noch als große Ehre empfinden, wofür er sich auch besonders zu bedanken hatte. Wohl das einzige Mal, daß unser streitlustiger Ahnherr einen Kampf verloren hat. Aber gegenüber seinem Dienstherrn konnte er nicht anders als gehorsam sein. Der fromme Vorsteher des Klosters Lorsch hatte sich damit sogar als stärker erwiesen als der Teufel, mit dem unser Ahnherr paktierte.«

24. KAPITEL

Von den Sorgen, die manche Menschen haben und
über die sich andere nur wundern können

Eine Frau wie diese Edeltrud läßt man nicht ungestraft so lange aus den Augen. Nun haben wir nicht mitbekommen, wie der besonders gute Kontakt zum Allerheiligenkloster zustande gekommen ist, dessen sie sich rühmen
konnte – aber natürlich nicht tat. Die Frau, die der Rolloß-
Prozession ihre ganz besondere Weihe zu geben verstand,
eine Art Jugendweihe im Falle Diethers von Handschuhsheim, die war auch imstande, die Gaben, die der
Schöpfer ihr so reichhaltig verliehen hatte, noch viel ge-
zielter zum Lob eben dieses Schöpfers einzusetzen.
Es war Pater Paulus, ein kräftig gebauter Endvierziger,
dem sie sich zugewandt hatte. Wann immer er von seinem
Propst ins Dorf hinuntergeschickt wurde, um in einer
wichtigen Angelegenheit in der Tiefburg vorzusprechen
oder im Atzelhof etwas zu bestellen, wollte es ein merkwür-
diger Zufall, daß ihm in den Gärten, noch ehe er die ersten
Häuser erreicht hatte, die junge Witwe Edeltrud über den
Weg lief. Da stand man dann lange und eng in freundli-
chem Gespräch zusammen und ließ dabei ständig die
Augen gehen, ob auch niemand zuschauen und lauschen
könnte. Und sowie sich jemand näherte, gab der fromme
Mann der frommen Frau zum Abschied seinen Segen und
ging weiter, still in sich gekehrt, die Hände in der Kutte
verborgen, wie es sich für einen Mönch gehörte.
Bei solch einer Gelegenheit, noch vor dem Segen, geschah
es: Edeltrud holte unter ihrem weiten Rock einen langen
und kräftigen Kälberstrick hervor, den sie sich um den
Leib gewickelt hatte. Dieses Seil drehte sich dann ganz

schnell Pater Paulus um seinen wohlgerundeten Leib, während die hilfsbereite Edeltrud ihm die Kutte hochhielt.

»Es ist ja noch heiß«, stellte Pater Paulus fest. »Ihr müßt es nah am Herzen getragen haben.« Und als Edeltrud nur verlegen lachte: »Wie muß es erst dem heiß werden, den ihr in Eurem Herzen tragt.«

»Ja, Pater, dem wird so heiß werden, daß er glaubt, schon in der Hölle zu schmoren.«

»Wie Ihr das sagt, liebe Frau Edeltrud, das klingt wie ein Versprechen, noch tausendmal verlockender als Abrahams Schoß.«

»Abrahams Schoß? Wahrhaftig, mit dem kann ich es aufnehmen, Pater. Laßt Ihr nur den Strick nicht kalt werden und befestigt ihn gut an Eurem Fenster heute abend, für alles weitere werde ich schon sorgen.«

»Nach der Komplet«, flüsterte er, »eine Stunde nach Sonnenuntergang. Und – bringt Wein mit.«

»Nach der Komplet«, flüsterte auch sie. Denn schon sahen sie einen aus dem Dorf den Weg heraufkommen.

»Geht mit Gott, fromme Frau«, sagte Pater Paulus mit seiner kräftigen Baßstimme. Dabei segnete er sie.

»Amen«, antwortete Edeltrud nur und verschwand.

Es war um die sechste Stunde, also hoher Mittag, als Pater Paulus ins Dorf gegangen war, um seine Erledigungen zu machen. Er war gleich nach dem gemeinsamen Mittagsmahl aufgebrochen, um nur ja rechtzeitig zur Vesper wieder zurück zu sein. Und nun war er trotz des lästigen Stricks um den Leib viel früher auf dem Heimweg, mit viel schnelleren Schritten als nötig. »Wenn nur schon Abend wäre«, seufzte er. Denn die Spätherbstsonne hatte noch so viel Kraft, daß sie ihn ordentlich ins Schwitzen brachte. Oder war es die Vorfreude, die ihn seufzen ließ?

Diesmal dachte Pater Paulus nicht daran, den Rosenkranz zu beten. Dabei bot der sich doch als ideales Wegemaß an: drei Rosenkränze vom Atzelhof bis zum Kloster, in der umgekehrten Richtung kaum zweieinhalb. Er war ja so stolz auf dieses Maß, seine Erfindung. Seinem Propst hatte er davon berichtet, und der hatte dem ganzen Konvent den

Vorschlag gemacht, es Pater Paulus gleichzutun. Nun ermahnte ihn sein Propst bei jedem Auftrag, an den Rosenkranz zu denken. Das hatte er auch heute getan. Doch Pater Paulus überlegte, statt zu beten, wie lange er schon keine Frau mehr gehabt hatte. Um eine Frau für sein sündiges Fleisch zu beten, das hätte ja doch keinen Sinn. Schon fast ein halbes Jahr lang in erzwungener Keuschheit, stellte er mit Erschrecken fest. Ich werde doch wohl nicht schon alt und träge? Ich habe immer meinem Ruf als großer Frauenliebhaber entsprochen, in meiner ganzen Lebensweise. Ich habe mich dieses Rufes immer würdig erwiesen. Wie oft hat mich mein Propst mit der leichteren Buße gestraft – gar nicht mehr zu zählen. Und wie oft auch mit der schwereren. Hat mich das gebessert? Nein, ganz sicher nicht. Hat es mich in meinem Streben nach dem Schönen wankelmütig gemacht? O nein. Wenn ich es recht bedenke, so ist die Buße sogar eine feine Erfindung. Das heilige Sakrament der Beichte macht mich frei von der Last der Sünde, und die Buße anschließend, sie läßt mich erst so richtig empfinden, was ich gehabt habe, läßt mich in der schönsten Erinnerung schwelgen, während ich lang ausgestreckt vor der Kirchentür liege, in Büßerhaltung, das Gesicht zur Erde. Ja, eine sehr gute Vorschrift, weil so niemand sehen kann, wie mein Gesicht glüht im Gedanken an die Wonnestunden, die ich genossen habe. Und wie mein Blut dann gegen die Steinfliesen pocht in meinem Geschlecht, fest an den Boden gepreßt. Was für köstliche Augenblicke, während meine Mitbrüder an mir vorüberschreiten und für den armen Pönitenten beten müssen. Erst der harte, kalte Stein läßt mich ganz ermessen, was ich gehabt habe, läßt mich das heiße, weiche Fleisch nachträglich noch einmal fühlen, es genießen, wie kein Teufel teuflischer genießen kann. Wer nur auf diese Form der Buße gekommen ist? Er muß ein Menschenkenner gewesen sein – und selbst ein begnadeter Sünder.

Der Weg zum Kloster hinauf zog sich, und er ließ Pater Paulus zum Philosophen werden vor lauter Vorfreude und schöner Erinnerung. Wie die Prise Salz zum süßen Kuchen, so gehört die Buße zum Genuß, konstatierte er. Sind wir Menschen doch so geartet, daß wir nur durch die Gegensätze intensiv empfinden können. Welch ein Glück deshalb, daß ich Mönch geworden bin. Wie dankbar muß ich meinen Eltern sein, daß sie mich zum Mönch bestimmt haben, weil das kleine Erbe nicht für zwei Söhne reichte. Sie haben mich davor bewahrt zu heiraten. Damit haben sie mich davor bewahrt, wie Pökelfleisch im Salz zu stekken, ohne jede Chance, es noch zu genießen, das Quentchen Salz. Nein, keine Ehefrau. Edeltrud, Marthe, Dorothea, Elisabeth und wie ihr alle geheißen habt und wie ihr erst noch alle heißen möget, ihr seid die Prisen Salz im süßen Kuchen meines Lebens. Und plötzlich hatte Pater Paulus so was wie eine Idee: Ich werde meine nächste Predigt unter das Motto stellen: Ihr seid das Salz der Erde.

25. KAPITEL

*Wie dem Pater Paulus das Hohelied Salomos in die Quere
kommt und er eine Bluttransfusion braucht*

Zur Vesper, dem Abendgottesdienst, war er wieder
zurück. Er hatte sogar noch vorher dem Propst Bericht er-
statten können über die Erledigung seines Auftrags. Ja, im
Atzelhof würde man sich darum kümmern, daß das Mehl
besser aufbewahrt wird. Die Mehlsäcke voller Mehlwürmer, das sollte nicht mehr vorkommen.

»Obwohl, recht betrachtet, auch die Mehlwürmer achtens-
werte Geschöpfe Gottes sind, so sagte mir der Klosterschaffner. Und wenn wir das Brot etwas länger backen würden, wäre der Schaden behoben, ohne daß man etwas von
den Zutaten schmeckt. Wir sollten uns nicht so kleinlich
geben, wir lebten ja nicht mehr im Garten Eden, meinte
Bruder Albertus.«

»Mir scheint, es ist mal wieder an der Zeit, daß ich den Klosterschaffner zu mir kommen lasse«, sagte der Propst
streng. »Es ist nicht gut für die Schafe, wenn sie den Hirten
zu selten vor sich sehen.«

»Amen«, antwortete Pater Paulus nur. Von diesen Dingen
wollte er möglichst nichts hören. Wenn strenges Durchgreifen nötig wäre, dann nur nicht in seiner Nähe. Er
machte deutlich, daß er seinen Auftrag als erledigt ansah.
Und sein Chef entließ ihn mit einer freundlichen Handbewegung.

Nach der Vesper hinüber zum Refektorium, zum gemeinsamen Abendessen. Wie ein Schlafwandler bewegte Pater
Paulus sich durch die Gänge und Säle, was nicht nur an
dem derben Strick lag, den er um den Leib gewickelt trug.
Nach dem Abendmahl ging es wieder hinüber in die Kir-

che, zur Komplet, um dem Herrn zu danken für den Tag und ihn um eine gute Nacht zu bitten.

Beides tat Pater Paulus diesmal mit ganz besonderer Inbrunst. Er wußte sich dabei augenzwinkernd mit dem Himmel einig. Für ihn waren die menschlichen Bedürfnisse so heilig wie alles, was der Herr geschaffen hat. Also müßte auch die Befriedigung dieser Bedürfnisse heilig sein. Er war ein großzügiger Mensch und konnte sich deshalb nur einen großzügigen Gott vorstellen – nach seinem Bilde geschaffen. Was auch immer seinem Vergnügen, seiner Lust diente, das sah er in frommer Einfalt als ihm von Gott geschenkt an. Und er war nicht undankbar, so intensiv, wie er alles genoß. Es war dies seine Art, den Alltag zum Gottesdienst werden zu lassen. Pater Paulus glaubte zu schweben, als er sich endlich zu seiner Zelle begeben durfte. Sie lag im ersten Obergeschoß des Nordflügels, also gegen den Hang hin. Sein Fenster war deshalb weniger hoch über der Erde als die Fenster in den anderen Flügeln. An seine Zelle, welch ein glücklicher Zufall, schloß sich an der einen Seite das Refektorium an, an der anderen Seite lagen die Räume des Vestiariums, wo die Kleider und Schuhe aufbewahrt und ausgebessert wurden. Unter seiner Zelle war die alte Pförtnerstube, die aber nicht mehr benutzt wurde, seit man mit einem Mauerdurchbruch an der Ostseite des Klosters eine neue Pforte geschaffen hatte. Ringsum also alles menschenleer. Daß man ihm gerade diese so einmalig günstig gelegene Zelle zugewiesen hatte, das konnte er nur als eine himmlische Einverständniserklärung zu seiner besonderen Form der Frömmigkeit ansehen.

Er riß das Fenster auf und ließ es offenstehen. Das eine Ende des Stricks war schnell am Fensterkreuz befestigt. Weil das Seil viel zu lang war, machte er in regelmäßigen Abständen Knoten hinein. Das würde ihr das Klettern erleichtern. Dann hörte er es auch schon, das verabredete Zeichen: das leise Miauen einer Katze. Er starrte in das mondlose Dunkel hinaus, konnte aber nichts erkennen, bis er es gleich unter seinem Fenster rascheln hörte. Tatsächlich, da hockte sie. Schnell ließ er das Seil zu ihr hinunter, und im nächsten Moment kletterte sie auch schon zu ihm herein. Mit wahrhaft katzenhafter Behendigkeit, stellte er staunend fest. Sie muß doch noch jünger sein, als mir schien – womit aber auch schon alle Überlegungen zu ihrem Ende gekommen waren.

Edeltrud ließ ihm keine Zeit mehr für solchen Luxus. Sie bot zuviel anderen. Aus einem Tuch, das sie sich umgebunden hatte, wickelte sie eine große Weinflasche, nur noch halb verkorkt. Und schon warf sie, genau wie das Tuch, ihr Kleid in die Ecke.

Beim schwachen Schein der Kerze, die auf seinem Betpult stand, sah er sie vor sich stehen. Wie eine himmlische Erscheinung kam sie ihm vor. Wie oft schon hatte er sich eine Vision gewünscht. Diese da war sicherlich die schönstmögliche. Zwei volle, große Brüste. Wie Zuckermelonen, ging es ihm durch den Sinn. Leicht vorgewölbt darunter der Leib, hell beschienen, und das lockende Dunkel darunter. Kräftige Schenkel. Und über allem dieses strahlende Gesicht, von langem dunklem Haar umrahmt.

»Du bist schön, meine Freundin«, entfuhr es ihm. Und er wollte schon weiter zitieren. Doch riß er sich schnell los von Salomo und seinem Hohenlied. »Suum cuique«, sagte er, »du hattest deinen Spaß, Salomo, jetzt bin ich dran.« Und mit weit ausgebreiteten Armen trat er auf die stummstarre Gestalt zu. Doch ehe er sie umarmen konnte, wich sie zurück.

»Zur Eva gehört ein Adam und kein Mönch«, flüsterte sie und begann, ihm sein Habit über den Kopf zu ziehen.

»Aber«, zierte sich Pater Paulus, als ob er sich wehren wollte, »ich darf mich doch nicht ohne Rock, Skapulier und Gürtel zum Schlafen niederlegen, nicht ohne diese geistlichen Waffen. Das wäre culpa gravis!«

»Ist mir gleich, was es ist. Ihr legt Euch ja nicht zum Schlafen nieder, das könnt Ihr mir glauben!«

Dabei half sie ihm mit erstaunlich geschickten Fingern aus seinen Sachen, und zwar restlos. Ist es nur versehentlich, oder ist es raffinierte Methode, fragte der Pater sich, als ihre Hände ihn dabei so streiften, daß sich alles ihr entgegenwarf? Keine Zeit, darüber nachzudenken. Denn das war sie wieder, die geschmeidige Katze, wie sie jetzt auf sein hartes Lager fiel und ihn doch dabei nicht losließ. Wie sie ihn auf sich fallen ließ, ihn dann aufwarf wie eine hochgehende Welle, um ihn gleich darauf in ihren Umarmungen untergehen, ertrinken zu lassen. So wenigstens kam ihm das vor, was mit ihm geschah. Er hatte etwas übrig für schöne Interpretationen von Erlebnissen, dieser Doppelgenießer.

Ihm war, als hätte er niemals zuvor auf lustvollere Weise sein Leben ausgehaucht, um es dann ganz allmählich um so schöner wiederzuentdecken. Edeltrud war von einer unermüdlichen Zärtlichkeit. Ihre Küsse, die feuchtglänzenden Augen, das so aufregend fremd duftende Haar, ihre weichen Hände und noch viel weicheren Flüsterworte. Sie ließ ihn kaum wieder zu sich kommen, kaum seine Zelle wiedererkennen: die heruntergebrannte Kerze auf dem Betpult, das Kruzifix an der Wand und das Seil, das unterm Fenster auf dem Boden lag wie die Schlange des Paradieses, zusammengeringelt, den Kopf hoch erhoben, zum Vorschnellen bereit. Bereit auch zum nächsten wunderbar tödlichen Biß. Lieben, erinnerte er sich an einen Ausspruch, den er einmal gehört hatte, das ist immer wie ein Sterben, ein Abschiednehmen von den Dingen dieser Welt, von allem, was uns einmal wichtig war. Ein plötzlicher Abschied, so erfuhr er jetzt mit einem unterdrückten Schrei. Und all das Unentschiedene davor, all das Hinauf zum Himmel und das Hinab zur Erde, all das ist endlich, endlich, endlich vorbei. Nur noch Stille, regungsloses Wegsein. Worüber Edeltrud offenbar anders dachte. Schon hatte sie den Korken der Weinflasche zwischen ihren Zähnen, die kurz aufblitzten und ihn wieder an das Hohelied Salomos erinnerten. Er sah, wie sie den ersten Schluck aus der Flasche nahm, einen langen Schluck. Dann führte ihre helle Hand ihm die Flasche an die Lippen, und er schmeckte erst ihren Mund, den er kannte, und schmeckte dann einen schweren Wein, den er ebenfalls kannte – den Roten aus Schriesheim unten –, und er ließ ihn in sich hineinlaufen, als brauchte er neues Blut, viel Blut.

Die beiden Liebenden, sie hatten Zeit bis zur Mette, die gegen drei Uhr in der Nacht den neuen Tag beginnen lassen würde. Mehr Zeit als Kerzen. Doch hatten sie sich längst genug betrachtet. Ihre Hände wie Lippen erkannten in völliger Dunkelheit nur noch Wohlbekanntes und wurden allmählich ruhiger. Nicht mehr so atemlos, konnten sie nun wieder miteinander sprechen.

Warum er gerade Paulus heiße, hatte sie wissen wollen, schon vor einer Weile. Nun gestand er ihr, weil ihr die Frage wichtig schien, daß er von seinen Eltern Peter genannt worden war. »Den Namen Paulus hat mir mein Orden gegeben.«

»Und warum Paulus?« fragte sie weiter. »Ich kannte nämlich einmal einen Knecht, der hieß Paulus, aber der war so dumm, daß man ihn zu nichts brauchen konnte.«

Davon mehr zu hören, reizte Pater Paulus naturgemäß nicht. Deshalb gab er ihr schnell die verlangte Erklärung: »Ich glaube, Paulus hat man mich genannt, weil der Apostel Paulus so ein Frauenhasser war. Damit wollte man wohl . . .«

»Bist du denn auch ein Frauenhasser?«

»Hast du etwa den Eindruck, daß ich einer bin?«

»Hm, so ruhig, wie du daliegst, – ja.«

So einfach kann eine Frau ein hochgeistiges Gespräch zu einem guten Ende bringen. Daß keine Frauen mit uns im Kloster wohnen dürfen, überlegte Pater Paulus, das hat doch seinen guten Sinn. In der Nähe haben sollte man sie zwar, möglichst sogar Haus an Haus, das hat der Gründer unseres Ordens ganz richtig gesehen – Dank sei dir dafür, heiliger Norbert –, aber niemals mit uns unter einem Dach! Weiter kam er mit dieser Erkenntnis jedoch nicht. Und er gab auch nur zu gern solche Überlegungen auf. Er würde ja noch oft genug viel zuviel Zeit dafür haben, wenn Edeltrud nicht so leibhaftig bei ihm wäre, so über und unter ihm.

»Oh, mein Gott«, seufzte er nur noch.

Ehe Edeltrud das Seil wieder hinaushängte, lange nach Mitternacht, hatte sie sich noch etwas gewünscht: ein schönes kleines Andenken. »Wofür habe ich denn mein Umhängetuch mitgebracht?«

Und Pater Paulus war zum Glück nicht unvorbereitet. Er hatte prophylaktisch aus der Kirche einen kleinen bronzenen Kerzenleuchter verschwinden lassen. Schließlich kannte er die Mädchen und Frauen aus dem Dorf unten.

»Aber verkauf ihn um Gottes willen nicht in Handschuhsheim«, ermahnte er sie. »Bring ihn hinüber nach Heidelberg, da sind Fremde genug, denen du ein Licht aufstecken kannst. Soll doch ruhig einer von ihnen den Leuchter als Andenken an unsere erste gemeinsame Nacht nach Hause tragen.«

»Aber Euern Segen, den gebt Ihr mir jetzt bitte nicht auch noch, Pater«, flüsterte sie lachend, als sie schon auf dem Fensterbrett kniete.

26. Kapitel

Von den kleinen Leuten und ihrer rabiaten
Ausbeutung, die stets in besten Händen
zu liegen pflegt

Zurück zu Bruder Albertus, der zwar noch gar nicht richtig vorgestellt wurde, aber schon als frecher Klosterschaffner bekannt ist. Er führte unten in Handschuhsheim im Lorscher Hof, wie der Atzelhof offiziell hieß, ein strenges Regiment. Befreit von der täglichen unmittelbaren Beaufsichtigung durch den Propst seines Klosters, spielte er selbst den Ersatzpropst, ja, er trat nur zu oft auf, als wäre er der Vorsteher des Lorscher Mutterhauses persönlich. Er gehörte zu der Sorte Menschen, denen man schon mit der kleinsten Machtposition entschieden zuviel gibt. Sie sind geborene Diener und sollten es möglichst ihr Leben lang bleiben, damit sie nicht ihre Mitmenschen regelrecht versklaven können durch ihr übergroßes Bedürfnis nach Größe.

Bruder Albertus wollte zu gern ein Albertus Magnus sein, und dafür machte er jeden klein. Doch war er nicht etwa aus Versehen zu seinem Amt als Klosterschaffner gekommen. Der Propst des Allerheiligenklosters hatte diesen Laienbruder für das Amt vorgeschlagen, weil er genau wußte, wie seine Berufung durch den Vorsteher von Lorsch auf den Mann wirken würde. Er kannte seine Schäfchen, und so war ihm klar, welches sich sofort in einen Wolf verwandeln würde – zum Segen der beiden Klöster auf dem Heiligenberg sowie des Mutterhauses.

Denn dem Kloster Lorsch und damit auch den Heiligenbergklöstern gehörte umfangreicher Grundbesitz, verstreut im Rheintal, vor allem im Lobdengau gelegen. Jahrhundertelang war dieser Besitz gewachsen, weil immer wieder fromme Menschen Stiftungen und letztwillige Verfügungen zugunsten der Abtei Lorsch beurkunden ließen. Die Leute nannten stets als Motiv für ihre Großzügigkeit: Es sollen Messen für mein Seelenheil gelesen werden. Und die Mönche sagten ihnen das gerne zu. Messen zu lesen war ja ohnehin ihre tägliche Pflicht. Daß die Leute sich damit ein Plätzchen im Himmel erkaufen wollten, das wurde natürlich ebensowenig ausgesprochen, wie die Tatsache, daß die Mönche so den Himmel en detail verhökerten.

Auf diese Weise wurden die Leute immer ärmer. Dabei waren sie ohnedies schon arm dran. Die da rundum auf den Höfen und in den Katen saßen, die hatten ihren Pachtzins an das Kloster Lorsch zu zahlen, und das mangels Bargeld in Form von Abgaben. Von allem, was sie ernteten, war ein festgelegter Teil sofort zum Lorscher Hof zu bringen, wo Bruder Albertus die Menge überprüfte und verbuchte. So kamen Feldfrüchte aller Art, Wein und Geflügel sowie Schweine, Schafe, Ziegen, ja auch Kühe auf den großen Hof, der Sammel- und Verteilstelle zugleich war. Denn mit diesen Naturalien wurden die beiden Klöster auf dem Heiligenberg genauso versorgt wie das Haupthaus in Lorsch. Und auch die Schutzherren in der Tiefburg bekamen ihren festgelegten Anteil geliefert. Was dann noch übrig war, wurde verkauft und füllte so die recht stattliche Kasse des Lorscher Abtes.

Wieviel davon in die schwarze Kasse des Bruders Albertus floß, das wußte niemand. Um so phantastischer waren die Vermutungen, die darüber angestellt wurden. Doch wagte kein Mensch ein Wort der Kritik. Weil man riskierte, daß Bruder Albertus bei seiner nächsten Abgabenleistung noch mehr an der Qualität gemäkelt und noch mehr mit den Gewichtssteinen gemogelt hätte. Und in beidem war er ein Meister seines Fachs.

Neben diesen Naturalabgaben hatten die Leute auch noch Hand- und Spanndienste für ihren kirchlichen Herrn zu leisten. Die Handfröner mußten mit ihrer Hände Arbeit zum Gedeihen der Abtei beitragen, die Spannfröner mit ihren Ochsen- oder Pferdegespannen. Dabei ging es vor allem um die Transporte der Abgaben, die sich angesammelt hatten, doch auch immer wieder einmal um Bauholz und Steine für An- und Umbauten auf dem Heiligenberg. Daneben hatten die Leute aber auch für ihre Gemeinde die üblichen Ortsfronen zu leisten, so für die immer wieder nötige Ausbesserung der Wege und der Wasserläufe zu sorgen. Und wer nicht zu den Armen rechnete, der hatte außerdem die normale Steuer zu zahlen, die sogenannte Schatzung, eine kombinierte Vermögens- und Einkommenssteuer. Insgesamt ein so umfangreiches und kompliziertes System von Steuern und sonstigen Abgaben, daß es einem fast schon modern vorkommen könnte: Die Kleinen wurden rücksichtslos ausgequetscht, und die Großen wußten, wie man sich drückt.

Die so von morgens früh bis abends spät eingespannte Landbevölkerung war wirklich nicht zu beneiden. Seit Jahrzehnten war die Anzahl derer gestiegen, die überhaupt kein eigenes Ackerland mehr besaßen. Sie wurden als Kätner, Häusler oder Kötter bezeichnet und als der letzte Dreck angesehen, hatten sie doch nur ihre Kate und einen Garten, nichts sonst. Deshalb mußten sie ihren Lebensunterhalt durch Lohnarbeit erwerben. Und Lohnarbeit war damals noch nicht das Selbstverständlichste von der Welt, sondern eine Schande. Männer, Frauen und Kinder, sie arbeiteten als Knechte, Mägde und Hütejungen oder Gänseliesel, und das für äußerst kargen Lohn. Dabei durften sie nicht einmal davonlaufen, wenn sie zu schlecht behandelt wurden. Denn das Entlaufen aus dem Dienst stand unter harten Strafandrohungen. Für solche und ähnliche Delikte begab sich dann der Propst des Allerheiligenklosters persönlich ins Dorf hinab, um im Lorscher Hof über seine Leute feierlich Gericht zu halten.

Genug der Erläuterungen zum Lorscher Hof. Er war halt der größte Hof Handschuhsheims. Und ausgerechnet der produzierte selbst nichts – außer Ärger. Wen wundert da die Bezeichnung »Atzelhof«, den die Leute ihm gegeben hatten? Daß die Atzel, das heißt die Elster, ein diebisches Tier ist mit einem scharfen Blick für silbrig oder golden

Glänzendes und einem alles wegnimmt, was man nicht sorgfältig versteckt hat, das war eine uralte Erfahrung.

Und Bruder Albertus paßte ins Bild. Mit seinem großen schwarzen Bart und der weißen Kutte sah er aus wie eine überdimensionierte Elster. Auch seine Stimme war von ähnlicher Lieblichkeit – wohl vom jahrelangen Herumstreiten mit den Bauern, vom ewigen Schimpfen, Schreien und Befehlen. Alles immer so laut, als sollte gleich das ganze Dorf antreten und ihm zu Diensten sein. Dabei hätte meist schon ein leises Wort genügt, kuschte doch ohnehin jeder vor ihm. Richtiger gesagt: fast jeder. Denn da gab es eine im Dorf, bei der wurde die Riesenelster regelmäßig zum kleinen Täuberich. Doch davon später.

27. Kapitel

Was der Unterschied ist zwischen dem Ränke-
schmieden und dem Eisenschmieden:
ein altmeisterliches Wort

Schauen wir einmal kurz rein beim Hoflieferanten in
Eisenwaren der Handschuhsheimer Ritter, beim Heidelberger Schmied. Das Verhältnis des Jungritters Diether zu
dem Mann mit dem Bizeps entwickelte sich so gut, daß sie
Gespräche führen konnten, die eigentlich glatter Landes-
verrat waren. Man kommt sich halt näher, wenn der eine
den anderen immer wieder neu vermessen und der andere
dem einen immer wieder neue Beutel mit guten rheinischen Gulden rüberreichen muß.

»Ihr werdet wohl bald nicht mehr herüberkommen, Herr
Diether? Es braut sich was zusammen.«

Wenn das für den nicht gerade gesprächigen Schmied
auch schon ein langes Statement war, es war doch so ver-
knappt, daß Diether Genaueres hören wollte: »Was sollte
mich abhalten, Meister Willibald, Eure Kunst in Anspruch
zu nehmen? Kein Mensch weit und breit arbeitet besser als
Ihr.«

»Der Pfalzgraf hat Feinde, und beinahe täglich werden es
mehr. Es kann nicht mehr lange dauern, bis Euer Lehnsherr, der Bischof von Mainz, sich ebenfalls gegen uns wendet. Daß er den Pfalzgrafen nicht gerade liebt, das weiß
doch jeder.«

»Der Mainzer sitzt weit weg. Und komme ich nicht sowieso
schon immer heimlich zu Euch? Nur – ich müßte dann
wohl befürchten, daß der Pfalzgraf mich als einen Feind
ansieht, und dessen Leuten können meine Besuche bei
Euch kaum verborgen bleiben.«

»Recht habt Ihr, Herr Diether. Die Augen und Ohren des

Pfalzgrafen sind hier wie überall. Und auch seine langen Arme.«

»Dann müßt ihr um so schneller arbeiten, Meister Williband, damit wir fertig werden mit dem neuen Harnisch, bevor der Pfalzgraf beschließt, mich in Eisen legen zu lassen. In der Rüstung, die Ihr mir da anpaßt, werde ich den Häschern des Pfalzgrafen wenigstens ein bißchen mehr Achtung abverlangen als in meiner alten.«

Diether versuchte die Sache scherzhaft zu sehen. Daß allerdings nicht einmal er selbst über seinen Scherz lachen konnte, verriet ihn als ungelernten Witzbold.

Der Schmied hieb auf das Eisen ein, als wollte er es mitsamt dem Amboß in die Unterwelt verbannen. Einmal unterbrach er seine Arbeit, machte den Mund auf und holte tief Luft, als wollte er zu einer Rede ansetzen, schlug dann aber doch wieder stumm zu wie ein Besessener. Diether fand ihn diesmal sehr sonderbar.

Was war denn geschehen? Kaum war der junge Kurfürst Ludwig IV. gestorben, regten sich da und dort Bestrebungen, ein Bröckchen von der Macht und dem Gebiet der Kurpfalz herauszubrechen. Die Gelegenheit schien einmalig günstig: Das Söhnchen des verstorbenen Kurfürsten war noch ein Säugling. Friedrich, der ein Jahr jüngere Bruder Ludwigs IV., jetzt der Vormund des Kindes, war selbst gerade erst vierundzwanzig Jahre alt – ein unbeschriebenes Blatt, mit dem man leichtes Spiel zu haben glaubte. Prompt gab es im Elsaß Streit, und bald verheerten diverse Scharmützel das ganze Gebiet des Oberrheins. Da waren alte Rechnungen mit dem Pfalzgrafen zu begleichen, da gab es aber auch Fehden von Adligen untereinander.

Pfalzgraf Friedrich lud die Streithähne zu mehreren Versöhnungstreffen ein und bemühte sich redlich um Vermittlung – bis ihm klar wurde, daß Vermittlung und Frieden nicht gewünscht waren. Als er dann selbst für die Grafen von Leiningen Partei ergriff, da formierte sich gegen ihn eine Front, mit der er nicht gerechnet hatte. Selbst Kurfürst Dietrich von Mainz und Markgraf Jakob von Baden stellten sich gegen ihn, wenn auch zunächst nur mit dringlichen Mahnschreiben. Es war schon abzusehen, daß sie sich nicht mehr lange aus den Kampfhandlungen heraushalten würden, lag die bisher so mächtige Kurpfalz jetzt ohne Kurfürst doch so verlockend vor ihnen wie die sprichwörtliche reife Frucht, nach der man nur zu greifen brauchte.

Wieder unterbrach der Schmied sein Hämmern, wieder machte er den Mund auf und holte tief Luft. Und diesmal sprach er auch aus, was ihn bedrängte: »Ich muß es Euch sagen, Herr Diether, weil Ihr ein Rittersmann von der besten Sorte seid: Vom Pfalzgrafen habt Ihr nichts zu befürchten, egal was kommt.«

Er glaubte offenbar das Thema damit abgehandelt zu haben.

Diether war so überrascht, daß er den Mann nur groß anstarren konnte, gespannt auf die weitere Erklärung, die dann auch nach nur wenigen Hammerschlägen kam:

»Auch Pfalzgraf Friedrich läßt seine Rüstungen von mir machen.« Stolz und mit der gehörigen Pause hinterher, damit der Zuhörer sich klarmachen kann, was für ein bedeutender Meister vor ihm steht. »Der Pfalzgraf hat mit mir über Euch gesprochen, Diether. Er hat mich gefragt, was für ein Mann Ihr seid. Ich habe ihm gesagt, er könnte glücklich sein, wenn er nur solche Männer um sich hätte.« Satz für Satz in der bedächtigen Art des Schmiedes, wie einzelne Hammerschläge, die genau auf den richtigen Punkt treffen müssen. Aber mit quälenden Pausen dazwischen.

Doch als der Meister sich damit genügend gesprächig gezeigt zu haben glaubte, als er sich wieder ganz seiner Arbeit zuwenden wollte, hakte Diether schnell nach: »Und, Meister Willibald, was hat Euer Herr dazu gesagt?«

»Was er gesagt hat? Pfalzgraf Friedrich hat gesagt, daß ich weiter für Euch arbeiten darf und daß Ihr jederzeit ungehindert in Heidelberg ein- und ausgehen dürft, egal, was kommt.

»Und das sagt Ihr mir erst jetzt?«

»Ja. Und noch was hat der Pfalzgraf gesagt, nämlich daß er

Euch demnächst einmal hier an meinem Amboß treffen will.«

»Und warum fällt es Euch so schrecklich schwer, Meister Willibald, mir das zu sagen? Wo Ihr selbst doch ein so freundliches Urteil über mich abgegeben habt.«

»Eben deshalb, Herr Diether. Ihr seid ein Mann von geradem Charakter. Und auch ich liebe es geradeheraus. Und das hier ist eine Schmiede, in der Eisen geschmiedet werden sollen und nicht irgendwelche Ränke. Das konnte ich unserem Pfalzgrafen ja nicht sagen, Euch aber muß ich es sagen, Herr Diether. Damit Ihr es nur wißt!«

28. KAPITEL

Wie bei einem Geheimtreffen aus einem anständigen
jungen Mann prompt ein Geheimagent wird

Trotz der tiefen Abneigung, die der Schmied gegenüber politischem Ränkespiel zeigte – das Geheimtreffen
des Kurfürst-Vormundes Friedrich mit Diether von Handschuhsheim, dem Dienstmann des Abtes von Lorsch und
des Bischofs von Mainz, kam doch zustande, wenn auch
nicht am Amboß, wie vorgesehen, so doch in der schlichten Wohnstube unmittelbar neben der Schmiede. Und
Meister Willibald hatte strenge Anweisung, ohne Pause zu
hämmern, bis man ihm sagen würde, daß man fertig sei. Er
solle nur ja genügend Eisen im Feuer haben.
Damals waren die Wanzen noch zweibeinig, und sie waren
einfach überall. Da bot eine lärmerfüllte Schmiede den
einzig abhörsicheren Platz für ein wichtiges Gespräch.
Und es ging um sehr Wichtiges, um eine Staatsangelegen-
heit allererster Ordnung. Diether war völlig überrascht
von der Offenheit, mit der Friedrich ihn in diese Dinge
einweihte. Meister Willibald muß mich gegenüber dem
Pfalzgrafen als einen wahren Sankt Georg dargestellt haben, überlegte er, während er schweigend zuhörte.
Und was er da zu hören kriegte! Der Pfalzgraf hatte ihn
gleich zu Anfang gefragt, ob er bereit sei, sich seine
Freundschaft zu erringen. Ein frisches, offenes Gesicht,
stellte Diether fest, dabei ein Ernst, der den nur wenig älteren Pfalzgrafen weit überlegen wirken ließ. Wie hätte man
diesem Fürsten etwas anderes sagen können als: »Ja, Pfalzgraf.«
»Männer, die Geld oder Gold gewinnen wollen, habe ich
genug«, stellte der ohne jede Überheblichkeit fest. »Auch

Leute, die ein Hofamt oder sonstige Pfründen wünschen, finde ich zuhauf. Dafür kann ich ihnen jede Aufgabe zuweisen. Einen Mann aber, der etwas für mich tut, das ich ihm nicht befehlen kann, den kann ich nicht mit Gold und nicht mit Ehren belohnen. Dem biete ich meine Freundschaft, eine lebenslange Verbindung zu beiderseitigem Gedeihen.«

»Jeden Dienst, Pfalzgraf, der ehrenhaft ist und in meinen Kräften steht, könnt Ihr von mir erwarten. Dazu gebe ich Euch gern mein Wort.«

»Das Wort eines Ritters ist mir viel wert. Etwas anderes aber ist mindestens gleichwertig, nämlich daß der Ritter auch schweigen kann. Könnt Ihr schweigen, Diether?«

»Ich kann zu allem schweigen, Pfalzgraf, solange es ehrenhaft ist«, sagte Diether nach kurzem Zögern, und es schien, als ob gerade dieses Zögern den jungen Pfalzgrafen überzeugt hätte. Denn nun hielt Friedrich sich nicht mehr länger mit Vorreden auf, sondern kam sofort zu seinem Problem: Seine Stellung als bloßer Vormund des unmündigen Philipp schien ihm zu schwach, um sich erfolgreich gegen die vielen Feinde durchsetzen zu können, die von allen Seiten die Kurpfalz bedrohten. Friedrich gestand ihm, er plane, sich selbst wider alles Recht zum Kurfürsten zu erklären, um dem Land wieder eine starke Führung zu geben und die Feinde von Raubzügen und Fehden abzuschrecken.

»Eine Vormundschaft von siebzehn Jahren, bis der kleine Philipp volljährig ist, die unterscheidet sich ja kaum noch von einer vollständigen Regierungsgewalt. Warum also nicht gleich was Ganzes machen. Dabei geht es mir nicht um Vorteile für mich oder meine Nachkommen. Das alles ließe sich vertraglich ausschließen. Es geht mir allein darum, das Land in seinem Bestand zu sichern.«

Diether fand diese Idee abenteuerlich, ja ungeheuerlich, blieb aber zunächst bei seinem aufmerksamen Schweigen, weil er sich nicht vorstellen konnte, welchen Part der Pfalzgraf bei diesem gefährlichen Spiel für ihn, den Ausländer, vorgesehen haben könnte. Sie saßen nahe beieinander, die beiden so unterschiedlichen und doch ähnlichen jungen Männer: der einfache Ritter und der reiche Pfalzgraf. Sie mußten die Köpfe zusammenstecken wie Verschwörer, weil der Schmied nebenan einen Höllenlärm machte, und wollten sich doch beide nicht als Verschwörer fühlen müssen.

»Ich werde die Landstände zusammenrufen und um ihre Einwilligung nachsuchen, ich werde die Zustimmung von Philipps Mutter einholen, und ich werde den König bitten, mir seine Genehmigung zu dieser ausnahmsweisen Regelung zu geben. Doch ehe ich den ersten Schritt tue, möchte ich wissen, wie meine Nachbarn darauf reagieren werden. Ich habe bestes Einvernehmen mit den Bischöfen von Speyer und von Worms und mit vielen bedeutenden Adligen an Rhein und Neckar. Euer Dienstherr, der Vorsteher von Lorsch, stellt für mich keine Gefahr dar. Die Zeiten, da Lorsch mächtig war und mit stolzer Ritterschaft auftreten konnte, sind längst vorbei. Aber ich weiß nicht, wie Euer anderer Herr, Kurfürst Dietrich von Mainz, sich zu diesem Plan stellen würde. Und er ist ein mächtiger und nicht zu unterschätzender Nachbar. Deshalb meine Bitte an Euch, Diether: Geht hin zum Mainzer und sagt ihm, von welchem Vorhaben Ihr gehört habt. Und dann erstattet mir genauestens Bericht, hier in der Schmiede, wie Dietrich auf diese Neuigkeit reagiert hat. Und wenn er Euch fragt, woher Ihr Euer Wissen habt, dann zeigt, daß Ihr schweigen könnt. Doch nun genug, wir sollten dem Meister erlauben, seinen Amboß in Ruhe zu lassen.«

Friedrichs Vorsicht war verständlich und berechtigt. Was er vorhatte, nämlich sich selbst als Kurfürst huldigen zu lassen, statt sich mit der Stellung des Vormundes eines unmündigen Kurfürsten zu begnügen, das verstieß eindeutig gegen die Regelung, wie sie in der Goldenen Bulle von 1356, dem Reichsgrundgesetz, festgelegt war. Doch erwiesen sich seine Befürchtungen, daß der Mainzer Bischof und Kurfürst mit Waffengewalt dagegen angehen könnte, zum Glück als übertrieben.

Als Dietrich von Mainz durch den Handschuhsheimer vom

Plan des Pfalzgrafen erfuhr, reagierte er gelassen: »Das ändert auch nichts an der Schwäche der Kurpfalz. Sie wird so oder so von unserer nachbarlichen Freundlichkeit abhängig bleiben.«

Natürlich fragte er auch, woher Diether sein Wissen habe. Doch mit dessen Auskunft, über diese Dinge spreche man in Heidelberg schon in der Schmiede, war er zufrieden. Weniger zufrieden war er damit, daß der Handschuhsheimer sich im fremden Heidelberg herumtrieb; doch wenn das solche Informationen einbrachte, konnte man ja nicht gut schon wieder etwas dagegen sagen. Sollte er nur weiterhin dort seine Rüstungsstücke machen lassen. Die Schmiede, das war halt in jener Zeit eine Nachrichtenbörse wie viel später der Friseursalon – und wie heute das Radio: viel Lärm, aber manche Neuigkeit, die man hört, ist sogar recht nützlich.

Diether von Handschuhsheim fand, er habe sich bei diesem Sondereinsatz wacker geschlagen. Er sei sogar bei der Wahrheit geblieben, also ehrenhaft, redete er sich ein. Und sein neuer Freund Friedrich sah das offenbar genauso.

29. KAPITEL

Tröstlich zu erfahren, da nicht nur Gulden und Eisen die Welt regieren – da gibt es noch was Schöneres

Die Stuhltorhofbäuerin war ein kesses Weibchen – was den Effekt hatte, daß der Stuhltorhof weit besser aussah als der Stuhltorhofbauer. Das muß genauer erklärt werden: Der Hof, um den es geht, lag am nördlichen Dorfrand direkt an der Straße nach Dossenheim, dort, wo das Stuhltor stand, einer der drei Durchgänge durch die Stadtumwallung. Die wiederum bestand aus dem Dorfgraben und Dornenhecken, da und dort auch aus Scheunen und anderen Gebäuden mit festen oder nur von wenigen Schießscharten durchbrochenen Außenwänden. Die anderen beiden Tore hießen Heidelberger Tor und St.-Wendels-Tor und führten nach Heidelberg beziehungsweise Ladenburg hinaus.
Genau das hatte Handschuhsheim übrigens mit Memphis gemeinsam. Ja, auch aus der Hauptstadt des altägyptischen Pharaonenreichs führten schon dreitausend Jahre früher drei Straßen in die Außenwelt: eine nach Norden, und weil es dort kein Dossenheim gab, ging diese Straße nach Kleinasien hinauf, um von dort weiter nach Persien und Indien zu verlaufen. Eine andere führte nach Süden, was dort nicht Heidelberg bedeutete, sondern einfach nilaufwärts. Und die dritte Straße ging nach Westen, etliches weiter als Ladenburg allerdings, nämlich auf einigen tausend Kilometern Sandpiste nach Karthago. Bleiben wir wegen der besseren Überschaubarkeit der Gegend – und weil es naheliegt – lieber in Handschuhsheim. Ohnehin kann man alles, was dem Treiben der Leute an Menschlich-Allzumenschlichem abzugucken ist, genausogut am Neckar beobachten wie am Nil.

Handschuhsheim bildete also ein großes Dreieck in der Landschaft und war doch eine runde Sache – nicht zuletzt der Stuhltorhofbäuerin wegen. Aber zunächst noch zu dieser schönen Bezeichnung: Der Hof hatte seinen Namen von dem Stuhltor nebenan, und dieses hieß so nach dem Gerichtsstuhl, dem gleich unterhalb des Berghanges gelegenen alten Gerichtsplatz. Der Gerichtsstuhl lag mitten in den Weingärten, die zum Stuhltorhof gehörten. Und so war beinahe alles eins: das Stadttor, der Gerichtsplatz, der Weingarten, der Hof – und die Bäuerin. Alles zusammen besonders stattlich und immer gut in Schuß. Der Hof konnte sich einigen Aufwand leisten, denn er war besonders ertragreich. Und das lag nicht am Gerichtsstuhl und nicht am Dorftor, sondern allein an der jungen Bäuerin, die auf dem Hof herrschte. Der Bauer hatte sie sich aus Ladenburg geholt. Eine Fremde also, und doch kannte sie bald jedermann im Dorf.

Denn die Stuhltorhofbäuerin war einfach anders. Sie trug bunte Kleider statt der trist-dunklen Stoffe, die im Dorf üblich waren. Und sie hatte viele verschiedene Kopftücher, eins farbenfroher als das andere. Ein wahrhaft erfreulicher Anblick, wo immer sie sich sehen ließ, was natürlich auch das stets wache Elsterauge des Bruders Albertus nicht übersehen konnte. Der Klosterschaffner, der auf dem Lorscher Hof ein strenges Regiment führte und zur höheren Ehre seines Klosters und aller Heiligen die Bauern nach Kräften auspreßte, machte beim Stuhltorhofbauern stets eine Ausnahme. Da hatte er nichts an der Qualität der abgelieferten Waren zu bemängeln, und er mogelte auch nicht mit den Gewichtssteinen. Im Gegenteil, Bruder Albertus nahm es bei den Fuhren mit den Abgaben des Stuhltorhofes mit großzügiger Geste hin, daß regelmäßig etwas fehlte, und schrieb eigenhändig mehr ins Zehnteingangsbuch, als eingegangen war. Das würde er anderswo wieder draufschlagen, sagte er sich.

Das sagte sich auch der Stuhltorhofbauer, und dem war dabei sehr nach Draufschlagen zumute. Doch mußte er eisern an sich halten. Denn seine Frau hatte ihm gedroht, auf den elterlichen Hof in Ladenburg zurückzukehren, wenn er sich dumm anstellen würde. Und sie hatte ihm sehr deutlich werden lassen, was sie unter dumm verstand: Wenn er das Maul aufreißen würde gegenüber dem Klosterschaffner oder sogar handgreiflich werden sollte. Wenn er es vereiteln würde, daß sie ihn zum reichsten Bauern im Dorf machte mit ihrem guten Kontakt zum Lorscher Hof.

Damit hatte sie ihren Mann zwar nicht beruhigt, im Gegenteil, wohl aber ruhiggestellt. Er wußte, daß es seinen Ruin bedeutete, wenn er aufmuckte, also diesen guten Kontakt störte. Denn ohne seine tüchtige Frau und ohne die Großzügigkeit des Bruders Albertus würde der Stuhltorhof nicht mehr viel abwerfen. Und erst die Vorstellung, Bruder Albertus wollte sich rächen für die Schläge, die er ihm so gerne verpassen würde . . . Nicht auszudenken. Da könnte man ja gleich den Hof aufgeben, sich irgendwo als Knecht verdingen und sich den Rücken krumm arbeiten für andere und die Faust in der Tasche ballen, wenn sie einen saugrob und ungerecht behandeln. Dann doch lieber der vielbeneidete reiche Stuhltorhofbauer sein – wenn auch manch einer sich ein Grinsen nicht verkneifen kann. Wegsehen, sagte er sich, und nur meiner Arbeit nachgehen, was bleibt mir anderes übrig?

So ging der Stuhltorhofbauer brav aufs Feld, wenn seine Frau ihm eine bestimmte Arbeit dringend nahelegte. Und er schaffte unermüdlich sein Tagwerk, wenn sie ihm Essen und Trinken für den ganzen Tag mitgegeben hatte. Und der Hof gedieh, und die Bäuerin gedieh auch. »Meine Eleonore«, hieß sie beim Klosterschaffner, der sich stets auf einem Umweg am Waldrand entlang und dann das Mühlbachtal hinunter zu ihr schlich. Für die Arbeit auf dem Atzelhof hatte er ja seine Leute.

»Mein Täuberich«, nannte sie ihn, wenn er sein weißes Habit ruck, zuck abgelegt hatte, genau wie die Dienstmiene. Was die beiden sich ansonsten zu sagen hatten, das hatte nichts mit dieser aktuellen Verbindung von Himmel und Erde zu tun, nein, das war genauso belanglos, wie bei anderen Verliebten – mit der einen Besonderheit, daß Bruder Albertus seiner Eleonore gelegentlich so nebenher brauchbare Tips gab: was sich anzubauen lohnen würde oder welchen Acker sie einem anderen abkaufen sollte, der in Geldschwierigkeiten steckte und sich deshalb billig davon trennen müßte.

Flurstücke und Fruchtfolgen und derlei Fachliches zwischen so schönen Wörtern wie »Liebchen« und »Schätzchen« und »mein Engelchen« und »oh, du mein Teufelsbraten«. Und das kurze, harte Bauernbett knarrte seinen vorlauten Kommentar dazu. Dabei wirkte Eleonore unbestreitbar auch ohne buntes Kopftuch sehr gut, und der Bruder Albertus außer Dienst genoß es, wie sie ihm den Prophetenbart zauste.

Bei einem dieser mittäglichen, intimen Hoffeste am Stuhltor offenbarte Eleonore ihrem Täuberich: »Ich glaube, ich kriege ein Kind.«

»Na ja«, wurde Bruder Albertus nachdenklich, »dann solltest du es hin und wieder auch mal mit deinem Mann treiben, damit die Sache ganz nach der Ordnung zu gehen scheint.«

»Sehr klug ist er, mein Schatz, das muß ich sagen. Aber mit meinem Mann, das tu ich doch sowieso.«

»Sowieso? Ja, aber von wem ist denn dann das Kleine?«

»Das wird sich zeigen, mein Täuberich«, beruhigte sie ihren Liebhaber auf ihre besonders einfühlsame Weise. »Wenn der Kleine rotes Haar hat, dann ist er ein kleiner Stuhltorhofbauer, aber wenn er einen schwarzen Bart trägt, dann ist er ein kleiner Klosterschaffner.«

»Und – und was wäre dir lieber, meine Eleonore? Wenn der Kleine von ihm wäre oder von mir?«

»Also, wenn du mich so fragst, am liebsten wäre mir der Kleine vom großen Klosterschaffner, und zwar gleich jetzt noch mal.«

30. Kapitel

*Wie ein Bauer einen Aufstand machen möchte und dann
doch lieber seinen Kummer im Wein ersäuft*

Diesmal ging er in die Wirtschaft »Zum Rebstock«,
der Stuhltorhofbauer, als er vom Feld kam. Er wurde dort
mit erstaunten Blicken und betretenem Schweigen begrüßt, war er doch einer von denen, die eigentlich in den
»Pfaffenkeller« gehörten. Der Flecken Handschuhsheim
hatte sich, was den abendlichen Umtrunk anging, in zwei
Lager geteilt. Die was waren und was hatten und sich sehen
lassen konnten, die gingen in den »Pfaffenkeller«, die
Wirtschaft, die der Pfarrer in seinem Pfarrhaus betrieb.
Die Pfarrei hatte nämlich ein eigenes Weingut und bezog
auch noch reichlich Zehntwein. Der Pfarrer mochte halt
am liebsten mit denen zu tun haben, die was hatten. Weiß
der Himmel, warum. Und alle, alle kamen. Ja, es gab genug
Leute im Dorf, die sich das leisten konnten: Neureiche wie
der Stuhltorhofbauer, aber auch in den Reichtum Hinein-
geborene wie die Herren von Murrhard, die von Wasen
und die von Helmstadt, die Stumpf von Asbach, die Knebel
von Katzenelnbogen und die Herren von Hirschhorn, die
sämtlich eigene Gutshöfe im Ort besaßen. Auch die Herren der Tiefburg ließen sich gelegentlich im »Pfaffenkeller« sehen, obwohl sie wahrhaftig Wein genug aus ihren eigenen Weingärten in den Kellergewölben am Steinberg
liegen hatten. Man geht ja nicht wegen des Trinkens zum
Umtrunk, sondern wegen des Drumherum; das war schon
immer so.
Wer sich nicht so gern den kritischen Blicken des Pfarrers
aussetzte oder aber nicht so gern mit denen zu tun hatte,
die von allem genug und für andere trotzdem nichts übrig

haben, der ging in die Wirtschaft »Zum Rebstock«, draußen an der Heidelberger Straße, wo es billiger war und wo man auch noch was eingeschenkt kriegte, wenn man bereits beim Wirt in der Kreide stand. Und wo es zudem viel gemütlicher war – weil die Habenichtse sich nicht so haben und weil sie meist mehr Talent zeigen, es sich behaglich zu machen, als die Besitzenden. So hat halt jeder etwas.

Im Herbst, wenn es den jungen Wein gab, kam diese eherne Dorfordnung in Sachen Wirtshaus vorübergehend durcheinander. Dann hingen da und dort Kränze von Weinlaub am Hoftor oder am Gartentörchen: überall, wo die Winzer ihren eigenen Wein ausschenkten. Da fielen dann prompt die Studiosi aus Heidelberg in hellen Scharen ein, machten viel Lärm und den Haustöchtern die schönsten Komplimente, so geistreich, wie die noch nie angesprochen worden waren – und auch ihr ganzes Leben lang nie mehr angesprochen würden. Das gab dann mit schöner Regelmäßigkeit Ärger, blutige Nasen und blaue Flecken, was sich ja alles bald wieder gab. Nur die schönen Augen und noch schöneren Worte der Studenten, die blieben in manchen Dorfmädchen ein Leben lang wie eingebrannt – und sorgten dafür, daß sie mit ihren simplen Kerlen niemals so richtig glücklich werden konnten. Doch war das mit dem Glücklichwerden ohnehin damals noch nicht üblich. Man hatte genug damit zu tun, überhaupt zu überleben, egal wie.

Immerhin boten die schönen Augen der Studiosi für die Dorfgören genau wie die etwas unsolide Aufmachung der Stuhltorhofbäuerin dem Pfarrer manchen Anlaß, sonntags von der Kanzel herab auf die modernen Zeiten zu schimpfen. Nichts war mehr wie früher. Ein Jammer, der ewig aktuell zu bleiben scheint. Am liebsten hätte der Pfarrer seinen Bischof gebeten, ihm einen Exorzisten zu schikken, der sich sein Dorf mal gründlich vornähme und aus allen Ecken und Winkeln die Teufel austrieb. Und das am besten jeden Monat einmal.

Verständlich, daß der Stuhltorhofbauer neuerdings den »Pfaffenkeller« mied. Wenn der Pfarrer auch nie seinen

Namen genannt hatte in diesen Schimpftiraden, so fühlte er sich doch geprügelt, und das zu Unrecht. Er tat doch nur brav seine Pflicht. Aber natürlich, dieser unmißverständliche Hinweis darauf, daß der Mann sich seine Frau untertan zu machen habe, der galt ihm, das war doch allzu deutlich. Und warum sagt er nicht dem Klosterschaffner die Meinung? Oder dem Propst vom Allerheiligenkloster? Oder dem Abt in Lorsch, der besser auf seine Leute aufpassen sollte? Aber diese Rabenvögel stecken ja alle unter einer Decke. Ja, unter meiner Decke. Wo ich hingehöre, verflucht noch mal, und kein anderer! Er schüttete den Wein in einem Zug hinunter und knallte den Becher auf den Tisch, daß sich alle nach ihm umwandten. Schnell faßte er sich und rief geistesgegenwärtig: »Ich will vom Besten haben, Wirt, und nicht dieses elende Gesöff trinken! Wer bin ich denn!«

Weil der Wirt wußte, daß dieser Gast den besten Wein auch bezahlen konnte, brachte er gleich einen großen Krug davon. Das war für die Leute rundum natürlich noch besser als das Spiel, dem sie sich so eifrig hingegeben hatten. Sie ließen die Würfel liegen und sahen zum Stuhltorhofbauern hinüber, richtiger gesagt: Sie gierten nach dem großen Weinkrug. Selbst der Fremde, der bei ihnen saß und sie zum Würfeln animiert hatte, war plötzlich nicht mehr interessant. Vielleicht hat ihm das seinen Hals gerettet. Denn Fremde, die spielen wollten, waren im allgemeinen Berufsspieler, und die pflegten falsche Würfel zu benutzen. Und wenn sie damit auffielen, hingen sie ganz schnell am Galgen. Die Landesherrschaft hatte für Leute, die den schnellen Gulden zu machen verstanden, kein Verständnis. Das Geld ihrer Untertanen gehörte ihr und niemand sonst.

Der Stuhltorhofbauer ließ sich nicht lumpen, lud alle zum Mittrinken ein, die da schon so begierig wie neugierig zu ihm herübersahen, und reichte gleich noch die Erklärung nach, wieso er im »Rebstock« saß und nicht im »Pfaffenkeller«, wo er hingehörte: »Ich komme gerade vom Feld, halb verdurstet. Keine Lust, erst nach Hause zu gehen und mir den Sonntagsrock anzuziehen, damit ich dem Herrn Pfar-

rer gefalle. Der kann sich leicht herausputzen wie ein Gok-
kel, er braucht ja nicht im Dreck zu wühlen wie unsereins,
der ihm das Brot auf den Tisch bringt.«

Solche Reden kommen immer an. Da ist man sich schnell
einig und bald ein Herz und eine Seele. Und auch der Wirt
ist glücklich, weil es nicht bei dem einen Krug vom Besten
bleibt. Obwohl der Stuhltorhofbauer ihm gesteht, daß er
keinen Geldbeutel dabei hat, wenn er aufs Feld geht, ist
ihm bei dem Gast nicht bange um sein Geld. Weiß doch
jeder, daß er gutes Geld macht mit seinem Hof. Und wie!
Und so läßt sich natürlich auch nicht vermeiden, daß in
der fröhlichen Runde eine Bemerkung fällt wie: »Aber
wozu laßt Ihr Euern Beutel daheim, Bauer, da wird er doch
nicht gebraucht.«

Was sollte er machen, der arme reiche Stuhltorhofbauer?
Sich den Abend kaputtmachen mit einer Wirtshausschlä-
gerei? Es mit den neuen Freunden und der neuen Wirtschaft gleich verderben? Er zog es vor mitzulachen, ja am
allerlautesten zu lachen über den gelungenen Scherz –
und weiteren Wein kommen zu lassen.

Als er spät in der Nacht nach Hause gefunden hatte, wan-
kenden Schrittes, da war seine Frau so ungeschickt, ihm
Vorwürfe zu machen: daß er betrunken sei wie ein
Schwein, und sie habe sich Sorgen um ihn gemacht und
auf ihn gewartet und gewartet, und ohne ihn könne sie
doch nicht ins Bett gehen.

Das war selbst für den langmütigen Stuhltorhofbauern zu-
viel. Er riß den Gürtel von seiner Hose und griff sich sein
Weib, um ihm eine tüchtige Tracht Prügel zukommen zu
lassen – als die Bäuerin ihn mit dem eilig angebrachten
Hinweis stoppte, daß sie seinen Stammhalter unter ihrem
Herzen trage.

»Meinen Sohn? Bist du sicher?«

»Ganz sicher, mein Schatz. Und jetzt gehen wir in unser
Bettchen, es ist ja spät genug, und dann überlegen wir, wie
dein Sohn heißen soll.«

Immer überlegen, diese Frauen.

31. KAPITEL

Während die kleinen Leute aus diesem und jenem
Grunde stöhnen, machen die Großen Geschichte

Wenden wir uns wieder dem neuen Freund Diethers
von Handschuhsheim zu: Dieser Friedrich, Pfalzgraf und
Kurfürstvormund, war ein Mann, der sich unserer Auf-
merksamkeit noch wert erweisen wird. Trotzdem sollten
wir das mit der Freundschaft nicht ganz wörtlich nehmen.
Der Mann war schließlich Politiker, und deren Wort gilt
immer nur mit Einschränkungen und nur im Moment –
wenn überhaupt. Bei Friedrich lag die Einschränkung auf
der Hand: Da er in der mittelalterlichen Rangordnung so
viel höher stand als Diether, konnte Freundschaft in dem
Fall nur heißen, daß er erwartete, sich auf die unbedingte
Treue Diethers verlassen zu können, und als Gegenleistung den Einsatz seiner Macht und seines Einflusses bei
irgendwelchen persönlichen Schwierigkeiten versprach.
Das hatten die beiden so allerdings nicht analysiert und
ausgesprochen, weil es sich von selbst verstand. Sie hatten
sich nach bester Männerart die Hand gegeben und ins
Auge geblickt.
Die beruhigende Auskunft, die Diether aus Mainz mitbrachte, führte sofort zu eifrigen Aktivitäten des Pfalzgrafen. Als erstes rief er die Landstände zusammen, besser gesagt: das, was er als Landstände bezeichnete, wenn es auch
keine waren. Es war das nämlich bloß eine Versammlung
der von ihm abhängigen Notabeln; die Bürger und Bauern
waren dabei nicht vertreten. Diesen Notabeln und den befreundeten Adligen, auch den Bischöfen von Worms und
von Speyer, trug Friedrich seinen abenteuerlichen Plan
vor, daß er selbst die volle Regierungsgewalt übernehmen

170

und sich als Kurfürst huldigen lassen wolle. Dafür wolle er sein Mündel an Kindes Statt annehmen. Als weitere Gegenleistung biete er die verbindliche Selbstverpflichtung an, niemals zu heiraten, damit keine legitimen Kinder gezeugt würden, die als Konkurrenten für Philipp auftreten könnten. Ferner wolle er seinen persönlichen Besitz dem Land Kurpfalz überlassen. Schließlich verpflichte er sich auch, den Treueid zu leisten, den die pfälzischen Kurfürsten traditionell ablegten.

Das war der Eid auf das erste kleine Fetzchen Verfassung, das man hatte. Und dieses kleine Fetzchen hatte es in sich. Der Kurfürst verpflichtete sich dabei unter Eid, die Universität Heidelberg zu erhalten, von den pfälzischen Landen nichts zu veräußern und keine Juden im Kurfürstentum zu dulden. Basta. Mit diesen drei Punkten war alles Wichtige geregelt. So einfach war damals ein Grundgesetz. Fragt man sich aber, zu wessen Nutzen – cui bono – diese Bestimmungen aufgestellt waren, so gehen die kleinen Leute offensichtlich wieder leer aus.

Der versammelte Adel und die sogenannten Landstände waren von Friedrichs Absicht sehr angetan. Am 6. September des Jahres 1451 erklärten sie sich auf ihren Lehens- und Diensteid als einverstanden. Auch die Mutter des kleinen Philipp fand die Regelung fair und erklärte ihr Einverständnis.

Doch vom König kam eine negative Antwort, und trotz sofortiger und ausführlicher Gegendarstellung blieb es bei der königlichen Ablehnung. Das, obwohl sogar der Papst demonstrativ und dann auch die übrigen Kurfürsten nach und nach ihre Zustimmung gegeben hatten. Ein Riesendesaster! Friedrich war schon so weit gegangen, daß er kaum noch zurück konnte. Doch der König beharrte auf dem klaren Rechtsstandpunkt: Vormund bleibt Vormund. Das war so einfach wie: Persil bleibt Persil. Für die Usurpation des Kurfürstenamtes gab es also keinen Persilschein von König Friedrich. So blieb dem Pfalzgrafen Friedrich nur, sich darüber hinwegzusetzen und dabei im Unrecht zu sein.

Aufgepaßt, Diether von Handschuhsheim, dein neuer Freund ist ein Rechtsbrecher, ein Rebell auf dem Kurfürstenthron! Das kann bös enden.

Zunächst einmal zeigte sich aber nur, daß die beiden Friedrichs gleich stur auf Selbstverwirklichung machten. Im Jahre 1452 ließ der eine sich beinahe genauso feierlich als Kurfürst Friedrich I. huldigen, wie der andere sich als Kaiser Friedrich III. huldigen ließ. Der eine war so mächtig im kleinen, wie der andere machtlos im großen war.

Und über beider Sturheit ging die Weltpolitik mit einem ordinären Grinsen hinweg. Schon in dem Jahr nach den beiden großen Feierlichkeiten wurde bei Castillon in Nordfrankreich die letzte Schlacht des Hundertjährigen Krieges zwischen England und Frankreich geschlagen. Damit war nicht nur das britische Kontinentalreich erledigt. Damit war auch deutlich geworden, daß die Zeit des Rittertums vorüber war, wenigstens für die, die hingeschaut hatten.

Im Deutschen Reich schaute man leider konzentriert auf seinen eigenen Mist. So bekam man nicht mit, daß die ehrenwerten Ritter vor lauter Turnierspielerei für eine richtige Schlacht schon nicht mehr tauglich waren, weil sie sich daran gewöhnt hatten, daß alles nach festen Regeln abläuft, in ritterlicher Art eben. Ein Angriff aus dem Hinterhalt oder ein unerwarteter Überfall ohne das Signal des Herolds zur Eröffnung des Kampfes, alles undenkbar, alles vernichtend. Und dann das vermaledeite Schießzeug. Im Deutschen Reich blieb es weitgehend unbemerkt, daß bei Castillon eine gut funktionierende Artillerie auf ganz unheldisch simple Weise ein tollkühn angreifendes Ritterheer niedergemacht hatte. Im selben Jahr in der entgegengesetzten Weltecke gleich noch mal so ein Menetekel: Sultan Mehmed II. schaffte siebzig Kanonen vor die Mauern des angeblich uneinnehmbaren Konstantinopel. Dabei war eine Superkanone, die nur von sechzig Ochsen gezogen werden konnte und Kugeln von sechshundert Pfund ausspuckte. Da gingen im vielbesungenen Rom des Ostens die Lichter aus.

Da war plötzlich Schluß mit dem, was wir Späteren das Mittelalter nennen. Nur daß die Akteure der Zeit das nicht wußten, ja nicht einmal ahnten. In Mainz beispielsweise lächelte man über Johannes Gensfleisch, genannt Gutenberg, der sich abmühte, Formen zum Gießen beweglicher Drucktypen zu basteln und damit das nachzuahmen, was die Mönche doch viel besser konnten: Ja, tatsächlich, dieser Sonderling war dabei, eine Bibel zu drucken, die wie handgeschrieben aussehen sollte.

Dieses Jahr 1453, um den kurzen Blick auf wichtige Ereignisse der Weltgeschichte abzuschließen, markierte das Enddatum einer Epoche, nämlich des Mittelalters – sagen jedenfalls manche Leute. Doch war all das, was danach geschah, auch das, was in den nächsten Kapiteln dieses Buches folgt, noch lange Zeit alles andere als neuzeitlich. Es war ganz einfach nur überholt.

Hätte man das den Menschen der zweiten Hälfte des 15. Jahrhunderts so gesagt, all den Diethers und Friedrichs und ihren Margarethes, die Ärmsten hätten sich eigentlich nur aufknüpfen können, serienweise. Was sie aber nicht taten, und mit Recht. Knüpfen wir uns etwa auf, weil wir wissen, daß es uns heute genauso geht? Wir retten uns mit dem Trick, daß wir alles, was nach dem Mittelalter kam, als Neuzeit bezeichnen. Dieser Begriff ist ja so geschickt gewählt, daß er uns scheinbar bis in alle Zukunft auf der Höhe der Zeit, der immer neuen Zeit, sein läßt.

Den jüngst aufgekommenen Verlegenheitsbegriff »Postmoderne« haben wir schnell in die Kunstecke abgeschoben, damit wir uns nicht selbst als die Hinterherhinkenden der Neuzeit zu bezeichnen brauchen, obwohl das unabweisbar richtig wäre. Denn um es andersherum zu sehen, uns als Vorhut einer Zukunftsgesellschaft zu deklarieren, dafür fehlt uns nun wirklich alles, haben wir doch außer auf technischem Gebiet nichts Neues zu bieten. Tabula rasa.

Ja, da schaust du dumm drein, mein lieber Diether von Handschuhsheim: Das Mittelalter zu Ende, dein Leben aber noch nicht. So wird man zum Wanderer zwischen den

Welten, zwischen der alten und der neuen. Wir werden ja sehen, ob du aus dieser schwierigen Stellung was gemacht hast.

32. Kapitel

Warum man zu manchem Quatsch nicht ja und
amen sagen sollte, sondern lieber nur: amen

Ist das nicht tröstlich? Selbst nach dem so dramatischen 1453, mit dem das Ende des Mittelalters markiert wurde, kam doch immer wieder ein neuer Mai. Und alles ging schön mittelalterlich weiter. Die Dorfmädchen schmückten ihr Haar mit Blumenkränzen und bunten Bändern, hängten sich ihren kleinen Handspiegel, ihr ganzes Glück, an die Seite – auf ihr schönstes Kleid – und zogen singend hinaus auf die Wiese vor dem Dorf. Und wo Mädchen sind, da braucht man auf die Burschen nicht lange zu warten. Auch sie festlich aufgeputzt im Sonntagsstaat, bunte Knöpfe am Wams, Seidenpaspelierung sogar und hier und da ein wenig Pelzbesatz. Die Gürtel metallbeschlagen, auf Hochglanz poliert. Und so glänzend auch das Schwert, das man an der Seite trägt. Ein prächtiges Bild!

Wer aus gut fünfhundert Jahren Entfernung zuguckt, der wundert sich: Die jungen Männer sind ja noch aufwendiger herausgeputzt als die jungen Frauen.

Wo gibt es denn so was? Na, in jedem deutschen Dorf des Spätmittelalters, und deshalb auch in Handschuhsheim. Und das aus einem ganz einfachen Grund: Es herrscht ein erheblicher Männerüberschuß, das heißt die Konkurrenz ist verdammt groß. Da muß man schon was vorzeigen, um outstanding zu sein.

Natürlich dachte man noch nicht in solchen Kategorien. Da wurde nicht gezählt und analysiert und strategisch konzipiert. Da fiel einem nur auf, daß blöderweise immer die Besten schnell weggeschnappt waren: Im Dorf die besten jungen Frauen, in der Stadt die besten jungen Männer. Was wir heute so ausdrücken würden: Während im Dorf ein spürbarer Männerüberschuß herrschte, war in der Stadt ein Frauenüberschuß festzustellen. Wobei das eine mit dem anderen zusammenhing. In den Städten gab es halt mehr Gelegenheiten für junge Frauen, in einem Bürger- oder Handwerkerhaus ihr Auskommen zu finden, wenn sie sich nicht auf dem Dorf als die letzte Hilfskraft kaputtschinden lassen wollten.

Verständlich daher das gockelhafte Auftreten der jungen Burschen beim Tanz in den Mai. Die Konkurrenz zwingt einen, sich gewaltig anzustrengen, will man einen freundlichen Blick von einer der Dorfschönen erhaschen oder gar den bunten Federball, den sie beim allgemeinen Ballspiel dem zuwirft – mit einem heimlichen Gruß –, den sie gernhat oder gern hätte. Oder man will beim Ringelreihen zufällig die Hand der Richtigen erwischen.

Beim Tanz geht es hoch her: wilde Sprünge, lauter Jubel. Ein Spielmann, einer von diesen wandernden Typen ohne alles außer einer Geige, hat sich eingefunden und ist nun der Wichtigste auf dem Platz. Jeder kennt die Lieder, die da gesungen werden, ob es sich um die uralte, immer aktuelle Geschichte von der Mutter handelt, die ihre tanzlustige Tochter trotz aller Mühe nicht im Haus festhalten kann, oder ob es um das Lob des Frühlings geht oder um das der schönen Mädchen. Und gelegentlich findet sich einer, der auf die tanzenden Paare ein paar lustige Reime macht und damit alle zum Lachen bringt. Vielleicht macht er seine Reime aber auch auf die Burschen aus Neuenheim, Schriesheim oder Dossenheim, die sich eingeschlichen haben. Dann gibt es schnell bissige Bemerkungen, und schon artet das schöne Spiel in eine heillose Prügelei aus. Wobei die blumenbekränzten Dorfschönen nicht weniger interessiert zuschauen als die Hofdamen beim Turnier der Ritter. Und hinterher geben sie nicht nur den Blumenkranz aus ihrem Haar als Siegespreis, sie reißen auch einen Streifen von ihrem feinsten Unterrock ab, um dem lieben Blessierten daraus einen Verband zu machen. Wer würde dafür nicht liebend gern sein Blut opfern.

Wie stets bei den großen Dorffesten, sind auch die Herren der Tiefburg mit ihren Frauen dabei. So auch Diether, und an seiner Seite sehen wir seine junge Frau. Notburga von Bach heißt sie, und sonst weiß man im Dorf noch nicht viel von ihr. Nur, daß sie schon schwanger ist, das sieht man. »Der junge Herr Diether geht ordentlich ran«, heißt dazu der übliche Kommentar. Nun ja, Diether ist inzwischen ein Mann und deshalb nicht mehr mit dem Ringelreihen zufrieden.

Die aus der Tiefburg sitzen auf Brettern, die man über große Steine gelegt hat, hinter einem rohgezimmerten, langen Tisch. Etwas abseits, da wo auch der Pfarrer und der Schultheiß sich niedergelassen haben. Der Honoratiorentisch, sagen die Dörfler mit Hochachtung einerseits, aber auch mit einer gewissen Gereiztheit. Unüberhörbar. Der Pfarrer, Nicolaus Halsab heißt er, ist schon viele Jahre im Dorf. Der Schultheiß Hans Antoni dagegen ist noch neu. Er ist nicht, wie in vielen anderen Dörfern, ein von den Bauern gewählter Bauernmeister, nein, hier in Handschuhsheim ist man noch nicht so weit mit dem frühdemokratischen Getue. Hier ist der Mann noch von der Grundherrschaft eingesetzt, vom Mainzer Bischof, und trägt deshalb den stolzen Titel Schultheiß.

Stolz, das ist überhaupt das Stichwort für das fröhliche Frühlingsfest. Ursprünglich war Stolz nur die feinere Art der Damen bei Hofe. Dann waren bald auch die Ritter stolz. Und die freien Bauern, die ihnen nacheiferten, übernahmen als erstes den Stolz und das Schwert des Ritters. Da war es nicht verwunderlich, daß es mancher Ritter bei mancher Bauerstochter leichter hatte, wenn er sie als stolze Maid ansprach. Das wirkte immer. Doch so macht man die Leute hoffärtig. Und nicht nur das, auf diese Weise kam auch ein positiver Begriff so sehr auf den Hund, daß es später sogar im Volksmund heißen konnte: Dummheit und Stolz wachsen auf einem Holz.

Gedanken dieser Art – bis auf den viel späteren Spruch –

mögen Diether von Handschuhsheim durch den Kopf gegangen sein, als er dem festlichen Treiben der jungen Leute zuschaute, die so schmuck und so anziehend aussahen. Daß da mal ein Bursche rief: »Make love, not war!« war nicht zu befürchten. Man war noch nicht so grundsätzlich. Aber vorhin hatte einer in seinem Übermut zum Honoratiorentisch hinübergerufen: »Warum tanzt Ihr nicht mit? Wenigstens beim Feiern könnten die Herren sich doch auch einmal bewegen!« Die Herren hatten nicht darauf reagiert. Unbewegliche Gesichter. Solche Bemerkungen kannte man.

»Das hier, das wird nicht mehr lange gutgehen«, flüsterte Frau Notburga ihrem Mann zu. Und der nickte nur und trank dann seinen Becher Bier in einem Zug aus.

»Gehabt Euch wohl, Schultheiß! Gott mit Euch, Herr Pfarrer«, verabschiedeten sie sich, als das Treiben der jungen Leute immer ausgelassener wurde, die Spottreden gegenüber den Herren immer zügelloser.

»Ich gehe gleich mit«, sagte Pfarrer Halsab und stand schon auf. Er kannte seine Schäfchen und Böcke. »Diese infernalische Tanzerei ist mir ja so zuwider. Die Burschen werfen die Mädchen in die Luft, daß sie gleich in ihr Verderben sehen. Und das nennen die Dummköpfe ein Vergnügen.«

»Ich komme auch mit«, schloß sich der Schultheiß Antoni den Tiefburgbewohnern und dem Pfarrer an. Gerade noch rechtzeitig, ehe die große Streiterei und Prügelei begann.

»So sehr ich es schätze, mit fröhlichen Leuten fröhlich zu sein«, meinte Diether auf dem Heimweg, »es fehlt den Bauern halt doch an feinerer Gesittung. Da nützt es wenig, daß sie uns in Kleidung und Bewaffnung nachzuahmen trachten. Nehmt ihnen das, und . . .«

»Sie stellten fest, daß sie nackt waren«, ergänzte der Pfarrer.

»Ja, so ist es«, sagte Diether.

»Doch gerade, wenn sie so nackt dastehen«, meinte der Schultheiß, »sehen die Bauern genauso aus wie die Herren Ritter, wenn sie nackt sind.«

Das konnte der ritterbürtige Diether natürlich nicht auf sich sitzenlassen.

»Laßt Euch davon nicht täuschen, Schultheiß«, wurde er pathetisch. »Was den Ritter von diesen Leuten unterscheidet, auch wenn er nackt ist, das ist das, was er in seinem Herzen trägt. Dieses eherne Gesetz von Ritterlichkeit, von Unerschrockenheit und Opferbereitschaft. Das erst macht ja den Ritter aus. Und darin kann es ihm keiner von diesen Dreckwühlern gleichtun, wenn er auch all sein sauer verdientes Geld für Pelz und Seide und blitzendes Eisen ausgeben würde.«

»Daß sie im Dreck wühlen müssen, Herr Diether, das ist ihnen wohl nicht vorzuwerfen«, wurde der Schultheiß nachdenklich, »arbeiten sie doch in dieser Art, um auch Euch und Eure Familie zu ernähren.«

»Nein, nein, so dürft Ihr das nicht sehen, Schultheiß«, warf der Pfarrer ein.

Doch Hans Antoni ließ sich nicht irritieren.

»Und auch um den Herrn Pfarrer zu ernähren – und natürlich auch für mich und meinen Herrn, den hochwürdigen Herrn Bischof, wühlen die Bauersleute im Dreck«, fuhr er fort.

»Ihr verdreht Ursache und Wirkung«, korrigierte ihn jetzt mit strenger Miene der Pfarrer. »Denkt immer daran, daß es der göttliche Fluch war, der im Paradies ausgesprochen wurde, als gerechte Strafe für den Sündenfall, was den Bauern zu seiner dreckigen und schweren Arbeit gebracht hat. Im Schweiße deines Angesichtes sollst du dein Brot essen, sprach der Herr.«

Diethers alter Onkel Heinrich sagte, und das entschieden zu laut: »Amen«, so daß jeder wußte, auch der Pfarrer, daß er keine Fortsetzung dieser Predigt hören wollte. Respektieren wir den Willen des Onkels. Lassen wir die Gesellschaft wortlos weiter nach Hause gehen.

33. Kapitel

Da staunt der Laie, und der Pater wundert sich –
und freut sich auf seine weitere Klosterkarriere

Die da am frühen Abend durch die Gassen Handschuhsheims heimwärts gingen, schweigend und bemüht, nicht allzusehr im Schlamm einzusinken, sahen überall an den Stalltüren aus Zweigen gefertigte Kreuze angeheftet. Immer drei Kreuze und einige Büschel Kräuter dabei. Dazu brauchte niemand was zu sagen. Jeder wußte, daß dieser Abwehrzauber das Vieh schützen sollte. Kreuze und Zauberkräuter vereint in der Abwehr der Hexen und Zauberer, die in dieser Nacht wieder ihren unheimlichen Zug durch die Gemeinde machen würden und durch die weiteren Gemarkungen. Die Nacht zum 1. Mai, die Walpurgisnacht, war einer der wichtigsten Anlässe zur Feier Schwarzer Messen. In dieser Nacht war der Teufel los und mit ihm all das unselige Gelichter, das er zu seiner Anhängerschaft zählte: alles, was Gott und Kirche dreist leugnete, was vom wahren Weg zum Glück abgewichen war, was verloren war. Verloren ja, damit aber noch nicht abgetan, nicht wirkungslos. Im Gegenteil! In dieser Nacht triumphierte das Böse, da feierte es so ungehemmt, als gehörte ihm schon die ganze Welt.

Nur heim und nichts hören und nichts sehen. Diether hatte Sorgen um seine schwangere Frau. Nur hoffen, daß nichts Schlimmes passiert. So dachten auch alle anderen. Daß wenigstens nicht einem selbst und nicht den Seinen und seinen Tieren Übles zustößt. Er würde Bretter vor die Fenster klemmen und das Kaminloch verschließen, nahm sich der Schultheiß vor. Denn durch die Fenster und den Kamin pflegten sie in die Häuser einzudringen, die umher-

180

schwirrenden Hexen. Aber was habe ich denn mit den Hexen zu tun, überlegte er. Das fällt in die Zuständigkeit des Ortsgeistlichen. Er würde in der Stunde vor Mitternacht lang und heftig die Kirchenglocke läuten, sagte der sich. Was könnte ich mehr tun gegen die unheimlichen Mächte; der Himmel wird mir seinen Beistand nicht versagen.

Diether nahm seine Notburga fester an die Hand und sich vor, aus dieser Nacht noch einmal eine richtig schöne Liebesnacht zu machen. So eng umschlungen, daß uns kein Teufel und keine Hexe dazwischenfahren kann.

Eine mondhelle Nacht, schon angenehm warm, wenn auch ein leichter Wind ging. Oben auf dem Heiligenberg zerrte er kräftiger an den Sträuchern, jaulte er unheimlich um die Klostermauern. Noch lange nicht Mitternacht war es, als Pater Paulus sich aus seiner Zelle abseilte – in einem Moment, da gerade eine Wolke vor den Mond gezogen war, als drückte der Himmel ein Auge zu. Der Pater glitt an dem Kälberstrick, den Edeltrud zurückgelassen hatte bei ihrem letzten Besuch, die wenigen Meter von seinem Fenster hinab. In diesem Frühjahr hat sie sich noch nicht ein einziges Mal sehen lassen, rumorte es in Pater Paulus – nagte es an seinem Selbstwertgefühl, müßte man heute wohl sagen.

Er schimpfte in sich hinein, auf Edeltrud und auf Onan und alle anderen Nichtheiligen, die einen großen Namen tragen und sonst nichts. Dabei traf es auch Plato und Pontius Pilatus und etliche mehr von dem Kaliber, denen die Schimpferei genausowenig weh tat. Und ich, ich bin einfach nur Pater Paulus. Aber ich werde es ihnen zeigen. Jetzt will ich wissen, was dran ist am Hexentanz. Jetzt will ich alles sehen, alles hören und riechen. Und dann werde ich der Hexenpater unseres Ordens. Dann wird man mich rufen müssen, wird mich fragen müssen, wo und wann immer es Probleme mit Hexen und Teufeln gibt. Und wo und wann gibt es die nicht? Ich werde viel unterwegs sein, raus aus dieser tristen Zelle. Ich werde mich mit manchem jungen Weibchen beschäftigen müssen, sehr eingehend und sehr lange. Ich werde das Böse finden und es bannen, und ich werde den dummen Leuten ein Hexenpülverchen bieten, gegen gutes Geld, ein Pülverchen, wie es noch keines gab: den Staub aus meiner Zelle, aus unserer Kirche den Kehricht, durchs Haarsieb gedrückt, mit meinem ganz persönlichen Segen. Und mit besten Wünschen von eurem Pater Paulus, dem Hexenpater.

So mit sich und der Feinplanung seiner Klosterkarriere beschäftigt, schlich er sich von der kahlen Kuppe des Berges hinab zum Bittersbrunnen auf halber Höhe, dorthin, wo die ältesten, die majestätischsten Bäume standen. Und dichtes Unterholz dazwischen. Die ruhelose Quelle, der Wind in den hohen Baumkronen – wo, wenn nicht dort, wäre wohl der richtige Platz, der unheimliche Versammlungsort für die große Hexenfeier, überlegte er.

Mal ging er schneller, dann nur noch zögernd. Immer wieder sagte er sich: Ich habe keine Angst, ich habe keine Angst! Und wenn ich der Hexenpater meines Ordens werden will, dann muß ich mehr wissen als meine Confratres, mehr gesehen haben als sie, muß das Geheimnis des Hexentanzes in der Walpurgisnacht und der Schwarzen Messe gelüftet haben. Ich werde Licht in das Dunkel bringen, und ich werde in diesem Licht dastehen, strahlend wie ein Erlöser.

Da fällt ihm auf, daß der Wald immer unruhiger wird, je näher er dem Bittersbrunnen kommt. Sträucher rascheln, Kiesel rollen, und von allen Seiten schleicht es heran: Sonderbar vermummte Gestalten, deren Gesichter hinter Tüchern verborgen sind. Gerade daß Pater Paulus sich noch in ein dichtes Gebüsch drücken kann. Vor jedem Blick verborgen, aber nahe genug an dem kleinen Platz unterhalb der Quelle, um alles hören und sehen zu können, was dort passiert. Und zu schnuppern, wie der Teufel riecht: nach Schwefel und nach Sünde, sagt man ja. Die unheimlichen Gestalten bilden einen Kreis. Ein einzelner Vermummter steht ruhig wie eine Statue in ihrer Mitte. Und schon werfen alle ihre Umhänge und Tücher ab. Und Pater Paulus sieht alte und junge Frauen, auch alte und junge Männer, alle nur noch mit leichten, hellen Fetzen bekleidet, ausgefranst und schrecklich unordentlich. Und der Mann in der Mitte des Kreises, der steht da in vollem Priesterornat. Dabei trägt er Hörner und einen langen Schwanz.

Der Satan kann sich noch so verstellen, er fällt doch immer auf, triumphiert Pater Paulus. Einen Bocksfuß hat er auch, ganz deutlich zu sehen. Der Pater greift hilfesuchend nach dem Kruzifix, das er in seiner Kutte verborgen trägt, damit es ihn mit seinem Blinken nicht verrät. Wenn sie ihn entdecken würden, wenn der Teufel selbst sich auf ihn stürzen würde, dann würde er es ihm entgegenhalten, hoch in beiden Händen, daß das Mondlicht es aufglänzen läßt wie das Auge Gottes. Apage, Satanas, so werde ich den Teufel ansprechen. Apage, Satanas! Dann wird er vor mir fliehen, in wilder Angst sich in die unterste Hölle verkriechen.

Mit zitternder Hand umklammert der Pater das Kreuz unter seiner Kutte. Nie zuvor hatte er eine so innige Beziehung zu ihm gehabt. Aber nicht zu früh, nur nicht zu früh es ihnen zeigen, sonst ist der ganze Spuk vorbei, noch ehe ich was gesehen habe.

Recht so, Pater Paulus, paß nur gut auf! Es lohnt sich. Denn nun knien die Männer und Frauen nieder und beten den Satan an. Anschließend rutscht einer nach dem anderen, eine nach der anderen zu ihm hin und küßt ihm den linken Fuß, die linke Hand, dann den Hintern, wobei ihm ein Assistent den langen Schweif hochhält, und dann auch noch sein Geschlecht. So rutschen sie auf Knien um den Satan herum. Anschließend kommt die Predigt. Der Teufel, hört der Pater mit Schaudern, warnt eindringlich vor einer Rückkehr zum Christsein, verkündet seinen Gläubigen ein seliges Leben in einem viel schöneren Jenseits, als sie je geahnt oder gehört hätten, und nimmt dann ihre Opfergaben entgegen. Danach läßt er sich wieder reihum den Hintern küssen. Dabei läßt er gelegentlich kräftig einen fahren. Es riecht nach Schwefel, ganz deutlich, es riecht nach Schwefel, schnuppert der Pater.

Dann aber kommt es ihm so vor, als müßte er den Mann kennen. Ist es die Stimme, fragt er sich, oder seine Bewegung? Oder sein Gestank? Ist das nicht der vermaledeite

Gestank, den Pater Ossian lautstark losläßt, wenn wir Stunde um Stunde in der Kirche knien. Dann kenne ich den Teufel! – Unsinn, wer kennt schon den Teufel, verwirft er den Verdacht. Etwas ganz anderes ist das bei den Hexen und Zauberern, die ihn verehren. Das sind Menschen wie ich, nur verführt und gefallen. Leute aus dem Dorf unten, Leute, die ich kennen müßte.

Und tatsächlich, als der Satan nun die Kommunion austeilt, etwas wie Bruchstücke einer schwarzen Schuhsohle, da glaubt Pater Paulus in einer der Hexen Edeltrud zu erkennen. Ein Weib, das ich so genau kenne, jede Rundung, jede Bewegung, da kann mich auch das schwache Mondlicht nicht betrügen. Dabei steigt ihm die Erregung in den Kopf und verwirrt ihn so, daß er nur noch durch einen Tränenschleier sieht, was sich da vor ihm abspielt: wie der Teufel sich jetzt auf die Frauen stürzt und sie begattet, eine nach der anderen, mit unheimlicher Begierde und Ausdauer. Wie er dann die Anweisung gibt: »Tuet so nach meinem Vorbild!« Und wie sie sich sofort in die Arme fallen, die Zauberer und die Hexen, und in wilden Umarmungen ins Laub und aufs Moos fallen und sich hin und her kugeln wie Säue beim Suhlen.

Daß sich dabei gerade eine Wolke vor den Mond schiebt, findet Pater Paulus ganz verteufelt. Nun weiß er gar nicht mehr zu unterscheiden, was er sieht und was er längst von Erzählungen her kennt. Bloß noch das Knicken und Knakken von Zweigen hört er und Stimmen rundum, so ganz anders als die Stimmen des Waldes, die ihm vertraut sind. Sollte wohl der ganze finstere Wald mitfeiern bei dieser Schwarzen Messe? Alles verteufelt, aber wirklich alles verteufelt, schimpft er mit sich selbst, als er plötzlich feststellt, daß es längst nicht mehr das Kruzifix ist, woran er sich unter der Kutte so krampfhaft festhält.

Da fangen auch noch die Glocken an zu läuten. Von Handschuhsheim, Neuenheim und auch von Heidelberg schallt es zu ihm herauf. Und plötzlich, unhörbar in dem erzenen Lärmen, ist alles verhuscht, alles vorbei. Nur er allein noch da, und er fühlt, er muß sich hinsetzen, weil die Beine ihn nicht mehr tragen wollen. Er taumelt aus dem Gebüsch hervor, allein übriggeblieben von der großen Feier, und fällt ins Moos wie ein erlegtes Wild.

Als Pater Paulus in seinem Mooslager aufwachte, begann es schon ein wenig heller zu werden. Das Seil hängt noch aus dem Fenster, erschrak er und hastete zum Kloster hinauf. Man wird mich sicher schon vermißt haben, vielleicht auch schon gesucht. Dann bin ich entdeckt, dann bin ich verloren. Noch beim Hochhangeln an Edeltruds Strick legte er sich eine Verteidigungsrede zurecht: vom Satan, der ihn entführt habe, um ihn zu verführen wie einst unseren Herrn Jesus in der Wüste, dem er aber heldenhaft widerstanden habe. Genau wie unser Herr Jesus. Er habe den Oberteufel und all seine Anhänger unschädlich gemacht, auch seine Schwarze Messe, diese Schandtat, und er habe die teuflische Buhlschaft unterbunden, indem er sich selbst überwunden habe.

Glück muß der Mensch haben. Das gilt auch für Mönche, mit kleinen Variationen in der Definition des Wortes Glück. Pater Paulus hatte Glück. Denn er konnte befriedigt feststellen, daß ihn niemand suchte. Natürlich, man hatte einfach angenommen, er sei nicht zur Frühmesse erschienen, weil er sich krank fühle. Das kann jedem mal passieren. Dafür ist der Krankenbruder zuständig. Der würde sich später um ihn kümmern, wußte man. So hatte Pater Paulus Zeit, sich zu säubern. Es bedurfte ja keiner Beweise mehr für seinen Kampf mit dem Satan. Um so besser.

Nur schade, haderte er mit sich selbst, daß ich zu früh eingeschlafen bin. Daß ich nicht mehr gesehen habe, wie sie sich für die große Reise vorbereiteten. Alle splitternackt, wie sie sich mit der schwarzen Salbe einschmierten, besonders zwischen den Beinen. Wie sie sich dann auf abgebrochene Äste und Reisigbündel setzten, und wie sie dann losritten, verkehrt herum und mit dem Ruf: »Auf und nirgends an!« Ein wilder Schwarm von Hexen und Zauberern, der sich durch die Lüfte davonmachte.

»Schade, das habe ich nun nicht mehr gesehen. Aber das kennt man ja längst alles«, tröstete er sich. Haben es doch schon so viele Hexen in der Folter eingestanden, in allen Einzelheiten. Gar nicht so einfach, ihnen diese Geständnisse abzuringen. Zu schön war es wohl, viel zu schön, was sie mit dem Teufel erlebt hatten, als daß sie es anderen mitteilen wollten. Aber darüber weiß ich ja Bescheid. Das bleibt sich gleich, ob ich es gehört oder selbst gesehen habe. Ich kann ruhig sagen, ich habe es gesehen. Viel wichtiger für mich, daß ich Edeltrud gesehen habe, die Treulose. Deshalb also kommt sie nicht mehr zu mir. Weil sie sich dem Teufel verschrieben hat. Sie gehört ihm. Und sie zieht seine bocksfüßige Buhlschaft der heiligmäßigen Vereinigung mit mir vor, der himmlischen Communio mit dem geweihten Diener Gottes in den heiligen Räumen unseres Klosters. Die Nichtswürdige!

34. KAPITEL

*Wie ein junger Rittersmann das Prinzip seines Lebens
entdeckt: Neues Spiel – neues Glück*

Während es auf dem Heiligenberg derart unheilig,
aber hoch herging, war in der Tiefburg Not am Mann. Der
Ausdruck kennt leider nur die Not des Mannes. Dabei ging
es nicht um Diether. Es war seine Frau Notburga, die plötzlich zwischen Leben und Tod hing. Eine Frühgeburt, und
niemand aufzufinden, der helfen könnte. Die Nacht der
bösen Geister erwies sich plötzlich wirklich als verhext. Die
Knechte und Mägde beim Tanz in den ersten Mai, die
weise Frau vermutlich irgendwo bei einer Schwarzen
Messe. Die Nachbarn, die daheim waren, hatten Türen
und Fenster verrammelt aus Angst vor den herumschwär-
menden Dämonen und reagierten auf kein noch so hefti-
ges Klopfen und Rufen. Für die Dörfler alles nur Bestäti-
gungen ihrer Befürchtungen, daß die bösen Geister sie
heimsuchen wollten.
Diether und Onkel Heinrich waren also allein mit der ster-
benselenden Burgherrin und ihrem totgeborenen Kind.
Notburga von Bach hat sich von dieser Frühgeburt nicht
mehr erholt. Noch im selben Jahr ist sie gestorben. Im
Dorf war sie bald vergessen. Sie hatte zuwenig Zeit gehabt,
bei den Leuten einen tieferen Eindruck zu hinterlassen.
Eine Fremde, die plötzlich da war und beinah ebenso
plötzlich wieder weg. Für Diether von Handschuhsheim
blieb der Alltag ziemlich gleichförmig. Er ritt die Bergstraße hinauf und hinab wie eh und je, sprach mit den Leuten und hielt ein wachsames Auge auf Fremde. Bis Wiesloch hinunter gingen seine Patrouillenritte. Manche Ortschaften besuchte er besonders oft. So etwa Weinheim und

Lützelsachsen und eben Wiesloch, denn in diesen Orten hatte das Lorscher Kloster besonders große Besitzungen. Doch ritt er neuerdings auffällig gern immer mal wieder den langen Weg zu der hochgelegenen Veste Frankenstein hinauf. Er war zwar immer schon gern dort eingeritten, in dieser trutzigen Burg auf einem vierhundert Meter hohen Bergkegel zwischen den Orten Eberstadt im Norden und Jugenheim im Süden. Daß sich diese Einritte jedoch in letzter Zeit häuften, lag nicht allein an dem guten Wein, der dort ausgeschenkt wurde, wenn Besuch kam. Auch nicht an dem guten Ruf, den die Herren von Frankenstein in der Ritterschaft genossen. Da spielte noch eine andere Kleinigkeit eine besondere Rolle. Und diese Kleinigkeit war mittlerweile herangewachsen – und sehr gut gewachsen – und hieß Margarethe. Sie war zwar mehr als zehn Jahre jünger als Diether, aber der war, wenn auch schon Witwer, noch jung genug, das zu bemerken.

Beim ersten Mal, als er den Burgweg hochgeritten war, das äußere Tor passiert hatte und gerade durch das Burgtor mit seinem hohen Turm in die obere Burg einreiten wollte, sah er sie mit zwei Mägden in der kleinen Kapelle links neben dem Burgtor knien: ganz klar die Tochter des Hauses. Das Pferdegetrappel hatte sie natürlich in ihrer Andacht gestört, und als sich die drei Mädchen erstaunt zu ihm umwandten, konnte Diether seinen ehrfürchtigen Gruß zu dem kleinen Gotteshaus hinüber gleich mit einem freundlichen Lächeln für die jungen Damen verbinden, was mit etwas mehr als nur dem üblichen huldvollen Lächeln beantwortet wurde. Er hatte es genau gesehen, das war mehr, da war er sich sicher.

Genau in diesem Moment hatte Margarethe, was sie erst sehr viel später eingestehen würde, sich vorgenommen, mit dem fremden jungen Ritter in dieser kleinen Kapelle den Bund fürs Leben zu schließen. Sie müßte sich ja nur noch mit dem Geistlichen des Ortes Jugenheim, mit ihrem Vater und mit dem jungen Ritter einigen. Mehr war nicht nötig.

Wen wundert die Selbstsicherheit des jungen Mädchens?

Sie war nur zu natürlich. Schließlich stammte Margarethe aus einem tatkräftigen Geschlecht, das nicht zufällig ein schweres, halbmondförmiges Beileisen in seinem Wappen trug, einen sogenannten Wolfsanker. Das Mädchen war von klein auf gern bei den Pferden im Stall gewesen. Nun war sie eine exzellente Reiterin, erfuhr Diether. Und er fand auch Gelegenheit, sich auf Ausritten gemeinsam mit ihr und zwei Knechten von ihren Qualitäten zu überzeugen.

Sein Onkel Henne meinte, diese Pferdebegeisterung sei eine der besten Voraussetzungen für eine gute Ehe: »Denn je älter du wirst, mein Junge, desto mehr stinkst du nach Pferd. Dann mag sie dich immer mehr.« Was Diether eigentlich unpassend fand als Bemerkung über seine große Liebe. Aber so ist Verwandtschaft nun einmal.

Es war natürlich ein wunderschöner Frühlingstag, an dem die beiden heirateten. Oder, wie man es damals ausdrückte: als sich die Familien der Frankensteiner und der Handschuhsheimer verbanden. Das geschah, wie von der Braut gewünscht, in der kleinen Kapelle neben dem Frankensteiner Burgtor. Dieses Gotteshäuschen war wirklich mehr als nur klein, es war winzig. Dem Frömmigkeitsbedürfnis der wackeren Burgbewohner aber reichte es.

Daß die Burg der Frankensteiner überhaupt eine eigene Kirche zierte, das war nicht eigentlich aus einem echten Bedürfnis heraus gekommen, sondern aus Angst. Dahinter verbirgt sich die folgende Geschichte:

Als Margarethes Vater, der ehrenwerte Ritter Konrad IV. von Frankenstein, sah, wie seine Tochter groß und er selbst alt wurde, kam er auf die Idee, eine Pilgerfahrt ins Heilige Land zu machen, und zwar gemeinsam mit einigen seiner Vertrauten, aber natürlich ohne seine Angetraute. Denn so eine Pilgerfahrt war nicht nur eine fromme Angelegenheit, sondern meist auch eine Gelegenheit zu manchem Abenteuer. Alles in allem ein tolles Erlebnis: fremde Städte, fremdes Essen, fremde Gewürze, fremde Frauen und auch der Wein viel feuriger als der von der Bergstraße. Auf der Rückfahrt dann das übliche Dilemma. Ein Sturm brachte Konrad und seine Männer in Seenot. In seiner Verzweiflung gelobte Konrad, gleich noch eine Wallfahrt zu unternehmen, wenn er diesen Sturm überleben sollte. Er überlebte, und er überlegte, daß es ja nicht allzu aufwendig sein würde, nach Lorsch zum Heiligen Nazarius zu wallfahrten, praktisch gleich nebenan. Ja, so warn's, die alten Rittersleut.

Prompt kam ein zweiter Sturm, noch schlimmer als der erste, und damit kam eine noch größere Angst über den wakkeren Konrad, weil er sich vom Himmel ertappt und sofort bestraft fühlte. Also mußte er sich schnell was Besseres einfallen lassen als Gelöbnis, als Selbstverpflichtung für den Fall seiner Rettung. Da schwor er in seiner Not, seine Burg zur Ehre Gottes mit einer eigenen Burgkapelle aufzurüsten, wenn er lebend nach Hause käme.

Der Himmel ging offensichtlich auf den Handel ein und ließ ihn schon nach einer nur achtmonatigen Reise heil heimkommen. Noch bevor Konrad zu seiner Burg hinaufritt – und zu seiner Frau –, machte er schnell die versprochene Wallfahrt nach Lorsch, also nach nebenan. Dann endlich wurde auf Burg Frankenstein Wiedersehen gefeiert.

Doch Konrad hatte kaum Zeit, seiner Frau von seiner großen Reise zu erzählen, nur gerade so in groben Zügen und auch nur das, was sie wissen durfte. Im übrigen hatte er alle Hände voll zu tun, weil er sich sofort energisch dem Neubauprojekt Burgkapelle zuwandte. Allerdings zeigte sich bald, daß die Kapelle nicht sehr aufwendig gebaut werden konnte, weil der dafür vorgesehene Platz zwischen dem Tor und dem Felsabsturz nur die Kleinstausgabe einer Kirche zuließ. Der Herr wird dafür Verständnis haben, sagte sich Konrad. Er weiß ja, wie beengt wir wohnen.

Weil diese Kapelle so winzig war, daß nur die nächsten Angehörigen hineinpaßten, fehlt uns Heutigen leider jeglicher Bericht über diese Eheschließung. Klar ist lediglich, daß sich nicht nur zwei junge Menschen und alte Familien verbanden, auch sonst verband sich Altes mit Neuem: Uralt war der Brauch, daß der Bräutigam der Braut beim gemeinsamen Singen des Brautliedes auf den Fuß trat – eine so schön herrscherliche Geste. Dagegen immer noch neu war, daß die jungen Eheleute von einem Geistlichen eingesegnet wurden. Bis dahin hatte man es ohne die Kirche gekonnt, ohne den Staat sowieso. Die Ehen hatten deswegen auch nicht schlechter funktioniert als heute. Das Standesamt kam erst mehr als vierhundert Jahre später auf. Lediglich die jeweilige Herrschaft hatte damals zustimmen müssen, und der Bräutigam hatte einen sogenannten Jungfernzins an den Lehnsherrn zahlen müssen, zu dem seine Braut gehörte, als Ablösesumme für dessen schon eingeschlafenes Recht der ersten Nacht.

Den Obulus hatte Diether gern bezahlt, so teilte er später beim Bier großsprecherisch mit. Daß er dann auch noch einen Kommentar zu der Hochzeitsnacht mit seiner Margarethe gab, darf uns nicht wundern. Unsere Vorfahren waren nicht so pingelig wie wir. »Eine Jungfrau zu lieben«, meinte Diether, »das ist wie ohne Sattel reiten.«

Ja, ein bißchen verwöhnt durch Edeltrud war er schon. Aber lassen wir das auf sich beruhen. Auf der Veste Frankenstein wurde also schon mit priesterlicher Hilfe getraut. Man ging halt mit der Zeit. Gehen wir im übrigen einfach davon aus, daß es sich bei dieser Hochzeitsfeier um eine der üblichen ganz außerordentlichen Hochzeitsfeiern gehandelt hat, und lassen wir die beiden Neuvermählten ein Weilchen allein mit ihrem Glück.

35. Kapitel

Warum einige Leute nicht so glücklich sind mit Diether,
wie es die Leser immer noch sein können

Überspringen wir die Flitterwochen, lassen wir auch
die anschließende Alltagsarbeit weg. Ist doch alles immer
dasselbe: das eine atemberaubend, das andere so, daß es
einem die Luft nimmt. Mit dem einzigen kleinen Unterschied, daß das eine Wochen, das andere Jahrzehnte dauert.

Schon bald bedauerte sich die neue Burgherrin von Handschuhsheim, und das nicht ohne Grund. Die junge Margarethe stand manchmal im Burghof, lehnte sich an eine
Mauer und starrte betrübt auf die gegenüberliegende.
Und das stundenlang.

Da hättest du eingreifen müssen, Diether. Da hättest du dir
schnell etwas einfallen lassen müssen, das sie ablenkt. Du
wußtest doch, woran deine Frau dabei dachte: an den weiten Blick von den Zinnen der Burg Frankenstein hinab
über die Kiefernwälder im Tal hinweg bis zum fernen
Rhein hinüber. Ein Blick, der Ländereien einsammelte,
wie man mit beiden Armen Bündel von Getreide einsam-
melt. Die Fülle, die Überfülle, die grenzenlos reich macht,
den Blick und das Gefühl, das ganze Leben.

Auf Burg Frankenstein, dort oben am nördlichen Ende
der Bergstraße, war Margarethe nicht nur aufgewachsen,
da war sie auch über ihre Mädchenstatur hinausgewach-
sen, da hatte sie sich wie ein Engel auf einer Wolke fühlen
dürfen. Sollen die Menschen da unten, die winzigen
Wichte, nur fleißig sein – und sich im übrigen gefälligst
brav fernhalten von mir. Der Abstand zu denen da unten,
das war der Genuß ihrer Jugend gewesen.

Margarethe, wenn sie sich dann umwandte zur Mauer und mit dem Fingernagel die Steine ritzte, das rote Sandgestein, das ihr kaum Widerstand bot. Dann hättest du zu Hause sein müssen, Diether, statt dich mit dem Pfalzgrafen Friedrich über, weiß der Teufel was, zu beraten. Denn deine Frau verglich in diesen Momenten das Nachher mit dem Vorher, verglich deine Burg mit der Burg ihrer Kindheit und Jugend. Und dabei kamst du schlecht weg, Diether.

Ist ja auch ein Unterschied, ob sich unter den tief eingegrabenen Gewölben der gestampfte Lehmboden zeigt oder ob alles aus gewachsenem Fels aufragt. Und die Mauern daheim, die waren nicht anzukratzen, nicht einmal mit dem Dolch. Granitbruch, schwarz-grau und nur hin und wieder ein einzelner Brocken dazwischen rosarot. Aber auch der aus dem ewigen Granit, auch der so aufregend metallisch glitzernd. Und nur die Tür- und Fenstergewände aus dem roten Sandstein, matt und weich.

Margarethe, weil sie es dir ja schon oft genug gesagt hatte, jetzt zu dem bröckeligen Gemäuer, überflüssigerweise: »Maulwurfshöhle!« Und fühlte sich mit einem Male wie ein gefallener Engel, in die Unterwelt hinabgestürzt. Dabei blieb sie im Vergleich zu dir, Diether, ein Engel. Während es mit dir abwärtsging, als du deinen Aufstieg machtest. Der alte, immer gleiche Fluch der Vita activa! Was dich aber nicht entschuldigt.

Diethers Frau war mit Recht unzufrieden mit ihm und mit dem, was er ihr bot: das Leben einer grünen Witwe, in der Tiefburg eingegraben. Mit seiner Verwandtschaft und einigen tumben Bauernknechten und -mägden wie in einen großen Mörser geworfen, in dem der Stößel des Alltags sie langsam, aber sicher zermahlt.

Auch Diethers Lehnsherr, der Erzbischof von Mainz, für den er das Dorf Handschuhsheim verwaltete, war alles andere als glücklich mit ihm. Nun ja, da passierten Dinge, wie sie überall vorkamen. Kleine Diebstähle und einzelne Gewalttaten. Das Übliche halt. Aber wenn die Täter ergriffen werden sollten, um sie der bischöflichen Gerichtsbarkeit zu übergeben, sie vor das peinliche Gericht in Handschuhsheim zu stellen, da waren sie plötzlich verschwunden. Das schlimmste daran war, daß diese Delinquenten kurz darauf in Neuenheim vor Gericht gestellt wurden.

Nun gehörte zwar auch Neuenheim zum Herrschaftsgebiet des Mainzer Bischofs, aber bloß noch auf dem Papier. In Wahrheit hatte er diesen allerletzten Zipfel seines Landes schon an den Heidelberger Pfalzgrafen verloren. Der Kurfürst bei Rhein hatte großen Einfluß in Neuenheim und tat einfach so, als gehörte es zu ihm und erhob sogar dreist Steuern in Neuenheim. Und die Leute zahlten – zahlten nicht einmal ganz unwillig, weil sie sich längst mehr zu Heidelberg gehörig fühlten als zum fernen Mainz.

Dabei fällte das peinliche Gericht in Neuenheim oft härtere Urteile, als vom zuständigen peinlichen Gericht auf dem Steinberg in Handschuhsheim zu erwarten gewesen wären. Pech für die Bösewichte, hätte man sagen können. Und manch einer sah es auch so. Was uns egal sein könnte. Die Hauptsache war doch, der Gerechtigkeit war Genüge getan, ganz gleich ob nach kurpfälzischer oder kurmainzischer Manier.

»Nein, nein, nein!« brüllte der Mainzer Erzbischof seinen Sekretär an. »So einfach ist die Sache nicht abgetan. Laufen die Halunken doch nicht freiwillig den Schergen in die Arme, bei denen es ihnen schlechter ergeht als bei uns. Das kann nur bedeuten: Sie werden uns geklaut!«

»Aber mit Verlaub, Eminenz, wenn uns sonst nichts gestohlen wird als ein paar Halunken – davon haben wir doch mehr als genug«, wagte der Sekretär einzuwenden.

»Es geht nicht um die paar lumpigen Kerle, Dummkopf! Es geht darum, daß der Pfälzer uns damit die Herrschaft streitig macht in diesem südlichsten Zipfel unseres Landes. Und das kann und werde ich keinesfalls dulden! Da muß was geschehen!«

Was der Sekretarius nur mit einem raschen »Amen« quittieren konnte.

Keine Angst, mit diesem Amen ist noch nicht alles zu Ende. Im Gegenteil. Damit fängt die Sache an, sich zu einer Agentenstory zu entwickeln, wenn auch nur ganz unmerklich. Das ist halt das Besondere am unsichtbaren Krieg.

36. Kapitel

Wie der großzügige Diether auch der hohen Minne
zu ihrem Recht verhelfen will und dabei einige
Blessuren abkriegt

Wenn auch seine Frau Margarethe und sein Lehnsherr, der Erzbischof von Mainz, nicht ganz zufrieden waren mit Diether von Handschuhsheim, so gab es doch genügend Leute, die ihn ganz anders sahen. Diether war
inzwischen kein Jungritter mehr, sondern ein gestandener
Ritter, wie ihn die Damenwelt gern hatte: kräftig-kernig,
dabei von freundlicher Gemütsart, brav und in Maßen
fromm, mit einigem Familiensinn. Kein Lohengrin oder
Lanzelot hätte ihm was vormachen können. So einen Ritter hatte man auch im Kloster Lorsch gern. Man konnte
sich darauf verlassen, daß er seine Pflicht tat und auf Ordnung sah. Damit war das Gedeihen der Kirchenfinanzen
gesichert, die Mönche hatten ihre beschauliche Ruhe und
konnten im übrigen tun und lassen, was sie wollten.
Selbst die Studenten aus dem benachbarten Heidelberg
fanden den Mann okay, weil sie in seinem Handschuhsheim ein Plätzchen abseits fanden, wo sie einmal
Mensch sein konnten. Und die Bauern und Handwerker
des Fleckens hatten nichts gegen ihn einzuwenden, denn
sie hatten ihre Arbeit, und was anderes kannten sie ohnehin nicht. Dabei saß man durchaus nicht im Abseits in
Handschuhsheim. Die wichtigeren Dinge drangen bis
dorthin vor, wie sich gerade wieder zeigte.
Ein Wort ging um in Europa wie ein Gespenst, und das
hieß Fegefeuer. Die Theologen, wortreich wie sie seit eh
und je sind, hatten noch etliche andere Begriffe parat, die
alle dasselbe bedeuteten: Reinigungsfeuer, Ignis purgato-
rius oder schlicht und einfach Purgatorium. Die Gläubi-

gen verstanden: Dahinter verbirgt sich Unangenehmes. Deshalb hätten sie am liebsten kein Wort darüber verloren. Ihre Kirche aber hatte dieses Wort jetzt zu einem Glaubensartikel erhoben.

Wenn auch in der Bibel vergessen worden war, diese wichtige Einrichtung zu erwähnen, das Konzil von Florenz holte das Versäumte nach und machte es im Jahre 1439 amtlich: Der Glaube, daß läßliche Sündenstrafen im Fegefeuer gebüßt werden, ist Pflicht. Das Fegefeuer war auf einmal ein Dogma. Irgendwann kam Kunde davon auch nach Handschuhsheim. Für viele zwar zu spät, das ist halt das Pech der früh Gestorbenen. Aber die anderen glaubten nun pflichtgemäß und festeweg ans Fegefeuer – das man dem heiligen Augustinus zu verdanken hatte, aber das wußte natürlich kein Mensch. Es genügte, daß man jetzt gesenkten Blickes daherging, denn das Purgatorium sollte ja irgendwo dort unten in der Erde angesiedelt sein. Ein ganz neuer, ein scheuerer Blick in die Ackerfurchen, ein viel vorsichtigeres Hantieren auf einmal, wenn man eine tiefe Grube auszuheben hatte.

Den Handschuhsheimer Diether aber ließ das Fegefeuer kalt. Läßliche Sünden, das hatte er vom Pfarrer gehört, sind beispielsweise Schwatzhaftigkeit, Lachsucht oder schlechte Haushaltung. Mit so was gab ein Mann sich nicht ab. Weiberprobleme? Wenn ein richtiger Mann sündigt, dann gleich richtig. Diether dachte beim Wort Sünde immer noch zuerst an Edeltrud. So war Sünde für ihn ein sehr schöner Begriff und blieb das auch, da konnten die Pfaffen predigen, was sie wollten. Egal ob leichtere oder schwerere Sünde, ob Todsünde gar, die Folgen waren ja so einfach zu beseitigen. Das bißchen Schwarz auf der Seele. Da geht man beichten und sagt, man bereue, und spricht anschließend einige Gebete als Buße, und schon ist die Seele wieder weiß wie bei einem unschuldigen Kind.

Diether durfte ja wohl davon ausgehen, daß Edeltrud es genauso gemacht hatte. Herrlich einfach, die Sache mit dem Weißmacher. Man muß nur darauf achten, daß man nicht gerade zwischen schwerer Sünde und Beichte vom Tod er-

fere Frauen hatte, für diese Schönen, die sich so ganz anders zu geben verstehen als die jungen Mädchen. Irgendwas zog ihn unwiderstehlich zu ihr hin, und ihre Augen verrieten ihm, daß er ihr nicht gleichgültig war. Aber was sie sich sagten, die beiden, das war nur das übliche Blabla, denn er sah sie ja nie allein, nur immer in Gesellschaft vieler anderer. Und das höfische Geplaudere war, wie gesagt, nicht seine Stärke.

Wie gern hätte er ihr seine Liebe gestanden: »Schöne Kunigunde, ich will fürderhin Euer Ritter sein, ich will für Euch auf Abenteuersuche gehen, ich will durch unerhörte Heldentaten Euern Namen unsterblich machen, ja, ich will . . .« Und wußte selbst nicht so recht, was er eigentlich wollte außer dem, wovon man nicht zu sprechen brauchte, weil es sowieso klar war.

Wäre ich ein fahrender Sänger, könnte ich die Laute schlagen, mir würden die richtigen Sätze gelingen – und Kunigunde wäre im Handstreich erobert. Nun, es gab eine Laute in der Tiefburg, und Diether wußte sogar, wo. Von irgendwem irgendwann einmal eingeschleppt und liegengelassen. Diether wischte den dicken Staub von dem Instrument und versuchte sich im Saitenzupfen. Er merkte gar nicht, wie schaurig es klang und wie lächerlich er mit der Laute im Arm wirkte. Aber Verliebte merken ja nie was. Dafür merkte seine Frau sehr schnell, daß er sich irgendwie verändert hatte. Aber sie konnte sich nicht beklagen. Ihr Mann war weiterhin lieb und nett zu ihr. Und er ging auch getreulich seinen Pflichten nach, ritt die Bergstraße hinauf und hinunter und zum Abt in Lorsch hinüber, und das nicht lustlos, eher noch emsiger als früher – so daß er noch öfter als bisher tagelang und nächtelang unterwegs war. Ein rechtschaffener, eifriger Dienstmann seines Herrn, was konnte man noch mehr verlangen. Das mit der Laute hatte sich schnell wieder gelegt. Er faßte das Instrument nicht mehr an.

Der eifrige Dienstmann war derweil nicht zu stolz, jedesmal einen kleinen Umweg über Heidelberg zu machen, wenn er nach Lorsch ritt, und dort eine Magd zu bestechen, daß sie für ihn ein Stelldichein mit der schönen Kunigunde vereinbaren sollte. »Ich bin dein, und du bist mein«, solle sie ihrer Herrin von ihm bestellen und ihm ihre Antwort sagen bei seinem nächsten Einritt in der nächsten Woche.

Prompt erhielt er die wunderschöne Antwort von der Schönen: »Du bist eingeschlossen in meinem Herzen«, was ihm weitere gute rheinische Gulden für die treue Magd wert war. Denn was hätte sie ihm Besseres sagen können.

Nun war das mit dem Eingeschlossensein aber so ein Problem. Denn nüchtern betrachtet, war das adlige Fräulein Kunigunde die Eingeschlossene. Sie saß im Frauenzimmerbau, der Kemenate, wohin man als Besucher nicht gehen konnte. Und im Dunkeln zu ihr zu schleichen, war ganz unmöglich, denn am Abend wurden die Burgtore geschlossen.

Manchen sehnsüchtigen Blick sandte Diether von der Stadt unten zu der Burg hinauf, wo die Kemenate hoch über die Nordmauer hinausragte. Einmal hatte er Kunigunde an ihrem Fenster stehen sehen. Aber sie hatte ihn nicht bemerkt. Zu viele Menschen um ihn herum auf dem Kornmarkt. Überall waren ihm nun zu viele Menschen.

Volles Verständnis, Diether: Der quälende Wunsch nach Zweisamkeit läßt einen menschenscheu werden, wenn nicht gar zum Menschenfeind.

Diether ritt den Hang des Heiligenberges hinauf, um ihr ins Fenster schauen zu können. In einem Weingarten stand er da, hochaufgereckt. Aber kein Zeichen von ihrem Fenster. Er dürfe zwischen den Weinstöcken nicht stocksteif dastehen, verstand er. So hampelte er herum, wild winkend. Alles vergebens. Der Neckar war viel zu breit. Immer dasselbe: Einen Hampelmann, das machen die Schönen aus einem tüchtigen Mann.

Nur über die Magd, nur mit Hilfe weiterer Gulden könnte er ihr näher kommen, überlegte er. Und zeigte sich großzügig. Und dann endlich kam sie tatsächlich, die vereinbarte Nacht, eine mondlose, komplizenhaft dunkle Nacht. Diether war den Hang hinaufgeklettert, unterhalb der nördlichen Schildmauer, an die der Frauenzimmerbau sich anlehnte. Jetzt war es so finster, daß er von dem dunklen Bau der Kemenate über sich nichts mehr sehen konnte. Doch als er zur bestimmten Zeit den Ruf des Käuzchens nachmachte, einmal, zweimal, dreimal, da kam hoch oben eine Kerze an ein Fenster – an ihr Fenster –, die, wie verabredet, sogleich wieder erlosch. Sie hat mich gehört, sie hat mich erhört, schäumte es in ihm so gewaltig auf, daß er sich kaum noch ruhighalten konnte. Er trat versehentlich ein paar Steine los, die den Hang hinunterpolterten. Unten in der Stadt wurde ein Hund laut. Nur jetzt mich nicht selbst verraten, sagte er sich. Nur ruhig, nur ruhig! Und dann endlich kam er, der Korb an dem Seil. Ein starkes Seil, stellte er fest. Wenn nur die drei Mägde dort oben auch stark genug sind. Er stellte sich in den Korb, hielt sich an dem Strick fest – und im übrigen an Gott – und ruckte einmal zum Zeichen, daß er bereit sei. So begab sich der stolze Ritter Diether von Handschuhsheim das erste Mal ganz in die Hände von Frauen.

Und hatte Glück damit. Der frühe Vorläufer der Seilbahn funktionierte tadellos. Sechs kräftige Bauerntöchterarme beförderten den Ritter in die weichen, heißen Adelsarme Kunigundes. Sie endlich einmal ganz aus der Nähe sehen zu können, das hatte er sich so lange gewünscht. Und nun verging ihm Hören und Sehen, kaum daß die Mägde hinausgeschickt waren. Mit welcher Begier die schöne Hofdame über den armen Ritter herfiel, das übersprang gleich das Stadium der läßlichen Sünde und des Fegefeuers, das war praktisch aus dem Stand heraus Todsünde – und der Himmel.

Pech für Diether, daß die Mägde bei seinem Rückzug nicht mehr ganz so gut arbeiteten. Das stundenlange Wachen und Lauschen an der Wand, das unterdrückte Kichern, die Eifersucht wohl auch und das hilfsweise gegenseitige Liebkosen – so was zehrt an den Kräften. Vielleicht war aber auch der Kupplerlohn für drei nicht hoch genug gewesen, jedenfalls war der Korb noch zu hoch über dem Boden, als den Mägden das Seil durch die Hände rutschte. Sie

schrien auf vor Schmerz und Schreck, der den Hang hin-
abrollende Ritter aber verkniff sich eisern jeden Ton.

Reichlich zerschunden kam er gegen Morgen in der Tiefburg an, wo er sich in die liebevolle Pflege seiner Frau begab. Sein Pferd habe gescheut und ihn abgeworfen, erzählte er ihr. Eine Schlange auf dem Weg. Eine Notlüge,
also wohl nur eine läßliche Sünde. Schon immer mußten
Schlangen herhalten, wenn Menschen Fehler machten.
Margarethe ließ Feuer machen und ihrem armen Mann
ein Bad bereiten und legte ihm dann heilkräftige Kräuter
auf seine Schrammen und Blutergüsse und war recht froh
bei dem Gedanken, daß sie ihn nun etliche Tage lang ganz
für sich haben würde.

37. Kapitel

*Wie die Leute der Tiefburg hohen Besuch bekommen und
nicht wissen, was sie davon zu halten haben*

Das also ist die Bergstraße, dieser vielgepriesene
Landstrich an den Hängen des Odenwaldes. Eine Straße
wahrhaftig, die man nicht langsam genug entlangziehen
kann. Wie der Hauptweg durchs Paradies, so schön. Gut
vorstellbar, daß hier seit vielen Jahrhunderten die Menschen hinauf- und hinabwallen. Daß sie hier gern Rast machen und sich zu einem Krug Wein niedersetzen und zu
einem herzhaften Mahl auch. Doch ich bin nicht ins Paradies geschickt worden, sondern in die Löwengrube, ermahnte Pater Vinzentius sich, als er gerade sein Maultier
anhalten wollte. Und das Ziel meiner Reise liegt dicht vor
mir. Nun gilt es, mich für meine Aufgabe zu sammeln.
»Nicht jeder, der auf einem Esel einreitet, ist gleich der Erlöser, und nicht jeder, der hoch zu Roß daherkommt, damit schon ein Herr. Doch Ihr nehmt ein Maultier, lieber
Vinzentius, um keiner Spekulation über Euren Stand und
Eure Aufgabe Nahrung zu geben.«
So hatte er gesprochen, mein Bischof. In seiner freundlichen Art, seine Entscheidungen mit Begründungen zu versehen, obwohl sie ohnedies absolute Gültigkeit hatten und
keinen Widerspruch duldeten. Das macht nun meine
Reise etwas langsamer, etwas länger auch. Doch durfte ich
mir wenigstens das beste Maultier aussuchen, ein schönes
Tier, starkknochig und geduldig und mit sicherem Tritt.
Den sicheren Tritt, den brauchte das Tier aber auch bei
den schlechten Wegen von Mainz den Rhein aufwärts und
dann nach Osten hinüber, nach Weinheim und am Rand
des Odenwaldes entlang weiter nach Süden.

Bin ich nicht selbst so was wie ein Maultier? überlegte der Pater. Eine ungewöhnliche Kreuzung zwischen Mensch und Engel, ein außerordentlich braves Arbeitstier, dafür nicht ganz das eine und nicht ganz das andere, zugegeben. Also etwas Besonderes, wenn man es so sehen will. Doch mit dem Nachteil des Maultiers, daß es nicht fortpflanzungsfähig ist. – Und ob ich das wäre, trumpfte der einsame Reiter auf. Wenn ich nur wollte, ich könnte meine Nachkommenschaft zahlreich sein lassen, ja, zahlreich wie der Sand am Meer. Jetzt gleich. Aber ich will ja nicht. Ich habe das Wollen meiner Seele über das Wollen meines Körpers gestellt. Also mehr Engel als Mann, also nicht einmal halbe-halbe.

Der große, schlanke Reiter korrigierte seine etwas müde Sitzhaltung. Sein Gesicht wurde hart. Sowie er sich daran erinnerte, daß er ein Asket war, sah er auch sofort wie einer aus. Das falsche Wollen, das ist es, was die Welt in Unordnung gebracht hat. Der Satan nistet sich in unserem Willen ein, und schon glauben wir, das Böse zu wollen. Und wir tun, was der Böse will. Nur deswegen geht alles drunter und drüber. Nur deswegen gelingt es der weltlichen Macht immer wieder, sich über die geistliche zu erheben.

»Ihr habt das höchst wichtige Amt«, hat mein Bischof seine langen Erklärungen zu meinem Geheimauftrag abgeschlossen, »an entscheidender Stelle dafür zu sorgen, daß die Welt wieder zur gottgewollten Ordnung zurückfindet. Dabei seid Ihr so allein, wie unser Herr Jesus im Garten Gethsemane allein war. Ihr sollt wachen, wenn die anderen schlafen, weil dann auch das Böse wacht, das Ihr ausmerzen sollt. Ich werfe Euch in die Löwengrube, wie der Herr es einst mit Daniel gemacht hat. Doch so Ihr es schlau anfaßt, wird der Herr Euch über unsere Feinde triumphieren lassen. Ziehet nun dahin in Frieden. Dominus vobiscum!«

Und ich habe gehorsam mein »Et cum spiritu tuo« gesagt, zum Abschied den Bischofsring geküßt und mich auf den Weg gemacht.

Während sich der Gesandte des Erzbischofs von Mainz,

dicht vor seinem Reiseziel, auf dem Maultier im stillen Gebet für seinen Auftritt sammelt, werfen wir einen schnellen Blick auf den Mann: ein Gesicht, das eine feinere Bildung zeigt. Der Bischof hat offensichtlich einen seiner besten Mönche geschickt. Fragt sich nur, wozu. Der Mann ist kein jugendlicher Hitzkopf mehr und noch kein alter Saufkopf. Er könnte etwa fünfundvierzig sein, also noch im besten Alter – darf man sich doch nicht von dem Gerede irritieren lassen, im Mittelalter seien die Leute kaum halb so alt geworden wie wir Heutigen. Das stimmt, und es stimmt auch nicht, weil damit die durchschnittliche statistische Lebenserwartung der Leute gemeint ist und nicht, wie alt der einzelne wurde. Die durchschnittliche Lebenserwartung lag wirklich sehr niedrig. Einmal, weil so viele Neugeborene und Kleinkinder starben, es fehlten ja noch wirksame Arzneien gegen die typischen Kinderkrankheiten – die Bevölkerungswissenschaftler sprechen beim Mittelalter von der Phase des hohen Bevölkerungsumsatzes. Zum anderen, weil einem ungeheuer viel Lebensgefahr drohte: Seuchen und Unfälle aller Art, wilde Tiere, giftige Pflanzen und dazu Mord und Totschlag auf Schritt und Tritt.

Und auch die mittelalterliche Strafpraxis versaute die Statistik: Wer nicht gleich hingerichtet wurde wegen irgendeiner kleinen Verfehlung, den machte man doch wenigstens so zum Krüppel, daß er es nicht mehr lange machte. Diese kaputten und gräßlich entstellten Menschen lungerten überall herum, auch im Flecken Handschuhsheim. Und man hatte nicht viel für sie übrig, weil man sich sagte: Die Krüppel sind selbst an ihrem Unglück schuld, sie sind verurteilte und bestrafte Gauner, Diebe, Ehrabschneider oder so was. Pech für die, die von Geburt an behindert waren.

Damit nicht genug, brachte damals ein harter Winter die Leute noch serienweise zum Erfrieren, eine einzige Mißernte konnte ganze Landschaften aushungern und beinahe menschenleer zurücklassen. Dazu die ständigen kriegerischen Auseinandersetzungen hier und dort und überall. Die kosteten ebenfalls vor allem Menschenleben, und das nicht nur unter den Soldaten, sondern auch unter der später so genannten Zivilbevölkerung. Besonders die Bauern waren dabei immer die Dummen, weil alles durchziehende Kriegsvolk von ihnen Verpflegung, verstecktes Geld und Vergnügen im Heu forderte, und wo man nichts mehr zu requirieren und zu vergewaltigen fand, da schlug man einfach tot und brannte alles nieder – was man freilich etwas schöner ausdrückte: Man pflanzte dem Bauern den roten Hahn aufs Dach.

Wer unter diesen Umständen fünfundvierzig Jahre alt geworden war, der hatte wahrhaftig Glück gehabt oder übergroße Geschicklichkeit bewiesen. Und wenn er in gleicher Weise weitermachte, dann konnte er durchaus ein stattliches Alter erreichen.

Diether von Handschuhsheim saß im Hof seiner Burg und dachte an seinen neuen Freund, den mächtigen Kurfürsten bei Rhein, Friedrich von der Pfalz, und war sich sicher: Mir kann nichts mehr passieren, ich kann in Frieden und Freuden alt werden. Auch ein Ritterideal. In dem Moment kam ein Mann über die herabgelassene Zugbrücke geritten, der ihn mit einem lauten »Gelobt sei Jesus Christus« begrüßte.

Diether war so überrascht von dem sonderbaren Reiter, daß er nur mit einem gedankenlosen, kurzen »Amen« antwortete. Ein Pater mit solch einer Herrenfigur, groß, schlank, ja asketisch aussehend, mit diesem klugen Gesicht – und dabei auf einem Maultier sitzend statt auf einem Pferd, überlegte Diether: sehr sonderbar. Und er ist kein Prämonstratenser wie die auf dem Heiligenberg oben, wenn er auch eine weiße Kutte trägt. Das über Brust und Rücken geworfene Skapulier, die Kapuze und der weite schwarze Mantel – das muß ein Dominikaner sein. Es war dies eine nicht allzu angenehme Feststellung, wußte Diether doch, daß den Dominikanern die heilige Inquisition in die Hände gegeben worden war.

Ein Wink, und Diethers Knechte halfen dem Fremden von seinem Reittier. Diether selbst stellte sich als der Burgherr vor und lud den Reisenden zu Atzung und Labung ein, wie es sich gehörte.

»Pater Vinzentius nennt man mich in meinem Orden, dem der Dominikaner«, stellte der Fremde sich vor. »Gerne nehme ich Euer freundliches Angebot zu Atzung und Labung an. Doch will ich Euch gleich wissen lassen, daß ich darüber hinaus auch Unterschlupf bei Euch begehre.«

»Unsere bescheidene Behausung, das Heim eines Kriegsmannes, ist wohl nicht der richtige Platz für einen frommen Gottesmann. Doch werde ich Euch zwei Männer als Führer mitgeben, sobald Ihr Euch gestärkt und ein wenig von der Reise erholt habt«, antwortete Diether. »Meine Männer werden Euch auf den Heiligenberg hinauf begleiten, wo das Allerheiligenkloster Euch alles bieten kann, was Ihr begehrt – und was Euch zusteht.«

Der Pater ließ es sich schmecken. Ganz deutlich, daß er noch etwas hatte sagen wollen, daß es jetzt aber für seine Kehle wichtigere Aufgaben gab. Beim Wein, bei Schinken und Brot sieht er nicht mehr so asketisch aus, dachte Diether. Nicht mehr ganz so streng. Da könnte man den Pater schon für einen normalen Menschen halten. Aber Vorsicht, er ist kein normaler Mensch, nicht einmal ein normaler Mönch. Er muß ein wichtiger Mann sein. Schon die Art, wie er ißt und trinkt. Und wenn er ein wichtiger Mann ist, dann ist auch seine Aufgabe eine besonders wichtige.

Nach dem Essen kam der Pater dann sofort mit seinem Wunsch heraus. Er wolle nicht bei den Mönchen auf dem Heiligenberg Quartier nehmen, weil er ihnen ein Fremder bleiben müsse. Er komme im Auftrag des Abtes von Lorsch, um ein Auge auf die Klosterleute dort oben zu werfen. Eine geheime Visitation, um festzustellen, wie die Patres es mit dem Leben nach der strengen Regel des heiligen Augustinus hielten. Im Mutterkloster zu Lorsch sei man besorgt wegen gewisser Unsitten, die auf dem Heiligenberg üblich geworden seien. Aber dabei gehe es um Klosterinterna, über die er nicht mehr sagen dürfe. Nur so viel, daß er deswegen vermeiden müsse, unter den Mönchen zu leben, vielmehr einen gewissen Abstand zu ihnen halten und den ehrenwerten Ritter Diether von Handschuhsheim für eine Weile um Obdach in seiner Burg bitten müsse.

»Ich habe die Erlaubnis unseres ehrwürdigen Vaters in Lorsch, außerhalb der Klostermauern Wohnung zu nehmen, und ich habe einen besonderen bischöflichen Dispens, daß ich alle Speisen und Getränke zu mir nehmen darf, die bei Euch auf den Tisch kommen.«

Wer könnte zu so einem weihevollen Sermon ein Nein sagen, zumal, wenn er nicht ahnen kann, daß alles gelogen ist. Diether ließ also dem Pater ein Zimmer anweisen, und der Gast sagte: »Gott vergelt's!«

38. KAPITEL

*So ist das, wenn sich mal ein gescheiter Kopf mit dem
Geheimnis des Heiligenberges beschäftigt*

Ja, prompt kommt was dabei heraus, wenn auch
nichts Brauchbares. Und das kam so: Der sonderbare Gast
in der Tiefburg machte nicht besonders viel Mühe. Als ob
er seinen Gastgebern jede unnötige Belästigung ersparen
wollte, hielt er auf Distanz zu den Burgleuten. Den Tag
über trieb er sich in der Gegend herum, nicht anders
konnten die Handschuhsheimer sein Verhalten bezeichnen. Er ritt auch immer mal wieder auf seinem Maultier
die langen Wege den Heiligenberg hinauf, angeblich um
die Klöster zu visitieren. Doch machte er dort nur einige
kurze Höflichkeitsbesuche. Die Leute da oben waren ihm
zu schlicht. Natürlich, er hatte Respekt vor ihrer Einsam-
keit, ihrer Weltabgewandtheit, und er fand es ungewöhnlich, daß die beiden Klöster hoch oben auf dem Berg lagen
statt im Tal, nahe bei den Feldern und Weingärten.
Überhaupt, dieser Heiligenberg. Manches Mal sah er kopfschüttelnd hinauf. Immer den Heiligenberg über sich, neben sich, hinter sich, vor sich zu haben, das verwirrte ihn.
Zu viele verschiedene Gesichter zeigte ihm dieser Berg:
mal lieblich lächelnd, aus bunten Sonnenflecken ihm zu-
zwinkernd, doch plötzlich düster und drohend. Der Heiligenberg kam ihm an einem Tag unwirsch vor und satt und
matt und abweisend, am nächsten Tag aber einladend wie
eine Festdekoration. Ganz fürchterlich, wenn er sich in
Wolken und Nebel einhüllte, sich einfach ausschloß aus
dieser Welt. Daß der Pater sich besorgt fragte, was nun da
oben passiere. Was ist mit den Patres und Fratres? Er-
scheint ihnen jetzt Gott im grauen Gehölz? Oder vielleicht

209

einer der Götter, die einst dort oben ihre Heiligtümer gehabt haben sollen?

Meist ritt der Fremde wie ziellos umher, sprach da mit einem Bauern auf dem Feld, dort mit den Frauen, die am Bach ihre Wäsche wuschen. Ein freundlicher Mann, das konnte man ihm nicht absprechen.

»Und so leutselig, wo er doch offensichtlich was Besseres ist«, sagte einer dem anderen.

So entstand im Mittelalter, was wir Goodwill nennen. Er sprach mit den Leuten über ihre Arbeit, über ihre kleinen Alltagsnöte auch, und er hatte für jeden ein gutes Wort. Nach wenigen Tagen schon hatte er die natürliche Scheu der Leute vor jedem Fremden überwunden, er gehörte zum Marktflecken Handschuhsheim, als hätte er schon immer dort gelebt. Er war für die Leute einfach der Maultierpater. Und als er durch ein Versehen von diesem Titel erfuhr, zeigte er sich amüsiert und überhaupt nicht pikiert, wußte er doch von dem Moment an, daß er das Vertrauen der Dörfler gewonnen hatte.

Sein Erzbischof hatte ihm die richtige Anweisung gegeben. Das Maultier war genügsam und unermüdlich und brachte ihn auch durch unwegsames Gelände. Es schien zu spüren, daß sein Herr etwas suchte. Und es suchte auf seine Art eifrig mit, indem es sich eigensinnig nicht an Wege und Pfade hielt. Und an einem frühen Herbstabend wurden die beiden dadurch sogar fündig. Sie durchstreiften gerade den Westhang des Heiligenberges, auf dem Seitenkamm, wo sich schon der Blick nach Heidelberg hinüber öffnet. Auf etwas mehr als halber Höhe waren sie, und sie hatten sich durch beinahe undurchdringlich dichtes Gestrüpp zu schlagen. Da schreckten sie einen Dachs auf, der sich in der Abendsonne gewärmt hatte und sich nun deutlich unwillig hinter eine senkrecht stehende Steinplatte verzog.

Ob es der Jagdinstinkt war oder ob der fromme Mann den Dachs für einen Boten des Himmels hielt, wer weiß das, und wer will das wissen. Jedenfalls arbeitete er sich durchs Gebüsch zu der sonderbaren Steinplatte vor und beschloß, die Spur des Tieres weiterzuverfolgen. Mit viel Geschick, einem starken Ast und der Zugkraft seines Maultiers gelang es ihm, die Platte umzukippen. Damit öffnete sich plötzlich ein Gang vor ihm, durch den ein Mann bequem in den Berg hineinkriechen konnte. Die schon tiefstehende Sonne schien direkt in das Loch hinein und zeigte ihm – nichts, nichts als einen unergründlich langen, engen Gang mit etwas Geröll darin.

Am Tag darauf kam der Pater wieder zu der geheimnisvollen Höhle, aber nicht allein. Nun war einer der Bauern dabei, der inzwischen schon zu seinem Vertrauten avanciert war. Der Mann hatte Erfahrungen mit der Jagd auf Dachse und Füchse, und er hatte einen Hund dabei, der gewohnt war, die Pelztiere aus ihren Bauten herauszutreiben. Eine lukrative Jagd – natürlich nur heimlich und gegen das ausdrückliche Verbot des Landesherrn. Ein Fuchs- oder Dachsfell war eine gute Nebeneinnahme, und ein Abnehmer war immer zu finden. Auch für das Fett des Dachses gab es gutes Geld. Es galt als heilkräftig und war als Salbe sehr begehrt.

Nun also waren der Gottesmann und der Wilderer gemeinsam hinter dem Dachs her, der seinen Bau verraten hatte. Dafür sollte er jetzt sterben – und gleichzeitig sollte der Bau noch mehr hergeben. Doch ließ der Dachs sich nicht blicken, der Bauer wartete vergebens mit der Hacke in der Hand vor dem Höhleneingang. Sein Hund wagte sich nicht tief genug hinein. Die Sache war ihm zu unheimlich. So wurde die Jagd abgeblasen.

Pater Vinzentius wußte nun zumindest eins: Den Schacht hatte sich kein Tier gebaut. Er war von Menschenhand waagerecht in den Fels gehauen worden, und das schon vor sehr langer Zeit. Und er wurde ganz offensichtlich nicht mehr von Menschen genutzt. Das genügte ihm einstweilen. So gab er dem Bauern ein Handgeld für seine vergeblichen Bemühungen und für sein Schweigen und dem Dachs endlich seine Ruhe und verlegte sich aufs Denken, statt weiter zu handeln.

Und siehe da, das half weiter. Hatten ihm die Nonnen des

Stephansklosters doch voller Stolz das Loch gezeigt, das gleich neben ihrem Kloster senkrecht in den Berg hineinging. Das Heidenloch, wie sie es nannten, weil es aus einer Zeit stammen mußte, lange vor der Christianisierung dieses Landstrichs. Genaueres wußte man nicht: Weder wer dieses tiefe und etwa zweieinhalb mal zwei Meter weite, rechteckige Loch in den Berg gehauen hatte noch wann das geschehen war und wozu. Nur daß es viel tiefer gewesen sein mußte, als es nun war, wohl kirchturmtief, das wußten die Nonnen, weil es seit Generationen üblich war, allerlei Schutt und Abfälle hineinzuwerfen. Vom leeren Grab eines Riesen phantasierten sie und von einer unterirdischen Druidenkammer, von einem heidnischen Heiligtum, von einem Fluchtweg zum Neckar hinab und von der Zisterne eines Römerlagers oder gar von einem Kerker oder dem Beinkeller einer ehemaligen Hinrichtungsstätte.

Der Pater hatte mit Kerzen in den Erdenschlund hineingeleuchtet und sich ein Stück abseilen lassen und die Arbeit bewundert, den Fels so sauber auszumeißeln. Er wußte, daß die Atemluft um so mehr fehlt, je tiefer in die Erde man sich eingräbt, selbst wenn das Loch über einem offenbleibt. So daß die Arbeiter nur immer ganz kurze Zeit in der Tiefe werkeln können, mit Hammer und Meißel und kurzer Schaufel, und dann schnell heraufgeholt werden müssen, sollen sie nicht tot umfallen. Bei jedem Brunnenbau auf jeder Burg seit eh und je dasselbe Problem.

Jetzt plötzlich verstand Pater Vinzentius, daß es früheren Menschen möglich war, sich in diesem ungeheuer tiefen Loch des Heiligenberges aufzuhalten, weil man vom Westhang her einen schmalen Seitenzugang gebohrt hatte, der in der Tiefe für Luftaustausch sorgte. Und dieses Luftloch hatte er nun gefunden. Also wohl doch ein heidnisches Heiligtum und wohl auch eine Fluchtburg für die Heiden im Falle feindlicher Überfälle und keine Zisterne. Die Nonnen sagten, daß es auf dem Heiligenberg nirgendwo Wasser gebe außer beim Bittersbrunnen. Ihm schauderte bei dem Gedanken, wie nah der Hölle er war, als er sich ein gutes Stück weit in dieses Loch hinabgewagt hatte. Gleichzeitig war er glücklich über diese Entdeckung und beschloß, niemandem etwas davon zu sagen und den Felsstein wieder vor das Loch zu stemmen.

Das, was ich suche, kann ich im Heidenloch und dem Seitenloch doch nicht finden, sagte er sich. Gerade noch gut genug für Schutt, Geröll und Dachse. Also soll diese Stätte der Vergangenheit wieder in ewigen Schlaf versinken. Dieser geheimnisvolle Berg, er gehört nicht unserer Gegenwart an. Er hat seine großen Zeiten gehabt und sich nun längst vom Leben abgewandt. Und tatsächlich, so sah er aus, der Heiligenberg, als der Pater an dem Abend vom Dorf aus noch einen letzten Blick hinaufschickte. Wie ein steinalter Weiser saß er da, die Augen niedergeschlagen, den Kopf schwer von Erfahrungen und Einsichten, die er hin und her wälzte in seinem Innern – und sorgsam für sich behielt.

39. KAPITEL

*Daß ein schlechtes Gewissen ein denkbar schlechtes
Ruhekissen ist, das weiß inzwischen jeder*

Aber das noch nicht: Während der Gesandte des Mainzer Erzbischofs, der angebliche Visitator des angeblichen Abtes von Lorsch, sich in Handschuhsheim und der näheren Umgebung umsah, mit offenbar großer Gründlichkeit und viel Zeit, rief der Propst des Allerheiligenklosters, Pater Norbert, eine Krisensitzung ein.

Da war einmal der Bruder Albertus, der Schaffner des Atzelhofes unten im Dorf, den er zu sich bestellt hatte. Der Mann war ihm zwar schon öfter unangenehm aufgefallen wegen seiner despektierlichen Bemerkungen, aber jetzt schien er ihm wichtig, weil er am besten Bescheid wußte über alles, was sich im Dorf abspielte, auch was die Kontakte zu seinen Patres und Fratres betraf. Da war zum anderen der Pater Aegidius, der Mann mit der unbestritten höchsten Bildung unter den Mönchen des Hauses, ein sehr besonnener Mensch, der für seine überraschend scharfsinnigen Schlußfolgerungen bekannt war. Dazu hatte er Pater Ossian gebeten, für den sprach, daß er von allen schon am längsten auf dem Heiligenberg lebte, er also so was wie die leibhaftige Tradition war. Wenn auch gegen ihn sprach, daß er gelegentlich seine widerlich stinkenden Fürze losließ. Schließlich gehörte auch die Pröpstin des kleinen Stephansklosters nebenan, Schwester Johanna, mit zum Krisenstab.

Die fünf Frommen hatten sich in der Wohnung des Propstes versammelt, die zwischen dem Refektorium des Klosters und der Sakristei der Klosterkirche lag. Der gemütlichste Raum der ganzen Anlage schien dem Propst gerade recht für das ungemütliche Thema, um das es ging.

214

»Dominus vobiscum«, begrüßte er jeden einzelnen der Eintretenden. Und jeder antwortete ihm mit dem stereotypen »Et cum spiritu tuo«. Eine Begrüßung, bei der es keine Differenzierungen gab und deshalb auch keine schnellen Überlegungen notwendig waren. Überhaupt kein Denken, das war das Angenehme daran.

Schwester Johanna, die Nachbarin, dankte für die Ehre, an diesem Gespräch teilnehmen zu dürfen, und bekam sofort Bescheid, daß es sich nicht so sehr um Ehre handle als vielmehr um eine ihnen gemeinsam drohende Gefahr und die Notwendigkeit gemeinsamer Gegenmaßnahmen.

Er wolle keine lange Einführungsrede halten, sagte der Propst des Allerheiligenklosters. »Ich gehe gleich in medias res, meine lieben Mitbrüder, liebe Mitschwester. Ihr wißt, daß uns seit Tagen ein Dominikaner umkreist wie der hungrige Wolf des Odenwaldes den Verirrten. Nun, ich will nicht sagen, daß wir Verirrte seien. Wir gehen mit Treue und Standhaftigkeit den Weg des Glaubens. Aber glaubt Ihr, daß dieser hungrige Wolf deshalb für uns keine Gefahr sei?«

Selbstverständlich war es zunächst an der Amtskollegin, Schwester Johanna, zu antworten. Sie halte die Situation nicht für so prekär wie ihr verehrter Amtsbruder, erwiderte sie. Das Bild vom hungrigen Wolf, der sie umschleiche, halte sie für ein Zerrbild. Und wenn es richtig sein sollte, von Verirrten zu sprechen, dann betreffe das jedenfalls nicht ihr Haus, das Stephanskloster. Da sei sie ganz sicher. Dabei sahen sich die Herren Nachbarn leicht belustigt an. Insofern wisse sie gar nicht, fuhr die Pröpstin fort, was sie bei dieser Beratung solle. Hier gehe es offenbar um eine interne Angelegenheit des Allerheiligenklosters.

Das konnte Propst Norbert so natürlich nicht auf sich sitzen lassen: »Bedenket ad primum, liebe Amtsschwester, daß wir alle Prämonstratenser sind und einem gemeinsamen Mutterhaus, dem Kloster Lorsch, unterstehen. Das ist unsere Gemeinsamkeit, an der kein Zweifel sein kann. Wir sitzen alle im selben Boot. Und bedenket ad secundum, daß der Dominikaner, der uns umschleicht, ein Vertreter der heiligen Inquisition ist und vermutlich sogar ein hochrangiger. Bedenket ad tertium, daß es einst Eiferern dieser höchst ehrenwerten Institution gelungen ist, den mächtigen Templerorden auszulöschen. Sollten wir da nicht allen Anlaß haben, gemeinsam der Gefahr entgegenzutreten?«

»Der Untergang des mächtigen Templerordens«, antwortete die Pröpstin zögernd, »ist und bleibt ein Mysterium. Wir werden nie verstehen, wie es dazu kam. Doch . . .«

»Doch besteht da ein unübersehbarer Unterschied«, unterbrach Bruder Albertus die Pröpstin des Stephansklosters, »und das ist, daß die Templer unermeßlich reich waren. Bei den Reichen findet sich ja immer ein Grund, sie zu vernichten, und wenn es einfach nur der Reichtum ist, den andere haben möchten. Wir aber . . .«

»Schweigt, Bruder Albertus«, wies ihn Propst Norbert zurecht, »bis Ihr gefragt werdet. Ich komme zurück auf meine Frage: Glaubt Ihr, meine lieben Mitbrüder, liebe Amtsschwester, daß der Dominikaner, dieser hungrige Wolf, schon deshalb keine Gefahr für uns sei, weil wir natürlich allesamt nicht vom rechten Weg, von der Nachfolge Christi, abgewichen sind?«

Die Frage war so theoretisch, daß alle sofort Pater Aegidius anschauten, der nach kurzem Überlegen anhub: »Auch ich will keine lange Vorrede halten, sondern geradeheraus bekennen, daß ich die Gefahr nicht dadurch für gebannt halte, daß wir auf dem rechten Weg sind. Gerade damit würden wir in die Irre gehen. Denn nach dem griechischen Philosophen Epiktetos, der zwar noch ein Heide war, aber ein durch große Klugheit begnadeter, geht es niemals darum, wie die Dinge sind, sondern wie sie gesehen werden. Und wie man uns sieht, wenn man uns schon einen Inquisitor auf den Allerheiligenberg schickt, das brauche ich Euch nicht zu erklären, liebe Schwester im Herrn, liebe Mitbrüder.«

Pater Aegidius war stets besonders galant gegenüber der Pröpstin, einerseits weil er es für eine schreckliche Ungerechtigkeit der Natur hielt, daß sie so früh verblüht war, andererseits weil er sich noch gut und gern an den früheren Zustand – und wie sie ihn genossen hatten – erinnerte. »Darf ich jetzt sprechen«, fragte der Klosterschaffner seinen Propst.

»Gerade Euch wollte ich jetzt bitten, Eure Meinung dazu zu sagen, lieber Albertus«, antwortete der.

»Nun, ich finde, daß unser hochverehrter Abt in Lorsch mit uns sehr zufrieden sein müßte. Wir liefern seit Jahren viel mehr ab, als die Klosterbesitzungen eigentlich einbringen können. Wenn das nicht heißt, auf dem rechten Weg zu sein, dann weiß ich es nicht. Und wie man das sieht oder nicht sieht, das ist mir gleichgültig, läßt sich doch alles nachwiegen und nachzählen, was wir leisten.«

»Und Ihr, lieber Ossian, was sagt Ihr dazu«, fragte der Propst den Senior des Hauses, der schon einzuschlafen drohte.

Aufgeschreckt stammelte der: »Ich, ach, nein, ich meine ja, wir sollten weitermachen wie bisher und wie es immer war. Und diesen Dominikaner, den sollten wir vom Bruder Pförtner abfertigen lassen, wenn er was von uns will. Was kann uns so ein Bettler, so ein Hergelaufener, denn kümmern!«

»Wir müssen uns um ihn kümmern, scheint mir, weil er uns Unheil bringen kann«, hakte Propst Norbert nach, »und wir müssen ein Mittel finden, hier und jetzt, dieses Unheil von uns abzuwenden.«

»Ein Mittel zu finden heißt, die Krankheit zu kennen«, warf Pater Aegidius ein. »Und darin liegt unser Problem. Wir wissen nicht, was der Inquisitor über uns weiß und was er nicht weiß. Deshalb können wir nicht geschickt verdecken, rasch abändern oder wenigstens schmücken, was er über uns weiß.«

»Exakt so sehe ich das auch«, sagte Propst Norbert, allerdings mit mehr Resignation als Stolz in der Stimme.

»Aber es muß doch einen Weg geben zu erfahren, was der Dominikaner von uns weiß«, wurde der Klosterschaffner schon wieder aufmüpfig.

»Den Weg gibt es«, ging Pater Aegidius überraschend

freundlich auf ihn ein. »Wir brauchen nur herauszubekommen, was der Dominikaner die Leute im Dorf unten fragt. Dann erfahren wir, was er weiß. Denn nirgends verrät sich unser Wissen so deutlich, wie in unseren Fragen.«

Der Hausherr hatte einen Krug Wein spendiert. »In vino veritas«, hatte er quasi zur Entschuldigung gesagt, dabei stieß er mit dieser Denkhilfe auf allgemeine Zustimmung rundum. Doch kaum war der erste Becher geleert, als die gemütliche Runde zerflatterte und die Herren nebst Dame die Wohnung des Propstes Norbert fluchtartig verließen. Pater Ossian hatte im Schlaf wieder einen seiner gefürchteten rückwärtigen Seufzer getan. Man floh durch die Sakristei in die Kirche, wo es nach Weihrauch roch. Welch ein Balsam für die Nasen. Pater Ossian kam, durch das plötzliche Sesselrücken aufgeschreckt, kopfschüttelnd hinter ihnen her, den Becher mit Wein noch in der Hand.

»Hier trinkt Ihr Euern Wein aber nicht, lieber Ossian«, wandte der Propst sich ihm zu. »Wir haben allen Anlaß, auf strenge Ordnung zu sehen. Hier stehen wir an geweihter Stätte. Und auch Euern Därmen solltet Ihr hier Einhalt gebieten.« Und als Pater Ossian beleidigt Einspruch erheben wollte, fuhr er schnell fort: »Ich habe Euch hierhergeführt, liebe Mitbrüder, liebe Mitschwester, weil hier wie nirgends sonst augenfällig wird, welche Ewigkeitswerte wir mit unserem Klosterdasein hüten. Hier an dieser Stelle beten seit fast siebenhundert Jahren unsere frommen Brüder in Christo. Wie könnte uns an diesem Platz das Böse erreichen. Diese unsere Kirche ist nicht nur auf Fels gebaut, wie Jesus einst zu Simon Petrus gesagt hat, sie steht außerdem gerade auf der Stelle, auf der einst ein römischer Tempel gestanden hat, dem heidnischen Götzen Merkur geweiht. So legt unsere Kirche Zeugnis ab von ihrer Überlegenheit. Und nicht nur den römischen Götzen ist sie überlegen. Vor den Römern müssen andere Heiden hier gewesen sein. Der doppelte Ringwall draußen, dessen eindrucksvoll mächtige Reste unseren Klosterbezirk umgürten, ist zwar die einzige Kunde, die wir von diesen noch früheren Menschen haben. Aber auch sie hatten Götzen, ganz gewiß, und vermutlich haben sie ebenfalls hier an dieser Stelle, an der wir jetzt stehen, ein Heiligtum gehabt, und auch dieses ist von uns überwunden, meine Brüder. Und da sollte uns kein Mittel gegen den vermaledeiten Dominikaner einfallen?«

Ratlose Stille rundum, bis endlich Pater Aegidius meinte: »Damit sind wir wieder beim Thema. Nirgends verrät sich unser Wissen so deutlich wie in unseren Fragen, hatte ich zuletzt gesagt. Erkunden wir also, was dieser Dominikaner die Leute drunten im Dorf fragt.«

Ein Vorschlag, dem ein allgemeines Nicken des Kopfes antwortete. Anders beim anschließenden Vorschlag der Pröpstin von St. Stephan, der Bruder Albertus möge diese Erkundungsaufgabe übernehmen, weil er den Leuten doch am nächsten sei.

»Nein, nein, liebe Mitschwester, liebe Mitbrüder«, wehrte der sofort ab. »Ich bin dafür ganz sicher der falsche Mann. Mir sagen die Leute doch nichts. Ich weiß nicht warum, aber irgendwie fehlt den tumben Bauern und ihren noch tumberen Weibern das Vertrauen zu mir.«

Was die anderen gut verstehen konnten, wußten sie doch, wie rabiat der Klosterschaffner mit den Dörflern umsprang. So kam die Idee auf, Pater Paulus herbeizurufen, weil auch der viele Leute im Dorf kenne. Der kam auch schnell herbei, mit rotem Kopf, auf harte Auseinandersetzungen gefaßt, und dann von dem angenehmen Auftrag überrascht, er solle in der nächsten Zeit öfter ins Dorf hinuntergehen und sich mit den Leuten unterhalten. Er bekam gleich noch einmal einen roten Kopf, dazu aber genaueste Instruktionen: Daß man wissen wolle, was der Dominikanerpater von den Leuten wissen wolle, und wie er es einrichten solle, das zu erfahren. Dabei hörte Pater Paulus schon kaum noch hin. In seinem Kopf bimmelte es nur noch wie das Glöckchen des Eremiten: Edeltrud, Edeltrud, Edeltrud. – Ja, freu dich nur nicht zu früh, Mönchlein! Du gehst einen schweren Gang.

40. Kapitel

*Immer gut, wenn man im richtigen Moment den richtigen
Mann mit der richtigen Aufgabe betraut*

Ein eifriger Arbeiter in Gottes Weinberg, fürwahr.
Gleich am nächsten Morgen machte Pater Paulus sich auf
den Weg ins Dorf hinunter – und stellte bald fest, daß es
einen großen Unterschied macht, ob man heimlich zu seiner Geliebten schleicht oder quasi in dienstlichem Auftrag
auf Abwegen ist. Alles nur noch halb so aufregend, war sein
Resümee, noch ehe die Sache richtig angefangen hatte.
Ein vorschnelles Resümee, Pater!
Natürlich schaffte er es prompt, Edeltrud rein zufällig irgendwo zu treffen. Natürlich gelang es ihm auch, anschließend ungesehen in ihr ärmliches Häuschen am Dorfrand
zu kommen. Zumindest glaubte er das, wie auch das folgende: Natürlich freute Edeltrud sich riesig, mit ihm unter
einer Decke stecken zu dürfen. Alles lief wie gehabt. Nur
auf der anderen, der Gesprächsebene, kam er nicht recht
voran. Er erfuhr nichts über den Dominikanerpater, so geschickt er auch mehrfach das Thema anschnitt. Dabei
konnte er nicht glauben, daß Edeltrud ihn noch nicht getroffen hätte. Ausgerechnet Edeltrud – so gut, wie der
Fremde aussehen sollte.
Daß sie auf den fremden Pater nicht einging, hätte ihm eigentlich schon alles sagen müssen. Aber er wollte es sich
nicht weiter ausmalen, nicht in der Situation. Doch etwas
erfahren mußte er. Pater Paulus versuchte es schließlich
auf die direkte Art. Er sagte seiner Geliebten auf den Kopf
zu, daß sie eine Hexe sei. Sie solle sich deshalb vor dem
Dominikaner in acht nehmen. Der sei nämlich ein bekannter Inquisitor und rieche Hexen durch alle Verklei-

dungen hindurch – und vor allem, wenn sie so ohne alle Bekleidung seien, wie sie jetzt mit ihrem schönen langen Haar, so offengetragen und auf dem weißen Linnen ausgebreitet. Der Pater kam unversehens ins Schwärmen.

Trotzdem war das eine dumme Bemerkung und eine dumme Unterbrechung zudem. Wie von einem kalten Regenguß im Kornfeld erwischt, lagen sie da. Ja, lieber Paulus, die gemeinsame Decke allein macht es nicht. Edeltrud war plötzlich stocksteif. Er nicht so. Sie rührte keine Hand mehr. Er rührt dafür mich. Denn nun geht er aufs Ganze. Er habe sie ja gesehen in der Walpurgisnacht, sagt er. Sie sei dort gewesen, beim Hexensabbat am Bittersbrunnen. Er aber auch, in dichtem Strauchwerk versteckt, habe er alles beobachtet und sie gleich erkannt.

Da wird Edeltrud wieder munter. »Dann bist du selbst also dabeigewesen, bei der Schwarzen Messe, die dort gefeiert wurde«, stellt sie fest, um dann messerscharf zu folgern: »Dann gehörst du jetzt zu uns, zu der großen Gemeinde des Satans. Darf ich dir gratulieren?«

Und streckt die Hand nach ihm aus, um ihm auf ganz besonders teuflische Weise zu gratulieren. Und der arme Pater, schon leicht unterkühlt durch seine eigene Ungeschicklichkeit, ergibt sich in sein – und ihr – Geschick.

»Beim nächsten Hexensabbat wirst du wieder dabeisein«, begeistert Edeltrud sich. »Aber nicht mehr im Strauchwerk versteckt, sondern an meiner Seite. Das wird eine große Feier.«

Und er, er hatte allen Anlaß, ihr zu glauben, hatte die Feier doch bereits begonnen. Sein Besuch schien ein voller Erfolg zu werden. Wenn Pater Paulus auch nichts über den mysteriösen Dominikaner erfahren hatte, so war er doch mehr als zufrieden mit seiner Recherche. Nur als er beim Abschied – immer zum Scherzen aufgelegt – meinte: »Die Vorfeier der Schwarzen Messe war ja sehr schön, meine süße Geliebte, aber wenn ich dir nun sage, und das in allem Ernst, daß ich nicht scharf darauf bin, dem Teufel den Hintern und sein Geschlecht küssen zu dürfen, weil ich mich lieber weiterhin mit seiner Anhängerin, mit dir, begnüge, wärest du mir dann sehr böse?«

Trotz der klassisch schönen lateinisch geprägten Satzkonstruktion, die Pater Paulus ihr serviert hatte – seine Geliebte zeigte sich enttäuscht: »Das sage ich dir, Pfäffchen. In meinem Gärtchen draußen habe ich einen Pflanzstock. Beim nächsten Vollmond werde ich mit dem einen Zauber gegen dich machen, daß deiner nie mehr zu seiner schöneren Bestimmung taugt. Daß du es nur weißt!« Damit schob sie den Pater hinaus.

Der ging mit schweren Gedanken, viel zu schwer für die geschwächten Glieder, langsam, sehr langsam den langen Weg den Heiligenberg hinauf. Was sollte er seinem Propst nur sagen? Daß er nichts über den Dominikaner erfahren habe? Daß er eine Hexe überführen könnte, wenn er nur wollte? Daß er aber nicht wolle, weil er sie viel lieber im Bett habe als auf dem Scheiterhaufen? Daß er von einem schrecklichen Zauber bedroht sei? Daß der Teufel ihn schon in der Hand habe, trotz seiner höheren Weihen?

Statt Rosenkränze zu beten, einen nach dem anderen, um sich den Weg zu verkürzen, wuchtete er seine Probleme wie schwere Felsbrocken hin und her: Mit Edeltrud ist nicht zu spaßen, das hat sie deutlich gezeigt. Und mit dem Satan schon gar nicht. Aber wie sollte ich dem Propst erklären, was für ein Schadenzauber mich bedroht? Und wie könnte ich dann noch hoffen, der Hexenpater meines Ordens zu werden? Aber wie stehe ich da, wenn Edeltrud ihre Drohung wahrmacht? Ich bin doch noch kein alter Mann, entrüstete sich alles in ihm. Was könnte das Leben mir denn sonst noch an Freuden bieten. Soll ich mich etwa für die Psalter begeistern, für die schönen Illuminationen der Heiligen Schrift, für das Gloria in excelsis deo, den gregorianischen Choral, das mächtige Tedeum, von unseren rauhen Stimmen in der Kirche gegrölt, daß es schaurig widerhallt aus den Gewölben. Oder soll ich mich an der Lektüre der Heiligenlegenden delektieren? Ach Gott, mein Gott, warum hast du mich verlassen!

Noch nie zuvor hatte er vor der Alternative gestanden:

Keuschheit oder Leben. Schon gar nicht damals, als er no-
lens volens ins Kloster eingetreten war. Die Keuschheit war
doch nur ein Ideal. Und Ideale, das wußte er schon damals, zeichnen sich dadurch aus, daß sie sehr hochgehal-
ten werden, so hoch, daß niemand drankommt. Mit dieser
Einstellung hatte Pater Paulus leben können. Nun aber
war plötzlich alles anders. Ohne meinen Pflanzstock, wie
Edeltrud ihn nannte, ohne ihn kann ich nicht leben,
weinte er in sich hinein. Also kann ich gar nicht anders als
mitmachen. Und schon schlich sich der tückische Gedanke ein: Und wenn ich selbst einer von ihnen bin, werde
ich dann nicht soviel über sie wissen, mehr als jeder andere
über sie und ihre geheimnisvollen Riten wissen, daß mir
niemand mehr versagen kann, der Hexenpater meines Ordens zu werden?
Das ging in seinem Kopf noch einige Dutzend Male hin
und her. Wie es so geht. Ersparen wir uns das. Ist ja sein
Problem. Wir werden uns den Pater erst wieder vornehmen, wenn er mit sich klargekommen ist.

41. Kapitel

Wieso der Vorspruch vom vorigen Kapitel erst recht für
dieses Kapitel passen würde

Nacht war's, und die Stürme sausten . . . na, wie und
wo sausten sie denn? Unter anderem um die Tiefburg. Ein
Wetter, in dem selbst die robusten Handschuhsheimer keinen Hund vor die Tür gejagt hätten. Doch Pater Vinzentius hörte noch anderes als nur das Tosen des Unwetters.
Da waren Geräusche auf den Fluren der Burg, wie er sie
bisher noch in keiner Nacht vernommen hatte. Dabei
hatte er viel wachgelegen und überlegt, wie er weiterkom-
men könnte in seinen schwierigen Nachforschungen. Eine
wilde Nacht wie keine zuvor, wunderte er sich. Türen
schepperten, Eisen klirrte, dazwischen unterdrücktes Rufen, Schritte und ein Scharren, als würde ein Sack Kartoffeln über den Boden geschleift. Aber dieser irrigen Meinung konnte der Pater nicht sein, weil es ja zu seiner Zeit
noch keine Kartoffeln gab in deutschen Landen. Er vermu-
tete sofort ganz richtig, daß diese geräuschvolle Nacht ihn
in seinen Recherchen ein gutes Stück voranbringen
würde.
Er schlich zu seiner Tür, schob ganz langsam und unhörbar den Riegel zurück und riß die Tür dann mit einem
plötzlichen Ruck auf. Und was sah er? Da stand im schwachen Licht eines Blakers eine der jüngeren Mägde vor
ihm, die vor Schreck einen schrillen Schrei ausstieß und
sich ohnmächtig in seine Arme fallen ließ. Zum Glück nur
wie ohnmächtig, was Pater Vinzentius schnell herausfand.
Was sie hier vor seiner Tür zu suchen habe, mitten in der
Nacht, herrschte er die Magd an.
Ihn habe sie gesucht, nur ihn, flüsterte sie und drückte sich

dabei noch fester an den Pater, der nichts anhatte außer einem langen Hemd, seinem Totenhemd, und sich entsprechend sonderbar fühlte mit dem Mädchen im Arm. Man schlief zwar nackt damals, und Mönche hatten in ihren Kutten zu schlafen, aber dem Pater Vinzentius wollen wir sein Totenhemd lassen. Es signalisiert seine Glaubensstrenge.

Mit jener gewappnet – trotz einer gewissen Irritiertheit – wandte er sich nun an das Mädchen: »Na, wenn das so ist, meine Tochter, dann komm herein, damit du nicht länger auf dem Flur frieren mußt.«

Und setzte sie auf seinem Bett ab, nahm eine Kerze, machte sie an dem Blaker auf dem Flur an und verriegelte dann wieder seine Tür von innen. Und stellte als nächstes fest, daß er ein recht hübsches junges Weib eingefangen hatte, eine Erkenntnis, die er vorsichtshalber für sich behielt. Darüber bemerkte er freilich nicht, daß in der Tiefburg plötzlich alles ruhig war. Nicht mehr die vielen fremdartigen Geräusche von vorhin, aber auch keinerlei Reaktion auf den lauten Schreckensruf des Mädchens. Nichts davon bemerkt, wie gesagt, weil es ganz einfach zuviel anderes gab, was ihm auffiel. So, daß die Kleine recht gut entwickelt war, was in dem Moment an ihm selbst auch immer deutlicher wurde, peinlicherweise. Er war ja nur mit dem langen Hemd bekleidet, sie aber, stellte er staunend fest, war angekleidet, als wollte sie in die Sturmnacht hinaus und nicht zu ihm ins Bett.

Das habe sie gemacht, um nicht aufzufallen, wenn ihr jemand auf dem Flur begegnete, hatte sie als Ausrede parat. Was den Pater zu seiner Aufgabe zurückbrachte: »Und? Hat dich jemand gesehen?«

Sie schüttelte nur den Kopf.

»Und hast du jemanden gesehen?«

Wieder schüttelte sie den Kopf, gleichzeitig aber auch sein Kissen auf, wie um anzuzeigen, daß ihr jetzt weniger an einem Verhör als an ihm liege.

Wer kann da widerstehen? Auch ein Asket ist immer noch ein Mann, sagte sich der Mönch. Und die Magd verstand es, den Mann zu fordern und sehr bald den Asketen genau wie sein langes Hemd und ihre eigenen Schlechtwetterkleider loszuwerden. Die Sturmnacht von draußen nach drinnen verlegt!

Es ging schon auf den Morgen zu, als Pater Vinzentius immer noch nicht mehr von dem Mädchen wußte – viel zuviel action –, als daß es Maria heiße und seit Jahren in der Tiefburg arbeite. Sie hat ihre Begeisterung für mich nicht ungeschickt gespielt, überlegte der Pater, als sie wieder einmal atemlos nebeneinander lagen. Und doch bin ich sicher, es ging gar nicht um mich in dieser stürmischen Nacht. Und er verstand plötzlich, daß die Magd wohl nur als Wächterin vor seine Tür gestellt worden war. Damit ich nicht zufällig herauskomme und mitkriege, was auf den Fluren geschieht. Ihr Schrei war ein Warnruf, und sicher hatte sie die Aufgabe, den Blaker im Flur auszulöschen, sobald ich mich rühren würde.

Was so eiskalt kombiniert wurde, das wurde sofort genauso eiskalt zu einer eigenen Strategie umfunktioniert. Der Pater beschloß, den Spieß einfach umzudrehen und jetzt seinerseits den begeisterten Liebhaber zu spielen. Man sagt, aus Liebe sei eine Frau zu allem bereit, überlegte er. Dann muß sie auch bereit sein zum Seitenwechsel. Dann muß ich meine Bewacherin zu meiner Vertrauten machen können, wenn ich sie nur emsig genug mit meiner Liebe verwöhne. Er dachte daran, daß er ja einen besonderen, ausdrücklichen Dispens für jeglichen Fleischgenuß habe, soweit er seiner Aufgabe dienlich sei. Er fand diesen Fleischgenuß so dienlich wie delikat – und sich prompt wieder hungrig, und so wandte er sich mit neuer Heftigkeit seiner Maria zu. Dabei hatte die schon geglaubt, sie hätte ihr Opfer erfolgreich niedergekämpft und könnte sich endlich davonschleichen.

An den folgenden Tagen war Pater Vinzentius nicht mehr pausenlos unterwegs. Im Gegenteil, man bekam ihn kaum noch zu sehen. Er hielt sich hauptsächlich in seinem Zimmer in der Tiefburg auf. Und was man dann vom Flur aus durch die Tür hören konnte, das war kein Beten, nein, das war eindeutig Schnarchen. Denn nun diente der Pater seiner Kirche nachts, und das in einem Intensivprogramm.

Es war nicht besonders schwierig gewesen, die junge, hübsche Magd zum Wiederkommen zu bewegen. Er hatte ihr nur ernsthaft sagen müssen, wie hübsch sie sei. Das von einem so stattlichen und welterfahrenen Mann zu hören, zudem noch von einem Priester, der eigentlich so was gar nicht sehen dürfte, erst recht nicht als Mönch, das war ein Kitzel, dem die Kleine nicht widerstehen konnte. Triumph, Triumph, jubelte es in Pater Vinzentius, als wäre plötzlich Ostern. Wie ein erfolgreicher Vogelfänger fühlte er sich. Wenn auch die Leimrute, die den Vögeln zum Verhängnis wird, für ihn auf einmal eine ganz neue Bedeutung bekommen hatte. Etwas, worüber er natürlich nicht mit seiner Geliebten sprach.

Er sprach geschickterweise überhaupt nicht über ernsthafte Dinge mit ihr, sondern machte ihr die Nächte zu einer einzigen Feier aus Scherzen und Lachen, Küssen, Streicheln und Streichelnlassen und Drüber und Drunter, Atemlosigkeit nach Atemlosigkeit. Und dazwischen immer mal wieder ein Schluck von dem Wein, den er besorgt hatte, von dem schweren Schriesheimer Roten.

Nie zuvor habe sie soviel Spaß mit einem Mann gehabt, gab Maria ehrlich zu, wie mit ihm. Nie zuvor hatte dem Pater ein Lob, aber auch ein dienstlicher Auftrag, so gut geschmeckt, was er selbstverständlich nicht zugab. Nicht einmal ganz leise sagte er: »Deo gratias«, sondern nur immer: »Komm, Schätzchen!«

Er war stolz auf seine geistige Überlegenheit. Er wußte schließlich, wozu er sich auf dieser jungen Frau abrackerte. Wer von den Leuten rundum kann das schon von sich sagen, gratulierte er sich. Und dieses Wissen stachelte ihn zu immer neuen Leistungen an, die nicht einmal er selbst sich zugetraut hätte. Wem Gott gibt ein Amt, sagte er sich, dem gibt er auch den Verstand – und offenbar auch alles andere, was dazugehört.

42. Kapitel

Von Dingen, die in Diethers Dorf passieren, obwohl sie
eigentlich nicht passieren dürften

Das fand zumindest Pater Vinzentius. Daß es so etwas
gab, das ging ihm zu weit. Obwohl ich hier bin und eifrigst
meinen Untersuchungen nachgehe, passieren weiterhin
Dinge, die nicht passieren dürften. Quasi unter meinen
Augen. Und ich sehe nichts, kriege nichts mit. Was da in
der Sturmnacht in der Tiefburg geschehen ist, nun gut,
das werde ich erst erfahren, wenn Maria sich ganz auf
meine Seite schlägt. Und solange diese Nachforschung
auch währt, sie ist ja wenigstens herzerfrischend für einen
Pater, der vom Leben nicht mehr allzuviel erwarten kann.
Aber jetzt dieser neue mysteriöse Zwischenfall. So was mir,
eine Unverschämtheit ohnegleichen.

Mühsam mußte er sich selbst zur Ruhe zwingen: Sie wissen
ja nicht, daß ich mit der Untersuchung dieser Unregelmä-
ßigkeiten betraut bin, das weiß ja niemand außer mir und
meinem Bischof, und das ist auch gut so. Und außer dem
Autor und den Lesern, hätte er hinzufügen müssen. Aber
darauf kam er nicht. Was wir ihm nicht verübeln sollten, es
sieht halt jeder nur sich und seine Angelegenheiten – ein
Fehler, der allerdings bei einem, der Detektiv spielen soll,
zu Fehlschlüssen führen kann.

Was war passiert? Da war ein Mann aus Handschuhsheim,
der einen Kontrakt über seinen Hof aufsetzen und beurkunden lassen wollte, zum Gericht in Neuenheim gegangen, statt die Sache dem zuständigen Gericht in Handschuhsheim zu überlassen. Ein Treubruch, der dazu
führte, daß der Schultheiß von Handschuhsheim ihn gefangennehmen ließ.

»Eine unsinnige Aktion«, wetterte der Pater, der wie zufällig den Schultheiß auf der Dorfstraße getroffen hatte.

»Wieso unsinnig?« wehrte Hans Antoni sich. »Der Mann hat gegen unsere Ordnung verstoßen, dafür wird er eingesperrt.«

»Aber was habt Ihr davon, einen Gefangenen ernähren zu müssen? Als Schultheiß von Handschuhsheim müßte Euch eigentlich mehr an dem Hof des Mannes gelegen sein, den Ihr beschlagnahmen könntet, als an dem Mann selbst.«

»Worauf wollt Ihr damit hinaus, Pater?«

»Auf gar nichts, Schultheiß. Ich wundere mich nur. Aber – mich geht es ja nichts an.«

»Ihr sagt es, Pater. Und deshalb: Geht mit Gott!« Und ließ den frommen Mann einfach stehen.

Der hatte trotzdem den Eindruck, endlich weiterzukommen. Die Fronten klären sich, überlegte er. Jetzt weiß ich wenigstens schon, daß der Schultheiß eine Fehlbesetzung ist. Der Mann steht auf der anderen Seite. Aber ich werde dafür sorgen, daß er nicht mehr lange Schultheiß dieses Fleckens ist. Mein Bericht an den Erzbischof in Mainz wird für ihn das Aus sein.

Der Pater mußte einsehen, daß es mit den lustigen Liebesnächten und dem Ausschlafen am Tag nicht getan war. Wer den Menschen – und vor allem dem Satan in ihnen – auf die Schliche kommen will, sagte er sich programmatisch, der muß Tag und Nacht auf der Lauer liegen. Hatte doch auch Christus im Garten Gethsemane in der Nacht vor seiner Gefangennahme seine Jünger dreimal ermahnt zu wachen. Na, dann gute Nacht, lieber Pater. Der nahm also wieder sein Herumstreunen au. Unausgeschlafen oder nicht, was soll's.

Er wanderte hinaus zum Galgenbuckel und von dort zurück zur Oberen Kirchgasse. Mal sah man ihn am Stuhltor, mal in der Wildnis, die Im Hinteren Steinig hieß. Und so kam er endlich auch an die richtige Adresse. Nur wenige Schritte vom südlichen Dorftor entfernt, im Gewann Esel, traf er auf drei Bauern, die offenbar wenig Lust zum Arbeiten hatten. Standen da, die Hacke in der Hand, und diskutierten, als gehörten sie zum kurfürstlichen Rat und nicht zu seinen Ernährern. Sie liefen auch nicht davon, als der Pater auf sie zuging. Nein, die drei schienen eher das Bedürfnis zu haben, sich dem Pater, den ja längst jeder im Dorf kannte, mitzuteilen. Und der war ganz Ohr. Entrüstung war es, was die Bauern von der Arbeit abhielt. Entsetzen über eine Missetat, die geschehen war: »Letzte Nacht und hier im Dorf!«

Nicht ganz einfach, den Tatbestand aus ihrer Aufregung auszufiltern, weil alle drei zugleich sprachen – und jeder was anderes vorbrachte. Jedenfalls waren Leute aus dem Dorf mitten in der Nacht aus ihren Betten geholt und abgeführt worden. Unbescholtene, brave Leute.

»Und wer hat sie aus den Betten geholt?«

»Ja, wenn man das wüßte.« – »Vermummte Gestalten waren das!« – »Fremde, sagen die Frauen.« – »Aber gut Bescheid wußten die, sagen sie auch!« – »Ja, wo die Schlafkammer ist.« – »Mitten in der Nacht, so was Feiges.« – »Und wußten, wie man den Riegel von außen aufstößt!« – »Und haben den Frauen nichts getan.« – »Und auch nichts geraubt.« – »Und der Hund hat nicht angeschlagen! Wie geht das wohl mit rechten Dingen zu?«

Pater Vinzentius dachte daran, wie er den Riegel von innen vorgeschoben hatte, in der letzten Nacht, nachdem Maria an seiner Tür gekratzt hatte wie eine Katze, und er sie mit schnellem Griff hereingezerrt hatte. Und gleich in seine heftige Umarmung. Sie war früher gekommen als sonst und auch länger geblieben. Und mitten in die atemberaubend schöne Erinnerung fiel plötzlich ein schlimmer Verdacht: Wenn nun das süße Weib nur zu mir gekommen wäre, um mich zu beschäftigen, mich wirksam abzulenken, während draußen im Dorf Dinge geschahen, die ich nicht mitkriegen sollte? Ein böser Betrug wäre das.

O ja, weil nämlich der Betrug im Bett immer der böseste Betrug ist, wurde der Pater auf einmal sehr wissend. Aber es geht ja nicht um mich und um meine gekränkte Männlichkeit, sprach er sich gut zu, plötzlich sehr nüchtern geworden. Während die drei Bäuerlein immer noch auf ihn einsprachen. Überflüssigerweise übrigens, schließlich weiß doch jeder, daß der Einspruch der kleinen Leute nie was gilt. Daß die Hölle ihre sämtlichen Teufel ausgeschickt habe, um die Handschuhsheimer zu erschrecken, meinten sie. Und um sie für ihre Trinkfreudigkeit zu bestrafen. Und für den Spaß mit ihren Frauen. Und mit den anderen auch. Ja, die Teufel griffen sich mit ihren Krallenhänden willkürlich heraus, wen sie gerade wollten. Und dem einen der aufgeregten Bauern fuhr die Angst derart in den Leib, daß er befürchten mußte, in die Hose zu machen, und sie deshalb schnell abstreifte und sich hinhockte, mit abgewandtem Gesicht, wie es sich gehörte, und sein Gedärm prunzend entleerte.

Wo die Leute hingeschleppt wurden, das war nicht zu erfahren. Und das dreistimmige Gejammere über die Teufel schien dem Pater für seine Recherchen nicht weiter hilfreich. Der Teufel ist überhaupt nur hilfreich, stellte sein geschulter Verstand die Sache klar, wenn wir Kleriker den Leuten davon erzählen, niemals umgekehrt. Was er natürlich nicht laut sagte. Für die drei total verängstigten Bäuerlein hatte er nur noch ein »Gott mit Euch!« Und ging eiligst zurück zur Tiefburg. Da müßten doch genauere Auskünfte zu holen sein.

43. KAPITEL

*Wie angestrengt Diether sich dummstellt, dabei ist er bei
diesen Gegnern sowieso der Dümmere*

Wer suchet, der findet, sagte sich der Dominikaner,
der Pater Brown spielen sollte. Doch je weniger gezielt
man sucht, desto eher trifft man ins Schwarze. Das eine
wußte er aus der Bibel, das andere aus eigener Erfahrung.
Im allgemeinen hielt er sich mehr an das andere. Wen er
aber jetzt ganz gezielt suchen mußte, das war ihm klar: den
Mann, der für die Ordnung an der Bergstraße zuständig
war. Und er fand ihn auch sofort. Denn der mittelalterliche Sheriff trödelte natürlich in seiner Burg herum. Gerade saß er mal wieder beim Essen, und er hatte offensichtlich schon eifrig gebechert.
»Man kann ja nicht dauernd die Bergstraße rauf und runter reiten. Ist ja – ist ja doch immer dasselbe«, lallte er.
Da war die Entschuldigung also schon gekommen, noch
ehe Pater Vinzentius mehr als seinen frommen Gruß gesagt hatte. Sonderbar, der Kerl scheint zu wissen, was ich
ihn fragen will, wunderte sich der Pater. Er wunderte sich
auch darüber, daß der Mann schon am Vormittag völlig betrunken war. Daß er tagelang herumlungerte und sich
gräßlich langweilte, das war ihm schon vertraut. Ein Ritter
ist halt ein Mensch, der von seiner besonderen Bedeutung
her zur Untätigkeit verurteilt ist, das wußte er. Zum Arbeiten wie ein Bauer oder Bürger zu schade, zum Jagen
manchmal ein bißchen zu müde und zum Kämpfen nicht
immer in der richtigen Laune – oder aber auch zu geschickt wie dieser Diether von Handschuhsheim, der es offensichtlich genoß, in geordneten Verhältnissen zu leben,
gut ernährt von seinen Bauern, mit allem versorgt, auch

mit dem Segen der Kirche, als einer vom zivilen Personal des Himmels auf die ewige Seligkeit abonniert, da konnte passieren, was wollte. Was sollte er also anderes tun als fressen und saufen und – aber lassen wir das.

Es war nicht viel aus ihm herauszukriegen. Er habe Durst gehabt und deshalb ein wenig getrunken. Der Pater könne gern mitmachen. Der aber dachte gar nicht daran mitzutrinken. Der dachte nur an die Verschleppten und wollte wissen, ob der Burgherr davon was wisse.

»Ja, Leute aus Heidelberg waren da, habe ich gehört. Leute, so Leute. Und Leute aus dem Dorf haben sie mitgenommen, nach Heidelberg mitgenommen. Und dort in den Block geschlagen.«

Mehr war nicht zu erfahren. Vor allem nicht, woher er das wußte. Diether von Handschuhsheim war zwar nicht der Erfinder des Nachtrunks, auch nicht des beliebten Sturztrunks, aber ganz klar war er auf diesem Feld ein großer Stratege. Als der neugierige Pater endlich gegangen war, lachte er, daß es nur so durch die Tiefburg hallte. Als ob fünfmal hunderttausend Teufel ihr schepperndes Lachen ertönen ließen. Dann stand er auf, leichtfüßig und ohne zu schwanken, und ging hinaus, quer über den Burghof, kerzengerade und kein bißchen betrunken.

Diese Selbstbeherrschung, meine ich, muß honoriert werden. Wir sollten uns deshalb ganz schnell wieder auf seine Seite schlagen. Sie haben doch wohl gemerkt, daß wir die Seiten gewechselt hatten? Ja, so klammheimlich geht das überm Erzählen. Egal.

Wir sollten nicht weiter mit dem Mann denken und fühlen, der sich dem Sheriff als Laus in den Pelz gesetzt hat, als übergeordneter Kommissar der Himmelsfiliale Mainz. Der braucht unsere Hilfe sowieso nicht. Hat der doch mit den himmlischen Heerscharen Hilfstruppen mehr als genug. Unser kleiner Ritter Diether von Handschuhsheim dagegen, der hat nur seine Verschlagenheit und den geheimnisvollen Kellerraum neben seinem Burgtor und sein noch geheimnisvolleres Zeremoniell, das er gerade in dem Moment wieder vollzog: im Knien dreimal mit dem Kopf gegen die Wand neben der sorgfältig verschlossenen Eingangstür geschlagen und gerufen: »Hilfe, Hilfe, Hilfe!« Und dabei die Ohren gespitzt und erleichtert festgestellt, daß das Dröhnen der Wand klingt wie immer. Also keine besonderen Vorkommnisse zu erwarten.

Anschließend ging Diether in den Frauenbau hinüber und gab Anweisung, man solle ihm die Magd Maria in den Stall schicken. Sofort! Er habe mit ihr zu reden.

Die Stallung für die Pferde, das wußte jeder in der Burg, war für ihn so was wie sein Chefbüro. Seine Tiere, die ihn groß anguckten, sein ganzer Stolz. Das hob seine Bedeutung mehr als jeder Mahagonischreibtisch.

Aber vor allem die Pferde sorgten immer für einen gewissen Geräuschpegel: das Klirren der Ketten, das Wiehern und Scharren und Fressen und Saufen – und das Gegenteil. Da ließ sich alles besprechen, was geheime Kommandosache bleiben sollte. Denn der Stall hatte kein Kaminloch und nur einen einzigen Eingang, und den konnte man von der hinteren Ecke aus, wo es kein Fenster für Lauscher gab, gut im Auge behalten.

Die Magd kam auch bald, und der Chef begann sofort mit einem strengen Verhör: »Also, Maria, was hast du nun über die Absichten des Paters erfahren?«

»Noch nicht viel, Herr, eigentlich noch fast gar nichts. Der Pater, wißt Ihr, der ist nicht fürs Reden, der geht immer gleich ran, und wie der zupacken kann . . .«

»Ich habe dich nicht zu deinem Vergnügen zu dem Kerl geschickt. Du sollst ihn in seinen schwachen Momenten ausfragen. Du bist doch sonst so geschickt.«

»Glaubt Ihr, ich habe das vergessen? Aber der Pater, das ist ein Mann, der ist einfach anders. Der hat keine schwachen Momente. Der läßt nicht so schön die Flügel hängen nach dem vierten Ritt wie Ihr, Herr, der ist sofort . . .«

»Schweig, dummes Weib! Jetzt ist nicht die Rede von uns beiden. Jetzt geht es um den miserablen Kerl, der sich hier eingenistet hat, um uns alle zu verderben. Uns alle, verstehst du? Auch dich!«

»Aber es ist wahr, Herr, der Pater ist im Bett wie der Leibhaftige selbst«, fing die Magd wieder an, ihr Loblied auf den ungebetenen Gast zu singen, ohne jede Rücksicht darauf, daß sie den armen Ritter von Handschuhsheim damit genau an seiner ungeschützten Stelle traf. Der deshalb auch immer wütender wurde.

Sie aber berichtete mit betonter Einfalt – und hatte ihr Vergnügen dabei –, sie habe immer darauf gewartet, daß der Pater ihr schlapp in den Armen hänge. Sie habe getan, was sie könne, und das sei ja nicht wenig, wie der Herr wisse. Doch der Pater lasse keinen Augenblick der Ruhe aufkommen, damit sie ihn ausfragen könnte.

»Seht nur hier, wie er meine Brüste zerbissen hat«, rief sie und riß ihr Kleid auf, von oben bis unten, daß sie wie Eva vor dem Sündenfall vor ihm stand. »Der Mann ist nicht wie Ihr, Herr, der liegt nicht da hinterher wie vom Pferd gefallen, daß ich ihn streicheln kann und ihm schöntun und ihn dazu bringen, daß er mir was Schönes sagt und mir alles sagt, was er eigentlich nicht sagen wollte. Der ist eben ganz anders, der ist so . . .«

Das hatte sie eigentlich nicht sagen wollen, hätte es auch besser nicht gesagt. Denn nun hatte sie ihren Chef endlich so weit, daß der in blinder Wut eine Reitgerte ergriff, sich die Magd packte, sie ganz freilegte und ihr ruck, zuck hin und her mit zwei kräftigen Streichen zwei blutrote Striemen über den weißen Hintern malte, daß ihr glückverheißendes Doppelrund wie einfach durchgestrichen aussah.

Gegen das laute Gezeter der Magd half nun auch der zuverlässig hohe Geräuschpegel des Pferdestalles nicht mehr. Deshalb machte Diether, daß er davonkam. Mit der jaulenden nackten Magd im Arm wollte er weder von dem hochwürdigen Pater Vinzentius noch von seiner lieben Frau Margarethe erwischt werden.

44. Kapitel

*Von der einen Aufdeckung zur anderen,
und immer ist das Vergnügen einseitig. Und natürlich
bei den Lesern*

Nie und nimmer sollte man sich von seiner Wut zu übereiltem Handeln hinreißen lassen. Man macht dann doch nur alles falsch. Und deshalb: so sehr der malträtierte Hintern der Magd Maria schmerzte, unser Mitgefühl muß jetzt Diether von Handschuhsheim gelten. Denn der war auf einmal der Dumme, wie sich schon in der folgenden Nacht zeigen sollte – wenn er auch clever genug war, sich selbst aus der Klemme zu helfen.

In der Nacht, um die es jetzt geht, schlich Maria zur Tür des Paters, ohne daß ihr Herr es ihr befohlen hatte, und kratzte am Holz und wurde wie immer gern hereingelassen. Doch dann lief die Sache grundlegend anders ab als sonst. Weil Maria Schwierigkeiten hatte mit dem Liegen, fielen etliche Versionen des Vergnügens von vornherein weg. Dafür fiel dem Pater natürlich gleich auf, daß man ihm einen dicken Strich durch die Rechnung gemacht hatte, richtiger gesagt: zwei Striche. Sogar beim nur schwachen Schein eines einzigen Kerzenstummels war klar zu erkennen: ein Andreaskreuz da, wo er es am wenigsten erwartet hätte.

An solch einem Kreuz hat der große Apostel Andreas den Märtyrertod erleiden müssen, durchfuhr es ihn. So was kann einem frommem Mann schon einen ordentlichen Schreck einjagen. So war die Behinderung also auf beiden Seiten. Und es blieb den beiden gar nichts anderes übrig, als sich einmal gründlich auszusprechen. Dabei kam der Burgherr schlecht weg. Und das hatte er sich selbst zuzuschreiben. Man sollte die Kruppe seiner Stute halt nicht mit der seiner Magd verwechseln.

Worum es in diesem langen Gespräch ging, das war eigentlich nichts Neues. Eher etwas Uraltes, nämlich Geiselnahme. Das offensichtliche Unrecht, Leute, die einem nichts getan haben, gefangenzunehmen, das hat ja leider eine endlos lange Tradition. Der Unbeteiligte, der Unschuldige, er ist schon immer das Opfer brutaler Greiftrupps geworden. Dabei ist besonders bemerkenswert, daß die Fänger und ihre Schergen sich immer im Recht fühlten – und heute noch fühlen, sich aber kein Mensch einmal die Mühe macht, darüber nachzudenken, womit sie sich wahrhaftig rechtfertigen können, wenn auch lediglich vor sich selbst.

Da das Mittelalter die Institution Geiselnahme zur Hochblüte entwickelt hat, ist es wohl angebracht, hier dem fehlenden Nachdenken mit ein paar Sätzen auf die Sprünge zu helfen: Wer eine Geisel nimmt, also das Selbstbestimmungsrecht eines Menschen nicht achtet, der vertraut darauf, daß es einen anderen gibt, der genauso denkt. Der andere ist der gegnerische Grundherr, Abt, Fürst, Kaiser, Kanzler – irgend so was. Jedenfalls einer, der Leute hat und der sie als »seine« Leute ansieht. Und das ist es. Da ist und bleibt ein Rest von Leibeigenschaft zu diagnostizieren in der Einstellung eines solchen Menschen zu »seinen« Leuten, was natürlich nicht rechtens ist. Aber genau darauf spekuliert der Geiselnehmer. So daß man mit Fug und Recht sagen kann: Hätte der auf der einen Seite nicht so selbstverständlich diese menschenverachtende Besitzereinstellung zu »seinen« Leuten, dann gäbe es auf der anderen Seite nicht die menschenverachtende gewalttätige Freiheitsberaubung, weil sie dann nichts brächte.

Nun, ich will nicht behaupten, daß Pater Vinzentius und die Magd Maria die Sache so von der einen und der anderen Seite betrachtet hätten. Maria konnte zwar nur so liegen, mal auf der einen Seite und mal auf der anderen Seite, weil ihr das Sitzen wie die Rückenlage zu weh taten und sie dem Pater auch nicht in Bauchlage ihre Pobacken präsentieren wollte. Man weiß ja nie, wie lange so einer das Kreuz respektiert. Maria hatte ihm gestanden, daß sie von ihrem Herrn auf ihn angesetzt worden sei. »Ja, einfach um herauszukriegen, was Ihr herauskriegen wollt.«

Das war für den Pater sehr aufschlußreich. Andererseits dachte er aber nicht daran, der Magd nun im Gegenzug zu verraten, was sein Auftrag war. Was die um so redseliger machte, so daß sie geradewegs aus dem Gästebett in die große Politik abdriftete. Wurde doch durch ihr Plaudern plötzlich klar, daß Diether von Handschuhsheim, der Dienstmann des Erzbischofs von Mainz, klammheimlich mit dessen Konkurrenten, dem pfälzischen Kurfürsten, paktierte. Es ging also mal wieder um einen Seitenwechsel. Und der Handschuhsheimer war sogar ein besonders tatkräftiger Helfer des Feindes. Er selbst habe mit seinen Knechten, alle vermummt, die Dörfler aus den Betten geholt und nach Heidelberg verschleppt, erzählte Maria.

Die werden nun dort als Geiseln festgehalten, folgerte der Pater für sich eiskalt. Kombiniere, um die Freilassung des Mannes zu erzwingen, den der Schultheiß von Handschuhsheim eingelocht hatte, weil er sich der Gerichtsbarkeit des Fleckens Handschuhsheim nicht unterwerfen wollte.

Maria, einmal so richtig in Fahrt, berichtete dann noch von etlichen anderen Fällen, bei denen Leute für mehrere Tage und Nächte in der Tiefburg versteckt worden waren. »Und ich hatte auf Euch aufpassen müssen. Und ich habe das gern getan, denn so schön wie mit Euch war es noch mit keinem im Bett.«

Pater Vinzentius überging das hohe Lob, obwohl es aus kundigem Mund kam. Jetzt gab es für ihn Wichtigeres. Ich bin nicht nur auf der richtigen Fährte, ich habe das Wild schon so gut wie gestellt, resümierte er. Jetzt müßte ich nur noch ein paar weitere Einzelheiten wissen, um ihm den Blattschuß verpassen zu können. Dann ist er erledigt, der stolze Diether von Handschuhsheim, der Nichtstuer, der Saufbold, der glaubt, mich an der Nase herumführen zu können.

»Waren das Leute«, fragte er, »die gegen die Gesetze unseres Landes verstoßen hatten und deshalb vor das Handschuhsheimer Gericht gestellt werden sollten?«

»Ja, irgendwas verbrochen hatten die wohl. Deshalb sind sie ja dann auch nach Neuenheim gebracht und dort verurteilt worden. Aber ich weiß nicht warum. Ich hatte damit nichts zu tun, ich war ja hier mit Euch beschäftigt – und wie Ihr mich beschäftigt habt! Wir sollten es vielleicht doch mal wieder probieren«, lockte sie.

Jetzt weiß ich genug, überlegte Pater Vinzentius. Jetzt kann ich meinen Aufenthalt in Handschuhsheim beenden und endlich zurückreiten nach Mainz. Heim in den Schoß meines Ordens, in die vertraute Ordnung, in die Ruhe unserer Bibliothek, in das hohe Kirchenschiff, erfüllt von den Klängen des gregorianischen Chorals. Zwar schade eigentlich um die schöne Magd, aber so, wie sie zugerichtet ist, sind die vergnüglichen Nächte ja ohnehin vorbei. Ich kann jedenfalls meinem Bischof einen Untersuchungsbericht liefern, der einschlagen wird wie ein Blitz: sein Dienstmann, der Handschuhsheimer, ein Verräter!

Was ihn in diesem Augenblick erschreckte, war allerdings kein Blitz. Das hörte sich eher wie Donner an. Und das ganz in der Nähe, ja gleich in der Ecke der Kammer. Der Pater war aufgesprungen, aber leider konnte er nichts sehen, weil die Kerze längst verloschen war. Doch dann erschien in der Ecke, aus der der donnernde Lärm gekommen war, ein Licht. Da sah der Pater, daß der schwere Kasten aus der Ecke weggerückt war. Und wo er gestanden hatte, da stand eine Bodenklappe offen – und daneben stand plötzlich der Burgherr, einen Blaker in der einen, das blanke Schwert in der anderen Hand.

Mit einem flachgeführten Klaps auf ihren Blanken scheuchte er die Magd aus der Kammer, dann verriegelte er die Tür wieder und forderte den Pater mit einem unwirschen Wink auf, sich anzuziehen.

»Ich stelle fest, daß Ihr die Gesetze der Gastfreundschaft gröblichst verletzt habt, indem Ihr meine Magd verführtet«, sagte Diether von Handschuhsheim in strengem

Ton und unheimlich ruhig. »Seid Ihr darin mit mir einig, Pater Vinzentius?«

»Ja.«

»Ich stelle weiter fest, daß Ihr das Gelübde der Keuschheit, das Ihr gegenüber Eurem Orden abgelegt habt, gebrochen habt. Seid Ihr auch darin mit mir einig, Pater?«

Wieder nur ein kleinlautes: »Ja.«

»Ich kann Euch also morgen als meinen Gefangenen nach Mainz bringen, zu Eurem Auftraggeber zurück, der Euch nicht allzu freundlich begrüßen wird. Sind wir uns auch darin einig?«

»Ja, einig, aber – könnten wir uns nicht auch anders einigen?«

»Nämlich wie?«

»Wenn ich morgen nicht als Euer Gefangener nach Mainz gebracht würde, sondern als freier Mann dorthin zurückreiten dürfte und meinem Bischof berichten würde, daß ich meinen Auftrag durchgeführt, aber nichts Nachteiliges über Euch erfahren konnte, da nichts, absolut nichts an Eurer Amtsführung auszusetzen ist, werter Diether von Handschuhsheim. Wäre Euch damit nicht besser gedient?«

»Ganz sicher wäre das noch besser – aber nur, wenn Ihr Euch darüber im klaren seid, Pater Vinzentius, daß nicht nur ich und meine Magd jederzeit gegen Euch Zeugnis ablegen können, jederzeit, sage ich, sondern auch meine Männer, die dort im Geheimgang warten und ebenfalls alles mitgekriegt haben. Kommt raus, Leute!«

Und aus dem Loch neben dem Kasten kletterten zwei Gewappnete hervor, die den Pater gar nicht freundlich ansahen. Diese Nacht war die letzte Nacht des Paters in Handschuhsheim. Mit dem geheimnisvollen Loch im Heiligenberg hatte es angefangen. Da war er nur hinter einem Dachs hergewesen. Vergebens. Jetzt hatten die, die er verfolgte, ihn durch ein anderes Loch überrascht. Also war alles vergebens gewesen. Man verabschiedete sich nach einem ausgiebigen Frühstück in gespielter Herzlichkeit. Diether und der Pater gaben sich die Hand wie alte

Freunde. Die dabei gezeigte gute Laune des Handschuhsheimers war sogar echt. Genauso die Freundlichkeit der Burgherrin Margarethe. Und aus dem obersten Fenster des Herrenhauses winkte Maria dem Pater noch lange nach, als der auf seinem Maultier gen Norden ritt ohne einen Blick zurück im Zorn, ganz Würde und andächtige Sammlung.

45. Kapitel

Was eine Änderung der Großwetterlage alles an
Veränderungen mit sich bringt, über die sich gut
wettern läßt

Immer öfter sah man nun Diether von Handschuhsheim in Heidelberg. Der Ritt über die Neckarbrücke, der ihm eigentlich untersagt war, wurde ihm zu
einer lieben Gewohnheit. Und das lag nicht nur an dem
adligen Fräulein Kunigunde. Immer öfter traf Diether sich
nun mit dem Kurfürsten in diversen konspirativen Wohnungen und Werkstätten. Anfangs von Geheimkurieren
eingeladen, dann nur noch von seinen Brieftauben, die er
heimlich mit nach Heidelberg genommen hatte. Dort
führten sie in der kurfürstlichen Menagerie ein gutes Leben. Zum Glück vergaßen sie darüber aber nicht, wo sie
hingehörten, und kamen schnell und auf direktem Weg
zur Tiefburg, wenn die Leute des Kurfürsten sie mit einer
Botschaft an Diether losschickten. Die idealen Kuriere.
Wie hoch sie flogen, um dann erst unmittelbar über der
Tiefburg plötzlich zum Sturzflug anzusetzen. Kein noch so
innig mit dem Himmel verbundener Erzbischof von Mainz
konnte sie abfangen.
So oft schlich Diether nun nach Heidelberg hinüber, daß
er eigentlich seinen Namen hätte ändern können: Diether
von Handschuhsheim und Heidelberg. Aber Namen ändert man nicht gern; man läßt sie alt und älter werden und
allmählich altehrwürdig. So würde eines fernen Tages hoffentlich auch einmal sein Name Diether von Handschuhsheim als ein adliger Name angesehen werden,
durfte er hoffen. Denn einstweilen war der Name ja leider
nur eine Ortsangabe, nicht mehr.
Das mit dem fehlenden Adel war ein wunder Punkt auf sei-

ner harten Ritterseele. Denn der alte Landadel schaute recht hochnäsig auf die Ministerialen hinab, die bloß Ritter waren, nichts sonst, aber so taten, als wären sie von Adel. Onkel Henne hatte es in Landshut deutlich gespürt, wo auf den Teilnehmerlisten offiziell nur die Adligen zählten. Die anderen Ritter rangierten unter »ferner liefen«. Um so mehr hatte er seinen Triumph auf dem Kampfplatz und den anschließenden Erfolg bei dem adligen Fräulein Kunigunde genossen.

Bei Diethers häufigen Besuchen in Heidelberg kam aber nun noch von einer anderen Seite her Seelenpein auf ihn zu. Von der Seite der wohlsituierten Bürger. Unübersehbar: Da lebten Leute in Heidelberg, die gingen zwar schnöden Handelsgeschäften nach, die arbeiteten, um leben zu können – welch eine Schande –, aber die konnten sich ein luxuriöseres Leben leisten als er. Die waren viel aufwendiger gekleidet und eingerichtet, und in ihren Küchen gab es stets die teuersten Gewürze. Und der Kurfürst war sich nicht zu schade, sich bei ihnen mit seinem Freund aus Handschuhsheim zu treffen. Zu allem Überfluß konnten diese Bürgerlichen auch noch mit Bildung protzen, konnten schreiben und lesen und sich sogar mit dem einen oder anderen Professor der Universität gepflegt unterhalten.

Da gab es Ritter, wußte Diether, die zogen daraus ihre Konsequenzen. Die beraubten die Bürger, vor allem die Pfeffersäcke und Heringsbändiger, wo immer sie zu schnappen waren. Und mit dem Geld aus diesen Beutezügen, auch mit den hohen Lösegeldern, die sie sich für gefangene Kaufleute zahlen ließen, bauten sie sich eine schlagkräftige kleine Armee auf. Damit boten sie den hoffärtigen Adligen in blutigen Fehden die Stirn. Eine gute Methode, sich Bedeutung zu verschaffen. Aber nicht Diethers Methode. Er zog es vor, der heimliche Gefolgsmann und Vertraute des benachbarten Kurfürsten zu sein. So konnte er sich die Unbequemlichkeiten des Raubrittertums und der ständigen Fehden sparen. Und eines Tages würde er offen auftreten können, als ein wichtiger Gefolgsmann an der

Seite des Pfalzgrafen. Bis dahin tröstete er sich mit dem adligen Fräulein Kunigunde. Für die war er sowieso der Größte.

Genug von den Profilneurosen des Rittertums im fünfzehnten Jahrhundert. Diether von Handschuhsheim hatte seinen eigenen Weg aus dem allgemeinen Dilemma seines Standes gefunden, und das ohne die Beratung durch professionelle Imagebastler und Profilkorrektoren, wie sie heute überall zur Hand sind. Anerkennenswert, finde ich.

Im übrigen hatte die damalige Welt ganz andere Sorgen als die Statusprobleme der nichtadligen Ritterschaft. Nach der Eroberung Konstantinopels durch die Türken hatte der Papst es sich schließlich nicht verkneifen können, noch einmal zu einem Kreuzzug aufzurufen – als ob man die Weltuhr so einfach um zweihundert Jahre zurückdrehen könnte. Der eindringliche Ruf war da, das Pathos stimmte, der Himmel war versprochen, genügend Kirchenfahnen waren vorhanden. Doch die christliche Ritterschaft, die adlige wie die nichtadlige, handelte nach dem erst viel später auf eine griffige Formel gebrachten Prinzip: Stell dir vor, es gibt Krieg, und keiner geht hin.

Dafür ließen sich die Kinder, vor allem die der süddeutschen Länder, um so lieber religiös entzünden. Die fanden es sowieso daheim zu langweilig. In hellen Scharen liefen sie von ihrem Zuhause weg und wallfahrteten zum Mont St. Michel in der Normandie. Plötzlich wußten sie alle: Wer in sein will, der muß sich auf die Kinderwallfahrt begeben. Frühe Vorläufer der Jugendbewegung also. Ein Grund zum Ausflippen läßt sich ja immer finden.

Zurück zu Diether von Handschuhsheim, der kleinen Provinzgröße, die hoffte, an der Seite des Fürsten von nebenan einmal ein Großer zu werden. Das heißt im Moment hoffte er vor allem, daß der heimgekehrte Dominikanerpater Vinzentius dichthielt. Und der hielt. Dem war seine angesehene Stellung am prächtigen Hof des Erzbischofs zu Mainz wie auch in seinem Orden mehr wert als die Chance, dem fernen Ritter Diether eins auszuwischen.

Da sieht man es wieder: Karrieredenken ist eine der häufigsten Ursachen von Rückgratverkrümmung! Man kann nicht alles zugleich haben, sah Pater Vinzentius ein, sein hohes Ansehen und seine Rache. So verzichtete er weise darauf, den Ritter zu vernichten. Und der Erzbischof war mit seinem Abschlußbericht zufrieden. Zwar blieb nach wie vor ungeklärt, was es da an Gerangel und Gemauschel um die Zuständigkeiten der Gerichte in Handschuhsheim und in Neuenheim gegeben hatte. Zwar blieb es mysteriös, wie Delinquenten verschwunden und am falschen Ort wiederaufgetaucht waren. Aber so genau wollte Erzbischof Dietrich von Mainz das jetzt auf einmal nicht mehr wissen. Ihm schien es nämlich nun wichtiger, mit dem Konkurrenten Friedrich von der Pfalz zu harmonieren, statt ihn zu bekämpfen. Sollten Schultheiß, Schöffen und Gerichtsvorsteher doch selbst sehen, wie sie zurechtkämen mit den Strolchen und Spitzbuben. Ganz egal, ob in Handschuhsheim oder in Neuenheim.

Ohnehin alles viel zu kompliziert mit dieser dreifachen Gerichtszugehörigkeit der Leute. Mal war das Gericht des Ortes zuständig, mal das der Universität, mal das des Hofes. Wer sah da noch durch? Und was bedeuten einem Politiker diese dummen Zuständigkeitsfragen noch, wenn die Chance besteht, die Zustände im Großen zu verändern. Think big, hieß die neue Losung. Denn die Stellung des Kaisers war so wackelig, daß sich mit dem Klub der Kurfürsten ein richtiges Gegengewicht zum Kaiser zu etablieren schien. Nur, dafür mußten sie untereinander einig sein. Und weil Freundschaft unter den Herrschenden – und damit auch unter ihren Völkern – so plötzlich zu entstehen pflegt wie Feindschaft, einfach nur aus der Erkenntnis heraus, daß sie gerade vorteilhaft ist, machte Dietrich plötzlich mit Friedrich in dicker Freundschaft.

Das kam über ihre Volksgenossen wie anderes Wetter. Noch Anfang des Jahres 1456 waren die beiden Kurfürsten sich spinnefeind gewesen und hätten beinahe sogar das Kriegsbeil ausgegraben. Aber schon zu Pfingsten machte Friedrich einen Ausflug nach Aschaffenburg und besuchte dabei seinen Widersacher. Er wurde wie ein alter Freund aufgenommen und mit großen Festlichkeiten geehrt. Fünf Tage lang blieb der Pfälzer bei dem Erzbischof.

Gerade erst eine Woche wieder daheim, setzte er sich erneut mit ihm zusammen, diesmal in Dieburg, wo man einen offiziellen Freundschaftsvertrag schloß. Offenbar waren die beiden sich tatsächlich einig in ihrer Absicht, Freundschaft zu halten. Denn schon eine Woche später empfing Friedrich seinen neuen Freund Dietrich in Heidelberg, wo der es sich ebenfalls fünf Tage lang gutgehen ließ. Die beiden waren sich nun schon so einig, daß sie bei allen Heiligen schworen, »ihr Lebtage nicht mehr gegen einander zu handeln«. Nicht der erste Schwur mit äußerst kurzer Halbwertzeit.

Doch ich will nicht unken. Friede, Freude, Eierkuchen hieß jetzt die Parole. Das einzige, was noch fehlte, das war die förmliche Anerkennung des selbsternannten Kurfürsten Friedrich I. durch den kurfürstlichen Erzbischof Dietrich von Mainz. Und diese kleine Formsache regelten die Freunde im Sommer desselben Jahres auch noch – arme kleine Magd Maria, du hast dir völlig vergebens mit der Reitgerte das Andreaskreuz auf den Hintern malen lassen.

Für Maria wie für viele Handschuhsheimer brachte die neue Entente cordiale immerhin eine Steigerung der Lebensqualität. Jetzt endlich konnten sie bei den alljährlichen Narrenfesten mitmachen. Was im kleinen Handschuhsheim nur eine unbedeutende Sache war, das zogen die Heidelberger doch ganz anders auf. Typisch Stadt, sagte man in Handschuhsheim – und zog mit Begeisterung hin.

Da machten die Geistlichen, vor allem die jungen Kanoniker, die erst die niedrigen Weihen empfangen hatten, eifrig mit beim Narrentreiben. Sie öffneten die Gotteshäuser, als wären das Überdruckventile, und ließen die Leute darin herumtollen, wie sie wollten. Sie selbst verkleideten sich und sangen in ihren Kirchen Litaneien, die nur so mit Zoten gespickt waren. War das eine aufmerksame Gemeinde! War das ein Jubel! Vor allem auch, weil der Altar als Buffet diente und weil die Beichtstühle als Chambres separées benutzt werden durften.

Verzeihen Sie die französischen Ausdrücke, aber dieses lustige Fest verdient diese Sprache, denn es war aus Frankreich herübergekommen. Die Bischöfe wetterten dort wie hier zwar regelmäßig gegen diese Orgien, aber die Priester sagten, sie könnten nichts anderes tun als mitmachen, um Schlimmeres zu verhüten. Die Leute seien halt so, die brauchten das einfach mal. Man könne sie doch nicht permanent mit tausend Verboten und angedrohten Höllenstrafen quälen. Was für eine unzeitgemäße Eruption der Vernunft!

Schließlich hatten die feierfreudigen Priester auch noch das Argument parat, man müßte den Leutchen mehr Gelegenheiten zum Sündigen geben, dann hätten sie auch was zu beichten – und mehr Anlaß zu Bußopfern. Was die Bischöfe natürlich genauso sahen, aber nicht so sehen durften. Aus pastoraler Verantwortung, wohlgemerkt.

Aus dieser heraus mischten sie sich denn auch gern hin und wieder beim Narrenfest unter ihre Schäfchen, selbstverständlich verkleidet, um zu erfahren, wogegen sie wettern müßten. Konnten sie als gebildete Herren sich doch sagen: Immer dieselben Huren im Haus, nein, die menschliche Natur verlangt nach Abwechslung, und auch ein Bischof ist immer noch ein Mensch.

46. Kapitel

Wieso wir den Ritter Diether als armen Ritter
bezeichnen dürfen, seine Geliebte aber nicht
als armes Luder

Sattel mir mein Pferd! Ich muß über den Neckar.« So
der Herr zu seinem Knecht. Für Diether von Handschuhsheim brachten die plötzlichen Umwälzungen in der
großen Politik kaum Veränderungen, genau betrachtet.
Denn für ihn gab es nachher sowenig Schwierigkeiten,
nach Heidelberg hinüberzureiten, wie vorher. War er für
die Brückenwächter doch längst ein alter Bekannter. Und
hatten sie ihm bisher nur auf heimliche Anweisung des
Kurfürsten hin das Brückentor geöffnet, so taten sie es jetzt
auf seinen ausdrücklichen Befehl hin. Der Ritt über die
dröhnenden Planken der langen Holzbrücke war der-
selbe: ein kleiner Schritt nur in eine große Welt hinein.
Denn im Vergleich zu Handschuhsheim war Heidelberg
nun doch schon ein Weltstädtchen, vor allem durch die
vielen fremdländischen Besucher, die von überall her kamen, genauso fremdartig wie die andere Sorte von Be-
staunmenschen, die Magister und Scholaren. Der Wacht-
turm auf dem Nordteil der Brücke konnte Diether genausowenig schrecken wie der hohe Doppelturm am Sü-
dende, allen Schießscharten und Pechnasen zum Trotz.
Zumal Diether, was er bisher gegen den Willen seines
Lehnsherrn, des Erzbischofs von Mainz, getan hatte, jetzt
mit dessen ausdrücklicher Billigung tat. Denn der Erzbischof erhoffte sich von den vielen Visiten seines Dienst-
mannes beim Nachbarn einen Strom von Informationen
über den neuen politischen Freund. Nach der Devise:
Freundschaft ist gut, Ausspähung ist besser. Politiker müssen ja immer mehrgleisig denken und handeln. Das war

auch schon vor der Erfindung der Eisenbahn so. Kein Wunder, daß die Herren Politiker die kleinen Leute in so viele Unfälle hineinmanövrieren.

Diether konnte sich nicht beklagen. Er war nun ein angesehener Mann mit guten Beziehungen dahin und dorthin. Ihm konnten die politischen Schachzüge der Herren egal sein, solange er nur das Passierrecht auf der Neckarbrücke hatte. Denn das adlige Fräulein Kunigunde, drüben auf der anderen Seite, war ihm voll inniger Liebe zugetan. Seine Frau Margarethe natürlich auch. Doch – hier soll es einmal hemmungslos offen gesagt werden – der wackere Diether spürte den Unterschied: Daheim seine Frau, die argwöhnisch fragte, was er denn schon wieder in Heidelberg zu tun habe, und dort seine Geliebte, die argwöhnisch fragte, warum er sich so selten aus seinem Handschuhsheim davonmache. Ob denn in Heidelberg/in Handschuhsheim das Wetter so viel besser sei? Ob es sich denn in Heidelberg/in Handschuhsheim soviel besser leben lasse? Ob man sich etwa in Handschuhsheim/in Heidelberg nicht bestens um ihn kümmere?

Armer Ritter! Das darf ich sagen, weil damals ein armer Ritter noch kein Gebäck war, sondern ein Gegenstand des Mitgefühls. Da war unser Diether V. noch keine dreißig und doch schon ein Mann, der immer öfter auf den Gedanken kam, man müsse das Leben genießen, ehe es einen verläßt, denn das Leben zeigte sich immer zwiespältiger. Diether war ein familiärer Mensch. Er fühlte sich zu Hause wohl und war froh, daß er weder als Kreuzritter in die Ferne ziehen noch als Raubritter hinterm Strauch liegen mußte. Aber so in der Nähe ein nettes Liebchen zu haben, das auf einen wartet, das gefiel ihm doch auch, Familiensinn hin und Familiensinn her. Und es schmeichelte ihm ganz schön. Vermutlich war das sogar die Hauptsache, was er sich aber nicht zugab – dummerweise. So konnte ihm das Ziehen und Zerren hier und das Ziehen und Zerren dort schon manchen Genuß vergällen. Er würde mal ein ernstes Wort mit ihr reden müssen, sagte er sich, als er zur Burg des Pfalzgrafen hinaufritt. Ein ernstes Wort mit wem?

Mit ihr! Und auch mit ihr! Einmal richtig klarstellen, wer man ist. Der Freund und Vertraute des Kurfürsten Friedrich von der Pfalz und gleichzeitig der besonders wichtige Lehnsmann des Erzbischofs Dietrich von Mainz. Ein Mann wie ich, der was ist und was bedeutet, der kann sich nicht von einer Frau einengen lassen, weder von der noch von der. Ja, Kunigunde ist in letzter Zeit immer unbequemer geworden mit ihren Fragen. Und Margarethe auch. Da soll doch der Leibhaftige persönlich dreinfahren!
Armer Ritter noch mal.
Es nützte ihm nichts, daß er sich Mut gemacht hatte für das große Donnerwetter. Kunigunde hatte sich schön gemacht, so schön wie eine Elfe. In feiner Seide saß sie da, auf brokatenen Kissen in ihrer liebevoll geschmückten Kemenate. Blumen und bunte Bänder überall. Und ein Sonnenstrahl fiel auf ihr Gewand, daß sie aussah wie die Himmelsmutter persönlich. Kaum daß Diether sie begrüßt hatte – mit einer Umarmung, die viel heftiger ausfiel, als er es sich vorgenommen hatte –, kamen zwei der Mägde und brachten zu essen und zu trinken. Und was für herrliche Sachen sie anschleppten. Die Mädchen zwinkerten ihm fröhlich zu, statt ihn untertänig zu grüßen, was er weniger herrlich fand. Nun ja, sie hatten ihn oft genug in der Hand gehabt, und so was verändert die Einstellung. In ihren kräftigen Bauernmädchenhänden hatten sie ihn gehabt, wenn sie ihn am Seil heraufhievten oder hinabließen. Mit einem herrischen Wink schickte er sie hinaus. Sie würden ihn nie mehr den Hang hinabkollern lassen können. Jetzt komme ich durch die Tür zu meiner Geliebten, wie es sich gehört, und am hellichten Tag. Als Vertrauter des Kurfürsten gehöre ich zum Hof, da ist es doch wohl mein gutes Recht, mir eine seiner Hofdamen zu nehmen.
Diethers neue Art, zu seiner Kunigunde zu kommen, war nur ein äußeres Zeichen der grundsätzlichen Veränderungen, die sich am Heidelberger Hof abzeichneten. Kundigunde hatte immer wieder neue Nachrichten darüber für ihn parat, und manche davon gab Diether auch an seinen Mainzer Lehnsherrn weiter. Aber eben nur manche. Die

folgende würde sicher nicht dazu gehören: »Dieser Peter Luder, den der Kurfürst an den Hof geholt hat, macht dir Konkurrenz, Diether.«

»Ich brauche diese Konkurrenz nicht zu fürchten. Ich weiß, wie Kurfürst Friedrich zu mir steht. Wir sind ein Herz und eine Seele, da paßt kein Luder dazwischen.«

Um Mißverständnissen zuvorzukommen: Es geht nicht um das Luder, also das in der Jägersprache so bezeichnete als Lockspeise ausgelegte Aas, sondern um einen Gelehrten namens Luder, den der Pfalzgraf an seinen Hof geholt hatte. Der Mann hatte in Heidelberg studiert und war dann viele Jahre durch Italien gezogen und dabei nicht dümmer geworden. Er brachte von dort einen neuen Geist mit, einen, der sich gegen die verstaubte Wortklauberei der Kleriker wandte. Plötzlich gab es auch andere Zelebritäten als nur Kirchenlehrer. Peter Luder hielt seine Antrittsvorlesung an der Heidelberger Universität bezeichnenderweise über den römischen Dichter Horaz. Und das natürlich in Latein. Horaz, ein Mann, der gewußt hatte: Est modus in rebus, sunt certi denique fines, quos ultra citrasque nequit consistere rectum . . . Das klang anders als das Kirchenlatein und gab auch ganz andere Lebenshilfen.

Freilich war das Leben dieses Peter Luder nicht so moderat, wie es sich nach Horaz empfahl. Der Mann wurde zwar nicht von den Studenten, wohl aber von den übrigen Dozenten der Universität rundweg abgelehnt. Der Grund oder aber die Folge – wer kann das je so scharf trennen – war, daß er sich ausgiebig dem Genuß von Wein und Weibern hingab. Ein praktizierender Philosoph also. Und den sah Kunigunde als Konkurrenten für Diether von Handschuhsheim an? Als ob der Kurfürst mir so einen vorziehen würde, sagte Diether sich.

Doch klärte Kunigunde ihn schnell und schonungslos auf: »Um deine Stellung beim Kurfürsten geht es doch nicht, mein geliebter kleiner Dummkopf. Es geht um deine Stellung bei mir. Der neue Magister und Hofpoet hat mir ein Gedicht gewidmet, in Latein, in dem er in schönsten Worten meine Schönheit besingt.

Diether trocken-betroffen: »Hast du das Gedicht gelesen?«
»Natürlich nicht. Ich kann ja kein Latein lesen. Aber Magister Luder hat es mir übersetzt, er kann einfach . . .«
»Er kann, er kann, was kümmert mich, was der Kerl kann? Schöne Worte machen kann der, sonst nichts!«
»Du hast ja recht, mein Liebster, der Mann ist nicht so tüchtig mit der Lanze wie du. Aber er hat doch was, er hat so was Neuartiges, Feines an sich, ich weiß nicht, wie ich es nennen soll. Aber eine Frau spürt das. Schon wie er einen ansieht.«
»Der soll nur achtgeben, daß er mir nicht vor die Klinge kommt, sonst sieht er bald nie mehr eine Frau an, schon gar nicht dich.«
»Nun, nun, nicht so unwirsch, lieber Diether. Der Mann ist halt ein – ein kluger Kopf, der . . .«
»Ein Herumtreiber ist er, und er soll sich nur ja nicht einfallen lassen, dir noch einmal ein Gedicht zu widmen, nicht einmal ein lateinisches. Denn du gehörst mir und sonst keinem Menschen, und ich hoffe, daß . . .«
Der Rest des martialischen Statements wurde unverständlich, weil das zürnende Ritterhaupt mit Vehemenz an einen zarten, heißen Busen gedrückt wurde. Kunigunde hatte ihren Geliebten wieder dahin gebracht, wo sie ihn haben wollte. Das ganze schöne Essen würde nun zur Nachspeise degradiert werden.

47. KAPITEL

*So kann man natürlich nicht mit Menschen umgehen,
allenfalls mit Teufeln, bösen Geistern und Dämonen*

Auch Pater Paulus hatte es geschafft. Er war nun der Hexenpater seines Ordens. Welch eine Karriere! Als solcher war er dafür zuständig, den Teufeln und allen Dämonen auf die Finger zu klopfen. »Und auf ihre krummen Nasen«, pflegte er zu sagen, »die sie nicht in unsere Angelegenheiten stecken sollen!«

Mit unseren Angelegenheiten meinte er freilich nicht seine aufopfernde Jätearbeit im Weinberg des Herrn. Nein, bewahre. Schrecklich genug schon allein der Gedanke, die bösen Geister könnten es eines Tages einfach unterlassen, ihm weiter Arbeit zu machen. Das tiefinnerste Dilemma jedes Kriminalbeamten ist schließlich, daß er die Bösewichte hassen und verfolgen muß und doch existentiell von ihnen als seinen wahren Arbeitgebern abhängig ist. Was würde man denn machen ohne sie? Man müßte irgendeinen ordentlichen Beruf erlernen: Schreiner oder Bäcker oder so was. Noch viel schlimmer für Pater Paulus, sich die Welt ohne das Böse vorzustellen. Er wäre wieder in sein Kloster auf dem Heiligenberg eingesperrt wie die anderen Patres, und das bis ans Ende seines Lebens. Ohne jedes Vergnügen, von gelegentlichen Kontakten mit der einen oder anderen Frau abgesehen, die zu ihm hereinklettert in die karge Zelle oder bei der er einmal für ein Stündchen einen komfortablen Unterschlupf findet. Aber was für komplizierte Arrangements sind das doch alles. Viel einfacher, als der Hexenpater über Land zu ziehen, dahin und dorthin gerufen. Überall der Helfer in größter Not. Und da die Dämonen sich vorzugsweise in weibliche

Wesen einnisten, der Retter der Frauen und Mädchen –
und manchmal recht hübscher.

Das bringt was, konnte Pater Paulus zufrieden feststellen.
Nicht nur klingende Münze für mein Hexenpülverchen
und mein Handauflegen und Beten. Nicht nur gutes Essen
und manchen kräftigen Trunk. Das bringt vor allem auch
manchen schönen Anblick und manch liebliche Berüh-
rung. Und erst die überströmende Dankbarkeit hinterher,
auch die der Mütter und Schwestern und Töchter.

Pater Paulus war nicht wählerisch. Die Hauptsache, es
macht Spaß, das war seine Lebensregel. Eine Eigenbau-
Regel, die durch die von ihm offiziell akzeptierte Regel des
heiligen Augustinus durchschimmerte wie nacktes Fleisch
durch ein völlig verschlissenes Kleid. – Wie bitte? Was aus
seinem Pflanzstock geworden ist? – Ach, der, ja der ist okay.

Pater Paulus hatte noch rechtzeitig vor dem nächsten Vollmond bei Edeltrud Abbitte getan – und seinen Pakt mit
dem Satan geschlossen.

Der fromme Mann war auf dem Weg nach Dossenheim.
Keine weite Reise diesmal. Dafür hoffentlich um so loh-
nender, überlegte er. Schließlich geht es zu einem reichen
Bauern.

Von wegen lohnend: Dabei kam ihm Pater Ossian in den
Sinn. Den Alten hatte er enttarnt. Das war sein Meister-
stück gewesen. Daraufhin stand seiner Ernennung zum
Hexenpater nichts mehr im Wege. Hatte er doch die richtige Nase gehabt, damals in der Walpurgisnacht, als er den
Mann, der die Schwarze Messe zelebrierte, für Pater Ossian
hielt. Er hatte ihn nur ein wenig genauer beobachten müs-
sen, ein paar gezielte Fragen dann. Schon glaubte Pater
Ossian, er habe in ihm einen Satansbruder, den er an sein
Herz drücken könnte. Und schon war sein Fall beim Abt in
Lorsch zur Anzeige gebracht. Aber was hatte er weiter da-
von? Nichts, überhaupt nichts. Der alte Pater Ossian
mußte schwere Buße tun, das geschah ihm ganz recht.
Dann wurde er in ein anderes Kloster versetzt, wo niemand
von seiner Verfehlung wußte außer dem Propst. Der ganze
Erfolg war also, daß die auf dem Heiligenberg den Stinker

los waren. Jetzt würde er andere mit seinen unverschämt stinkenden Fürzen malträtieren, sagte Pater Paulus sich. Denn besser roch er immer noch nicht. Auch nach all seinen Bußübungen stank Pater Ossian immer noch nach Teufel.

Am Hoftor erwartete ihn schon der Bauer, und aus der Wohnstube klang ihm ein fürchterliches Geschrei entgegen. Das Töchterchen des Bauern war von Dämonen besessen. Der Ortspfarrer hatte es festgestellt und daraufhin beim Propst des Allerheiligenklosters um Hilfe nachgesucht. Pater Paulus hatte sich nicht lange bitten lassen, sich aber ausbedungen, daß der Pfarrer ihm bei der heiligen Handlung des Exorzismus assistiere. Das, so wußte er, macht den Pfarrern Vergnügen, und sie kriegen auch immer einiges ab vom anschließenden Dank. So was macht einem die weltlichen Kollegen gewogen. Er selbst aber würde zunächst fachkundig feststellen müssen, hatte Pater Paulus weiter zur Bedingung gemacht, ob wirklich ein Fall von Besessenheit vorliege, der einen Exorzismus erforderlich mache.

Der Ortsgeistliche war bereits da und bemühte sich auf seine Art, der Besessenen gut zuzureden. Der Pater schob ihn energisch zur Seite. Ein junges Mädchen, etwas dicklich, stellte er fest, aber hübsch. Gerade sechzehn Jahre alt, erfuhr Pater Paulus. Katharina heiße sie, sagte die Mutter.

»Ein schöner Name, der Name einer guten Schutzheiligen«, sagte der Pater in das Geschrei des Mädchens hinein. Dabei zeigte sie wahrhaftig nichts von einer Heiligen. Sie schrie den Pater an und streckte ihm die Zunge raus und wandte sich ab und hob plötzlich ihren Rock und zeigte ihm den Hintern und brabbelte dabei unverständliches Zeug, lachte und jammerte zugleich und rief auf einmal: »Der ist doch auch nicht anders als alle anderen!«

»Nun, so lasset mich hiermit zunächst feststellen«, begann Pater Paulus in würdevollem Ton, »daß es sich bei diesem bedauernswerten Geschöpf, dem in der Taufe der schöne Name Katharina gegeben wurde, um ein von bösen Geistern besessenes Gefäß handelt. Dieser Fall erfüllt eindeutig zwei der von unserer heiligen Kirche aufgestellten Vorbedingungen für einen Exorzismus, indem das Mädchen nämlich ad unum in fremden Zungen spricht und es ad secundum Kenntnis von Tatsachen zeigt, die es unmöglich auf normalem Wege erfahren haben kann.«

In dem Moment herrschte eine atemlose Stille im Raum, weil sogar das Mädchen selbst keinen Ton mehr hervorbrachte. Und das lag sicher nicht an dem miserablen Latein des Paters. Mit offenem Mund und großen Angstaugen starrte das Mädchen den Mönch an.

Der gab nun seine Anweisungen. Dem Mädchen sollte nichts als ein loses, leichtes Kleidchen angezogen werden. Alle harten Gegenstände bis auf einen einzigen stabilen Stuhl sollten aus der Stube entfernt werden. Ferner seien zwei kräftige Knechte hinzuzuziehen. Die hatten offenbar schon vor der Tür gewartet, so schnell waren sie da. So konnten sie das Mädchen festhalten, das seine stumme Überraschung endlich überwunden hatte und eilends verschwinden wollte. Die Stubentür wurde von innen verriegelt, die Fenster wurden dicht verhängt. Nur noch flakkerndes Kerzenlicht erhellte den Raum.

Auf Geheiß des Paters setzte man die Kleine auf den Stuhl. Der Vater und die Mutter knieten vor ihr und hielten ihre Beine fest. Die beiden Knechte standen hinter ihr und packten sie an den Armen. Dann eröffnete der Pater mit einem gemeinsamen Vaterunser das Austreibungsritual. Dabei hielt er der Besessenen sein Kreuz dicht vors Gesicht, mal vor ihr kniend, mal bedrohlich über sie gebeugt, dann wieder umkreiste er sie mit großen, schwer tappenden Schritten. Der Ortspfarrer hatte jede seiner Bewegungen nachzumachen und laut mitzubeten, soweit er die Gebete kannte.

Der Pater unterbrach das Beten und sprach nun eindringlich auf die bösen Geister ein. Er forderte sie unumwunden auf, dieses arme, gequälte Geschöpf zu verlassen. Dabei sagte er ihnen zunächst, daß er viel Verständnis für die Wahl ihres Aufenthaltes habe:

»Das Weib ist ja, wie uns die Genesis kündet, nur ein miß-

glückter Mann, jeder Versuchung ausgeliefert. Der heilige Albertus Magnus hat schon gesagt, daß es das Gefühl ist, was die Frau zum Bösen hin treibt, euch also allezeit willig entgegenkommt. Und der heilige Thomas von Aquin sagte schon mit Recht, daß das Weib nicht beabsichtigt war im Schöpfungsplan Gottes, daß es von einem Defekt herrührt, daß es nur einer sekundären Absicht der Natur entspricht, ähnlich sekundär wie die Fäulnis, die Mißbildung und die Altersschwäche. Das, du Satansbrut, ihr Dämonen und Wirrgeister, das hat es euch leichtgemacht, dieses arme Mädchen in eure Gewalt zu bringen. Aber schämen solltet ihr euch, daß ihr es euch so leicht machen laßt. Habt ihr denn gar keinen Stolz? Wo ist er denn geblieben, der Stolz des Luzifer? Ich fordere euch auf, schlimmes Gelichter, im Namen des Gekreuzigten fordere ich euch auf, euch hinwegzubegeben, euch in das unterirdische Reich zurückzuziehen, das euch zugeteilt ist. Hebt euch hinweg, ihr Teufel und Dämonen! Hinweg, hinweg, hinweg!«
Nichts geschah, außer daß das Mädchen sich wie rasend gebärdete und kaum noch zu halten war. Da begann der Pater die Gebete zu sprechen, die zum Bannen der bösen Geister notwendig waren. In lateinischer Sprache betete er sie, in einem Latein, das der Ortspfarrer nicht verstand. Und offenbar verstanden auch die bösen Geister diese Sprache nicht, denn sie trieben ihr Unwesen in dem armen Mädchen nur um so schlimmer. Sie ließen es schreien und jammern und spucken, sich begeifern, so schien es. Und sie warfen ihm den Leib hoch in gewaltigen Konvulsionen, immer und immer wieder. Wobei unter den Händen der Zupackenden das Kleid aufriß und sich der Fetzen über den Beinen hochschob, so daß das Mädchen fast völlig nackt war. Die Knechte starrten auf Katharinas Brüste, die schon kräftig entwickelt waren, und zeigten sich um so kräftiger im Zupacken. Sie starrten auf ihren buschigen Schamhügel, ihren wilden Bauch, und die Mutter bemühte sich vergebens, das Mädchen wieder zu bedecken. Plötzlich, mitten in seine Gebete hinein, verwehrte Pater Paulus ihr diese Hilfestellung. Mit seinem dröhnenden

Baß: »Die Dämonen, die Dämonen, seht nur, sie entkleiden ihr Opfer, weil sie einen Weg suchen, sich zu entfernen. Mit Vorliebe, ja, mit Vorliebe nimmt der Böse präterpropter dieselbe Körperöffnung als Ausgang, durch die er so gern hereingelassen wurde. Drum lasset uns beten: Pater noster, qui es in . . .«

Etliche Stunden währte der heldenhafte Kampf des Hexenpaters mit den Dämonen des Bauernmädchens. Dann endlich konnte er triumphierend den Sieg verkünden. Den Sieg des Guten über das Böse. Das Mädchen war plötzlich kraftlos in sich zusammengesunken. Es wimmerte nur noch leise und ließ die Tränen wie sein Wasser laufen. Pater Paulus sagte: »Deo gratias«, segnete sein Opfer mit großer Geste und gab dann Anweisung, es loszulassen.

»Sehet, Eure Tochter Katharina ist geheilt. Sie ist nun wieder ein Kind unserer heiligen Kirche. Ich habe sie dem Satan aus den Klauen gerissen. Ihr habt Anlaß, Bauer, Euch dafür dankbar zu zeigen.«

Was den Ortspfarrer, der auch schon fast zusammengebrochen war, wieder munter werden ließ. Da war doch das Kirchendach, das dringend eine Reparatur benötigte. Und im übrigen, jetzt würde es ja ans Tafeln gehen, an einer deftig bestückten Bauerntafel.

48. KAPITEL

Ganz klar, Diether hat kein Händchen für Frauen,
er verläßt sich deshalb lieber auf seine Reitgerte

Von einer Katastrophe ist zu berichten, von einer persönlichen, nicht einer Naturkatastrophe. Obwohl auch dafür niemand anderes als unsere Natur verantwortlich zu machen wäre. Als Diether von Handschuhsheim das nächste Mal zur unteren Burg in Heidelberg ritt – sein braves Pferd fand den Weg schon allein – und sich in schönsten Phantasien ausmalte, wie dieser Nachmittag und Abend mit dem geliebten Fräulein Kunigunde ablaufen würde, da konnte er nicht ahnen, was ihn Schlimmes erwartete. Es ist dies ein Beleg dafür, daß das Telefon doch keine völlig unnötige Erfindung war. Hier zum Beispiel fehlte es. Die paar Kilometer zwischen seiner Tiefburg und der unteren Burg in Heidelberg waren damals noch eine unüberbrückbare Distanz, von der Möglichkeit abgesehen, einen Boten oder eine Brieftaube zu schicken. Doch die Zeiten, da Diether beim Kurfürsten seine Brieftauben deponiert hatte, um jederzeit erreichbar zu sein, waren längst vorbei. Der Kontakt zwischen Heidelberg und Handschuhsheim war ja nicht mehr verboten.
Was war passiert? Zunächst mal das: Kunigunde hatte ihm keinen Boten geschickt, und um es gleich vorwegzunehmen: Man hatte ihr nicht die Zeit dazu gelassen. Und von sich aus den Handschuhsheimer zu benachrichtigen, darauf kamen Kunigundes Mägde nicht. Dafür hatte der Ritter sich ihnen gegenüber zu arrogant gezeigt.
Schon damals also war das richtige Verhalten gegenüber dem Personal eine Kunst, die nicht jeder beherrschte. Und Diether von Handschuhsheim war nun einmal alles andere

als ein Künstler. Was mitunter sehr zu seinem Nachteil au»
schlug.

Was war geschehen? Diether war in die Burg eingeritten
und hatte sich sofort zum Frauenhaus hinüber begeben.
Doch fand er Kunigunde nicht in ihrer Kemenate. Er
fragte nach ihr und erhielt ausweichende Antworten, was
ihn beunruhigte. So suchte er nach ihren Mägden, fand
auch endlich eine, bemerkte, daß sie sich über seine Unruhe amüsierte, drang energischer in sie, ihm zu sagen,
was los sei, und machte sie damit nur noch verstockter.

Diether war halt kein galanter Hofmann. Er hatte seine eigene, derbe Art, mit Frauen umzugehen, getreu der biblischen Losung: Machet euch die Erde untertan. Erst als
alles Auftrumpfen nichts nützte, fiel ihm ein, dem Mädchen ein Silberstück zu geben. Davon wurde es sofort um-
gestimmt.

»Der Herr Vater, der Freiherr, hat das Fräulein Kunigunde
geholt«, sagte sie.

Der Vater, wußte Diether, war ein fränkischer Edelmann,
der sich sonst wenig um seine Tochter gekümmert hatte.
Viel mehr wußte er von dem Mann allerdings nicht. Verständlich, daß sich nun seine Fragen überschlugen: Wann,
warum, wohin? Doch war seine Silbermünze für die eine
Gesprächseinheit wohl schon verbraucht. Von dem Mädchen kam nur noch: »Ich weiß nicht.«

»Du weißt nicht, wohin?«

»Nein.«

»Aber du weißt, warum?«

»Nein.«

»Aber wann, das mußt du doch wissen!«

»Vor einer Woche wohl schon. Ihr wart ja lange nicht mehr
hier, Herr.«

»Spar dir deine dummen Bemerkungen, Mädchen!« Diether gab ihr eine Ohrfeige, hielt sie aber mit der anderen
Hand am Arm fest, damit sie nicht davonlaufen konnte –
mit dem Erfolg, daß die Magd weinte und nun gar nichts
mehr sagen wollte.

Noch einmal ein Versuch im Guten: »Hör mal, Mädchen,

hat das Fräulein dir nicht irgend etwas aufgetragen, das du mir sagen sollst? Eine Botschaft für mich? Oder eine Nachricht von ihrem Vater?«

»Nein.«

»Aber das Fräulein muß doch beim Abschied . . .«

»Da war kein Abschied. Es ging alles so schnell. Der Vater war furchtbar böse.«

»Warum?«

»Da müßt Ihr Eva fragen.«

»Eva? Das ist das andere Mädchen von Fräulein Kunigunde, nicht wahr?«

»Ja.«

»Und die weiß, weswegen sich der Vater aufgeregt hat?«

»Ja.«

»Und das hat sie dir nicht gesagt?«

»Doch.«

»Dann kannst du es mir auch sagen.«

»Nein. Fragt die Eva und laßt mich los. Die Eva hat es gesehen, und die hat es dem Vater verraten. Und die hat von dem Freiherrn mehr bekommen als ein einziges Silberstück.«

Diese Aufforderung zum Nachzahlen überhörte Diether. Er hatte ja auch genug erfahren. Den Rest müßte Eva ihm sagen. Er suchte sie und nahm sich dabei vor, diesmal geschickter vorzugehen. Er fand sie schließlich, zog sie mit sich in einen abgelegenen Gang und begann sofort mit seinen Fragen. Doch als die Magd glaubte, nun ihr Wissen gegen klingende Münze eintauschen zu können, zeigte Diether ihr die Reitgerte. Sein wildes Gesicht, die Aufgeregtheit, das war überzeugend. Eva gestand zum Nulltarif, daß das Fräulein Kunigunde von ihrem Vater ins Kloster Neuburg gebracht worden sei.

»Und warum das?«

»Wegen der Schande, hat der Freiherr gesagt.«

Diether hatte das richtige Gefühl, daß der Ausdruck Schande sich gegen ihn richte, und gab seinem Unwillen mit einem kräftigen Hieb auf ihre Rückseite Ausdruck, allerdings ohne zuerst das Kleid zu entfernen – für ihn eine ungewöhnliche Sanftheit, die wohl mit seiner momentanen Verunsicherung zusammenhing.

»Weshalb Schande?« fuhr er das Mädchen grob an.

»Das Fräulein Kunigunde, meine frühere Herrin, sie – sie war gesegneten Leibes.«

Etwas zu betroffen: »Ach, war sie das?«

Etwas zu kess: »Ja, das war sie.«

»Aber – woher wußte das der Vater?«

»Das, das weiß ich nicht.«

Aber Diether wußte es bereits, was der Magd gleich zwei weitere kräftige Streiche mit der Reitgerte einbrachte. Doch dabei gelang es ihr, sich loszureißen und zu entwischen.

Nicht schwierig, sich Diethers Gemütsverfassung vorzustellen: Kunigunde wird mir einen Sohn schenken, jubelte es in ihm, ich werde sie aus dem Kloster entführen, trompetete es dazwischen, meine Frau wird das nicht gerade freuen, quäkte es hinein, in ihrem Vater habe ich nun einen Feind, klingelte es plötzlich, und wie sich der Pfalzgraf zu dem Vorfall stellen wird, das werde ich wohl bald zu spüren kriegen, wurde er nachdenklich.

Daß Kunigunde nicht freiwillig ins Kloster gegangen war, das schien ihm selbstverständlich. Man hält halt was von sich. Er kannte ja auch ihre begeisterte Hingabe, so konnte er sie sich wahrhaftig nicht als demütige Braut Christi vorstellen.

Wenn sie aber gegen ihren Willen dort festgehalten wird, dann muß ich sofort zu ihr hin, dachte er und war schon unterwegs. Zur Neckarbrücke hinunter und hinüber und dann auf dem rechten Uferweg flußaufwärts. Nur ein kurzer Ritt, und er sprang an der Pforte des Zisterzienserinnenklosters Neuburg vom Pferd. Mit seiner schweren Ritterfaust schlug er gegen das Tor, daß es nur so hallte.

»Aufmachen, aufmachen, sofort!« brüllte er.

Selbstverständlich öffnete sich die Pforte nicht. Es dauerte eine Weile, und Diether schlug immer ungeduldiger gegen das Tor. Das würde man im ganzen Kloster hören, sagte er sich. Das müßte Kunigunde doch hören, jetzt müßte sie doch gelaufen kommen.

Da wurde endlich das kleine Fensterchen der Pforte geöffnet, und der Kopf der Schwester Pförtnerin erschien in der Luke und fragte in aller Unschuld: »Gelobt sei Jesus Christus. Was ist Euer Begehr, Bruder?«

Diether griff blitzschnell mit beiden Händen in die Luke, um sich die falsche Schlange zu packen, doch die Pförtnerin war noch schneller zurückgewichen und warf dabei den Fensterflügel so energisch zu, daß er Diether auf die Finger schlug.

Ein Aua unterdrückte er, der Rittersmann. Von drinnen hörte er dann die Pförtnerin rufen: »Was fällt Euch ein! Ihr steht auf Klostergrund. Hier habt Ihr nicht zu befehlen und zu fordern. Hier bestimmt Gott allein, was geschieht.«

»Gebt das Fräulein Kunigunde heraus, das Ihr gegen seinen Willen festhaltet!«

»Fräulein Kunigunde hat um Aufnahme in unseren Orden gebeten, und die ehrwürdige Mutter hat ihr diese Bitte nicht abgeschlagen. Punctum!«

»Das ist gelogen«, tobte Diether vor der verschlossenen Pforte, die er mit seiner Reitgerte bearbeitete. Natürlich ohne jede Wirkung. Das Ding taugt halt nur zum Bearbeiten von nackter Haut, nicht aber bei kräftigen Holzbohlen. Doch war Diether in dem Moment zu so nüchternen Feststellungen nicht in der Lage. Schließlich ging es ja um seine Ehre – und um seinen Sohn. Und um sein Glück. So jedenfalls sah er das. Die Schwester Pförtnerin sah das ganz anders. Sie verlangte – vorsichtshalber hinter der verschlossenen Fensterluke bleibend –, er solle verschwinden, und zwar sofort.

Was anderes bleibt mir im Augenblick wohl auch nicht übrig, sagte sich der abgewiesene Ritter, aber ich werde wiederkommen, sprang auf sein Pferd und gab ihm die Reitgerte. Schon besser, Diether, dafür ist sie ja da.

49. Kapitel

Wieso es nicht schaden könnte, wie eine Frau meint,
wenn die Weiber ein bißchen gescheit wären

Wie tröstlich zu wissen: Das fromme Leben auf und um den Heiligenberg herum, es war noch nicht erstorben. Das Allerheiligenkloster und das Stephanskloster, auf seinen beiden höchsten Erhebungen thronend, zu seinen Füßen sitzend, das Kloster Schönau im Norden, das Hauskloster der Heidelberger Pfalzgrafen, und das Kloster Neuburg im Südosten, gleich über dem Neckar. Der geheimnisumwitterte Berg, Stätte so vieler Besiedlungen durch Menschen, die den jetzt dort Lebenden völlig unbekannt waren, er war fest in der Hand der Kirche. Und die Menschen, die sich mit ihren meist ärmlichen Behausungen an ihn angekuschelt hatten, waren es erst recht. Ihnen hatte man das Kirchenjahr übergestülpt, als sei das die natürliche Ordnung der Welt. Und sie hatten sich daran gewöhnt und fanden es sogar längst schön so. War das Beste am Kirchenjahr doch, daß alles immer wieder von vorn anfing – eine Überlegenheit gegenüber dem Leben des einzelnen, die überzeugend und tröstlich zugleich war.

Man tat seine Pflicht als braver Christenmensch, man schuftete den lieben langen Tag auf dem Acker, im Weinberg oder in der Werkstatt. Auch, damit die frommen Frauen und Männer hinter den Klostermauern zu essen und zu trinken hätten. Und Zeit, für die zu beten, die selbst kaum Zeit und Ruhe zum Beten fanden. Ein jeder an seinem Platz und ein jeder zur höheren Ehre Gottes, wie die Pfarrer es immer wieder so schön sagten, wie sie wortgewaltig erklärten, warum es richtig und in der Ordnung sei, vorgesehen in Gottes Heilsplan, daß man fast nichts als

Mühsal hat, während andere durch die Felder spazieren, die Hände in die weiten Ärmel vergraben und den Sonnenschein genießen. Das bißchen beten, so sagte sich mancher im Schweiße seines Angesichts, das könnte ich auch. Irrtum. Aber zum Glück hatte ja niemand laut zu sagen gewagt, was so falsch war, wie etwas nur falsch sein konnte. Denn zum einen wäre das gar nicht möglich, weil jeder seinen Stand hat, in den er von Gott hineingesetzt worden ist und in dem er bleibt bis ans Ende seiner Tage, wie die Pfarrer es auszudrücken pflegten. Und das ist nun mal für die meisten Menschen der Bauernstand – Ergebnis des Ungehorsams im Paradies und des göttlichen Fluchs, mit dem diese erste Sünde bestraft wurde. Zum anderen wird auch hinter den Klostermauern hart gearbeitet. Da kümmert man sich um die Vermehrung des Besitzes wie des Wissens, kopiert Bücher, redet über die Mitbrüder oder Mitschwestern, wehrt sich gegen deren Verleumdungen, erträgt Schikanen und läßt sich selbst welche einfallen, lehrt Schüler und schreibt fromme Traktate oder Gebete oder Lieder und büßt und betet für die Menschen draußen mit. Was die Pfarrer damals als gottgefällige Arbeitsteilung priesen, das war für die kleinen Leute das Schicksal und für die großen die Chance.

Die Äbtissin des Zisterzienserinnenklosters Neuburg am Neckar gehörte zu den großen Leuten, schon weil sie die Tochter eines Grafen war. Und in dem neuen Gast ihres Hauses, dem Fräulein Kunigunde, sah und respektierte sie ebenfalls die adlige Abstammung. Aber das mit der Chance war im Falle dieses Fräuleins noch eine offene Frage.

»Ihr sagt, Fräulein Kunigunde, es ist Euch heiliger Ernst mit Eurem Wunsch, den Schleier zu nehmen, Euch Christus, unserem Herrn, zu verloben.«

»Ja, ehrwürdige Mutter, ja, das ist es mir. Aus tiefstem Herzen sehne ich mich danach.«

»Ein Sehnen, das Ihr aber noch nicht lange verspürt. Doch wohl erst seit dem Augenblick, da Euer Herr Vater, der großzügige Freiherr, Gott möge ihn allzeit segnen, in

Kenntnis Eures Zustandes entschieden hat, daß Ihr enterbt und verstoßen werdet, wenn Ihr ihm nicht gehorcht.«

»Ich kann und will Euch nicht widersprechen, ehrwürdige Mutter.«

»Euer Herr Vater hat verlangt, daß Ihr den Schleier nehmt, und er hat Euch keine andere Wahl gelassen.«

»Ja, so ist es.«

»Und trotzdem meint Ihr, Fräulein Kunigunde, aus freiem Willen und aus tiefster Zuneigung zu Jesus Christus, unserem Herrn, die Schwelle unseres Hauses überschritten zu haben?«

»Ja, ja, aber verzeiht, ehrwürdige Mutter: Kann ich nicht einen Weg, auch wenn er der einzig erkennbare weit und breit wäre, nicht genausogut mit Freuden und großen Hoffnungen einschlagen, wie ich ihn mit Widerwillen und Furcht betreten könnte?«

Hart und kalt: »Ihr solltet Euch darüber im klaren sein, Fräulein Kunigunde, daß ich in diesem Hause die Fragen stelle, und niemand sonst.«

»Vergebung! Vergebung!« Kunigunde hatte sich vor dem Sessel der Äbtissin auf den Boden geworfen. »Um Gottes willen, vergebt mir!«

»Nun, zumindest hat Eure vorwitzige Gegenfrage gezeigt, daß Ihr einen gescheiten Kopf habt. Wenn dieser Kopf Euch nur schon ein wenig früher auf den rechten Weg geführt hätte. Ganz ohne den Einsatz des Kopfes geht es . . .« Die Äbtissin sprach nicht weiter, sagte auch nicht das stolze Wort »Surgat!«, auf das Kunigunde wartete. Sie achtete überhaupt nicht mehr auf die schluchzend zu ihren Füßen Liegende, im groben Büßergewand auf dem nackten Steinboden, sondern sah nachdenklich an die Kassettendecke des Besprechungszimmerns. Zwar wäre ein Freifräulein keine besondere Zierde für unseren Konvent, in dem so manche Dame aus dem Hochadel Aufnahme gefunden hat, andererseits, was bin ich als Comtesse denn anderes als ein Abkömmling des niederen Adels, aber gerade deshalb muß ich auf das . . . Doch hat der Vater was zu bieten, in allem Ernst hat er dem Kloster ein Leibgeding versprochen, und das, noch ehe ich eine Forderung gestellt hatte, ein Leibgeding, das wahrhaftig beinahe eines Fürsten würdig wäre und das unser Haus auch dringend brauchen könnte, nur, sie ist ein gefallenes Mädchen, das heißt, genaugenommen gibt es keine gefallenen Mädchen in einem Kloster, sie ist lediglich krank, ja das ist sie, und deshalb muß sie zuallererst geheilt werden.

Die Äbtissin klatschte einmal in die Hände, und schon streckte eine der Nonnen den Kopf herein: »Was wünscht Ihr, ehrwürdige Mutter?«

»Diese hier bringt Ihr nicht zurück ins Gastzimmer, sondern ins Krankenzimmer. Danach schickt Ihr mir die Siechenmeisterin her!«

Bei ihrer anschließenden Besprechung mit der für alle erkrankten Klosterinsassen zuständigen Schwester ging es sehr nüchtern und erstaunlich fachkundig zu. Die Siechenmeisterin hatte den Gast schon gesehen und war sich mit der Äbtissin einig: »Wir brauchen uns nicht mit der Suche nach einer Amme und Unterkunft für ihr Kind zu belasten. Es ist gerade noch früh genug für einen Abortus.«

»Also soll geschehen, was geschehen muß.«

Um ungeschehen zu machen, was geschehen war, hätte die Äbtissin fortfahren können. Doch hatte sie leider nichts für Ironie übrig; sie war eine ernsthafte und deshalb höchst ehrenwerte Frau. Sie brauchte auch nichts mehr zu sagen, denn die Siechenmeisterin wußte nun, was sie zu tun hatte. Und daß sie eine zuverlässige Kraft war, das wußten alle im Hause. Ihr war keine der vielen Methoden der Abtreibung unbekannt. Sie würde es zunächst mit schweren Lasten probieren, die Kunigunde treppauf und treppab schleppen müßte, wußte die Äbtissin. Und mit sehr heißen Bädern. Und wenn das nichts nützte, dann würde die Siechenmeisterin ihr die gewissen Tinkturen in den Leib spritzen: Emmanagoga, wie sie in den Rezeptorien der Klosterbibliothek genauestens beschrieben sind. Das würde die Blutung auslösen, mit der sie wieder reingewaschen würde. Fortgeschwemmt alles, was vom Mann gekommen ist und sie unrein gemacht hat. Einen Sud aus

Selleriewurzel, Fenchel, Petersilie, Liebstöckl und Wein würde sie trinken müssen. Und Rainfarn, Fieberkraut und Beifuß in Butter würde sie auf den Nabel gelegt bekommen. Die gewissen Mittelchen.

Nachdem die Siechenmeisterin sich ein genaueres Bild vom Zustand Kunigundes gemacht hatte, verzichtete sie allerdings auf all diese guten alten Mittelchen, um die Sache lieber direkt anzugehen, und das auch verbal und in der heillos offenen Art, die bei Vertretern der Heilberufe so oft anzutreffen ist.

»Ihr seid schon sehr weit, Fräulein. Wußtet Ihr das?«

»Nein. Ich habe es ja erst vor wenigen Tagen gemerkt.«

»Ja, nichts wißt Ihr da draußen. Nichts. Nur, wie es gemacht wird, das wißt Ihr. Aber zur Vorsicht gleich hinterher Pfeffer in die Büchse zu streuen, damit nichts passiert, dafür seid Ihr zu dumm. Und erst recht zu blöde, Euch vorzusehen. Einen Kokon aus Blättern der Trauerweide und Wolle, nie davon gehört, wie?«

»Nein, bei Gott, nein.«

»Laßt Gott weg bei dem Geschäft. Das ist Weibersache. Aber ein bißchen gescheit sein sollten sie schon, die Weiber«, redete die Nonne weiter. »Kohlblütensamen oder Fruchtmark vom Granatapfel mit Alaun eingeführt, und nichts wäre passiert. Aber Ihr Frauen da draußen, Ihr nehmt, was und wie Ihr es kriegen könnt, und wir hier, wir können es dann in Ordnung bringen.«

»Bitte, Schwester, bitte, seid nicht so hart zu mir. Ich bestehe ja schon nur noch aus Leid.«

»Es wird noch viel härter kommen, wartet nur ab. Denn in Eurem Fall hilft nur noch eines. Wir werden Claviceps purpurea nehmen müssen, ein Wundermittel, besser bekannt unter dem schönen Namen Mutterkorn. Sicher schon davon gehört.« Und ohne Rücksicht auf die Schwangere, die mit einem Schreckensschrei zusammenbrach, weiter: »Mutterkorn, das gute Mutterkorn, um die Wehen auszulösen, und das sofort. Ins Bett mit Euch!«

50. KAPITEL

Was für ein großer Stratege Diether ist – und auch sonst
ganz in Ordnung, nur daß er leider keine
Ahnung hat

Irgendwie meine ich, er hat sich sehr verändert«, sagte Margarethe von Frankenstein zu seiner Lieblingsmagd Maria. Und die wußte darauf nur zu antworten: »Ja.« Denn selbst die Magd hatte in letzter Zeit nicht mehr den engen Kontakt zu ihrem Herrn, den sie früher so genossen hatten, alle beide. Männer sind blöd, erklärte sie sich das. Nie können sie genug kriegen beim Raffen und Grapschen und Zupacken, aber war mal ein anderer auf ihrer Weide, dann tun sie, als wäre die nun abgegrast für ewige Zeiten.
»Dabei wächst das Gras doch immer wieder nach«, sprach sie halblaut vor sich hin, womit Frau Margarethe natürlich nichts anfangen konnte. Wortloser Abgang.
Gleich drauf: »Ein schöner, heller Morgen, und du bist schon betrunken«, scheuchte sie ihren Mann auf, der es sich am Kaminfeuer bequem gemacht hatte.
»Laß mich in Ruhe, Weib!«
»Ja, wenn du nichts Wichtigeres zu tun hast, wenn du nicht die Bergstraße hinauf- und hinunterreiten mußt mit deinen Knappen, diesen Saufkumpanen, um überall nach dem Rechten zu sehen, dann meinetwegen, dann bleib hier liegen.«
»Die Bergstraße ist in Ordnung, die Bergstraße, und ich bin hier, und wo ich bin, da bin ich, und – ach, laß mich in Ruhe!«
Was für seine Frau, die sich kopfschüttelnd – und auch das nützte nichts – ein weiteres Mal zurückzog, wie weinseliges Gequatsche geklungen hatte, das war eigentlich so dumm gar nicht. Diether von Handschuhsheim hatte offenbar zu

269

seiner Mitte zurückgefunden, und nun klammerte er sich daran, mehr wie ein Ertrinkender als wie ein Betrunkener. Für einen Mann, der so weit herumgekommen war wie er, der in Aachen gewesen war und in Landshut, war Handschuhsheim exakt die Mitte der Welt. Da brauchte er sich überhaupt nicht fortzubewegen: Alles drehte sich um Handschuhsheim und um ihn. Und jetzt, als er versuchte aufzustehen, wurde ihm das ganz besonders deutlich.

Lassen wir ihn beim frühmorgendlichen Kaminfeuer – in der Burg war es ja immer kalt – und gehen wir die Sache ganz nüchtern ohne ihn an: Handschuhsheim war damals schon so was wie ein Vorort einer Weltstadt. Und dieses Suburbgefühl, wenn es auch noch viereinhalb Jahrhunderte warten mußte, bis es Realität werden sollte, es war ernst zu nehmen. Immerhin war das benachbarte Heidelberg die Hauptstadt eines der sieben bedeutendsten deutschen Länder. Und Diether war der aktivste Förderer der Verbindung von Handschuhsheim mit Heidelberg, weil er mit seinem konspirativen Doppelspiel die Kurfürsten von Mainz und Heidelberg zusammengebracht hatte.

Viel, viel später, als das mit dem Suburbgefühl schließlich realisiert wurde, da war die Wirklichkeit Heidelbergs allerdings schon sehr, sehr weit von weltstädtischer Bedeutung entfernt. Doch ist das eine andere Sache.

Im Moment beschäftigte den Herrn der Tiefburg ein viel schwerwiegenderes Problem. Er hatte zum Wein Zuflucht genommen, weil er sich von ihm einen guten Einfall erhoffte. Klostermauern waren ja so hoch und so massiv. Um sie zu überwinden, bedurfte es schon einiger Denkübungen. Wie sollte er seine Kunigunde aus diesem frommen Kerker befreien? Im Geiste sah er sie schon als Nonne in ihrer Zelle knien, ganz ihrem himmlischen Bräutigam hingegeben – eine schreckliche Vorstellung, wenn auch eine wunderschöne Erscheinung: das hellhäutige, ernste Gesicht unter dem schlichten Kopfschleier, darüber die weite weiße Kukulle, die dem Gesicht so was Frisches gibt. Die schlanke, reizvolle Gestalt ganz in der weißen Tunika verborgen, über die das schwarze Skapulier geworfen ist. Wie eine Heilige kam sie ihm plötzlich vor, schon verwischt die Bilder ihrer bettheißen Stunden. Er riß die Augen krampfhaft weit auf, als könnte er so sich selbst in die Zügel fallen. Die schmucke Tracht der Zisterzienserinnen ließ ihn für einen Augenblick beinahe kindlich fromm werden, an das Bild der Muttergottes in der Kirche denken. Verrat, Verrat, rief er sich zur Ordnung.

Dann endlich kam ihm ein brauchbarer Gedanke: die Kirche, ja, die ist es. In der Kirche kann ich sie sehen, kann ich ihr ein Zeichen geben, eine Mitteilung, wie und wann ich sie heraushole. Die kleine, schlichte Klosterkirche gleich über dem Neckar kannte er. Sie hatte einen Zugang vom Kloster her, durch den die Nonnen hereinkamen, und sie hatte eine Tür nach draußen, für die Bauern und Bürger, die am Gottesdienst teilnehmen wollten.

Plötzlich ganz Stratege, hechelte Diether dem Augenblick entgegen, da er diese Schwachstelle der gegnerischen Bastion ausnützen würde, schonungslos. In einem Überraschungsangriff. Und wenn ich die ganze Kircheneinrichtung dabei zerschlagen müßte. Ich hole sie da raus, meine Kunigunde. »Meine Kunigunde.«

Bei ihrem Namen angekommen, schmolz die Drachenhaut des Kämpfers gleich wieder, griff er wieder nach seinem Weinbecher. So würde die Ausarbeitung der Strategie noch ein wenig warten müssen. Erst mal eine Stärkung. Die Befreiung der holden Gefangenen müßte ja nur ein wenig hinausgeschoben werden.

Ja, wenn du gewußt hättest, Diether, was mit deiner Kunigunde geschieht, du hättest dir sicher nicht länger den Buckel am Kaminfeuer gewärmt. Als Mann von Charakter wärst du sofort zu ihr geeilt, ihr Retter, ihr Schwanenritter. Aber wer konnte denn ahnen, daß man an der ins Kloster Verschleppten gleich einen lebensgefährlichen Eingriff vornehmen würde?

Das Stichwort war schon im Gespräch der Entführten mit der Siechenmeisterin gefallen: Claviceps purpurea. Ein Schmarotzerpilz, der sich auf abgestorbenen Roggenkörnern entwickelt und auch Mutterkorn genannt wird. Da die Nachlese, das Aufsammeln liegengebliebener Getreidehalme, schon immer ein Recht der Armen war, waren es auch immer wieder die Armen, die diesem Pilz zum Opfer fielen. Er ließ sie auf eine heimtückische Weise erkranken und dann langsam zugrunde gehen. Langsam, aber unaufhaltsam. Zunächst nur ein Kribbeln in den Fingern und Zehen, dann jedoch sterben Hände oder Füße ab.

Das heilige Feuer nannten die Leute dieses Kribbeln, weil sie in dieser Krankheit eine Strafe des Himmels für ihre Sünden sahen. Man betete heftig zum heiligen Antonius, mehr wußte man dagegen nicht zu tun. Der Heilige aber offensichtlich auch nicht. Was man jahrhundertelang nicht ahnte: Das heilige Feuer, auch Sankt-Antons-Feuer genannt, war eine Vergiftung durch den Mutterkornpilz, die schwerste Durchblutungsstörungen hervorrief, weil sich die Kapillargefäße verengten. Die Hände und Füße färbten sich dabei schwarz und verdorrten unter höllisch brennenden Schmerzen am lebenden Menschen, bis auf einmal die Hand oder der Fuß, ohne daß es geblutet hätte, lose neben einem lag und man ein Krüppel war, der dann weiter Glied für Glied verlor – und bald das Leben.

Für den Krüppel war so ein abgefallener Fuß immerhin noch was wert. Er legte ihn beim Betteln demonstrativ vor sich hin. Unsere Ahnen waren ja noch abgestumpfter als wir Dauerfernseher, da halfen nur besonders starke Appelle ans Mitgefühl.

Eine entsetzliche Krankheit, und kein Kraut dagegen gewachsen. Ganze Landstriche wurden zeitweise von ihr entvölkert. Wie hätte man die Feuerseuche anders klassifizieren können als mit dem Begriff heilig? Kein Mensch käme heute auf den Gedanken, die ähnlich unheimliche Krankheit Aids als heilig zu bezeichnen. Das ist halt der Unterschied zwischen unserer Zeit und der unserer Vorfahren.

Doch hatte man schon früh auch die positiven Wirkungen dieses Pilzes erkannt. Hebammen gaben schwangeren Frauen kleinste Mengen Mutterkorn, um die Geburt zu erleichtern. Daher der Name. Es war eine uralte Erfahrung, daß dieser Pilz die Gebärmutter dazu bringt, sich zusammenzuziehen und so bei der Ausstoßung des Kindes zu helfen. Daß auch Engelmacherinnen sich dieses Giftes bedienten, lag natürlich nahe. Doch war das Mittel so schwierig zu dosieren, daß jeder Mißbrauch und jede Unsicherheit in der Anwendung Mutter und Kind in Lebensgefahr brachten. Was die weisen Frauen natürlich wußten. Aber was nützte dieses Wissen der weisen Frauen unserem Diether von Handschuhsheim? Der hatte von solchen Sachen keine Ahnung. Weiberkram bleibt Weiberkram, hätte der dazu nur gesagt.

Hatte unser ehrenwerter Ritter Diether doch ganz anderes zu bedenken. Es ging um seinen Stammhalter und damit um ihn selbst. Seine erste Frau wie auch Margarethe, sie hatten ihm keinen Sohn geboren, ja, überhaupt kein Kind. Doch nun war er dicht vor dem Ziel: Kunigunde war schwanger. Nur müßte er sie aus dem Kloster befreien, ehe sie das Kind gebären würde, sein Kind, weil die Nonnen es sonst verschwinden lassen würden. Wie oft hatte er davon schon reden gehört. Dabei wird das mein Sohn sein, mein Stammhalter. Natürlich. So, wie Diether sich fühlte, so stark, konnte er sich nur als den Vater eines Sohnes sehen. Und ich brauche diesen Sohn, sagte er sich immer wieder, weil ich an ihn das Geheimnis unserer Familie weitergeben muß. Es darf doch nicht mit mir verlorengehen, das große Geheimnis.

Spiel dich nicht so auf, Diether, mit deinem Familiengeheimnis, mit diesem großen Mysterium, das angeblich niemand erraten kann. Du wirst es uns schon noch erzählen, so wichtig wie du es nimmst. Als ob du auf Dauer für dich behalten könntest, was dich so stark beschäftigt. Aber wenn du endlich bereit sein wirst, es uns zu verraten, dann kommst du damit zu spät. Dann sind wir längst nicht mehr so scharf darauf, es zu erfahren. Weil wir uns inzwischen klargemacht haben: Da hängt etwas an dir, Diether, was dich belastet und beflügelt zugleich. Das ist es.

Das ist auch gar nicht so ungewöhnlich. Auch andere Menschen haben ihre Obsessionen. Auch andere Menschen können nicht aussprechen, was sie umtreibt. Ich sage: Sie können nicht. Und das ist noch viel schlimmer als dein Nicht-Dürfen. Weil das Nicht-Dürfen dir letztlich ja doch die Möglichkeit läßt auszusprechen, was nicht ausgesprochen werden soll. Aber es nicht über die Lippen bringen zu können, das heißt auf ganz andere Weise behindert zu sein, so gravierend, daß alles Mitleid der Welt zusammengenommen nicht ausreichen würde, einen Menschen für dieses Unvermögen zu entschädigen. Ich will den so behinderten Menschen kein Mitleid bieten, ich will ihnen lieber auf die Sprünge helfen, will ihnen sagen, welcher Teufel sie reitet: ihr Ich. Das ist der Beelzebub der Beelzebuben, es gibt keinen Gottseibeiuns, der uns noch heftiger zusetzt. Aber auch keinen, dem wir mehr Unrecht täten, wenn wir ihn verfluchen würden. Wir müssen uns mit ihm verbünden.

51. KAPITEL

Was in Diethers und Margarethes Schlafkammer
fehlt, das ist der Spruch an der Wand: Trautes Heim –
Glück allein

Wo wir im letzten Kapitel schon dabei waren, uns mit sogenanntem Weiberkram zu beschäftigen, sollten wir uns wieder einmal Diethers Frau Margarethe von Frankenstein zuwenden. Ohnehin ungerecht, sich so lange nicht um sie zu kümmern. Margarethe war ja keineswegs so häßlich, wie der Name Frankenstein uns suggerieren will. Eine lästige Assoziation nur. Wir sind halt alle kinogeschädigt. Nein, an ihrem Aussehen kann es nicht gelegen haben, daß sie dem Mann, mit dem sie nun schon etliche schöne Jahre verheiratet war, noch kein Kind – nun, geschenkt hatte, wie man so schön sagt. Dabei waren sie beide gesund und bei Kräften und gut ernährt, was in diesen Zeiten schon sehr viel war.

Diether war das Muster eines wackeren Rittersmannes, seinem Auftreten nach weit stärker als alle anderen. Für seine Frau war er ein Draufgänger, schlimmer als alle anderen. Diether selbst hielt sich einfach für einen richtigen Mann, so wie alle anderen. Er hatte sich immer genommen, was zu haben war, und so wollte er es auch weiterhin halten. Er war ja generell entschuldigt, weil er doch so früh – und so schön – verführt worden war, damals bei der Rolloß-Prozession auf dem Heiligenberg, von der unvergeßlichen Witwe Edeltrud. Und schließlich mußte man ja auch immer wieder was zu beichten haben. Was sollte der Pfarrer sonst von einem denken.

Immerhin tat Diether auch daheim brav seine Pflicht, wie es sich gehörte. Mitten im schönsten Handgemenge aufzuspringen, als wäre das Signalhorn zum Rückzug geblasen worden, wie man das so oft von anderen Männern hörte, nein, das gab es bei ihm nicht. Diether hätte gern Kinder gehabt, viele Kinder. Sie zu ernähren, auch dafür fühlte er sich stark genug, war er doch inzwischen ein wichtiger Mann, sowohl für seine Herren in Mainz und Lorsch als auch für seinen fürstlichen Freund in Heidelberg.

Aber die Kinder, sie kamen nicht. Um dafür eine Erklärung zu finden, wird man sich wohl daran erinnern müssen, wie Diethers erste Frau ums Leben gekommen war: durch eine Geburt. Wie so viele Frauen rundum. Davor hatte Margarethe Angst. Dazu kam, wie wenig begeistert von der Tiefburg Margarethe sich schon nach kurzer Zeit gezeigt hatte. Das Mädchen Margarethe, das so gern von dem hohen Wehrgang der Burg Frankenstein hinab ins weite Rheintal geschaut hatte, dieses Mädchen war zwar brav mit seinem Ehemann nach Handschuhsheim gezogen. Aber aus dem fröhlichen Mädchen war dann doch schnell eine traurige grüne Witwe geworden. Diether war einfach zuviel unterwegs, stets hoch zu Roß und prächtig anzusehen im Kreis seiner Reisigen, und Margarethe saß derweil viel zuviel allein in der Burg, die sie bald nur noch als Maulwurfsloch bezeichnete – ungerecht, wie Enttäuschung eben macht. Nicht daß sie aufsässig geworden wäre, ablehnend und frech. Das war nicht ihre Art. Sie wollte ihren Frieden haben.

Aber bald schon spielte sie ihrem Mann die liebevoll hingegebene Ehefrau nur noch vor. Wie einfach, so einem dummen Kerl etwas vorzumachen, sagte sie sich. Meine Begeisterung glaubt er mir ja nur zu gern, eingebildet, wie er ist. Sie hatte ein ausführliches Gespräch mit der weisen Frau des Dorfes gehabt. Davon wußte ihr Mann natürlich nichts. Hinterher fehlte im Rauchfang zwar ein Schinken. Das fiel ihm auf und machte eine Notlüge unvermeidlich. Aber dafür fehlte dem Hausherrn sonst nichts. Seine Frau ertrug ihn mit immer gleichen Freudenäußerungen, auch als er an Gewicht zunahm. Nur eines wunderte ihn, nämlich daß sie neuerdings immer heftig niesen mußte, kaum daß er es mit ihr getrieben hatte, so heftig, daß es sie nur so schüttelte und sie schnell aufsprang und wie eine Verrückte davonhüpfte, zum Aborterker hinüber. Eine Reaktion auf seine Liebe, die er sich nicht erklären konnte.

Noch redete einem ja niemand irgendwelche Allergien ein, auch keinen Heuschnupfen, den man sich eventuell im Bett, auf dem Heusack, geholt haben könnte. So blieb es unserem Ritter unverständlich, dieses Geniese, doch war es ihm eigentlich auch egal. Er war ja fertig. So konnte er sich auf die Seite legen und zufrieden einschlafen. Je schöner die Mühe, um so weniger stört es einen richtigen Mann, wenn sie vergeblich ist.

Daß seine Frau, kaum daß er wie ein abgeschossener Adler auf sie niedergestürzt war, sich klammheimlich ein Härchen aus dem Näschen gezupft hatte und deshalb so niesen mußte, das kriegte Diether nie mit. Und wenn er es bemerkt hätte, hätte er doch nicht verstanden, worum es dabei ging: Seine Frau Margarethe betrieb heimlich Familienplanung. Das mit dem Niesen war ein Rezept eines berühmten arabischen Arztes namens Avicenna, das mit dem Hüpfen und sofortigen Urinieren war ein Tip, der vom Kirchenvater und Doctor universalis Albertus Magnus stammte, was Margarethe natürlich nicht wußte. Sie hatte ihr Wissen ja nur von der weisen Frau des Ortes. Mittelalterliche Geburtenkontrolle funktionierte auch ohne diese erstklassigen Referenzen.

Demselben Ziel dienten übrigens auch die scheußlichen Getränke, die Margarethe sich machte und von denen ihr Mann nie verstehen konnte, daß sie ihr schmeckten. Wie das Gesöff schon stank! Einen Basilikum-Aufguß köchelte sie, und das sogar mitten in der Nacht. Oder sie trank einen Absud aus Koriander, Minze und Kampfer, von dem die weise Frau ihr verraten hatte, daß er die Kraft des Beischlafs schwäche, nämlich durch Austrocknung des Samens.

So infame Abwehrmaßnahmen im Ehebett, selbstverständlich alle von der Kirche strengstens untersagt, wo man als Mann doch gerade sein Bestes geboten hat, da kann man sich ja wirklich nur noch rumdrehen und seinen Träumen hingeben. Recht hast du, Diether. Gute Nacht!

52. Kapitel

*Wie schrecklich das klingt: tot. Aber so klingt es nun
immer öfter in deutschen Landen*

Als Diether von Handschuhsheim das nächste Mal auf
der unteren Burg von Heidelberg einritt, war das erste, was
er erfuhr: Kunigunde ist tot. Bestürzung! Nichts mehr mit
einer spektakulären Entführung aus dem Zisterzienserin-
nenkloster Neuburg, nichts mehr mit köstlichen Liebes-
stunden. Sie habe eine Frühgeburt gehabt, sagte man ihm,
zur allgemeinen Überraschung habe die sich eingestellt,
und die hätten Mutter und Kind leider nicht überlebt. Die
Nonnen hätten sich zwar aufopfernd um sie bemüht, besonders die Siechenmeisterin des Klosters habe . . .
Mehr wollte Diether davon nicht hören. »Meine liebe Kunigunde tot und mein Kind tot«, murmelte er nur. »Tot,
tot, einfach nicht mehr da«, bedauerte er sich. Dann ging
er zum Pfalzgrafen – und damit zur Tagesordnung über.
Ihm als einem Menschen des 15. Jahrhunderts war der Tod
eine zu selbstverständliche, zu vertraute Angelegenheit, als
daß er sich länger mit diesem Verlust hätte aufhalten können. Hatte der Sensenmann ihm doch schon seine erste
Frau, die Notburga, genommen, hatte er doch seitdem so
oft den Spruch des Pfarrers zu hören gekriegt: »Mitten im
Leben sind wir vom Tod umgeben.«
Pfalzgraf Friedrich hatte Ablenkung genug für ihn parat.
Es ging um die große Politik, und die ist für einen richtigen Mann ja immer wichtiger als aller Alltagskram, selbst
als der alltägliche Tod. Pardon, liebes, totes Fräulein Kunigunde.
Große Politik, das bedeutete im Moment: Die sieben Kurfürsten schlossen sich immer offener zu einer Clique zu-

sammen, die dem untätigen Kaiser Friedrich III. ein Feuerchen unter dem Hintern machen wollte. Da folgte ein Treffen dem anderen, und der Kaiser konnte dieses Treiben, sosehr es ihm mißfiel, nicht verhindern. Die Herren legten ihm im Gegenteil konkrete Forderungen vor, was getan werden müßte. Sie versuchten sogar, ihn zum Rapport zu bestellen, und drohten damit, ihm einen Mitregenten an die Seite zu stellen, wenn er nicht machte, was sie wollten. All dies geschah immer mit dem Hinweis darauf, daß es ja drunter und drüber gehe im Reich und irgendwer sich um die Wiederherstellung von Recht und Ordnung kümmern müßte. Das klang sehr verantwortungsbewußt, wenn es auch ganz anders motiviert war.

Tatsächlich machte im Reich längst jeder, was er wollte. Von den Kurfürsten selbst bis hinab zum kleinsten Grafen, Freiherrn oder unadeligen Ritter. Aus dem Ausland sah man mit spöttischem Interesse zu, wie die Deutschen ihr einst so mächtiges Reich, das Heilige Römische Reich Deutscher Nation, verspielten. Das Spiel hieß: Jeder gegen jeden. Oder auch: Jeder nimmt, was er will. Dabei kamen alte Gegnerschaften und neue Koalitionen zustande. Alles immer nur für den eigenen Vorteil. Die große, gemeinsame Sache, von der war nur noch die Rede.

Kaiser Friedrich III. spielte auf seine Art mit bei diesem unwürdigen Spiel. Er ließ sich einige Jahrzehnte lang nicht mehr in seinem Reich blicken, was eigentlich kein Schaden war, denn er war alles andere als ein schöner Mann. Das Charakteristische an ihm war neben seiner Untätigkeit eine gewaltige Hakennase und eine regenrinnengleiche Unterlippe, das bekannte Habsburgerzeichen. Lieber als mit Reichsgeschäften beschäftigte er sich mit Zahlenmystik und Geheimschriften. Im übrigen pflegte er sein angeborenes Phlegma. Er war der Altmeister im Aussitzen von Problemen. Wenn er etwas tat, dann diente es dazu, seine Stellung als Kaiser zu retten. Dabei handelte er nach dem alten Prinzip: teile und herrsche. In Einzelverhandlungen mit diesem und jenem aus der Clique seiner Gegner zeigte er sich großzügig in der Vergabe von Privilegien, Zöllen und Münzrechten. So zog er zeitweise auch den Pfalzgrafen Friedrich auf seine Seite. Auch den Markgrafen Albrecht von Brandenburg. Und diese beiden fanden, daß sie sich sehr gut verstanden. Pech für sie, daß ein pfälzischer Ritter namens Horneck die beiden mit seinen Raubzügen auf eigene Faust in Streit geraten ließ.

Es war Weihnachten des Jahres 1458, als man beim Fürstentag zu Bamberg in bester Freundschaft zusammensaß. Sehr unpassend kamen plötzlich neue Nachrichten von dem Raubritter. Da packte den Brandenburger die Wut. »Horneck ist ein Schurke«, brüllte er seinen Freund an, »und wer es mit ihm hält, der ist es auch!«

In diesem Moment war alle Weihnachtsstimmung dahin. Nichts mehr mit Frieden auf Erden. Kurfürst Friedrich konnte die Unterstellung einer heimlichen Kumpanei mit einem Raubritter ja nicht auf sich sitzen lassen. Wer war man denn? Man war doch kein kleiner Räuber! Er sprang auf und schrie den Brandenburger an: »Du lügst wie ein Fleischverkäufer. Ich bin ein frommer, ehrbarer Fürst!«

Und unterstrich diesen Anspruch – fromm und ehrbar waren halt damals die positiven Begriffe, die man besetzen mußte – damit, daß er mit dem blanken Schwert in der Faust auf seinen Gegner eindrang. Nur weil ein paar Vernünftige dazwischengingen, gab es keinen hochadeligen Toten.

Was lehrt uns nun dieser kleine Zwischenfall? Einmal, daß es auch früher schon Probleme mit dem Grundnahrungsmittel Fleisch und mit den Metzgern gegeben hat. Wie tröstlich für uns Spätgeborene. Zum anderen, daß politische Freundschaften nicht allzu ernst zu nehmen sind. Sie halten nur immer so lange, wie beide Seiten daran interessiert sind. Und das kann sich sehr schnell ändern. Zum Glück gilt das allerdings auch für die politischen Feindschaften. Nur daß dabei die kleinen Leute Schwierigkeiten zu machen pflegen: Die aufgebauten Feindbilder, die liebgewordenen Animositäten, sie schwappen einfach zu lange nach und stören dann die Tagespolitik. Physikalisch gesprochen: Das Trägheitsgesetz der Masse zeigt Wirkung.

Kein Wunder, daß bei dieser negativen Erfahrung mit der Reaktion der kleinen Leute der großartige Gedanke an eine Demokratie im Mittelalter überhaupt nicht aufkommen konnte. Den Luxus Demokratie konnte sich erst eine Zeit leisten, die sich mit einer weitverbreiteten Presse ein Steuerungsinstrument für die negativen und positiven Gefühle der Massen geschaffen hatte.

Bleiben wir in der Mitte des 15. Jahrhunderts. Der beinahe abgemurkste Markgraf Albrecht von Brandenburg stachelte nun andere zur Feindschaft gegenüber dem Pfälzer an, zu dem bald kaum noch einer außer Herzog Ludwig von Bayern hielt. Die Pfalz war unvermittelt wieder begehrtes Beuteobjekt ihrer mißgünstigen Nachbarn, der Herren von Veldenz und Leiningen, des Grafen Ulrich von Württemberg und auch des Erzbischofs Diether von Mainz, die alle schon die Keule in der Hand hatten, um wie Kain über Bruder Abel herzufallen.

Es sah bös aus für Friedrich von der Pfalz. Kein Mensch hätte noch eine Wette auf ihn abgeschlossen. Dazu noch sein selbst aufgesetzter Kurhut, gegen den der Kaiser immer noch sein Verdikt aufrechterhielt.

Schon ging es mit kleinen Überfällen da und dort los. Man revanchierte sich in derselben Weise. Man vermied den lästigen Umweg über einen richtigen Krieg mit richtigen, verlustreichen Schlachten und ging statt dessen direkt zum Schönsten über: zu Plünderung und Brandschatzung, Vergewaltigung und Tötung Wehrloser. Auf beiden Seiten waren die Bauern die Dummen. Typisches Vorgeplänkel, wissen wir heute und denken dabei ans Bauernopfer beim Schach.

Aber die Bauern damals spielten nicht Schach. Die hatten ihre Arbeit – und jetzt auf einmal den roten Hahn auf dem Dach. Die Dörfer brannten, und jede Seite berief sich zu ihrer Rechtfertigung auf das üble Verhalten der anderen Seite. Ganze Listen mit Namen könnte man aufstellen, Namen von Ortschaften, die niedergebrannt wurden: Mekkenheim und Langenkandel, Haßloch, Böhl, Iggelheim und Queich und so weiter. Viele Dörfer lagen auch schon verödet da, noch ehe die Mordbrenner anrückten. Die Bauern hatten sich in die Kirche geflüchtet. Für ihr Vieh hatten sie auf dem Kirchhof provisorische Ställe gebaut. Die Friedhofsmauer als Außenschanze: ein komischer Krieg.

Aber den Bauern kam das alles nicht komisch vor. Für die kleinen Leute ging es mal wieder um Leben oder Tod. Und kein Mensch hatte sie gefragt, ob sie diesen Krieg wollten. Und nichts gab es dabei für sie zu gewinnen, sie konnten nur verlieren, und zwar alles.

Hinzu kam, daß die kriegerischen Scharen, die nun wie die apokalyptischen Reiter durchs Land zogen, weder Recht noch Sitte und Religion respektierten. Fremde Söldnertruppen waren es, auch zusammengelaufenes Gesindel, und das machte es für die kleinen Leute doppelt schlimm. Da wurden selbst Kirchen und Klöster hemmungslos geplündert. Es gab keine stillschweigenden Übereinkünfte mehr und noch kein Fair play. Ob Priester, Pilger oder Nonne, sie wurden zu Opfern, wurden ausgezogen und aller Habe beraubt und konnten froh sein, mit dem Leben davongekommen zu sein.

Auf der Seite der Veldenzer sorgten vor allem einige Hundert Wallonen für Schrecken, auf seiten des Pfalzgrafen Friedrich kämpften Schweizer, die sich durch besondere Brutalität auszeichneten. Heppenheim, Bobenheim, Hochheim, Schurheim – das klingt alles so heimelig und lag doch im Nu in Schutt und Asche. Dannstadt, Minfeld und Freckenfeldt, Herxheim und Karlbach erging es nicht besser. Für die hemmungslos zuschlagende Soldateska war es wie beim Ostereiersuchen. Überall neue Überraschungen: versteckte Vorräte, Fässer mit Wein, Vieh zum Schlachten, vergrabenes Geld und junge Frauen. Alles, was das Herz begehrt. Und alles kostenlos. Man brauchte in diesem herrlich-komischen Krieg nicht einmal zu befürchten, von einem Schwert, einem Pfeil oder einer Kugel getroffen zu werden. Die Bauern konnten ja keinen Widerstand leisten. Nur noch Bauernopfer im Simultanschach.

53. KAPITEL

*Wenn die politischen Wirbel plötzlich über einen
herfallen, muß man sich ganz schnell was
einfallen lassen*

Das fröhliche Dörferanzünden, mal hier, mal dort, mal von denen, mal von jenen inszeniert, lief nun schon fast anderthalb Jahre lang immer nach dem gleichen Schema ab: in der linksrheinischen Pfalz, aber auch in Bayern und in der Oberpfalz. Es roch verkohlt in deutschen Landen. Die Felder zu bestellen, war unter diesen Umständen weitgehend unmöglich geworden. Wer kein Dach mehr überm Kopf hat, kann sich nicht um Aussaat und Ernte kümmern. Und weggeschlachtete Kühe können nicht mehr gemolken werden. Das heißt, die Lebensmittel wurden gefährlich knapp. Die Fürsten wurden damit deutlich daran erinnert, wer sie ernährte. Doch führte das nicht etwa zur Einsicht und zu einer höheren Einschätzung der Bauern. Im Gegenteil, es führte nur zu stärkeren Drangsalierungen der Bauern auch noch durch die Verwalter und Steuereintreiber der eigenen Herrschaft. Die allerletzten Vorräte und Tiere beanspruchten die Herren für sich. Wenigstens an ihren Höfen, auf ihren Burgen, in ihren Schlössern sollte das Leben noch in gewohnter Weise weitergehen.

Das ist das Stichwort, mal wieder Diether von Handschuhsheim ins Visier zu nehmen. Bei dem nämlich ging das Leben keineswegs in gewohnter Weise weiter. Nein, es wurde plötzlich sehr kompliziert, und das kam so: Im März des Jahres 1460 schien dem Erzbischof von Mainz die Gelegenheit günstig, seinem alten Rivalen und neuerdings guten Freund Friedrich von der Pfalz den Todesstoß zu versetzen. Er erklärte ihm den Krieg.

Diese Zeit war bereits so modern, daß sie in einem solchen Treubruch keinen Verrat mehr sah, überhaupt nichts Verwerfliches. So war nun mal Politik – heute würde man es Realpolitik nennen. Man hatte es geschafft: Die Normen der Moral galten nur noch für die kleinen Leute; die Großen brauchten sich nicht darum zu kümmern. Für sie genügte es, wenn sie große Worte darüber machten. Das kommt Ihnen bekannt vor, wie? Ja, ich erwähne diese Binsenweisheit auch nur, um zu zeigen, wie albern es aussieht, wenn wir uns so hoch über das angeblich finstere Mittelalter erheben.

Diethers persönliche Bredouille: Durch die Kriegserklärung seines Chefs in Mainz war ihm der Weg über den Nekkar von einem Tag auf den anderen versperrt. Das rechte Ufer des Flusses gehörte ja zu Mainz, das linke zu dessen Feind Kurpfalz. Und auf der Brücke, nahe am rechten Ufer, markierte ein Grenzpfahl den Beginn des Hoheitsgebiets des Mainzer Erzbischofs. Dessen Soldaten bewachten den nördlichen Brückenkopf, Soldaten des Kurfürsten den südlichen mit dem hohen Doppelturmtor.

Die Brücke war nun zu und damit eigentlich keine Brücke mehr. Und Diether von Handschuhsheim, der Freund und Vertraute des Kurfürsten Friedrich, war plötzlich nichts mehr als ein Dienstmann des Feindes, des Mainzer Erzbischofs. Von dem bekam er auch prompt den Gestellungsbefehl: Er habe sich und seine Reisigen kampfbereit zu machen und auf den ersten Kriegseinsatz vorzubereiten. Eine denkbar unangenehme Situation für den Handschuhsheimer, aber unausweichlich. Dabei wurde es immer schwieriger, über geheime Kuriere noch Kontakt zum Heidelberger Hof zu halten. Die Leute wurden zu oft abgefangen. Bald konnte er es nicht mehr wagen, ihnen irgendwelche Botschaften mitzugeben. Das hätte ihn sofort in einen Mainzer Kerker gebracht, wenn nicht sogar auf den Block. Und wieder rechtzeitig seine Brieftauben in Heidelberg in Pension zu geben, daran hatte niemand gedacht. So konnte Diether nur hoffen, daß der Pfalzgraf und Kurfürst drüben schon wüßte, daß der Handschuhsheimer nach wie vor als sein Freund zu ihm hielt – ein schwacher Trost, wenn man plötzlich zwischen die Fronten geraten ist. Doch zeigte sich schon bald, daß Diether von Handschuhsheim klug genug war, mit dieser schwierigen Situation fertig zu werden – ja, daß er geradezu bauernschlau zu agieren wußte.

Pfalzgraf Friedrich ließ in einer Nacht-und-Nebel-Aktion den Grenzpfahl auf der Neckarbrücke herausreißen. Das gab einen Aufschrei hier wie dort. Denn das war schon mehr als nur eine Provokation, hieß es doch in der damaligen Sprache der Politik: Auch das Gebiet jenseits dieses völlig überflüssigen Markierungszeichens ist mein Land. Der Mainzer jedoch hielt noch still.

Da ließ der Pfalzgraf seine Leute zur Nadelstichpolitik übergehen. Der Vogt von Heidelberg machte gewaltsame Ausfälle auf die Nordseite des Neckars. Die paar Brückenwächter konnten ihn nicht daran hindern. So zogen seine schwerbewaffneten Truppen durch Neuenheim und sogar überraschend ein Stück die Bergstraße hinauf, und das, ohne auf irgendwelche Scharen des Mainzers zu stoßen. So etwas wirkt wie eine Einladung.

Am 3. April dieses denkwürdigen Jahres 1460, das die Landkarte der ganzen Region veränderte, wurden Handschuhsheim und Dossenheim von Pfälzer Soldaten besetzt. Und nicht nur das: In Handschuhsheim wurde auch eifrig geplündert, in Dossenheim ebenfalls. Doch dann hatten die Einheimischen bei aller Angst und allem Schrecken auch noch Grund, sich sehr zu wundern. Diese armen Leute, die um ihr Leben fürchteten und sich deshalb mit ein paar Kühen und Schafen und Ziegen im Dickicht des Odenwaldhanges versteckt hatten, sie sahen es mit Entsetzen: Dossenheim ging in Flammen auf. Ein Ruf, der durch die Wälder hallte: »Dossenheim brennt!«

Die Leute wußten, was das für sie bedeutete: von Grund auf neu anfangen; sich erst einmal eine Behausung schaffen, und das noch vor Beginn des nächsten Winters. Verständlich, daß man voll ängstlicher Erwartung auf Handschuhsheim hinabsah. Doch da zeigte er sich nicht, der rote Hahn auf dem Dach, wie sie den Brand nannten. Keine Rauchwolken über dem Flecken Handschuhsheim. Bis auf einmal doch der Ruf kam: »Sankt Vitus brennt!« Die altehrwürdige Sankt-Vitus-Kirche, in der sie alle getauft worden waren, seit Jahrhunderten der Stolz des Dorfes, sie brannte ab. Das durfte nicht sein! Da verließen die Leute ihre sicheren Verstecke, da rannten sie ins Dorf hinunter. Mit dem Ruf »Sankt Vitus brennt!« rafften sie alles an Behältern zusammen, was sie finden konnten und schleppten Wasser heran aus dem Dorfgraben, reichten es weiter von Mann zu Mann, von Frau zu Frau auch, und warfen ganze Wassermassen in die Flammen. Und sie schafften es tatsächlich, daß die Kirche nicht völlig abbrannte. Stark beschädigt wohl, aber doch noch gerettet. In allerletzter Minute.

Und dann standen die braven Leutchen staunend da und stellten fest, daß von den Besatzern nur die Kirche angezündet worden war, nicht aber ihre Hütten und Katen. Pfarrer Nicolaus Halsab, so erfuhren sie, hatte sich nicht davongemacht, sondern seine Weinvorräte und Bierfässer zu verteidigen versucht. Seine Wirtschaft »Pfaffenkeller« war natürlich sofort ein besonderer Anziehungspunkt für die Soldaten gewesen. Daß der geistliche Herr Wirt sich nicht bereit gezeigt hatte, den Eroberern ihr uraltes Recht auf Raub und kostenloses Saufgelage zuzugestehen, das hätte ihn beinahe seine Kirche gekostet. Nun war er seinen Wein und sein Bier los und seine halbe Kirche dazu, und der Hirte sah noch dümmer drein als seine Schäfchen.

Auch ein paar andere Handschuhsheimer, die besonders klug hatten sein wollen, waren jetzt die Dummen. Da hatten sie vorsorglich und mit viel Mühe und Geheimniskrämerei einen Keller mit Fleisch und Wein gefüllt, nachdem der Pfalzgraf den Grenzpfahl auf der Neckarbrücke beseitigt hatte. Aktion Eichhörnchen. Fein säuberlich zugemauert den Einstieg zu dem Keller und dann das Mauerwerk noch mit Erde und Mist abgedeckt. Kein Feind hätte diese Vorräte finden können. Und sobald die Truppen abgezogen wären, hätte man für diese Köstlichkeiten einen sehr guten Preis verlangen können, weil die Leute zwar nichts mehr zu essen gehabt hätten, aber immer noch ihr bißchen Geld, das sie irgendwo im Garten vergraben hatten. Fehlkalkulation. Die Besatzer waren ganz gezielt an das Versteck herangegangen, hatten es schnell geöffnet und alles auf ihre Ochsenwagen verladen und weggebracht. Das Versteck war also verraten worden.

»Verräter, es gibt Verräter unter uns«, sahen die Handschuhsheimer sich fragend um. Und sie mußten sich von den Besatzern noch auslachen lassen, mußten sich sagen lassen: »Ihr seid doch noch gut davongekommen.«

Und tatsächlich, im Vergleich zu den Dossenheimern waren sie gut dran, das mußten sie einsehen. Was sie noch dümmer dreinschauen ließ: »Warum Dossenheim so und Handschuhsheim so?«

Darauf bekamen sie keine Antwort. Deshalb fehlt diese Antwort auch bis heute in den Geschichtsbüchern.

Dabei war der Unterschied unübersehbar: Die Schauenburg über Dossenheim hatte rechtzeitig die Zugbrücke hochgenommen, und von ihren Zinnen herab bedrohten viele Armbrustschützen und Arkebusiere jeden mit dem Tod, der sich der Burg zu nähern wagte. Dagegen lag die Tiefburg in Handschuhsheim offen da. Frau Margarethe hatte ja nichts zu verbergen. Im übrigen war sie mit dem Haushalt beschäftigt. Ein friedliches Bild. Und ihr Mann war mit seinen Reisigen zufällig auf einem Ausritt nach Lorsch, so gab sie bereitwillig Auskunft. Eine ganz normale Angelegenheit, diese Reise, so stellte die kluge Frau das dar. Wen ging es denn auch was an, daß Diether von Handschuhsheim von Heidelberg heimlich vorgewarnt worden war. Hauptsache, er hatte mit diesem taktischen Rückzug das Dorf gerettet. Wenn Frau Margarethe es auch sehr schade fand, daß man das den Leuten aus dem Dorf nicht sagen durfte. Noblesse oblige. Ja, wirklich schade, Margarethe. So konnten die Handschuhsheimer ihrem Retter für diese besondere Heldentat – eine Dienstreise zum richtigen Zeitpunkt – leider nie ein Denkmal setzen. Das wird jetzt hiermit nachgeholt.

54. Kapitel

Wie der Hahn auf dem Kirchturm: Man dreht sich nach
dem Winde, mal so herum und mal so herum

Sie ritten Seite an Seite. Ein schönes Bild: Diether V.
und sein alter Onkel Heinrich IV. Wie damals im Lothringischen sein Vater und ich, dachte der Onkel. So Seite an
Seite in der großen Schlacht, nachdem sein Vater mir das
Geheimnis unserer Familie offenbart hatte, weil er wußte,
daß er sterben müßte. Und ich, ich habe es nicht verhindern können, daß dieser tapfere Mann tot auf dem
Schlachtfeld blieb. Dafür habe ich bis jetzt wenigstens verhindert, daß seinem Jungen etwas zustößt. Oder konnte
ich das überhaupt nicht verhindern? Hält doch der Teufel
persönlich seine Hand über ihn. Er beschützt ihn bis zu
dem Tag, an dem er ihn fallenläßt. Und wann dieser Tag
sein wird, das weiß der Himmel. Wenn der es weiß. Wenn
Gott nicht auch das zu bestimmen seinem großen Gegner
überlassen mußte. Die Erzfehde, sie findet zwischen Himmel und Hölle statt, und sie findet kein Ende. Die Kämpfer
sind über und unter uns. Und wir Menschen, wir stehen
allesamt nur im Weg wie Fußvolk und werden über den
Haufen geritten, ohne einen Blick auf uns, auf mich alten
Mann, auf den tüchtigen jungen Mann an meiner Seite,
auf . . .
»Woran denkst du, Oheim? Du sagst ja kein Wort mehr.«
»Ich, ich dachte an dich, Diether.«
»Das kann jeder sagen. Ich meine . . .«
Dabei wurden sie von einer überraschenden Beobachtung
unterbrochen: In gestrecktem Galopp raste ein einzelner
Reiter hinter ihnen her, der winkte und offensichtlich bemüht war, sie einzuholen.

»Anhalten!« rief Diether von Handschuhsheim. »Wir wollen hören, was der Mann da hinten von uns will.«

Und der Trupp von einem guten Dutzend Bewaffneter hielt an. Sie waren nicht zum Kloster Lorsch hinübergeritten, sondern hatten ihren Weg weiter darüber hinaus nach Norden fortgesetzt, um einen Besuch auf der Burg Frankenstein zu machen, bei den Schwiegereltern, hatte Diether seinen Leuten erklärt. Fast so plausibel als Anlaß zu einem längeren Ausritt wie eine Dienstreise in die Zentrale. Jetzt waren sie kurz vor Jugenheim und standen auf dem Weg und hielten ihre Pferde nur mühsam ruhig, weil da einer angeritten kam, als sei der Leibhaftige hinter ihm her – gekleidet wie ein Bauer, aber auf einem sehr guten, großen und schnellen Pferd, stellte Diether fest. Das bedeutete, daß das Bauerngewand nur eine Verkleidung sein konnte.

»Wer seid Ihr, und was wollt Ihr?« sprach Diether den Mann an, als der sein Roß bei ihnen anhielt.

»Ich nehme an, ich spreche mit Diether von Handschuhsheim. Das zunächst muß ich sicher wissen.«

»Ja, der bin ich. Und wer seid Ihr?«

»Ein Bote nur. Ich grüße Euch im Namen meines Herrn, des Pfalzgrafen und Kurfürsten Friedrich, der Euch durch meinen Mund auffordern läßt, eiligst zurückzukehren, weil Ihr nicht länger ein Dienstmann des Mainzer Erzbischofs seid, sondern vom heutigen Tage an einer der Mannen meines Herrn. Diesen Ring von seiner Hand, den Ihr kennt, gab der Pfalzgraf mir als Unterpfand für Euch mit.«

Damit reichte er Diether einen prächtigen, mit einem Rubin besetzten Goldring. Diether von Handschuhsheim betrachtete das Schmuckstück genau. Ja, er kannte es, der Pfalzgraf trug es zu feierlichen Anlässen. Dann steckte er den Ring an seine Hand und rief: »Das ist das untrügliche Zeichen eines Freundes! Wir reiten sofort zurück nach Handschuhsheim und zu unserem neuen Herrn, dem Pfalzgrafen bei Rhein und Kurfürsten Friedrich!«

Ein lautes Hallo von seinen Leuten, und schon setzte sich der Trupp erneut in Bewegung, diesmal gen Süden. Natürlich waren die Männer begierig zu erfahren, wie es daheim aussah.

Der Bote im Bauernkittel, ein wagemutiger Ritter des Pfalzgrafen, der ihnen allen noch unbekannt gewesen war, konnte sie beruhigen: »Es ist alles gutgegangen. Handschuhsheim ist nichts passiert. Nur die Schauenburg über Dossenheim leistet noch Widerstand. Die Bauern haben sich zum großen Teil in die Burg geflüchtet. Eine starke Festung mit einer starken Mainzischen Besatzung. Der Pfalzgraf trifft im Moment Vorbereitungen zu ihrer Belagerung. Sie wird sich nicht lange halten können.«

Der fremde Ritter sollte recht behalten. Am 18. April begann der Pfalzgraf mit der Belagerung und Beschießung der Burg. Erstmalig hatte er mehr als nur Stoßtrupps eingesetzt. Ein richtiges Heer stand bereit, die alte Festung zu erstürmen. Schon nach fünf Tagen sahen die Verteidiger ein, daß sie keine Chance hatten. Mainz und die Mainzer Hilfstruppen waren weit, und von nirgendwoher sonst ein Entsatzheer zu erwarten. So ergaben sie sich den Kurpfälzern.

Für die war dieser Sieg ein einziges Freudenfest. Eine gewaltige Beute fiel ihnen in die Hände: unter anderem vierzig Fuder Wein, etwa fünfzig Wagenladungen Mehl und Getreide, dazu viel Geld, die ganze Kriegskasse der Verteidiger. Eine herrliche Karawane, was sich da wie ein Triumphzug nach Heidelberg hinüberbewegte.

Derweil beschäftigte der Pfalzgraf seine Söldner mit Wald- und Schanzarbeiten: Die einen holzten die Wälder rund um die Schauenburg ab und schafften über zehntausend Baumstämme als Beutegut weg, die anderen rissen die Burg nieder und trugen sie Stück für Stück ab. Nach sieben Wochen schwerer Schufterei war sie fast bis auf die Fundamente verschwunden.

Fronleichnam. Nun war er endlich da, der Feiertag, den die Kirche neuerdings so wichtig nahm. Der zweite Donnerstag nach Pfingsten. Wunderschönes Wetter, und im Flecken Handschuhsheim alles auf den Beinen. In Festtagskleidung natürlich. Denn nun galt es, das Allerheiligste durch das Dorf zu tragen. Nach der wunderbaren Bewahrung des Ortes vor allem schweren Schaden bei der Besetzung durch die Kurpfalzischen war das die Gelegenheit, dem Herrn noch einmal ganz ausdrücklich zu danken – gerade am Tag der heiligen Eucharistie.

So hatte Pfarrer Nicolaus Halsab es in seinen Predigten am Pfingstsonntag wie auch am Dreifaltigkeitssonntag seinen Schäfchen klargemacht: »Die heilige Meßfeier ist nicht nur ein schönes Schauspiel, das euch vorgeführt wird, wie manche wohl meinen«, hatte er gesagt. »Es geht dabei um das Mahl, das Jesus mit seinen Jüngern in Jerusalem gefeiert hat, unmittelbar vor seinem Tode. Jetzt sind wir alle seine Jünger, und wir alle feiern mit ihm dieses Mahl, und Jesus selbst gibt sich uns als Speise dar, so liebt er uns. Schon deshalb müssen wir ihm allzeit dankbar sein. Besonders aber haben wir dem Herrn dafür zu danken, daß er unser Dorf davor bewahrt hat, in Flammen aufzugehen wie Dossenheim drüben. Denkt daran und seid dankbar und spendet freudig für die Erneuerung unserer schönen Kirche, die . . .«

Und so weiter. Das muß leider abgekürzt werden. Denn die pastorale Langatmigkeit würde hier zu viele Seiten füllen. Zudem sah Pfarrer Halsab die Dinge ja wohl auch falsch herum: Nicht die Leute hatten dem in Jesu Leib verwandelten Brot in der Monstranz ihre Rettung zu verdanken, sondern diese schöne goldene Monstranz mit der Hostie hatte den Kirchenbrand nur dank der schnellen und eifrigen Hilfe der Leute überstanden. Zudem wissen wir ja, daß Handschuhsheim im Unterschied zu Dossenheim durch Diethers angebliche Dienstreise verschont worden ist.

Egal. Predigten korrigieren zu wollen, das wäre wie das Meer eimerweise leerzuschöpfen. Man genoß es, bei dem herrlichen Wetter in feierlichem Zug durchs Dorf zu ziehen, hinter dem Pfarrer mit der Monstranz her, und an den vier extra aufgebauten Altären haltzumachen zum Beten und Singen und für die Lesung der Evangelistenworte. Die Fahnen und die Kerzen und die blumengeschmückten Altäre und die Musik, der Gesang, die großen Worte: alles so schön, so erhebend nach den ausgestandenen Ängsten der letzten Monate. – Alles so langweilig, so fad, fand Diether, der sich fest vornahm, nächstes Jahr zu Fronleichnam krank zu sein. Da war das, was er damals bei der Rolloß-Prozession erlebt hatte, doch ganz was anderes.

55. KAPITEL

Wie groß doch Großmut auf ein empfindsames Gemüt
wirkt: Diether ist glücklich, ein Kurpfälzer zu sein

Verständlich, daß die plötzliche Veränderung der politischen Landkarte auch in der Tiefburg zu Handschuhsheim entsprechend gefeiert wurde. Wenn der Flekken genau wie Dossenheim nebenan zunächst auch nur faktisch zur Kurpfalz gehörte, so bestand doch kein Zweifel daran, daß die rechtliche Sanktionierung dieser Eroberung nicht lange auf sich warten lassen würde. Denn was der Pfalzgraf einmal in Händen hatte, das wußte man schon, das würde er nie mehr loslassen.

Die Heidelberger Brücke über den Neckar war nun wieder eine Brücke. Kein Problem mehr, sie zu passieren. Diether von Handschuhsheim ging in den beiden Heidelberger Burgen ein und aus, so offen und ohne jede Scheu, wie er das nie zuvor gekonnt hatte. Wie schade, dachte er da manches Mal, daß Kunigunde das nicht mehr miterlebt.

Er hätte lieber an seine Frau Margarethe denken sollen statt an Kunigunde. Denn nicht zuletzt ihrer besonnenen Mitwirkung verdankte man ja die Schonung Handschuhsheims. Fast möchte man unserem ehrenwerten Ritter zurufen: Wirst du denn nie erwachsen, Diether? Aber machen wir ihm keine Vorwürfe, zeigen wir lieber Verständnis, werden wir alle doch erst spät erwachsen, meist in drei Schritten, die uns dann selbst jeweils staunen lassen: Wenn wir mit einem Mal alles ganz anders sehen als zuvor; wenn uns manche Leute noch als die ansehen, die wir längst nicht mehr sind; schließlich wenn wir einsehen, daß sich doch nicht alles um uns dreht. Dann wird es höchste Zeit, sich klarzumachen, daß jeder seine Zeit hat, und die muß er nutzen. Andernfalls wird man nicht noch erwachsener, sondern nur – alt.

Die Siegesfeiern in Handschuhsheim und in Heidelberg waren irgendwann verebbt, der Rausch war ausgeschnarcht, der Krieg aber ging weiter. Das Hin und Her der Verwüstungen wollte einfach kein Ende nehmen. Plünderungen da wie dort. Die Soldaten waren sich nicht einmal zu schade dafür, tagelang auf den Feldern des Feindes das Getreide zu schneiden und es abzutransportieren. Ein Krieg, der vor allem gegen die Bauern geführt wurde. Doch schlossen sich jetzt immer mehr Landesherren dem Pfälzer Friedrich an. Sogar ehemalige Feinde. Die gegnerische Front bröckelte. Der Fall der Schauenburg war überzeugend gewesen. Der erste Einsatz eines richtigen Heeres in diesem Raub- und Plünderkrieg hatte gewirkt.

Deshalb stellte der Pfalzgraf nun erneut ein großes Heer zusammen. Er wollte seine Feinde zur Entscheidungsschlacht zwingen. Etwa zwölftausend Mann, darunter über zweitausend Reiter, verschanzten sich nahe Worms vor Klein-Bockenheim, einem gut befestigten Platz der Grafen von Leiningen. Das kurpfälzische Heer bildete eine Wagenburg und begann den Ort zu beschießen. Aber die Verteidiger hatten ein gutes Geschütz in den Kirchturm gehievt, und von dort oben aus beschossen sie nun sehr wirkungsvoll das gegnerische Heerlager. Daraus entwickelte sich ein spätmittelalterliches Artillerieduell. Denn die Geschütze der Kurpfälzer schossen sich schnell auf den Kirchturm ein und schafften es schließlich auch, trotz der geringen Zielgenauigkeit damaliger Kanonen, den Turm zu zerstören. Doch konnten sie sich nicht lange über diesen Erfolg freuen. Denn schon zogen der Erzbischof von Mainz, die Grafen von Leiningen und Pfalzgraf Ludwig, der Vetter des Pfalzgrafen Friedrich, mit achttausend Bewaffneten heran, um das belagerte Städtchen zu entsetzen. Friedrich von der Pfalz fand nun die richtige Gelegenheit, sich als überlegener Stratege zu erweisen. Er zog dem feindlichen Heer mit seiner ganzen Streitmacht in Richtung Pfeddersheim entgegen. Den größeren Teil seiner

Reiterei ließ er bei Monsheim sich lagern. Die übrigen schickte er auf eine Anhöhe unmittelbar gegenüber dem feindlichen Heer.

Die Provokation gelang. Als die relativ schwache Mannschaft der Kurpfälzer einen Angriff vortrug, warfen sich die Gegner massiert auf sie. Die Kurpfälzer wichen, wie der Kurfürst es ihnen befohlen hatte, schnell zurück und zogen dabei die gesamte gegnerische Streitmacht hinter sich her. Denn die setzte ihnen natürlich sofort nach, siegessicher, jubelnd und ohne jede Ordnung. In dem Moment brach Kurfürst Friedrich mit der Masse seiner Reiterei über sie herein wie ein plötzlicher Hagelschauer. Mit dem Kriegsruf »Heute Kurfürst oder nie mehr!« warf er sich auf die total verwirrten Feinde und zwang sie zu wilder Flucht. Der Landgraf von Hessen, der mit ihm verbündet war, griff im richtigen Moment mit in die Schlacht ein. Das Fußvolk des ebenfalls mit ihm verbündeten Bischofs von Speyer überfiel den gewaltigen Troß des Gegners und eroberte zahlreiche Kanonen, ungeheure Mengen an Waffen und Pferden und über tausend Wagen. Etliche Grafen wurden zu Gefangenen gemacht, was gute Lösegelder bringen würde. Die Stadt Pfeddersheim wurde mit ihren reichen Vorräten eingenommen.

Der Mainzer Kurfürst, der treulose Erzbischof Diether von Isenburg, mußte um Frieden bitten. Und Friedrich erfüllte ihm diese Bitte, allerdings gegen harte Auflagen. Auf freiem Feld zwischen Worms und Gernsheim schlossen sie den Friedensvertrag, in dem unter anderem festgelegt wurde, daß Handschuhsheim und Dossenheim als Pfand bei Kurpfalz bleiben sollten, bis dieses Pfand gegen zwanzigtausend Gulden vom Mainzer Erzbischof eingelöst würde. Diese Summe, wußte Friedrich, würde der Mainzer niemals aufbringen können. Und im übrigen würde er selbst auch nicht auf das Geld warten, sondern dieses Gebiet sofort ganz und gar als sein eigenes Land behandeln.

Seinem mißgünstigen Vetter, dem Pfalzgrafen von Veldenz, und den Grafen von Leiningen mußte Friedrich noch einige Extraschläge verpassen, ehe sie den Widerstand gegen ihn aufgaben. Da gingen zwischen Bergzabern und Weißenburg noch einige Dörfer der Leininger in Flammen auf: Die Grafen von Leiningen rächten sich mit Überfällen auf Wachenheim und Freinsheim und brannten Forst und Deidesheim nieder. Dann endlich erzwang der Wintereintritt eine Kampfpause.

Im Frühjahr 1461 war Kurfürst Friedrich der Schnellere. Er zerstörte die leiningischen Schlösser Hasloch, Bischheim und Minfeld, kaum daß der Winter gewichen war. Dann im Frühsommer endlich holte er zum entscheidenden Schlag aus: Mit zehntausend Mann rückte er überraschend vor Meisenheim, wo seine Gegner sich sicher wähnten. Zwei Wochen lang beschoß er die gut befestigte Stadt von einer Anhöhe aus. Nur der Vermittlung durch den Markgrafen von Baden verdankte die Stadt schließlich ihre Rettung. Der Markgraf kam mit den gegnerischen Anführern, Graf Emich von Leiningen und Pfalzgraf Ludwig von Veldenz, in das Lager des Kurfürsten, um den Krieg zu beenden. Die beiden hartnäckigen Gegner warfen sich vor dem Sieger auf die Knie und baten um Frieden. Damit gingen all die schönen Träume von einer Großmachtstellung der Leininger im deutschen Südwesten zu Ende. Hätten sie diese Schlacht gewonnen, dann hätte die Geschichte anders geschrieben werden müssen. Dann wäre nicht kurpfälzische Geschichte daraus geworden, sondern eine gräflich leiningische.

Ihre guten Beziehungen zum Pfalzgrafen von Veldenz waren tatsächlich so vielversprechend, daß man es hätte schaffen können, die Gewichte neu zu verteilen. Und sicher wären die Grafen bald vom Kaiser zu Fürsten erhoben worden. Dann wäre Heidelberg nicht länger die Hauptstadt der Region gewesen, in diesen Rang wäre möglicherweise Dürkheim aufgestiegen.

Das alles wußten die Besiegten, die da auf den Knien lagen, genausogut wie der Sieger, der da stand. Das alles muß ihnen durch den Kopf gegangen sein bei diesem merkwürdigen Treffen vor dem Prunkzelt des Kurfürsten.

»Vetter«, sagte Friedrich in würdevoller Haltung zu dem

Veldenzer, »Ihr hättet Euch und mir wohl ersparen können, daß so viele arme Leute ins Verderben geführt wurden.«

»Vetter«, erwiderte Ludwig, »man hat mich dazu aufgehetzt. Ich will nimmermehr wider Euch handeln.«

Und auch der Leininger gelobte, Ruhe zu halten und dem Kurfürsten als braver Lehnsmann zu dienen.

Da hob der Kurfürst seine Feinde eigenhändig vom Boden auf und bot ihnen den Friedenstrunk. Und Diether von Handschuhsheim stand dabei, sah und hörte, was geschah, und staunte über seinen großen Freund Friedrich. Und war glücklich, jetzt endlich dessen Mann sein zu dürfen.

56. Kapitel

Wie richtig und wichtig es ist, sich immer wieder
klarzumachen: Man lebt ja nur einmal

Wenn der Westwind seine grauen Nässewolken ins Rheintal hängt, als wäre es ihm zu beschwerlich, sie über den Odenwald zu hieven, als wollte er sie noch schnell ausschütteln, ehe er weiterzieht, dann steht plötzlich ein Überallregen in schräger Schraffur über den armseligen Katen und Hütten von Handschuhsheim. Wie ausgestrichen die ganze Welt.

Unter diesem Regen, quasi als Mittelpunkt der Restwelt, auch die Tiefburg, die Maulwurfsburg, die aussieht, als müßte sie mit ihrem schweren Gemäuer allmählich im Schlamm versinken, von den fallenden Wassermassen immer tiefer ins aufgeweichte Erdreich hineingedrückt: ein unausweichliches Geschick. Und über der versunkenen Veste müßte es sich bald lehmig schließen, ein paar gurgelnde Töne nur noch aus der Tiefe. Dann auf einmal viel Platz für Gras und Unkraut, auch für ein paar Kräuter, die noch aus dem Kräutergärtchen im Burggraben stammen. Letzte Erinnerungen an die stolze Festung der Handschuhsheimer.

Aber, aber, nicht so triste Träume, liebe Frau Margarethe. Wenn es auch nur zu verständlich ist, daß du so gern am obersten Fenster des Herrenhauses stehst und hinausschaust. Dein Lieblingsplatz, natürlich, weil er ein klein wenig dem Lieblingsplatz des Mädchens Margarethe gleicht, damals auf dem Wehrgang der Burg Frankenstein. Mach dir nichts vor, dieser lähmende Sommerregen, dieses Überallgrau hängt auch um das hohe Felsennest deiner Eltern. Auch um die schöne Kapelle, von der aus du zum ersten Mal deinen Mann gesehen hast, weshalb du so gern an sie denkst. In der ihr euch dann auch vermählt habt. Trotzdem denkst du gern an sie. Die Wetter, Margarethe, sie kommen und gehen. Siehst du, dort drüben wird es schon wieder heller.

Immerhin, ihr Mann, das mußte sie sich zugeben, hatte es geschafft, ein angesehener Ritter zu sein, nicht wie so viele andere auf Raubzüge oder ständige Fehden angewiesen. Der Freund und Vertraute des mächtigen Nachbarn, des Pfalzgrafen Friedrich. Die Tiefburg war nicht zerstört worden, wie so manche andere Veste. Der Krieg war zu Ende, und sie waren noch immer beisammen, heil geblieben und gesund. Und schon zogen die Wolken über die Bergkette davon. Ja, alles nur immer eine Sache der Sehweise.

Der Heiligenberg, sah sie, war nun so von dem Regengrau eingehüllt, als wäre ihm die Kuppe abgeschlagen. Nicht ganz glatt, eher so wie einem hartgekochten Ei. Margarethe mußte an die frommen Frauen und Männer denken, die dort oben ausharrten, zum Lob und Ruhme Gottes, immer wieder in dichten Nebel eingehüllt, wie jetzt. Wie der Erde entrückt und halbwegs schon aufgefahren in den Himmel. Naß und kalt das Gestein um sie herum, ohne alle Bequemlichkeit. Kein einziger Baum mehr auf der kahlen Bergkuppe. Und selbst die Vögel schweigen, im Gestrüpp versteckt.

In solchen Stunden liegen diese harten Frauen und Männer auf den Knien und preisen Gottes Schöpfung und bitten um Erbarmen für all seine Geschöpfe. Und ihr Chorgesang, schon glaubte sie ihn zu hören, er schwingt sich herrlich auf, durchdringt die kalten Mauern und die tränenschweren Wolkenmassen und jubelt dem Herrn entgegen: Wir wissen, Herr, daß du da bist und allzeit deine schützende Hand über uns hältst.

Was du nicht wissen konntest, Margarethe: Auf den Knien lag in dem Moment tatsächlich auch Pater Norbert, der Propst des Allerheiligenklosters. Doch vor ihm auf den Knien war Eleonore, die Stuhltorhofbäuerin. Sehr dicht vor ihm sogar. Die kurzen Bauernbetten zwangen zu dieser unbequemen Stellung. Der Pater wog die heißen Brüste der jungen Frau in seinen Händen und sagte kein Wort. Er hatte endlich verstanden, daß er diese Frau mit seinem umständlichen Gerede nur irritierte. Sie brauche ihn nicht zum Predigen, hatte sie ihn kurz abgetan. Das war ihm zwar sonderbar vorgekommen, ein bißchen animalisch. Aber schön ist es ja doch, sagte er sich jetzt.

Schon als Junge hatte er Schwierigkeiten gehabt, an Mädchen heranzukommen. Was soll man ihnen sagen, hatte er sich immer wieder gefragt. Fast schon eine Existenzfrage, die ihm aber niemand klar beantworten konnte – oder wollte. Man muß doch zunächst einmal eine gemeinsame Ebene finden, muß sich doch verständigen, muß sich was zu sagen haben, sie mir und ich ihr, ehe man mit ihr machen kann, was die Leute machen, die schon lange verheiratet sind. Das waren seine Vorstellungen, seine Probleme. Wenn er seine Freunde damit zu sehr langweilte, kriegte er zu hören: »Am besten, du gehst ins Kloster.« Und da den großen Hof des Vaters sowieso sein älterer Bruder erbte und er am Waffenhandwerk überhaupt keinen Gefallen finden konnte, entschloß er sich schließlich wirklich, Mönch zu werden. Und er war recht glücklich mit dieser Entscheidung. Er war ja auch was geworden: immerhin Propst eines ganzen Klosters, wenn auch eines klitzekleinen mit nicht mal mehr einem Dutzend Patres und Fratres. Immerhin gab es ja noch kleinere Klöster, wie das Stephanskloster nebenan bewies. Und deshalb war Pater Norbert glücklich in dieser Funktion. Bis er eines Tages im Lorscher Hof unten die Stuhltorhofbäuerin gesehen hatte. Wie die den Klosterschaffner angeschaut hatte! Und erst recht, wie sie mit ihm gesprochen hatte!

Dieses kapriziöse Weibchen war ihm nicht mehr aus dem Sinn gegangen. Er hatte die Leute vom Atzelhof gezielt ausgehorcht und bald genug gewußt, um den Bruder Albertus ebenso gezielt unter Druck setzen zu können: »Entweder, lieber Bruder in Christo, du selbst öffnest mir die Tür zur Schlafkammer Eleonores, oder du verlierst deinen Posten als Klosterschaffner.«

Hier schließt sich nun der Kreis in diesem Kapitel. Denn Bruder Albertus hatte bei dieser ungewöhnlich klaren, überhaupt nicht umständlichen Äußerung seines Propstes die Augen flehentlich zum Himmel erhoben und gesehen, wie der Heiligenberg gerade wieder einmal im Nebel steckte, und hatte dann gesagt: »Lieber teile ich Eleonore, die ich ja schon mit ihrem Mann teilen muß, auch noch mit Euch, ehrwürdiger Vater, als daß ich mich wieder dort oben in diesem Nebelheim einsperren lasse.«

Propst Norbert hatte ihn für diesen klugen Entschluß gelobt, nun wieder in seiner üblichen ausschweifenden Unart, wobei auch nicht der abschließende Hinweis fehlte, daß er ihn dafür in sein Nachtgebet einschließen werde – was den Klosterschaffner aber auch nicht begeisterter stimmte. Der Stuhltorhofbauer, um dessen Frau es bei dieser Transaktion ja ging, wurde gar nicht erst gefragt. Er wurde lediglich darüber informiert, daß er sich von nun an noch öfter auf seinen Äckern tummeln sollte; das würde ihrer Fruchtbarkeit nur zugute kommen. Und Eleonore selbst hatte nur zu gern eingewilligt.

»Man lebt ja nur einmal«, hatte sie gesagt, »aber drei Männer nebeneinander, das ist beinahe schon wie dreimal leben dürfen.«

Eine für das 15. Jahrhundert überraschend materialistische Einstellung, zugegeben. Aber irgendwoher muß der gängige Ausdruck historischer Materialismus ja wohl kommen.

57. KAPITEL

Weil das mit der Post noch ein bißchen anders läuft, muß man sie auch strategisch einsetzen können

Nach den Siegen bei Pfeddersheim und Meisenheim nun endlich der ersehnte Friede? Fehlanzeige! Kaum waren die Streitigkeiten mit den Nachbarn beigelegt, da gab es neuen Knatsch. Diesmal ging es um Kirchliches, was um so ärgerlicher war. Denn in einen solchen Streit sind gleich auch der Papst und der Kaiser, ja, Gott und die Welt verwickelt. Vom Teufel, der ja ohnehin überall mitmischt, gar nicht zu sprechen. Keine Chance, sich herauszuhalten.

Dabei war Friedrich von der Pfalz nicht scharf darauf, weiteren Ruhm an seine Fahnen zu heften. Er hatte im Volk schon seinen Namen weg. »Friedrich der Siegreiche« hieß er nun. Das genügte ihm eigentlich. Daß seine Feinde ihn den tollen Friedrich oder auch den bösen Friedrich nannten, brauchte ihn nicht zu stören. Schöne Kinder haben viele Namen. Die neue Störung der politischen Großwetterlage kam denn auch nicht von seiner Seite.

Ursprünglich ging es nur um den Erzbischof Diether von Isenburg, dessen Wahl zum Kurfürsten von Mainz umstritten gewesen war. Der Mann ist uns ja wohlbekannt. Erst war er der klammheimliche Rivale des Kurfürsten Friedrich von der Pfalz, vor allem wegen der Grenzdörfer Neuenheim und Handschuhsheim. Dann machte er mit dem Pfälzer auf Freundschaft, ließ sich von ihm besuchen und besuchte ihn. Plötzlich dann war er sein Feind. Und als er besiegt war, spielte er wieder den Freund. Da es in dem nun ausbrechenden Kirchenstreit aber nicht allein um den Mann selbst ging, sondern auch um die Rechte der Kirche in den deutschen Staaten gegenüber der allmächtigen römischen Kurie, konnte der Pfälzer Friedrich nicht anders als zu Diether von Isenburg halten, und das sogar noch, als Papst Pius II. diesen als Erzbischof von Mainz absetzte und an seiner Statt den Grafen Adolf von Nassau ernannte.

Der alt-neue Freund Diether von Isenburg rief um Hilfe, und der Pfalzgraf eilte mit seinen Truppen herbei. Aber nicht so selbstlos überstürzt, wie das der Freund gerne gehabt hätte. Der schlitzohrige Pfälzer schloß zunächst mit ihm einen Vertrag, wonach der abgesetzte Erzbischof für den Fall, daß er seinen geliebten Bischofsstuhl wiederbekomme, die ganze zu Kurmainz gehörende Bergstraße an Kurpfalz verpfändete. Friedrich las das natürlich ein bißchen anders: Verpfändet hieß für ihn soviel wie abgetreten. Und so ließ er sich auch gleich in seinen neuen Besitzungen huldigen, nämlich in Bensheim, Heppenheim, Modenbach und auf der Starkenburg. Das war im November des Jahres 1461. Ein gutes Geschäft gemacht, und das, ohne einen Handschlag getan zu haben, da konnte sich der Pfalzgraf wahrhaftig vergnügt die Hände reiben. Doch sollte die unangenehme Seite des Geschäfts bald folgen.

Schon saßen die Frauen wieder allein zu Hause in der Kurpfalz. Ihre Männer waren im Feldlager. Auch Diether von Handschuhsheim war mit seinen Verwandten und Knechten beim Aufgebot des Pfalzgrafen. Beim Abschied hatte er seiner Frau so selbstsicher erklärt, sie brauche nichts zu befürchten, er wisse ganz genau, daß ihm nichts geschehen werde, daß sie ihn einigermaßen beruhigt ziehen ließ. Vielleicht aber auch nur abgelenkt durch die Frage, woher ihr Mann diese Gewißheit hatte, daß alles gutgehen werde. Er hat sich wieder so merkwürdig benommen, sinnierte sie. Kurz vor dem Aufbruch war er plötzlich verschwunden. Eine der Mägde wollte noch gesehen haben, daß er sich heimlich in die Kapelle geschlichen hat. Doch war, als Margarethe ihm folgen wollte, die Tür zur Kapelle verschlossen, und auf ihr Klopfen hin rührte sich nichts.

Als sie dann im Stall nach ihm gesucht hatte, war er auf einmal hereingekommen, mit einem so fröhlichen Gesicht, als hätte er ihr eine besonders freudige Mitteilung zu machen. Doch als sie ihn gefragt hatte, was es denn Neues gebe, hatte er nur gesagt: »Nichts Neues, zum Glück nichts Neues, alles wie immer. Du kannst also beruhigt sein.«

Und nun saß sie da in der still gewordenen Burg und hatte viel zuviel Zeit zum Überlegen, was er mit diesem sonderbaren Ausspruch gemeint haben könnte. Klar ist jedenfalls, sagte sie sich, daß er Geheimnisse vor mir hat. Dabei ist seine Kunigunde doch tot. Gott sei Dank. Ob es vielleicht schon wieder eine neue Kunigunde gibt? Aber was könnte die mit seinem sonderbaren Verschwinden in der Kapelle zu tun haben?

Margarethe stand wieder einmal am obersten Fenster des Herrenhauses, als sie das Hornsignal hörte, das sie – wie elektrisiert? Nein, das gab es ja damals noch nicht – das sie jedenfalls hastig hinunterlaufen ließ. Diese jaulenden Töne kannte sie. Sie kamen von dem Horn, mit dem die Metzgerpost ihre Ankunft im Ort bekannt machte. Das Posthorn war ja noch kein blitzblankes Messinginstrument, es war erst ein ordinäres Ochsenhorn, mehr laut als wohlklingend. Doch für Margarethe, die auf eine Nachricht von ihrem Mann wartete, waren diese schrägen Töne natürlich fast wie Musik.

Die Metzgerzünfte hatten sich mit der Postbeförderung eine gute Einnahmequelle geschaffen, war doch die Staatspost nur für die Bedürfnisse der Herrschenden da, während die Postdienste der Kaufmannsgilden wie auch die der Städte und der Orden für die einfachen Leute meist zu teuer waren. Ihre weitverzweigten Boten- und Poststellennetze verursachten halt Kosten, die sich in den Preisen für die Briefbeförderung niederschlugen. Für die Handwerksgesellen aber oder die Fleischer, die sowieso über Land fuhren, um Vieh aufzukaufen, war die Postbeförderung eine bloße Nebenbeschäftigung. Das machte diesen Postdienst konkurrenzlos billig.

Margarethe schickte eine Magd zum Haus des Schultheißen, wo die Metzgerpost ihre Sendungen für die Ortsbewohner abzugeben pflegte. Käme jetzt endlich ein Brief von Diether? Eins von diesen schönen Blättern Papier, die nur auf der einen Seite beschrieben sind, dann zusammengefaltet, von einer durchgesteckten Vogelfeder zusammengehalten und mit einem auf Feder und Papier gedrückten Siegel verschlossen. Hoffentlich! Eine Viertelstunde später wußte Margarethe: wieder nichts.

Ihr Mann fand einfach nicht die Ruhe und die Zeit, einen Brief zu diktieren. Das ständige Hin und Her der Truppenbewegungen. Dabei war schon Winter – nicht die beste Zeit zum Kriegführen. Trotzdem zog der Pfalzgraf noch im Dezember dieses Jahres mit seinen Truppen an den Rhein. Von Mainz-Kastell aus drangen sie nach Walluf vor. Da lagerten sie nun dem Heer Adolfs von Nassau gegenüber, und das in lausiger Kälte und ohne genauere Kenntnis, wie stark die gegnerischen Truppen waren – die offenbar auch noch dauernd neue Verstärkungen erhielten. Unter diesen widrigen Umständen ließ Friedrich den Feldzug schließlich absagen.

Weihnachtspause, Heimaturlaub. Ein banges Weihnachtsfest allerdings. Und dabei noch nicht einmal so richtig schön unterm Tannenbaum, denn der kam erst zweihundertfünfzig Jahre später auf: Also wirklich was Halbes. Nur die frohe Botschaft des Evangelisten vom Frieden auf Erden für alle, die guten Willens sind, die hatte man schon. Doch nie paßte diese Botschaft weniger als in diesem Jahr. Für den Pfalzgrafen und Kurfürsten selbst gab es überhaupt keine Pause. Die Anzahl seiner Widersacher wurde immer größer. Zwei Tage vor Weihnachten erklärten ihm auch noch Markgraf Albrecht von Brandenburg und Graf Ulrich von Württemberg den Krieg. Das heißt, sie schickten ihm den Fehdebrief. Ohne diese offizielle Ankündigung loszuschlagen, galt als unritterlich. Und es blieb nicht bei der Ankündigung von Krieg. Sofort ging es wieder los mit den Überfällen hier und da und den wahllosen Verwüstungen.

Markgraf Karl von Baden, ein Schwager Kaiser Friedrichs, war ein Freund Adolfs von Nassau und neuerdings auch des Grafen Ulrich von Württemberg. Also mußte der Pfalz-graf auch von dieser Seite her auf Feindseligkeiten gefaßt sein. Kaum war das neue Jahr da, gab es eine böse Neu-jahrsüberraschung für den vielgeplagten Pfalzgrafen: Der Papst verlangte von ihm bei Strafe des Bannes, daß er die Waffen niederlege und die neuen Pfandbesitzungen an der Bergstraße herausgebe.

Friedrich dachte natürlich gar nicht daran, Gehorsam zu zeigen. So war er plötzlich im Kirchenbann. Und genauso plötzlich zeigten immer mehr Nachbarn ihm gegenüber Ungehorsam. Vasallen, die bisher noch brav ihren Lehns-pflichten nachgekommen waren, hielten das einem Ge-bannten gegenüber nicht mehr für nötig. Rom hatte dafür gesorgt, daß der starke Kater lahmte, und schon spielten die Mäuse verrückt.

Wieder ging es mit dem Dörferanzünden los. In der Ge-gend von Pforzheim und auch im Elsaß. Vor allem der Markgraf von Baden, der Württemberger und Johann Ni-kolaus von Hoheneck, der Bischof von Speyer, zeigten dem Pfalzgrafen jetzt die Zähne. Aber auch sein Vetter Ludwig von Veldenz, der nie mehr wider ihn handeln zu wollen versprochen hatte, war schon wieder zu seinen Geg-nern übergelaufen. Die Bischöfe von Trier und Metz wa-ren badische Prinzen und standen deshalb ebenfalls auf der Seite der Feinde. Es war zum Verzweifeln. Lediglich Herzog Ludwig von Bayern und Landgraf Heinrich von Hessen hielten noch zum Pfalzgrafen Friedrich und zu Diether von Isenburg. Doch war der Bayer mehr als genug damit beschäftigt, sein eigenes Land gegen Überfälle durch den Markgrafen von Brandenburg zu verteidigen, wofür er beim Pfalzgrafen sogar noch um Hilfe bitten mußte.

Dessen Situation war also mehr als mies. Er konnte eben nicht überall gleichzeitig seine Grenzen verteidigen, auch noch Fremdhilfe leisten und gleichzeitig einen Angriffs-krieg gegen den Nassauer führen. Sein Land lag weitge-hend ungeschützt da, und die fremden Heerhaufen dran-gen bei ihren Überfällen und Brandschatzungen schließlich schon bis in die unmittelbare Umgebung von Friedrichs Hauptstadt Heidelberg vor.

Kirchheim, Eppelheim, Bruchhausen, Plankstadt, Sandhausen, St. Ilgen, Walldorf und Nußloch gingen in Flammen auf, ohne daß der Landesfürst es verhindern konnte. Das war im Frühjahr 1462. Und der Pfalzgraf in weiter Ferne.

So jammerten die Bürger und die Bauern, denen die Behausungen, die Werkstätten und Ställe, die gesamte Ernte und das Vieh genommen waren. Der knorzige Typ Mensch, den die Pfalz hervorgebracht hat, anspruchslos und unansehnlich wie eine ausgegrabene Rebwurzel, aber auch so hart, er wurde mal wieder auf die Probe gestellt. Es ging um nichts anderes mehr als ums Überleben.

Der Pfalzgraf in weiter Ferne, so dachten auch die Führer der alliierten Marodeure. Sie beschlossen deshalb, die Gelegenheit zu nutzen und dem verhaßten Pfalzgrafen den entscheidenden Schlag zu versetzen, während er in Bayern seinen Bündnispflichten nachkommt. So hatte es ihnen abgefangene Kurierpost ja verraten. Welch ein glücklicher Zufall!

Sie kamen nicht auf den Gedanken, daß dieser beruhigende Brief fingiert sein und nur den einen Zweck haben könnte, sie in Sicherheit zu wiegen. Diese Sicherheit hatten sie jetzt. Dazu kam mit einem Mal eine ganz neue Kampfbegeisterung auf unter den Angreifern, weil irgendwer den zündenden Ausspruch getan hatte: »Wir werden die Weinreben an der kurfürstlichen Stammburg herausreißen!« So martialische Sprüche reißen halt immer mit. Endlich ein richtiges Ziel: Heidelberg muß erobert, Heidelberg muß zerstört werden! Und es war ganz sicher nicht der alte Cato, der gesagt hatte: »Ceterum censeo, Heidelbergam esse delendam!«

Da soll nur keiner versuchen, sich nachträglich auf den starrköpfigen alten Römer herauszureden. Menschen verwandter deutscher Stämme waren es, die nun der Kurpfalz und ihrer Hauptstadt Heidelberg den Garaus machen wollten. Also High noon in Heidelberg. Nur daß die Gegner noch gar nicht wußten, daß der große Sheriff da war. Sie glaubten ihn noch völlig ahnungslos und in weiter Ferne. So zogen sie frohgemut zunächst ihre Truppen vor der Veste Heidelsheim bei Bruchsal zusammen, um die dort liegende schwache kurpfälzische Besatzung zu erledigen. Aber sie scheiterten zu ihrer größten Verwunderung an deren erbittertem Widerstand. Sie konnten ja nicht ahnen, daß der Pfalzgraf persönlich mit einer schnell herbeigeführten Hilfstruppe die Verteidigung leitete.

Die Gegner wollten sich mit dieser Kleinigkeit auf dem einmal eingeschlagenen Weg nach Heidelberg nicht länger aufhalten und zogen nach zwei Tagen einfach ab. Sie ließen die starke Festung als unerledigte Sache hinter sich. Damit allerdings auch ihren Hauptfeind. Der Pfalzgraf setzte ihnen unbemerkt in aller Eile nach. Er ließ alles an Männern sich noch in der Nacht in Leimen versammeln, was er nur finden konnte. Darunter waren viele brave Bürgersleute und Bäuerlein, die noch nie in ihrem Leben eine Waffe in der Hand gehabt hatten. Jetzt wurden sie ruck-zuck provisorisch ausgerüstet und zu Soldaten gemacht. Mit zweitausend Mann Fußvolk und etwa achthundert Berittenen verfolgte der Pfalzgraf am nächsten Morgen heimlich seine Gegner. Ein Katz-und-Maus-Spiel mit blinden Mäusen.

Die Mäusechefs, Ulrich von Württemberg, Karl von Baden und die Bischöfe von Metz und Speyer, ließen ihr schwerfälliges Fußvolk sich bei St. Leon verschanzen. Man wollte für das Heidelberger Schlachtfest beweglich sein. Man wollte keinen Tag länger auf das Vergnügen warten müssen, die Residenzstadt, die angeblich nur noch von einer schwachen Besatzung beschützt wurde, zu erobern. So zog man allein mit der Reiterei von etwa achthundert Mann zum Neckar, eine breite Spur der Verwüstung hinter sich lassend. Überall standen die Rauchwolken über den zerstörten Bauernkaten. Dazu hatten die Mordbrenner noch den genialen Einfall, den Pferden Äste an die Schweife zu binden, damit sie beim Ritt mitten durch die Kornfelder mehr Schaden anrichteten. So hatte Friedrich keine Schwierigkeiten, auf ihrer Spur zu bleiben.

Zwischen Seckenheim im Norden und Schwetzingen im Süden lagerten die heimlich verfolgten Eroberer und bereiteten sich auf den Angriff auf Heidelberg vor. Vor dem Schwetzinger Wald, am sogenannten Frohnholz, auf einer weiten Sandebene unterhalb des Zwickels, den die Mündung des Neckars in den Rhein darstellte, präsentierten sich die Feinde ihrem Verfolger wie eine riesige Pferdeherde im Pferch. Der Pfalzgraf schob sich mit seinen Truppen so nah wie möglich an seine Feinde heran. Und das Unglaubliche gelang: Er blieb weiterhin unbemerkt.

Ein völliges Versagen der Feindaufklärung würde man heute sagen. Kundschafter hielten seine Gegner nicht für nötig, weil sie ihn ja tief unten in Bayern wähnten. Sollte der Pfalzgraf sich dort nur die Zähne ausbeißen, derweil würde man seine Hauptstadt in Schutt und Asche legen, was dann zweifellos das endgültige Aus für den tollen Friedrich bedeuten würde. Der passende Satz, finde ich, für einen Kapitelschluß. Also, genug für heute.

58. KAPITEL

Wer jubeln kann, ist prächtig dran, denn viele
können nur noch jammern, und manche nicht
mal mehr das

Es kam der Morgen des 30. Juni 1462, ein Frühsommermorgen wie so mancher und doch wie kein anderer. Pfalzgraf Friedrich rückte mit seinem Heer noch näher an die Gegner heran, und das möglichst geräuschlos. Immer neue Scharen von Kämpfern stießen aus der Umgebung zu ihm. Die Kunde von der tödlichen Bedrohung der Residenzstadt hatte sich schnell im gesamten Südwesten verbreitet. Diether von Handschuhsheim war einer von denen, die noch in der Nacht über Land geritten waren, um die letzten zögernden Männer zu aktivieren. Mit Erfolg. Seine ruhige Zuversicht und seine Siegesgewißheit wirkten ansteckend. Hatte er doch noch unmittelbar vor seinem Aufbruch von daheim wieder heimlich seinen Besuch im Keller unter der Kapelle gemacht. So wußte er, daß ihm nichts passieren würde. Und das konnte nur Sieg bedeuten.
Am Vormittag vor der großen Schlacht dann eine freudige Überraschung, die sofort neuen Mut und große Begeisterung verbreitete: Der abgesetzte Erzbischof Diether von Isenburg, Graf Johann Philipp von Katzenelnbogen und Emicho von Mainz kamen von Heidelberg herüber und vereinigten ihre dreihundert Reiter mit dem Heer des Kurfürsten. Ein buntgemischtes Heer, zugegeben, hatte Friedrich doch auch wieder eine Schar der wegen ihrer rücksichtslosen Härte gefürchteten Schweizer Söldner bei sich. Dazu ein Kontingent hessischer Soldaten, die ihm der Landgraf Heinrich von Hessen zugeführt hatte. Die Truppen unter dem Landgrafen Ludwig von Hessen, die noch

bei Pfeddersheim auf der Seite des Pfalzgrafen gekämpft hatten, waren jetzt mit Adolf von Nassau verbündet und hielten im Rheingau Wacht.

Als die vereinigten Württemberger und Badener endlich bemerkten, daß ihnen ein beträchtliches Heer gegenüberstand, war es für sie ein böses Erwachen. Denn plötzlich ging ihnen auf, daß sie sich zu weit nach Norden in den Zwickel von Rhein und Neckar vorgewagt hatten, aus dem es kein Entweichen geben würde, und daß die Kurpfälzer ihnen sowohl den Rückzug als auch die Verbindung mit ihrer starken Infanterie und dem gesamten Troß bei St. Leon abgeschnitten hatten. Das bedeutete, daß sie allein mit ihrer Kavallerie kämpfen und siegen oder aber untergehen müßten, während die Masse ihres Heeres unerreichbar im Süden lag.

Der Pfalzgraf und Kurfürst Friedrich war sich darüber im klaren, daß seine Gegner sich mit äußerstem Einsatz wehren würden, weil sie um ihr Leben kämpften. Um so wichtiger war ihm die Vorbereitung seines Heeres auf diese Entscheidungsschlacht. Und bei dieser Vorbereitung erwies er sich als ein wahrer Meister der Kriegskunst.

Als erstes gehörte dazu, daß er einen besonders kriegserfahrenen Mann zum Oberbefehlshaber seines Heeres machte, nämlich den aus dem Sundgau kommenden Adam von Anseltheim. Gemeinsam mit ihm entwarf er den Operationsplan. Dann gab er Anweisung, daß seine Soldaten einheitlich gekennzeichnet in die Schlacht zu gehen hätten, damit sie nicht versehentlich von den eigenen Leuten getötet würden. Weil sie teilweise ja nur provisorisch ausgerüstet und gar nicht als Soldaten erkennbar waren und weil es noch rund zweihundert Jahre hin war bis zu der Zeit, da die europäischen Fürsten ihren Kriegern einheitliche Uniformen verpaßten, hatte jeder einen Haselnußbuschen an seinem Helm oder seiner Sturmhaube zu befestigen. Wahrhaftig ein ungewöhnliches Feldzeichen für ein kurfürstliches Heer.

Dieser Vorsichtsmaßnahme folgte die moralische Aufrüstung: Der Pfalzgraf veranstaltete noch vor Mittag ein feierliches Ritterschlagen im Namen des heiligen Georg, und zwar wurden mehr als vierzig seiner Berittenen zu Rittern geschlagen, darunter er selbst, und das war der Clou an der Sache. Zu diesem Zeremoniell habe er bis dahin nie Zeit gehabt, ließ er verlauten. Er hatte es auch nicht mehr für wichtig gehalten. Jetzt aber war es wichtig und kam es gerade richtig: Wer gemeinsam mit dem Kurfürsten zum Ritter geschlagen wurde, der würde sich auch für ihn schlagen, als ginge es um sein eigenes Leben.

Den feierlichen Massenritterschlag führte der hochangesehene Wiprecht von Helmstädt durch – eine ergreifende Zeremonie, natürlich verbunden mit einem Feldgottesdienst. Was immer man an Verbündeten finden konnte, das war Friedrich willkommen. Der neue Ritter Friedrich ritt dann zu seinem kurpfälzischen Fußvolk hin und ermahnte die Leute, sich brav zu schlagen und daran zu denken, daß er ihr natürlicher Herr sei. Ein Gesichtspunkt, der in dieser Zeit und speziell in so einer Situation ein wirksames Stimulans für Heldentum war. Heute müßte Friedrich sich mehr einfallen lassen.

Nach all diesen Vorbereitungen noch nicht am Ende mit seiner Kunst, kümmerte Friedrich sich auch persönlich um den Grafen Emmrich von Leiningen, der mit dem Erzbischof von Mainz gekommen war. Was er in Anbetracht der früheren Feindschaft heute von ihm zu erwarten habe, fragte er ihn ohne alle Umschweife. Das heißt, Friedrich beherrschte auch die Technik der Aktivierung eines schlechten Gewissens und des Festnagelns auf heilige Versprechungen. Diether von Isenburg riet er dringend, sich keiner persönlichen Gefahr auszusetzen, sondern lieber nach Heidelberg zurückzureiten, weil er doch wieder auf den Erzbischofsstuhl zu Mainz gesetzt werden solle, im allgemeinen Interesse. Auch so kann man einen unsicheren Kantonisten zu einem ehrgeizigen Mitstreiter machen. Per Handschlag und mit seinem feierlich gegebenen Ritterwort bekräftigte der Erzbischof wie zuvor der Graf, daß er mit Freuden sein Leben an der Seite des Pfalzgrafen in die Waagschale werfen werde.

Nach Friedrichs und Anseltheims Plan stand die Hauptmasse ihrer Kavallerie in der Mitte, während die Schützen auf beiden Hügeln aufgestellt wurden, unterstützt durch einige hundert Berittene. Der rechte Flügel stand unter dem Kommando des Collen von Hering, der linke unter dem der Grafen Johann von Eberstein und Wilhelm von Rappoltstein. Besonders wichtig war, wer das Hauptpanier trug, die kurpfälzische Heeresfahne. Sie zeigte einen Schild mit dem pfälzischen Löwen und den bayerischen Rauten, reich mit Edelsteinen besetzt. Jeder wußte, daß die Gegner die größten Anstrengungen unternehmen würden, dieses Feldzeichen in ihre Hände zu bekommen, weil es soviel wie den Sieg bedeutete. Wehte diese Fahne doch nur, wenn der Kurfürst selbst kämpfte. Sobald sie nicht mehr wehte, würde das bedeuten: Der Kampf des Kurfürsten um seinen Thron und sein Land ist beendet. Dieses bedeutsame Panier war dem kurpfälzischen Erbmarschall Rheingraf Johann anvertraut. Um ihn scharten sich die besten Kämpfer. Genau wie um den Kurfürsten selbst. An seiner Seite fehlte kaum einer aus den bekannten pfälzischen Geschlechtern. Sie wußten, worum es ging, und so waren sie alle um ihren Fürsten versammelt: die Sickingen und Gemmingen, Berlichingen, Hirschhorn, Neipperg, Sturmfeder, Dahlheim, Mosbach, Tautenberg, Wambold, Adelsheim, Walbrunn, Erbach, Helmstädt, Venningen, Schauenburg, Falkenstein, Seldeneck und viele andere und last, but not least, die Handschuhsheimer.

So fehlte zum Erfolg nichts mehr außer der Musik. Kurz nach zwölf Uhr Mittag ließ Friedrich sein ganzes Heer das Kampflied singen, das sein Hofkaplan und Vertrauter, Mathias Widmann aus Kemnat in der Oberpfalz, gedichtet hatte. Natürlich ein fromm-patriotisches Lied. Nachdem so auch noch die heilige Dreifaltigkeit selbst für die Sache des Pfalzgrafen in die Pflicht genommen war, konnte die Schlacht beginnen.

Die Arkebusiere kamen gerade nur dazu, eine einzige Salve abzuschießen. Da stoben die Reiterhorden auch schon mit geschlossenem Visier und gesenkten Lanzen aufeinander los, als wären sie auf dem Turnierplatz. Noch ehe die Schützen nachgeladen hatten, war die Reiterei so ineinander verhakt wie kämpfende Platzhirsche.

Da war kaum noch ein Schuß anzubringen, ohne die eigenen Leute zu gefährden. So ließ der Feldhauptmann von Anseltheim sofort auch noch seine berittene Reserve von beiden Flügeln her dem Feind in die Flanken fallen. Eine gewaltige Reiterschlacht entbrannte.

Ein ohrenbetäubender Lärm, als all die schweren Eisenschläge auf die Eisenmänner niederprasselten. Und doch war es tatsächlich wie auf dem Turnierplatz. Die Herren Ritter hielten sich an den Comment, auf den sie eingeschworen waren. Wer besiegt war, der ergab sich seinem Bezwinger, indem er ihm sein Schwert und seinen Handschuh übergab.

Nur das Fußvolk kämpfte nicht turniermäßig, sondern ausgesprochen unfein. Kein Wunder, die Leute hatten es nicht anders gelernt. Sie waren ja nicht turnierfähig. Dafür offensichtlich besonders motiviert und kampftüchtig. Mit gefällten Langspießen rückten sie gegen die feindliche Reiterei vor und stachen den Reitern serienweise die Pferde unterm Hintern weg. Die so zu Fußsoldaten degradierten Ritter hatten im anschließenden Bodenkampf, in ihren schweren Eisenrüstungen fast bewegungsunfähig, natürlich keine Chance.

Pfalzgraf Friedrich selbst geriet in äußerste Gefahr. Auch ihm wurde das Streitroß im Kampfgetümmel unterm Sattel abgestochen. Ihm gegenüber Georg von Wallenstein, der ihn schon triumphierend gefangennehmen wollte. Doch wußte Friedrich sich auch zu Fuß sehr effektvoll gegen den Reiter zu wehren.

Zum Glück hatten seine Getreuen ihn immer im Blick behalten. Sie stürzten sich wie gereizte Stiere auf Wallenstein, trennten ihn vom Kurfürsten und bildeten um diesen eine Mauer, bis ihm ein neues Pferd zugeführt worden war und vier Männer ihn in den Sattel gehoben hatten. Eine ganze Meute von Gegnern hatte sich sofort auf den angeschlagenen Kurfürsten zu stürzen versucht, um so die Schlacht zu entscheiden.

Auch Diether von Handschuhsheim war sofort da, mitten im dichtesten Kampfgetümmel. Er stieß und schlug wie rasend mit seinem Schild um sich, während er in der Rechten mit aller Kraft den schweren Morgenstern auf- und niedergehen ließ. So hatte er es nicht gelernt. So beidhändig und ohne jede Deckung auf die Gegner loszudreschen, das war schon fast selbstmörderisch. Aber Diether hatte in diesen Minuten keinen Gedanken an sein eigenes Leben. Er hatte nur seinen Freund Friedrich in Not – und rot gesehen. Höchst gefährliche Momente, denn es ging nicht nur um Friedrichs Freiheit und Leben.

Die durch ihre eigene Dummheit in die Enge gedrängten Gegner kämpften mit dem Mut der Verzweiflung, und zeitweilig sah es so aus, als ob sie die Oberhand behalten würden. Die kurpfälzische Kavallerie war gestoppt worden. Sie schien schon zurückweichen zu müssen, und als dann der Kurfürst plötzlich nicht mehr zu sehen war, stand die Sache sehr schlecht für ihn. Die Feinde glaubten schon an den Sieg und drängten entsprechend mächtig vorwärts. Doch in dem Augenblick, da der Kurfürst wieder hoch zu Roß vor ihnen erschien, die Streitaxt emporgereckt als Zeichen des neuen, entschlossenen Angriffs, da suchten sie ihr Heil in wilder Flucht und ergaben sich haufenweise. Das war der Sieg für Friedrich von der Pfalz.

Hätte die Schlacht andersherum geendet, hätte dieses Kapitel andersherum geschrieben werden müssen – hier die Feinde und da die Helden. Das hätte auch nichts ausgemacht, wäre es doch die gleiche Arbeit gewesen. Und auch das gleiche Lesevergnügen, so hoffe ich wenigstens. Eine Schlacht macht ja immer Spaß, solange man nicht selbst mittendrin steckt im Schlamassel.

59. KAPITEL

Wie der große Sieg groß gefeiert und anschließend
unnachgiebig zu Geld gemacht wird

Den totalen Krieg kannte man damals zwar noch
nicht. Wohl aber den totalen Sieg. Der vom 30. Juni 1462
bei Seckenheim war so einer. Die Allianz der Mißgunst gegen den Pfalzgrafen und Kurfürsten Friedrich war geschei-
tert. Daß sie ihre Kräfte unnötig zersplittert hatten, wurde
ihr Untergang. Die zu dem geplanten Überfall auf Heidelberg aufgebrochene Kavallerie allein hatte dem Heer des
Pfalzgrafen nicht standhalten können. Das weit abseits – in
St. Leon bei Walldorf – zurückgelassene Hauptheer
konnte aber nicht mehr in den Kampf eingreifen. Es löste
sich auf die Nachricht von Friedrichs Sieg hin auf, das
heißt, man ging einfach nach Hause. Man hatte ja keine
Führer mehr; die waren fast alle in Gefangenschaft geraten. Von den wichtigen Herren der Anti-Kurpfalz-Allianz
war es nur dem Bischof von Speyer gelungen zu entwischen, heim nach Speyer, weil er die beste Ortskenntnis
mitbrachte. Also alle Oberbefehlshaber weg, und ohne
Führer gab das Kämpfen keinen Sinn.
Daraus den Verbesserungsvorschlag abzuleiten, man sollte
nächstens die kleinen Leute gleich daheim und nur noch
die Großen kämpfen lassen, liegt zwar nahe, läßt sich aber,
weil weltfremd, leider nur höchst selten realisieren. Der in
der Bibel geschilderte Kampf Davids gegen den Riesen Go-
liath war einer von diesen seltenen vernünftigen Anstatt-
kämpfen.
Der Erfolg der Schlacht bei Seckenheim konnte sich sehen
lassen. Markgraf Karl von Baden und Graf Ulrich von
Württemberg wurden als Gefangene nach Heidelberg ge-

führt. Im Triumphzug. Das hätte der Kurfürst sich besser verkniffen – wegen der schädlichen Langzeitfolgen solcher Großkotzigkeit: Viel, viel später gehört Heidelberg zum Bundesland Baden-Württemberg, wird also von Stuttgart aus regiert, und wundert sich darüber, daß es nur eine betont stiefmütterliche Zuwendung erfährt. Da zeigt sich, daß wir nicht nur über mangelndes Geschichtsbewußtsein zu klagen haben, manchmal haben wir sogar zuviel davon.

Doch weiter zum Sieg: Auch der Bruder des Markgrafen Karl, der Bischof von Metz, wurde gefangengenommen. Dazu hundertachtundzwanzig weitere Adlige und etwa vierhundert ihrer Reisigen.

Auffallend ist, daß bei dieser gewaltigen Schlacht relativ wenige tot auf dem sogenannten Feld der Ehre blieben. Von den Kurpfälzern hatte es ausgerechnet Wiprecht von Helmstädt erwischt, den alten Kämpen, der gerade vorher noch die Ehre gehabt hatte, den Kurfürsten und etwa vierzig seiner Leute zu Rittern zu schlagen. Außer ihm waren Georg von Wittenmolben, zwei weitere Berittene und acht Edelknaben zu betrauern. Auf der Seite der Besiegten sah es nur wenig schlimmer aus: Dreiundvierzig Ritter waren gefallen, darunter Graf Ullrich von Helfenstein der Alte, Georg Raugraf Herr zu Neven, der alte Beymburg und Freiherr Georg von Brandiz. Das waren erstaunlich wenig Abgänge für eine große Schlacht – ein Erfolg der Anweisung Friedrichs, möglichst Gefangene zu machen statt tote Helden, war doch jeder Gefangene beim späteren Loskauf ein schönes Stück Geld wert. Und Geld konnte der Pfalzgraf jetzt brauchen, nach all den aufwendigen Kriegszügen und den Zerstörungen in seinem Land. Da war es schade, daß seine Anweisung bei den Fußtruppen wohl nicht ganz richtig verstanden worden war. Die hatten zwar auch eifrig Gefangene eingesammelt. Aber sie hatten dabei vierzig Streitrösser, sämtlich wertvolle Hengste, abgestochen. Immerhin konnte der Pfalzgraf sich über die Beute dieses Tages freuen: über vierhundert Streithengste, dazu siebenundvierzig volle Rüstungen, einige davon mit kostbaren Verzierungen in Gold und Silber.

Der Einzug des siegreichen Pfalzgrafen in seine Residenz, wie gesagt: ein Triumphzug, den Vorbildern im alten Rom wie auch den Nachahmungen der Moderne als Konfettiparaden durchaus ebenbürtig. Unter den Rittern, die jetzt als Gefangene den Zug schmückten – in voller Rüstung, aber ohne Schwert und rechten Handschuh –, waren viele wohlbekannte Herren, so Dietrich von Gemmingen, Sigmund von Homburg, Heinrich von Sternenfels, Johann von Helmstadt der Jüngere, Wersich Bock von Staufenberg, Wilhelm von Colmar, Johann Truchseß von Stetten, der Graf von Werdenberg und der Graf von Leiningen zu Rixingen.

Zuerst ging es zur Heiliggeistkirche, wo ein feierlicher Dankgottesdienst zelebriert wurde. Klar, daß man den Ausgang der Schlacht Gott in die Schuhe schob. Zur Steigerung des Glücksgefühls wurden die eroberten Paniere der geschlagenen Gegner im Chorraum der Kirche aufgehängt. Dafür wurde schnell Platz geschaffen, indem man die bei Pfeddersheim erbeuteten mainzischen Paniere abnahm und sie dem damaligen Gegner und jetzigen Bundesgenossen zurückgab. So schnell wechseln Trophäen die Bedeutung.

Komisch eigentlich, daß Fahnen stets so großen Eindruck machen, wo sie uns doch nur immer so schmetterlingshaft kurzzeitig umflattern. Aber kümmern wir uns nicht ums vielgeliebte bunte Tuch, sondern lieber um die Gefangenen. Die hatten es nötiger. Die waren auch dem Pfalzgrafen wichtiger. Graf Ulrich von Württemberg wurde auf der unteren Burg in Heidelberg eingesperrt, in dem Gefängnis, das Jahrzehnte zuvor der abgesetzte Papst Johannes XXIII. anfangs hatte bewohnen müssen. Markgraf Karl von Baden und sein bischöflicher Bruder waren schwer verletzt und deshalb nicht haftfähig geschrieben. So wurden sie zunächst in der Stadt unten festgehalten, wo man ihnen die beste wundärztliche Pflege angedeihen ließ. Natürlich nicht aus Menschenfreundlichkeit. »Laßt sie mir ja nicht sterben«, hatte der Pfalzgraf seinen Leibarzt Dr. Heinrich Munsinger ermahnt, »die Herren laß ich mir mit Gold aufwiegen.«

Die Herren überlebten tatsächlich. Schon immer zeigen die Mediziner ja ein besonderes Können, wenn es um viel Geld geht. Nach der Genesung der beiden Gefangenen wurde der Bischof von Metz nach Mannheim ins Eichelsheimer Schloß gebracht, in dem auch schon Papst Johannes XXIII. den längeren Teil seiner Gefangenschaft verbracht hatte. Der Markgraf von Baden aber wurde auf die Burg des Pfalzgrafen gebracht, wo er im Königssaal getrennt von dem Württemberger einsitzen mußte. Also nichts mit Zusammenlegung der Gefangenen und auch nichts mit gemeinsamem Aufschluß.

Die fürstlichen Häftlinge trugen leichte Fesseln, im übrigen ging es ihnen sehr gut. Sie hatten sogar eigene Dienerschaft und zwei Edelleute zu ihrer Unterhaltung. Doch legte der Pfalzgraf Wert darauf zu zeigen, daß er über den Badener mehr erbost war als über den Württemberger. Der Markgraf von Baden wurde ein wenig härter behandelt, weil er als kurpfälzischer Lehnsmann in einem besonderen Vertrauensverhältnis zum Pfalzgrafen gestanden hatte und gegen seinen Lehnsherrn friedbrüchig geworden war.

Es dauerte mehr als ein halbes Jahr, bis die Friedensverhandlungen in Gang kamen, bei denen es dem Kurfürsten besonders um seine Aussöhnung mit dem Kaiser ging. Der aber blieb hartnäckig ablehnend. Daraufhin ließ Friedrich seine Gefangenen weniger fürstlich behandeln. Plötzlich wurde ihr Aufenthalt in Heidelberg sehr viel unangenehmer. Der Markgraf von Baden und der Graf von Württemberg, genau wie ihre ganze gefangene Ritterschaft, wurden alle zusammen in einen großen, gewölbten Saal der Burg gebracht und dort in den Stock geschlagen. Da saßen sie nun – mit stundenweisen Unterbrechungen – in äußerst unbequemer Haltung, Hände und Füße vor sich in einen schweren Holzblock eingespannt: eine ungeheure Erniedrigung. So strafte man bei ehrenrührigen Delikten.

Die härtere Gangart zeigte deshalb auch schnell Wirkung. Kurfürst Johann von Trier und Markgraf Max von Baden, zwei Brüder des gefangenen Markgrafen Karl von Baden, begaben sich schleunigst nach Heidelberg, um sich persönlich für die Freilassung der Gefangenen einzusetzen. Da kriegten sie einen Eindruck davon, wie schwierig es ist, mit einem echten Pfälzer, der eingeschnappt ist, Verhandlungen zu führen. Das Hin und Her dauerte volle fünf Wochen – im Stock eingeschlossen eine hündisch lange Zeit. Dann endlich hatte man sich geeinigt, und die Gefangenen wurden wieder in ihre vorherige Verwahrung zurückgeführt.

Der Bischof von Metz, von Friedrich ohnehin ständig bevorzugt behandelt, bekam seine Freiheit schon am 22. Januar des Jahres 1463. Dafür brachte er das enorme Lösegeld von sechzigtausend Gulden ein. Wenn man bedenkt, daß die gesamte Beute der Schlacht bei Seckenheim auf neuntausend Gulden geschätzt wurde, schon eine gewaltige Summe. Der Markgraf von Baden und der Graf von Württemberg wurden in ihrem Wert auf jeweils einhunderttausend Gulden geschätzt – exorbitante Summen, die ihre Länder natürlich nur in Raten aufbringen könnten. Aber auch mußten. Daneben gab es noch diverse Abkommen über Gebietsabtretungen und weitere Zugeständnisse. Vor allem mußten die Gefangenen sich zur Friedfertigkeit gegenüber Kurpfalz verpflichten und dazu, mit ihrem ganzen Einfluß für eine Aufhebung des päpstlichen Bannes und des kaiserlichen Verdikts binnen eines Jahres zu sorgen. Sollte ihnen das nicht gelingen, müßten sie besonders festgesetzte Vertragsstrafen zusätzlich zahlen.

Soweit die Vereinbarungen mit den Fürsten. Die mit ihnen gefangenen Ritter mußten sich ebenfalls einzeln schätzen lassen und sich dann selbst darum kümmern, daß ihre Verwandten sie auslösten. Das war üblich so und förderte den Familiensinn.

Es dauerte bis gegen Ende April, bei einigen sogar bis Anfang Mai, ehe die Gefangenen wieder freie Männer wurden. Zur Feier dieser Statusveränderung hatte sich Friedrich ein besonderes Fest einfallen lassen. So etwas wie einen Massengeburtstag. In Begleitung des ganzen Hofstaates mußten die Gefangenen unter dramatischer Musikbeschallung in die Augustinerkirche ziehen und dort feierlich schwören, die Vereinbarungen, die öffentlich verlesen wurden, einzuhalten. Und wie sich das anhörte, was da vorgelesen wurde:

»Von Gottes Gnaden Wir Friedrich, Pfalzgraf bei Rhein, des Heiligen Römischen Reiches Deutscher Nation Erzschatzmeister und Kurfürst . . .«

Der siegreiche Pfalzgraf stand da wie ein vom Olymp herabgestiegener Rachegott. Ein Bild der Strenge und der Gerechtigkeit: Der Mann, ganz in Eisen, mit Gold- und Silberziselierungen nur so überwuchert, er trug jetzt das Visier offen. Und mancher wird sich bei diesem peinlichen Festakt gewünscht haben, der Herrscher trüge es wieder geschlossen wie in der Schlacht, damit er nicht in dieses harte Gesicht unter dem dunklen Haar sehen müßte, nicht diese Hakennase zwischen den Augen, die äußerste Entschlossenheit, aber auch Verschlagenheit zeigten.

Als alles endlich ausgiebig beschworen und besungen, mit Weihrauch eingenebelt und mit großem Gestus gesegnet war und der Pfalzgraf seine Gefangenen mit einem Machtwort freigab, in dieser Stunde seines größten Triumphes, war sein Raubvogelgesicht mit einem Mal zu einer feierlich-selbstzufriedenen Biedermannsmiene unter wallendem Helmbusch verklärt. Wahrhaftig ein begnadeter Genießer, dieser Friedrich.

60. Kapitel

Klar, daß es nach dem Krieg ans Kinderzeugen geht.
Über das Warum und Wozu sollen sich andere
den Kopf zerbrechen

Nicht mehr lange, und Friedrich von der Pfalz konnte im Gespräch mit seinem Lehnsmann, Freund und Vertrauten Diether von Handschuhsheim, aufatmend feststellen: »Der Bann ist gebrochen. Ich bin mit dem Papst ausgesöhnt.«
»Aber mit dem Kaiser seid Ihr damit noch lange nicht im reinen, Pfalzgraf.«
»Das ist leider wahr. Und ich habe auch kaum noch Hoffnung, mit ihm einig werden zu können. Der Kaiser ist halsstarrig wie ein alter Esel.«
Begnügen wir uns hier mit dieser gemäßigten Ausdrucksweise. Seit der Veröffentlichung der Geheimprotokolle von Gesprächen des amerikanischen Präsidenten Nixon mit seinen engsten Vertrauten wissen wir ja, daß solche intimen Unterhaltungen von Machtmenschen auf einem so niedrigen Niveau stattfinden können, daß ihre literarische Wiedergabe ein schlimmer Stilbruch wäre.
Auch Friedrich und Diether, die alten Kameraden, waren sich so einig, daß sie sich auf die einfachste Weise über das Weltgeschehen verständigen konnten. Das soll hier rücksichtsvoll kaschiert werden. Sagen wir einfach: Diether wollte wissen, was der Pfalzgraf als nächstes größeres Projekt plane. Der verriet ihm, daß er nun nur noch daran denke, sich mit Klara Dett zu vergnügen. Was Diether gut verstehen konnte. Schließlich war der Kurfürst gerade erst siebenunddreißig Jahre alt und auf der Höhe seiner Macht und Erfolge. Aber warum er sie nicht offiziell heirate, wunderte Diether sich. Wo er mit dem Kaiser ohnehin nicht

klarkommen werde, sei er doch nicht mehr an sein Wort gebunden, niemals zu heiraten, um seinem Mündel Philipp keine Konkurrenten zu zeugen. Gerade die brauche er doch, Kinder, die seinen Namen weitertrügen, Kinder, in denen er sich verewigen könne. Wozu lebe man denn sonst?

Wenn das so sei, dann wolle er ihn, seinen Freund Diether, nicht länger festhalten, sondern ganz schnell nach Hause schicken, damit er sich um Nachwuchs kümmern könne, meinte der Kurfürst dazu. Sonst habe Diether ganz vergebens gelebt.

Worüber der gar nicht lachen konnte. Was ihn vielmehr sehr nachdenklich machte und zuzugeben zwang, daß es aus ihm unerfindlichen Gründen nicht funktioniere mit dem Nachwuchs. Trotz aller mannhaften Bemühungen – nicht auszudenken, wie er das wohl im vertraulichen Gespräch von Mann zu Mann ausgedrückt hat. Und um von seiner persönlichen Malaise abzulenken, hatte er schnell die Frage angeschlossen, ob der Pfalzgraf denn wohl meine, es gebe noch anderes als Kinder, für das sich zu leben lohnt?

Und ob er das meine. Statt sich in Kindern zu verewigen, habe er es vorgezogen, sich durch effektive Arbeit für sein Land unvergeßlich zu machen.

Nehmen wir einmal an, daß Friedrich in diesem Zusammenhang auch das Wort Selbstverwirklichung fallengelassen hat. Was für einen hehren Adel bekommt der etwas rüde Begriff doch dadurch. Bis jetzt, fuhr der Pfalzgraf fort, habe diese Arbeit im Kämpfen bestanden, im Sichern des Bestandes und auch in vielen wertvollen Eroberungen. Von nun an werde er sich mehr um die innere Ordnung des Landes kümmern, werde neue Gesetze erlassen, die den Wohlstand des Volkes aufblühen lassen, und dafür sorgen, daß die Leute sich wohl fühlen können. Und sich wohl fühlen, genau das wolle er selbst auch.

Diether von Handschuhsheim ritt in tiefsinnigen Betrachtungen heim. Sein Pferd wird sich gewundert haben über all das krause Zeugs, das sein Herr ihm in die Ohren brabbelte. Daß man nicht nur in seinen Kindern überleben könne, daß es da noch anderes gebe, das an deren Stelle treten kann, das war ein so neuer Gedanke für den fünften Diether, daß es ihn nicht direkt zur Tiefburg zog, sondern in den »Pfaffenkeller«. Nur für eine kleine Verschnaufpause, sagte er sich. Er setzte sich an einen Tisch abseits, um allein zu sein und ungestört nachdenken zu können, wofür es allerdings zu laut war. In der Ecke am Kamin sah er Bruder Albertus sitzen, den Klosterschaffner. Um ihn hatten sich viele Leute geschart, Leute aus dem Dorf und auch Fremde. Doch die krächzende Elsternstimme des Schaffners beherrschte den Raum. Dabei hatte er nur Fragen, immer wieder neue Fragen: »Ist das wahr?« – »Tatsächlich?« – »Und dann?« – »Und danach?« – »Und was haben die darauf gesagt?«

Etliche Leute erzählten gleichzeitig, leider nicht immer dasselbe. Das war schon kein Erzählen mehr. Sie berichteten aufgeregt von einem besonderen Ereignis, das kürzlich stattgefunden habe. Von einem Festmahl, verstand Diether endlich. Und einer wollte es noch schöner servieren als der andere. Jeder gab mit seiner Phantasie noch eine Prise Salz dazu, um sich gegen die anderen durchzusetzen. Diether wollte schon aufspringen und dazwischenfahren, alles für Unsinn erklären und energisch für Ruhe sorgen. Aber dann fand er es doch besser, ruhig zuzuhören. Immerhin schien es um seinen Freund Friedrich zu gehen.

Ein großes Festmahl habe der Pfalzgraf auf seiner Burg veranstaltet, so das Geschrei der Leute. Für seine Gefangenen. Das müßte ich doch wissen, überlegte Diether. Da wäre ich doch eingeladen gewesen. Das ist ja alles Quatsch. Jetzt kam auch noch Nicolaus Halsab, der Pfarrer, dazu. Er legte seine Wirtsschürze ab und stemmte die Arme in die Seiten und sagte: »Ja ja, ja ja.«

Was er weiter dazu zu sagen hatte, ging im Gerede der anderen unter: »Hundert Diener mit gewaltig großen silbernen Platten trugen das Essen auf.« – »Ein Dutzend Ochsen am Spieß.« – »Eine ganze Schweineherde geschlachtet.« – »Fasanen und Rebhühner in hellen Scharen.« – »Und aus dem Neckar die schönsten Fische, der ganze Fang eines Tages.« – »Wein und Bier flossen ohne Ende wie Quellwasser.« – »Aus unserem Handschuhsheim karrenweise Gemüse, natürlich alles vom Besten.« – »So großzügig wie unser Fürst ist kein anderer Fürst.« – »Und so reich.« – »Und so freundlich sogar zu seinen Feinden, die ihn vernichten wollten.« – »Wie unser Herr Jesus gesagt hat: Du sollst auch deine Feinde lieben«, setzte sich nun Halsab durch, wobei nicht klar war, ob er als Pfarrer sprach oder als Wirt.

Einer der Fremden nahm ihn offenbar nur als Wirt, denn er widersprach ihm sofort: »Ist doch alles nur dummes Gerede. Die drei fürstlichen Gefangenen waren ja kaum mal zusammen auf der Burg des Pfalzgrafen. Der eine da, der andere dort und der dritte wieder woanders. Zuerst lagen zweie noch verwundet in der Stadt, dann wurden sie alle in den Stock geworfen. Doch die Leute spintisieren herum und malen sich in allen Einzelheiten aus, wie es gewesen sein könnte, und finden das schön. Und prompt war es für sie so, obwohl die Einzelheiten nicht stimmen. Alles pure Erfindung, alles Betrug.« Was der Pfarrerwirt nicht auf seiner Kundschaft sitzenlassen konnte: »Wollt Ihr etwa sagen, daß alles Betrug sei, was Erfindung ist? Da habt Ihr aber ein völlig verkehrtes Verständnis von der Wahrheit, Herr. Laßt Euch von mir sagen, daß die Wahrheit das ist, was von einer Geschichte übrigbleibt, wenn man die Einzelheiten längst vergessen hat. Ob der eine da gelegen hat und der andere dort, was macht das schon aus. Das sind bloße Zufälligkeiten. Das aufzuschreiben ist zwar Chronistenpflicht. Aber auch der brave Chronist läßt vieles weg, weil er ja nicht alles aufschreiben kann, was rundum passiert. Und schon wird das, was er für die Nachwelt aufbewahrt, ein Übergewicht bekommen, das ihm eigentlich nicht zusteht. Da habt Ihr Eure Einzelheiten, die wahr sein sollen. Sie führen nur in die Irre. Ich für meinen Teil, ich halte die Einzelheiten nicht für wichtig. Die sind doch bloß wie Essen und Trinken. Das hält auch kein Mensch fest. Wenn es nur satt macht und den Durst löscht, dann hat man was davon. Was könnte ich Euch alles über die Vergänglichkeit sagen, Herr. Aber hier im Pfaffenkeller will ich Euch bewirten und nicht predigen. Nur soviel noch: Für die Einzelheiten, die Ihr so wichtig nehmt, genügt mir das an Wahrheit, was in dem Wörtchen wahrscheinlich steckt. Genau so viel und kein Jota mehr. Laßt Euch das von einem gelehrten Mann sagen und denkt mal in Ruhe darüber nach.«

Diether von Handschuhsheim dachte nicht mehr daran, einzugreifen. Er hörte mit Vergnügen zu. Und er mußte Halsab rechtgeben. Mein Freund Friedrich ist ja wahrhaftig ein guter Mensch. Sollen die Leute also ruhig zusammenspinnen, was sie wollen, irgendwie ist es sogar wahr. Der Pfalzgraf war wirklich schon fast zu freundlich zu seinen Gefangenen. Wenigstens anfangs. Nur später, als er sie in den Stock spannen ließ, da nicht mehr, zugegeben. Aber das war Politik, das war nötig. Im Grunde genommen haben die Leute schon recht. Friedrich ist viel zu gutmütig. Das hat ihn viele Ochsen gekostet und Schweine und Fische und und . . . Mehr als hundertzwanzig gefangene Ritter all die langen Monate. Aber was ist das jetzt? Was erzählt der Kerl da? Sie hätten nach Brot geschrien? Das wird mir zu toll. Als ob mein Fürst sie hätte hungern lassen. Diether horchte genauer hin, so konzentriert, wie es ihm nach dem vielen Wein, den er schon getrunken hatte, noch möglich war. Und er hörte, wie ein Kaufmann, den er kannte, bestätigte: »Ja, alles hat der Pfalzgraf aufgetischt bei diesem Festmahl für seine Gefangenen. Und alles im Übermaß. Nur das Brot fehlte. Da hättet Ihr mal sehen sollen, was die Herren für Gesichter machten. Wie sollten sie denn essen ohne Brot? Womit sollten sie die Soße aufnehmen, womit den Gemüsebrei essen, was in die Suppe tunken? Sollten sie das alles etwa mit dem Messer essen? Da ließ der Kurfürst die Fenster öffnen, die nach Westen hin, und er hieß sie aufstehen und hinaussehen. Und dann wies er in die weite Ebene drüben am Rhein hinüber und sagte: Seht dort, wo Euer Brot geblieben ist. Kein Kornfeld, das Ihr nicht zertrampelt habt, keine Scheune und keine Mühle, die nicht von Euch angezündet wurde. Ihr habt meinen Pfälzern das Brot genommen. Wie sollte ich es Euch jetzt vorsetzen?«

Dabei war der Erzähler aufgestanden und ans Fenster getreten. Mit herrscherlicher Geste hatte er hinausgezeigt, mit Donnerstimme die Gefangenen beschieden, daß man wahrhaftig glauben konnte, den Pfalzgrafen persönlich vor sich zu haben: Friedrich den Siegreichen. Vor allem nach dem vielen Wein, der mittlerweile geflossen war, wie aus einer niemals versiegenden Quelle.

Diether fand es natürlich gut, was Friedrich da gesagt hatte. »Sehr richtig, sehr richtig, mein Fürst«, lallte er vor sich hin.

Was ihm so selbstverständlich war, nämlich daß man ohne Brot nicht essen konnte, das müssen wir Heutigen uns erst mühsam in Erinnerung rufen. Die Bitte aus dem Vaterunser »Unser täglich Brot gib uns heute« hatte damals noch ihren Sinn: Es gab ja noch keine Kartoffeln. Also war das Brot neben dem Fleisch die einzige feste Nahrung. Alles andere war zu Mus und Suppe und Soße verkocht. Und das konnte man wahrhaftig nicht mit dem Messer essen, das man am Gürtel trug. Das Messer war nur für das Fleisch da und, falls vorhanden, noch für den Käse, die Pasteten und das Obst. Alles andere aber, alles Suppige und Breiige und Soßige – und gerade das alles liebte man ganz besonders – mußte man mit Brotstücken essen. Man konnte ja nicht gut mit der hohlen Hand ins heiße Naß hinein. Und etwas anderes als seine beiden Hände hatte man nicht.

Gerade daß es bei ganz vornehmen Herrschaften schon diese neumodischen Gabeln gab, die am französischen Königshof neuerdings en vogue waren: gefährliche und unheimliche Geräte. Die beiden Zinken standen wie die Hörner des Satans ab und zeigten jedem, daß es sich dabei um Teufelszeug handelte. Aber Löffel, die gab es halt noch nicht in deutschen Landen. Die hatten frühere Kulturen zwar längst benutzt, aber unsere Vorfahren mußten ohne Löffel auskommen, denn die galten ihnen als kultisches Gerät und waren für den Alltag tabu.

Diether von Handschuhsheim war beim guten Schriesheimer Roten langsam, aber sicher versackt. Zu seinem Glück war er im Dorf so beliebt und angesehen, daß sich nachher zwei Bauern bereitfanden, ihn quer über sein Pferd zu legen und so nach Hause zu bringen – was für seine Frau keine Überraschung war. Und auch das kannte Margarethe schon: Als sie ihren Mann am nächsten Mittag endlich von seinem Strohsack getrennt hatte, hörte sie ihn nur noch jammern, es tue ihm alles weh. Auch hier wollen wir lieber auf die wörtliche Wiedergabe verzichten. Margarethe wußte, welchen Tee er jetzt brauchte, und sie bereitete ihn eigenhändig, wofür sie viel Lob und liebe Worte von ihm zu hören bekam.

Offenbar spielte er diese Rolle nicht sehr überzeugend. Denn sie stellte kühl fest: »Immer wenn es dir schlechtgeht, bin ich deine Beste.«

Was sie aber nicht böse meinte. Sie genoß es, den großen, starken Herrn der Burg wie einen kleinen Jungen betreuen und bemuttern zu können.

Er selbst genoß das erst recht. Immer nur: »Du bist die liebste Frau, du bist die beste Frau . . .«

Am frühen Abend, als sein Organismus allmählich seine alte Ordnung wiedergefunden hatte, waren seine Schwüre vergessen, er werde den Weinpokal nie mehr anfassen: »Nie mehr in meinem ganzen Leben!« Da hatte er das Bedürfnis, sich mit seiner Frau zusammenzusetzen und es sich mit ihr so gutgehen zu lassen, wie der Pfalzgraf es tat – vermutlich wenigstens.

»Bringt uns Wein«, befahl er seinen Mägden, »und weißes Brot und ein Stück vom besten Schinken aus dem Rauchfang. Und Kissen bringt in den Ausguck. Viele Kissen. Da will ich mit meiner Frau den Sonnenuntergang erwarten.« Mit dem Ausguck meinte er den kleinen Raum über der Hauskapelle, der durch das Stockwerk darüber wohlgedeckt, aber nach drei Seiten offen war. Der Boden war fein gefliest, so daß ihm auch hereinklatschender Regen nichts ausmachen konnte. Statt irgendwelcher Möblierung zogen sich nur Steinbänke an den Wänden entlang, und mitten im Raum stand ein Steinklotz, der als Tisch dienen konnte. Der Freisitz, der ideale Platz zum Relaxen an warmen Sommerabenden. Zwar konnte man den Sonnenuntergang nicht bis zum Ende beobachten, weil die Sonne schon recht bald von der eigenen hohen Burgmauer verdeckt wurde, aber bis dahin hatte ohnehin stets der blinzelnde Blick in den Rotweinpokal den in die Abendsonne ersetzt.

Als Diether mit seiner Margarethe im Ausguck saß – tief unter ihnen der Burggraben, so daß man mit genügend Wein im Kopf das Gefühl haben konnte, in einem Adlerhorst zu sitzen –, da erzählte er ihr von seinem großen Freund, dem Pfalzgrafen und Kurfürsten Friedrich. Und er war sicher, daß es kein Vertrauensbruch sei, ihr auch von der Absicht Friedrichs zu berichten, sich jetzt mehr seiner Klara zu widmen als dem Kriegführen. Für so was hat eine Frau doch immer Verständnis, überlegte er.

Und ob Margarethe hatte. Aber natürlich wollte sie auch Genaueres über diese Klara erfahren, von der man so viel sprach hinter vorgehaltener Hand. Nur zu gern schilderte Diether ihr die Favoritin seines Freundes. Und er kam dabei auf seine Art so ins Schwärmen, daß es schwierig wäre, seine Schilderung auch nur ungefähr korrekt wiederzugeben. Dichterisch würde sich das etwa so anhören: Eine Frau wie aus dem Bereich der Himmlischen herabgestiegen. In ihrer Liebenswürdigkeit, ihrer Klugheit und Schönheit über alle Frauen erhaben. Dabei ist diese göttliche Frau stets so gütig, demütig, bescheiden und treu wie Gold. In ihrer Sanftheit schmilzt der härteste Mann dahin. Was sie sagt, ist die schönste Musik, und ihr Blick ist strahlend wie die Abendsonne.

Die war inzwischen hinter der Burgmauer verschwunden, und Margarethe hatte längst genug von dem begeisterten Gestammel ihres Mannes über den Liebreiz von Klaras Antlitz, über ihre Wonneblicke, über Anmut und Grazie ihrer Bewegungen, die Hoheit ihres Auftretens und den Wohlklang ihrer Stimme.

»Muß man seinem Mann jetzt auch noch singen, daß es hier draußen zu kühl wird und daß er mit ins Bett kommen soll, nur weil der Kurfürst drüben sich eine Sängerin zum Schatz genommen hat?«

Das Hohelied Diethers war abrupt unterbrochen, und dies durch eine Bemerkung, mit der Margarethe der guten Klara Dett bitter Unrecht tat. Daß die Klara aus Augsburg stammte und deshalb so putzig schwäbisch sprach und daß sie eine gute Sängerin war, das alleine war es ja nicht, was Friedrich bezaubert hatte. Am bayerischen Hof hatte er sie kennengelernt. Da war ihm sofort klargewesen: Die Klara muß ich haben. So hatte er sie als Hofdame nach Heidelberg geholt und zu seiner Geliebten gemacht. Im Gehege des Pfälzer Dialekts hörte sich ihr fremdartiges Reden natürlich noch mal so schön an. Dazu war sie jung und hübsch und gescheit. Und die Pfälzer mochten sie. Sie nannten sie liebevoll die Dettin. Und der Kurfürst selbst hatte noch viel mehr und viel schönere Namen für sie, was für sie sprach.

Die Klara war tatsächlich etwas Besonderes. Sie hatte Verständnis für die Weigerung des Kurfürsten, sie offiziell zu heiraten. Sie hatte erkannt, daß der Status einer Geliebten viel schöner sein kann als der einer Ehefrau – insofern eine sehr moderne Frau. Sie hatte schließlich sogar Verständnis dafür, daß die beiden Söhne, die sie ihm gebar, nicht seine Nachfolger werden konnten, sondern sich mit dem Rang von Grafen von Wertheim-Löwenstein zufriedengeben mußten. Das war ja auch schon was. Manch eine Sängerin muß sich heute mit viel weniger bescheiden, wenn sie nicht zur U-Musik hinüberwechseln will.

61. Kapitel

Merk dir's, Diether: Wer nicht liebt Wein, Weib und
Gesang, der bleibt ein Narr sein Leben lang

Viel Lärm um nichts, dachte Diether von Handschuhsheim, als er den illustren Gast, von dem man überall
sprach, mit dem Willkommenstrunk begrüßte, wie es sich
gehörte. Wobei er verwundert feststellte, daß der vergessen
hatte, sein Instrument mitzubringen. Dafür die ganze Aufregung der Frauen, daß nur alles bestens vorbereitet sei,
die Burg von Grund auf gereinigt und rundherum feierlich geschmückt.

Das also ist er, der berühmte Meistersinger Michael Behaim! Nicht viel älter als ich dürfte er sein, drüben von
Weinsberg soll er herstammen, und bei den Türkenkrie-
gen ist er angeblich dabeigewesen. Aber da hat er vermutlich mehr gesungen als gekämpft. Immerhin, er gehörte zu
den Leuten Kaiser Friedrichs III., und jetzt ist er der Sänger des Kurfürsten, läßt es sich am Hof des Heidelbergers
gutgehen und bedichtet sein Leben. Na, wenn schon.

Michael Behaim ließ sich von der sonderbar zurückhalten-
den Begrüßung durch den Burgherrn nicht irritieren. Er
war ein weltgewandter Mann, und Weltgewandtheit äußert
sich, falls sie echt ist, in erster Linie in Nachsicht gegenüber all denen, die sie nicht haben. Zudem war er vom
Pfalzgrafen darauf vorbereitet worden, daß es sich bei dem
Handschuhsheimer um einen Hinterwäldler handle.

»Aber der Mann ist eine ehrliche Haut und sicher ein Gespräch wert«, hatte Friedrich gesagt.

Was für den Sänger soviel wie ein dienstlicher Auftrag war,
sich bei dem hinterwäldlerischen Vertrauten seines Herrn
zu einem Besuch anzumelden, um sich mit ihm anzufreun-

den. Der Mann war halt ein Stück der Biographie des Kurfürsten geworden, und wer die schreiben wollte, mit all ihren Glanzlichtern, der kam um ein Gespräch mit dem Handschuhsheimer nicht herum.

Margarethe machte die perfekte Gastgeberin. Sie hatte die Mägde gescheucht, als gelte es, den Kurfürsten persönlich zu verwöhnen. Aber ist der Sänger eines Großen nicht eigentlich noch größer als der Große? Sie geleitete den Sänger zum Ehrenplatz an der Tafel. Hinterher rückte sie ihm den bequemsten Sessel zurecht. Fehlt nur noch, daß sie ihn mit in ihr Bett nimmt, damit er nicht friert, dachte Diether. Doch dazu hält sie sich wohl nicht mehr für attraktiv genug. Womit er ihr einerseits Unrecht tat, andererseits nicht. Denn sie bemühte sich nur ihm zuliebe so eifrig um den Gast. So wenigstens hätte sie ihren Eifer erklärt, wenn er sie darauf angesprochen hätte. Tat er aber nicht. Im Gegenteil, Diether schaltete auf think positive um und ließ sich schließlich so weit mitreißen, daß er die alte Laute hervorholte und sie dem Sänger als Ersatz für sein vergessenes Instrument anbot.

»Ich brauche Eure Laute nicht, Diether«, lehnte der das Angebot ab. »Alles, was ich für meine Weise brauche, habe ich in der Kehle.«

»Aber der Minnesänger begleitet sich doch immer auf seinem Instrument«, wandte Diether ein – womit er verriet, daß er seine besten Jahre hinter sich hatte. Denn wenn man nicht mehr mitkriegt, welche Musik in ist, ist man dabei, alt zu werden.

Seine Frau Margarethe zeigte prompt, daß sie sich besser jung gehalten hatte: »Du denkst noch an den Minnesang, Diether, in dem du dich ja selbst einmal versuchen wolltest, zur Ehre einer minniglichen Frau, die dir schöne Augen machte, – und zum Gotterbarmen. Schon damals war die Zeit des Minnesangs längst vorüber. Heute schätzt man landauf und landab den Meistergesang, und das ist eine Kunst, die keine Begleitung braucht und bei der es nicht um Frauen geht. Deshalb ist das wohl nichts für dich, mein Lieber.«

»Das siehst du ganz richtig, Weib, aber ich . . .«

»Manchmal geht es auch beim Meistergesang um Frauen«, unterbrach der höfliche Sänger seine Gastgeber, die der Gesellschaft gerade ihren Privatkrieg vorführen wollten. »Gestattet deshalb, daß ich Euch mein Lied über die berühmten Weiber von Weinsberg vortrage.«

Und stand schon breitbeinig da und pumpte sich auf wie ein Maikäfer, und tönte dann so gewaltig los, daß es aus den niedrigen Gewölben furchterregend zurückdröhnte. Es ging ja auch um Krieg. Aus fünf streng nach einheitlichem Rhythmus aufgebauten Strophen erfuhren die Zuhörer, was sich vor gut dreihundert Jahren in Weinsberg bei Heilbronn zugetragen hatte.

König Konrad III. mußte damals seinen Machtanspruch gegen den aufsässigen Bayernherzog Welf VI. durchsetzen. Deshalb zog er an den Oberlauf des Neckars und belagerte im November des Jahres 1140 die welfische Festung Weinsberg. Der Bayer rückte zwar schnell mit einem Heer heran, um die Eingeschlossenen zu befreien, aber seine Truppen wurden von der königlichen Armee vernichtend geschlagen, er selbst konnte nur noch fliehen. Das nahm den Belagerten den letzten Mut. Zu lange schon hatten sie unter Hunger und Kälte gelitten. Mittlerweile war Ende Dezember und keine Hoffnung mehr auf Rettung. So ergaben sie sich dem König.

Der war über den langen und hartnäckigen Widerstand sehr verärgert und gewillt, die Weinsberger hart zu strafen. Und was das hieß, das wußte man: Es würde den Männern an den Kragen gehen; den Frauen stand eine lange und schreckliche Witwenzeit bevor. Doch zeigte der König sich gegenüber den heftig um Gnade bittenden Frauen großzügig. In bester Ritterart. Er sagte ihnen freien Abzug zu und gestattete ihnen sogar, jede dürfe mitnehmen, was ihr lieb und teuer sei, aber nur so viel, wie sie auf ihren Schultern tragen könne.

Da ließen die Frauen zunächst die Köpfe hängen. Doch dann kam eine Idee auf, und alle machten sofort mit. Sie ließen das schon eingepackte Hausgerät liegen und packten sich statt dessen ihre Männer auf den Rücken und wankten so in langem Zug den Burgberg hinab. Als das der Bruder des Königs sah, wetterte er gegen die Frauen, so sei das nicht gemeint gewesen. Der herbeigeeilte König Konrad III. aber lachte über den gelungenen Streich und ließ die Frauen mit ihren Lasten ziehen.

»Ein Königswort gilt«, entschied er, »an ihm darf nicht herumgedeutelt werden, ob es so oder anders gemeint war.«

Soweit der Sänger mit seinem richtig zu Herzen gehenden Lied.

Ja, tatsächlich, mit diesem Lied war der Abend in der Tiefburg gerettet. Stoff für ein langes Gespräch in gemütlicher Runde – die ganze Burgbesatzung war zugegen – und bei sehr viel Wein. Ein unerschöpfliches Thema vor allem, weil man nach den ersten überraschten Ahs und Ohs so schön verschiedener Meinung sein konnte. Während den Sänger selbst an dieser Story offenbar vor allem der großzügige und konsequente König begeisterte, konnte man daraus doch eine Huldigung für jeden Herrscher machen, fand der Burgherr am meisten Gefallen an der aufopfernden Liebe der Frauen zu ihren Männern.

»Der König hatte gesagt, sie dürften mitnehmen, was ihnen lieb und teuer sei, und eine jede zeigte sofort, daß ihr Mann für sie das Liebste und Teuerste war. Das waren noch Frauen! Hättest du wohl auch so gehandelt, Margarethe?«

»Ich vermute, daß es gar nicht so war, daß die Sache wohl genau andersherum ablief«, widersprach ihm seine Frau und führte dann nachdenklich aus: »Die Idee kam natürlich von den Männern, die ihre Haut retten wollten. Wenn es ums Überleben geht, ist ihnen ja jede List recht. Und auch jedes Opfer, das andere bringen. Dann verlangen sie sogar von ihren schwachen Frauen, sie sollten sie den langen Burgberg hinabschleppen. Und ganz klar, daß die Frauen sich gegen diese Zumutung gewehrt haben und daß sie daraufhin von den Männern zu hören gekriegt haben: Du hast so oft im Bett mein ganzes Gewicht getragen, und das mit Lust, dann kannst du es jetzt auch mal mit

Seufzen tragen, um mich zu retten. Und dafür mußten die armen Frauen alles andere zurücklassen, ihr Hausgerät und sogar ihre schönsten Kleider.«

So konnte man die Geschichte wunderschön hin und her wenden und sich bestens unterhalten. Dabei kamen etliche Gesichtspunkte, die wir heute sofort anbringen würden, überhaupt nicht aufs Tapet. So das Thema Treue. Verständlich, denn Treue ist ein positives Vorurteil, das man erst sehr viel später aufbaute. Das Wort Weibertreue kam erst hundert Jahre nach diesem gemütlichen Abend in der Tiefburg auf. Bis dahin hatte man den Begriff auch nicht vermißt. War es doch schon genug, daß man den Weinsberger Frauen Liebe unterstellte, wo doch die Ehe eigentlich für ganz was anderes da war als zum Lieben: Eine Institution zur Aufzucht von Nachwuchs und somit zur Erhaltung der Familie – was natürlich nicht ausschloß, daß gelegentlich auch so was wie Liebe entstehen konnte.

Erst recht fehlte die emanzipatorische Komponente bei diesem Kamingespräch in der Tiefburg. Dabei waren doch Frauen aller Art zugegen und hätte dieser Gesichtspunkt auch nahegelegen. Hatten die Männer von Weinsberg doch in der Verteidigung der Festung schmählich versagt. Krieg machen, aber nicht zu gewinnen wissen, hätte man ihnen vorwerfen können. Statt zu siegen, ließen die Helden von Weinsberg sich in lächerlicher Haltung von ihren Frauen huckepack nehmen und unter den Augen der Feinde in die Freiheit tragen. Die gute Margarethe kam sowenig wie ihre weiblichen Verwandten darauf, daraus einen generellen Männerschmäh zu machen. Noch war Ritterzeit – wie schön für Diether und Konsorten.

Deshalb wurde aus dem Besuch des Meistersängers noch ein sehr schöner Abend. Man ließ die Historie schließlich hinter sich, wo sie ja hingehört, und ging bei immer noch mehr Wein dazu über, sich witzige Geschichtchen zu erzählen, woraus sich bald ein edler Wettbewerb zwischen dem Burgherrn und seinem noblen Gast entwickelte. Ein Wettbewerb, in dem Diether obsiegte. Seine Witze waren einfach fäkalischer. Die ganze Gesellschaft wieherte vor

Lachen. Man wischte sich immer wieder die Tränen aus dem Gesicht, nicht aber das Wasser vom Boden auf, das viele vor lauter Lust einfach unter sich gehen ließen. Aus der Belagerung von Weinsberg wurde ein richtig schönes Burgfest.

62. Kapitel

Wie man zweimal kurz hintereinander Vater wird
und auch noch glücklich darüber sein kann

Margarethe, die Frau des Handschuhsheimers, wartete auf ihre schwere Stunde. Damit hatte sie nicht gerechnet, die übervorsichtige Margarethe. Daß sie auch noch
mit bald dreißig Jahren schwanger werden könnte. Ein bißchen lascher geworden in ihren Vorsichtsmaßnahmen,
nicht mehr so konsequent mit den scheußlichen Tees, mit
dem Härchenauszupfen nach jedem nächtlichen Überfall.
Und schon konnte ihr Mann jubeln. Endlich, endlich mal
wieder dieser kleine Wirbel in der Tiefburg, wieder einmal
die hastigen Vorkehrungen in der Schlafkammer der
Burgfrau. Und dann, in einer windstillen und vollmondhellen Nacht des Jahres 1469, kam der Langerwartete, der
Stammhalter.
Diether war so glücklich, daß er drauf und dran war, über
die Zinnen seiner Burg zu balancieren wie ein Mondsüchtiger. Einer seiner Verwandten konnte ihn gerade noch zurückhalten. Trotz seines: »Aber es ist doch windstill, es ist
doch windstill!« Manchmal ist halt auch Verwandtschaft
für was gut, mußte Diether sich später zugeben. Er hatte es
dann damit gut sein lassen, seine Margarethe zu tätscheln:
»Brav, brav, Grete!« Wie sein Pferd. Mit seiner schweren
Ritterhand.
Die eifrigen Frauen, die sich um die Wöchnerin kümmerten, drängten ihn schnell beiseite und ließen ihn nicht
mehr an seine Frau heran. Und plötzlich verstand er: Ich
bin jetzt nicht mehr die wichtigste Person in der Burg.
Rundum schien es nur noch Frauen zu geben, und alles
drehte sich um seine Frau. Oder um den Kleinen? Doch

337

um den machte er sich noch keine Gedanken. So eine minimale Portion konnte er nicht als Konkurrenten ansehen. Zumal da kaum was von dem Kleinen zu sehen war. Eingewickelt in endlos lange, weiße Linnenstreifen wie für einen Überlandtransport. Und immer auf den Armen der Frauen. Armes Kerlchen!

Doch wenn Diether sein Söhnchen auch bedauerte, sich selbst gratulierte er ausdrücklichst. Jetzt kannst du dich richtig als Mann fühlen, sagte er sich. »Wenn man einen Sohn gezeugt hat, dann beweist das, daß man sein Waffenhandwerk rundherum beherrscht«, trumpfte er auf.

Da war natürlich auf die für ihn nicht überraschend gestellte Frage, wie der Kleine denn nun heißen solle, nur eine Antwort möglich. »Diether heißt er«, ließ der Fünfte der Mutter des Sechsten bestellen. Der alte Stolz der Handschuhsheimer, immer wieder neu. Aber ganz zu Recht. Denn die Heinrichs, die gehörten doch eigentlich nur in die andere Linie, die Seitenlinie.

In was für eine Welt war der kleine Diether hineingeboren? Nachdem das Sengen und Rasen, das Metzeln und Rauben schon fast alltäglich gewesen war, hatte der friedliche Alltag es schwer, sich wieder als Selbstverständlichkeit zu etablieren. Die Äcker ja, die waren bald wieder bestellt, die verwilderten Rebenkulturen aber brauchten ihre Zeit, bis sie sich wieder in die schwerfruchtige Ordnung einbinden ließen. Viel Stroh war zu bündeln, viel Flechtwerk mit Lehm zu bewerfen, bis alles wieder unter Dach und Fach war, was die Flammen zerstört hatten. Das Vieh vermehrte sich zwar willfährig, bei den Menschen jedoch ging es nur sehr langsam voran. Zu viele Männer und Frauen im besten Alter waren dem Krieg zum Opfer gefallen. Und das alltägliche Leben? Die Sitten waren verwildert, das Strafen war nun zur Hauptaufgabe der Menschenhege und Menschenpflege geworden.

Der allgemeine Niedergang der Sitten war nicht zuletzt eine Folge der öffentlich vorgeführten Bestialität der Inquisition mit ihren brennenden Scheiterhaufen. Bis heute ist es ja eine heißumstrittene Frage, ob die Hinrichtung als

Massenspektakel mehr abschreckend oder mehr verrohend wirkt. Dabei hatte die Inquisition damals gerade erst begonnen, sich auf eine neue Klientel einzustellen: Nachdem die höchst lukrative Ketzerbekämpfung so gut wie ausgelaufen war – die Katharer erledigt, die Waldenser und Albigenser beinahe ausgerottet, der Templerorden abgewickelt –, stürzten sich die Streiter Gottes jetzt auf die Hexenverfolgung. Auch da gab es ja ungeheuer viel an Gebühren zu erheben und an Vermögen zu konfiszieren, dazu manches hübsche Weib auszuziehen und genießerisch zu quälen. Und weil die Denunziation gefördert wurde und kein Zeuge öffentlich auftreten mußte, auch kein Unschuldsbeweis möglich war, blieb der Tisch über Jahrhunderte überreich gedeckt für die Dominikaner, die Träger der Inquisition. Da konnte ihnen nicht einmal der heimliche Spott der Leute über ihren Namen – lateinisch: domini canes, was soviel wie Hunde des Herrn heißt – den Spaß an der Massenschlächterei verderben.

Der aufblühende Wohlstand, von dem der Kurfürst so hoffnungsvoll gesprochen hatte, ließ auf sich warten. Dazu mußte man eine unangenehme Erfahrung machen: Wo alle die Ärmel aufkrempeln, wo alle entschlossen einen neuen Anfang machen, da gibt es viel an blauen Flecken. Eine spätmittelalterliche Ellbogengesellschaft suchte ihren Weg in die frühe Neuzeit. Dieser Weg war steil und steinig. Das Kloster Lorsch prozessierte gegen Handschuhsheimer Bauern, die ihre Kühe, ihre Schafe und Ziegen auf den Heiligenberg hinauftrieben, auf die von fettem Gras strotzende baumlose Kuppe. Die Reste der beiden uralten Ringwälle – niemand konnte sagen, wer sie gebaut hatte und wann – boten sich als idealer Pferch an. So standen die beiden Klöster auf einmal auf der Viehweide, was gegen alles Recht und Herkommen verstieß.

Diether von Handschuhsheim wußte nicht so recht, mit wem er es halten sollte: mit seinen Bauern, die ihn ernährten, oder mit seinem Lehnsherrn, dem Lorscher Abt, dem er seine Machtstellung verdankte.

Er spürte die doppelte Abhängigkeit und verhielt sich doppelt vorsichtig. Es nur ja mit keiner Seite verderben, war seine Devise. Ganz schön schlau. Im übrigen: Wenn man in politischen Schwierigkeiten steckt, überläßt man die notwendigen unangenehmen Entscheidungen gern den Juristen. So auch unser Diether. Was kümmerten ihn persönlich die laufenden Prozesse?

Ihn beschäftigten ja viel wichtigere Neuigkeiten. Da war beispielsweise das Gerede von dem Mann namens Johannes Gensfleisch, auch Gutenberg genannt, der vor einigen Jahren in Straßburg mit beweglichen Lettern eine Bibel gedruckt haben sollte. Mit Lettern, die er Stück für Stück selbst aus Eisen gegossen hatte, in einer selbstgefertigten hölzernen Lade. Diese Bibel sei so eigenartig schön geworden, hieß es, daß man sie kaum von einer handgeschriebenen Bibel unterscheiden könnte.

Etwas war dem Handschuhsheimer dabei spontan klargeworden, nämlich daß in dieser Erfindung die Chance stecke, sehr viele fleißige Abschreiberhände zu ersetzen. Wo die Klöster sich ohnehin immer mehr leerten. Und wo die Mönche, das war ja längst kein Geheimnis mehr, inzwischen an weltlichen Vergnügungen viel mehr Spaß fanden als am braven Kopieren der Bibel und ähnlich heiliger Bücher.

Eine kluge Feststellung, lieber Diether. Zu Unrecht nennt dein Fürst dich einen Hinterwäldler. Wenn du auch das Eigentliche nicht erkannt hast, was hinter den beweglichen Lettern des Herrn Johannes Gensfleisch steckte, nämlich das Aufkommen eines neuen Massenmediums. Ja, was nützten die modern gedruckten Buchstaben, wenn die modernen Begriffe noch fehlten? Nein, du konntest noch nichts vom Zeitalter der Buchkultur ahnen. Auch so ein Begriff, der erst viel viel später aufgekommen ist, genaugenommen erst, als man den Eindruck haben konnte, daß es sich schon wieder verabschiedet. Für dich, Diether, war ein Buch immer nur das Meßbuch, das der Pfarrer in der Kirche aufgeschlagen vor sich liegen hatte. Du hattest kein Buch in deiner Burg, und du brauchtest kein Buch, schon gar kein aufgeschlagenes. Und daß sich die Leute einmal danach unterscheiden lassen müßten, ob sie Bücher haben und auch aufschlagen oder nicht, wie ihr sie danach unterschieden habt, ob sie ritterbürtig sind oder nicht, darauf konntest du natürlich nicht kommen. Immerhin, daß die Mönche nun keine Bücher mehr abzuschreiben brauchten, das hat dir zu denken gegeben und das hast du prompt verstanden. So was nennt man praktische Intelligenz. Für einen Ritter reichte die allemal.

Etwas anderes beschäftigte den Handschuhsheimer neuerdings noch viel mehr, und das war natürlich mal wieder eine Frau. Bei Meister Willibald in Heidelberg, wo er sich längere Zeit nicht mehr hatte sehen lassen, war er von einer Frau hereingelassen worden, die sich ihm als die Haushälterin des Meisters vorstellte. Eine Frau von Mitte Zwanzig. Nichts Besonderes dran. Und dennoch stand Diether von Handschuhsheim plötzlich wie vor einer himmlischen Erscheinung. Das ist doch Edeltrud, durchfuhr es ihn. Die große, schlanke Gestalt mit den vollen Brüsten, die ihn damals, bei der Rolloß-Prozession, so fasziniert hatten. Das lange, dunkle Haar. Und dieses Gesicht, ja, die Augen, die Nase, der Mund von Edeltrud.

Er wollte sie einfach in seine Arme nehmen, hielt sich aber dann doch zurück. Unsinn, sagte er sich. Edeltrud ist doch älter geworden. Genau wie ich. Es war ja vor Jahrzehnten, daß ich sie gekannt habe. Ich war damals ein Junge von – von nicht einmal vierzehn Jahren. Doch sie war sicher zehn Jahre älter als ich. Dann kann diese Frau also nicht Edeltrud sein, kombinierte er messerscharf. Und mit unsicherer Stimme, immer noch in der Diele vor der Wohnstube des Schmieds, fragte er die so seltsam vertraute Fremde:

»Sagt, Frau, heißt Ihr vielleicht Edeltrud?«

»Nein, Herr, ich heiße Augustine. Aber meine Mutter hieß Edeltrud. Das habt Ihr ganz richtig gesehen.«

Das Lob verwirrte ihn noch mehr. »Und Eure Mutter«, fragte er weiter, »die stammt aus Handschuhsheim?«

»Ja, Herr, das ist wahr.«

»Und – sagt mir, wo lebt Eure Mutter jetzt?«

»Herr, sie hat ein schweres Leben gehabt, nur immer für

andere gearbeitet, weil sie die meiste Zeit ihres Daseins ohne Mann war. Zuletzt hat sie hinten weit im Odenwald gelebt.«

»Sie hat gelebt«, wiederholte Diether ängstlich flüsternd.

»Ja, Herr, sie ist schon vor Jahren gestorben. Sie hatte einen ruhigen Tod. Ich war bei ihr. Sie war immer eine fromme Frau gewesen, und sie ist im Frieden des Herrn entschlafen, dem sie treu geblieben war bis an ihr Ende.«

Das Wort treu berührte Diether besonders. »Und wer, muß ich Euch da fragen, wer, Frau Augustine, ist Euer Vater?« Es kam nur stockend und mit einer so unsicheren Stimme, daß Diether sich darüber ärgerte.

Die junge Frau zögerte einen Moment. Dann sagte sie: »Verzeiht, Herr, aber meine Mutter hat mich strengstens ermahnt, niemals zu verraten, wer mein Vater ist. Und daran habe ich mich bis heute gehalten.«

Nach einer Pause, denn so schnell kam Diether mit dem Denken nicht mit – trotz aller praktischen Intelligenz: »Aber wann Ihr geboren seid, das dürft Ihr mir wohl verraten?«

»Ja, Herr, das darf ich. Mutter hat mich im Sommer des Jahres 1445 geboren.«

Dabei wich die Frau in den hintersten Winkel des Flurs zurück, wohin der Blaker an der Wand kaum noch Licht warf. So konnte Diether ihr Gesicht nicht sehen. Dafür sah sie ihn im vollen Licht, beobachtete, wie er angestrengt nachdachte, wie er rechnete und wie er dann auf sie zukam, mit zögernden Schrittchen zuerst, dann aber entschlossen.

»Also sage ich, was Ihr nicht sagen dürft: Augustine, ich bin dein Vater.« Was er so hervorstieß, so feierlich und doch auch so unsicher, daß nicht klar herauszuhören war, ob es sich um eine freudige Feststellung, eine bange Frage oder gar um einen Seufzer handelte.

»Du hast es gesagt, Vater«, warf sie sich ihm in die Arme.

»Dann ist es so?« fragte Diether, noch unsicher, hatte er doch weder Trivialromane gelesen noch Hollywoodfilme gesehen.

»Ja, Vater, es ist so.«

»Und warum hast du – warum hat deine Mutter mir nie gesagt, daß ich eine Tochter habe?«

»Mutter war eine einfache Dienstmagd, wie ich auch eine bin. Und Ihr, Herr – du, Vater, bist ein Herr. Mutter wollte nicht, daß der Herr, der mein Vater ist, es jemals bereuen würde, sich mit einer Dienstmagd zusammengetan zu haben.«

Da hatte Diether sich also zu seinem Lieblingsschmied begeben, einfach so, nicht etwa um sich einen neuen Helm anpassen zu lassen, einen nach der neuesten Mode. So rüstig er noch war, die Kämpferei schien für ihn erledigt. Und das war ihm sehr lieb; denn er neigte zur Gemütlichkeit. Nein, es ging eigentlich nur um einen Höflichkeitsbesuch bei dem alten Freund, dem Schmied. Und nun stand er bei ihm in der Diele und hielt eine weinende Frau in seinen Armen, was ihn genauso irritierte wie den Schmied, der nun auf den Flur hinaustrat, um nachzuschauen, warum sein Gast nicht hereinkam.

»Ich bin schon wieder Vater geworden, Meister Willibald«, rief Diether ihm frohgelaunt zu. Doch als der Meister eine grimmige Miene machte und nichts sagte, schnell hinterher: »Denkt nicht schlecht von Eurer Haushälterin, Meister Willibald. Und auch nicht von mir. Laßt uns in die Stube gehen, damit ich Euch alles erzählen kann.«

Und dort berichtete er dann über das, was ja schon im neunzehnten Kapitel gebracht worden ist und dem nun noch etliche von Augustine erzählte Kapitel folgen könnten, Kapitel voll von schwerem Leben mit viel Arbeit und großer Not und wenig Brot. Was wir uns alles ersparen wollen. Bücher sollen ja Spaß machen, keine verheulten Augen. Und die würde man unweigerlich bekommen bei der Art, wie Augustine erzählte. Ja, das konnte sie, erzählen, erzählen, erzählen. Darin glich sie Diether nun wirklich nicht. Aber dem genügte ohnehin, daß sie »seiner« Edeltrud glich. Auf die Einrede des Mehrverkehrs, wie Juristen es ausdrücken, wäre er nie gekommen.

63. Kapitel

Weshalb es noch einmal Krieg gibt, sich aber alle darin
einig sind: Das ist nun wirklich der allerletzte

Der nächste Winter wurde so kalt, daß er den Neckar
mal wieder ganz zufrieren ließ. Was ja nur angenehm war,
weil die Eisbahn als bequemer Transportweg dienen
konnte. Doch als dann im Frühjahr das Eis brach und mit
dem Hochwasser zum Rhein hinunterraste, da riß es die
Neckarbrücke mit sich fort. Nicht zum ersten Mal und
auch nicht zum letzten Mal. Aber nie ist die Brücke so
schnell erneuert worden wie in diesem Jahr. Der Pfalzgraf
wollte sich die neuen Besitzungen an der Bergstraße nicht
einmal von Naturgewalten wieder abjagen lassen.
Kaum hatte die Pfalz begonnen, sich wieder in den Alltag
einzuleben, da kam ein neuer Konflikt auf, da entbrannte
der Kampf aufs neue. Zum Glück weit weg, konnten sich
die Menschen an der Neckarmündung zunächst noch trö-
sten. Was war passiert? Ausgerechnet der fromme Reform-
eifer von Benediktinern war der Auslöser des neuen Un-
heils. Der Orden bemühte sich um eine intensive Selbstrei-
nigung. Was an Sittenlosigkeit und Verschwendung und
Weltläufigkeit eingerissen war, das sollte rigoros ausge-
merzt werden. In vielen Benediktinerkonventen wurden
neue Äbte und Pröpste eingesetzt, die einer neuen stren-
geren Observanz anhingen.
Der Kurfürst, darin schon ganz und gar ein moderner
Herrscher, hielt jede strengere Frömmigkeit für besser als
eine laschere. Besser nämlich als Vorbild und Zuchtinstru-
ment für seine Bürger, und damit besser für seine Herrschaft. Dieses Denken ist nun mal die besondere Spielart
des religiösen Eifers in Politikerherzen. So förderte und

forderte Friedrich die Klosterreform auch in dem zu seinem Sprengel gehörenden elsässischen Städtchen Weißenburg. Dabei war dort gerade ein Abt in sein Amt eingesetzt worden, von dem eine Besserung der Verhältnisse erwartet werden konnte. Dennoch: Er wurde zusammen mit den Lottermönchen vom Pfalzgrafen aus der Stadt gejagt, das Klostergebäude wurde mit anderen, streng-züchtigen Benediktinern bestückt.

So weit, so gut. Nur schade, daß die Bevölkerung von Weißenburg mit dieser Verbesserung nicht einverstanden war. Sie wollte die alten Mönche wiederhaben. Sündige Menschen können es halt besser mit Sündern als mit Zeloten.

Die Weißenburger schmuggelten den aus der Stadt nach Baden vertriebenen Abt und seine Mönche in Frauenkleidern wieder in ihr Städtchen ein und verhalfen ihnen zu einer Machtergreifung im Benediktinerkonvent. So wurden die Eiferer verjagt, und für die Weißenburger war alles wieder im Lot. Man wußte wieder, was man zu geben hatte für den Segen des Himmels, und man wußte wieder, wo man seinen stets verständnisvollen Beichtvater fand.

Diese Revolte konnte sich der Pfalzgraf natürlich nicht bieten lassen. Und schon wieder hieß es in Handschuhsheim und allen anderen Orten der Kurpfalz: »Greift zu den Waffen! Schart Euch um die Fahnen des Pfalzgrafen!«

Schon war wieder Krieg. Zwei Monate lang belagerte Friedrich das Städtchen Weißenburg und blamierte sich dabei unsterblich, weil er es nicht schaffte, es zu erobern. Da klang sein Ruf als siegreicher Held plötzlich gar nicht mehr gut. Friedrich einigte sich deshalb schnell gütlich mit den Weißenburgern. Und wieder schien alles im Lot. Doch inzwischen war dem Kaiser der grandiose Einfall gekommen, diesen bereits beigelegten Streit dazu zu mißbrauchen, dem ungehorsamen Kurfürsten eins auszuwischen. Er bestellte Ludwig von Veldenz, Friedrichs chronisch mißgünstigen Vetter, zum Vertreter der kaiserlichen Autorität in dieser Angelegenheit. Und Ludwig – ganz zu Recht der Schwarze genannt, war dieser Mensch doch ohne jeden Familiensinn – erhob sich nur zu gern wieder einmal gegen den erfolgreichen Verwandten. Neuer Krieg, neues Felderverwüsten, neues Dörferanzünden. Es war zum Davonlaufen. Nur daß das damals noch nicht möglich war. Die Landesgrenze zu überschreiten, einfach abzuhauen, das war Rechtsbruch, und außerhalb des Landes war man ein Landfremder, der so gut wie rechtlos war.

Hatte Diether von Handschuhsheim schon heimlich gehofft, sein weiteres Leben in feuchtfröhlicher Ruhe daheim, im Kreise seiner Familie und auf seinen vielen Kissen, verbringen zu können, so hatte er nun bald den Krieg hinterm Haus. Er lebte wieder nur noch im Harnisch, was ihm gar nicht mehr so viel Spaß machte wie früher. Nun ja, er war fast vierzig und bevorzugte inzwischen bequeme Kleidung, die nicht so beengte, vor allem um den Bauch. Doch der Kurfürst schickte ihn ins Elsaß und dann aus dem Elsaß an den Neckar zurück, aber nicht nach Hause. Mit den kurpfälzischen Truppen unter dem Kommando des Vogts von Heidelberg zog er durch sein Handschuhsheim nach Norden. Gerade nur Zeit zum Winken.

Das Ziel hieß Schriesheim, kaum eine Stunde hinter der Tiefburg. Das Städtchen und mit ihm die oberhalb gelegene Strahlenburg war eine Veldenzer Enklave an der Bergstraße. Eine gute Gelegenheit also für Friedrich, dem Gegner zu zeigen, wer der Herr im Land ist. Es war Anfang Mai des Jahres 1470, aber die Schriesheimer sangen nicht: Der Mai ist gekommen. Denn was da plötzlich kam, das war der Krieg, den sie im fernen Elsaß geglaubt hatten.

Die Streitmacht des Kurfürsten machte kurzen Prozeß. Sie eroberte die Stadt und die Burg trotz erbitterter Gegenwehr der Besatzung. Die Stadtmauern wurden geschleift, die Strahlenburg in Brand gesteckt und aller Befestigungen beraubt bis auf den besonders massiven Bergfried, der aller Zerstörungswut widerstand. Schriesheim verlor den Status einer Stadt, die Verteidiger der Strahlenburg verloren das Leben. Denn Friedrich ließ sie aus Wut über den Bruch ihres Lehnseides sämtlich ersäufen. Die Bewohner der Nichtmehrstadt hatten vierhundert gute Gulden Reparationsgelder zu zahlen und ihren gesamten Wein an den Sieger auszuhändigen.

Man sieht, es kann auch nachteilig sein, wenn man zu gute Weinlagen hat. Das weckt Begehrlichkeiten, und die können zu politischen Entscheidungen führen, wie etwa zur Eröffnung eines solchen lukrativen Nebenkriegsschauplatzes.

Im nächsten Jahr wurde Wachenheim genauso schnell erobert und seiner Mauern entledigt. Dem stark befestigten Lambsheim ging es nicht besser, und Dürkheim wäre es beinahe noch viel schlechter ergangen, war der Pfalzgraf doch schon im Begriff, es mit Hilfe seiner inzwischen recht treffsicher gewordenen Artillerie völlig zu zerstören. Da zog sein Gegner die Notbremse. Pfalzgraf Ludwig der Schwarze bat um Frieden. Und der wurde dem schon zweimal Eidbrüchigen auch großzügigerweise gewährt. Ende gut, alles gut. Oder?

Wieder hatten Friedrich und seine Streiter, darunter auch Diether von Handschuhsheim, zwei Jahre ihres Lebens an den Krieg verloren, unwiederbringlich. Dafür hatte die Kurpfalz so wichtige Orte wie Schriesheim, Lambsheim, Wachenheim und etliche Burgen dazugewonnen sowie einen ganzen Jahrgang Schriesheimer Wein, heute schon nur noch eine Erinnerung zum Belächeln. Soll sich jeder selbst fragen, ob sich das Geschäft gelohnt hat.

Unsere Vorfahren wären uns sicher sehr dankbar – wenn sie das könnten – für eine grundsätzliche Äußerung wie die folgende: Wir sind es leid, immer nur Krieg zu haben. Schluß jetzt damit, wir wollen nichts mehr von Heldentum und Schlachtenruhm hören! – Die armen Leutchen. Sie sprachen von Frieden und waren der Meinung, daß sie ihn wirklich wollten. Und sie glaubten, ihre Friedenssehnsucht sei schon eine Garantie für den Frieden. Sie konnten ja nicht ahnen, daß die wirklich großen Kriege alle erst noch kommen würden, von den Bauernkriegen und dem Dreißigjährigen Krieg bis zum Ersten und Zweiten Weltkrieg und so weiter. Nein, keine Vorstellung davon, daß sie so mit uns Nachgeborenen verbunden sein würden. Sie wollten nun endlich Frieden haben. Manch einer schlug mit der Faust auf den Tisch, um diese Forderung zu bekräftigen. Und wenn ihm einer widersprochen hätte, dann hätte er ihm eins mit der Faust aufs Auge gegeben.

Trotzdem kam niemand auf den Gedanken, daß der Mensch vielleicht gar nicht dafür geschaffen ist, Frieden zu halten. Wer hielt denn schon Frieden in seinem häuslichen Bereich, mit seinen Freunden, mit seinen Nachbarn, mit den Leuten, die für ihn arbeiteten? War es einem doch stets wichtiger, dem anderen zu zeigen, wer man ist, statt Frieden zu halten.

64. KAPITEL

Was Diether alles an späteren Entwicklungen der
Geistesgeschichte vorausnimmt, indem er sich
um die Zukunft kümmert

Verständlich, daß man in der nächsten Zeit den ehrenwerten Ritter Diether von Handschuhsheim noch öfter als sonst in Heidelberg sah. Und immer führte sein
Weg auch zum Haus des alten Meisters Willibald. Sogar
ohne eine pingelige Festlegung durch ein Gericht oder
Vormundschaftsamt nahm Vater Diether fleißig sein Be-
suchsrecht wahr, wobei er sich um die etwas peinliche
Frage herummogelte, ob er in Augustine mehr seine
Tochter sehe oder mehr seine frühere Geliebte Edeltrud.
Ist doch alles dasselbe, sagte er sich. Und freute sich ganz
besonders, wenn Freunde und Bekannte ihm sagten, Augustine gleiche ihm wie ein Apfel dem anderen.
Weniger erfreulich war für ihn der Gedanke, daß seine
Tochter als Dienstmagd für andere Leute arbeiten müsse.
Sie zu sich in die Tiefburg zu holen, das schien ihm jedoch unmöglich. Zwar hatte sich Margarethe freundlich,
wenn auch skeptisch, mit der überraschend aufgetauch-
ten Stieftochter unterhalten. Aber die Familie größer werden zu lassen, das hatte sie kategorisch abgelehnt. So wenig sie ohnehin schon von ihrem Mann hatte, jetzt noch
eine andere Frau ins Haus zu nehmen, mit der sie ihn
teilen müßte, das war ihr zuviel. Augustine stamme ja
nicht aus ritterlichem Geschlecht, gab sie nicht ungeschickt zu bedenken. Und Diether solle sich daran erinnern, wie schwer er es immer gehabt habe, sich gegen
den überheblichen alten Adel durchzusetzen. »Weil du
nur ein Ritter bist«, sagte sie. Und das traf. Diethers alter
und so gut wie unerfüllbarer Wunsch nach einem Auf-

stieg in der festgefügten Rangordnung der Gesellschaft war noch nicht vergessen.

So verfiel er auf einen Trick, den die Soziologen erst fünfhundert Jahre später zu einem wissenschaftlichen Lehrsatz gemacht haben: Man schafft den Aufstieg zur nächsthöheren Rangstufe einer Gesellschaft am schnellsten, wenn man in seinem ganzen Auftreten die Gepflogenheiten der Angehörigen dieser nächsten Rangstufe schon vorwegnimmt. Sozialwissenschaftler waren auf diese naheliegende Erkenntnis gestoßen, als sie untersuchten, warum manche Offiziere in der amerikanischen Armee schneller aufstiegen als andere, die die gleichen fachlichen Voraussetzungen mitbrachten. Die Aufsteiger sahen einfach schon vorher so aus, als wären sie bereits aufgestiegen.

Nun gut, das ist Soziologie, und deren Spezialität ist es, das Gewöhnliche ungewöhnlich auszudrücken. Der Handschuhsheimer dachte da sehr viel einfacher: Wenn ich auch nicht zum Adel gehöre, warum soll ich nicht wenigstens so tun, als gehörte ich dazu? Bringen die Herren von Adel nicht seit eh und je ihre außerehelichen Kinder in Klöstern unter? Also auch ich. Er dachte sofort an das Stephanskloster auf dem Allerheiligenberg, sagte sich dann aber: Das kannst du deiner Tochter doch nicht antun, sie in dieses nebelnasse Haus zu stecken, zu den alten Saatkrähen, die dort wohnen. Dachte dann an Kloster Neuburg, in das Kunigunde von ihrem Vater verschleppt worden war. Der war ja auch ein Freiherr, überlegte er, also auch einer von Adel. Aber Kunigunde war seine rechtmäßige Tochter gewesen. Ja, nur die Verbindung mit mir, die empfand der Freiherr nicht als rechtmäßig. Deshalb mußte Kunigunde den Schleier nehmen. Aber Augustine diesen Schwestern in die Obhut zu geben, die meine Kunigunde umgebracht haben, nein, das werde ich nicht über mich bringen. Sie sollen mir nicht auch noch meine Tochter nehmen können. Sturm und Drang in des Ritters Brust, aber auch deutliche Reminiszenzen der Aufklärung: Pardon.

Es dauerte einige Wochen, bis Diether von Handschuhsheim sich durch diesen Wust von Überlegungen hindurchgekämpft hatte. Überlegungen um Aufstieg und Seelenheil, Vatergefühle und Verführung, Schuld und Gefahr, Pflichten und soziale Sicherung. Und plötzlich war die Idee da: Er würde selbst ein Kloster gründen, und zwar mitten im Flecken Handschuhsheim. Und in diesem Kloster würde Augustine leben. So daß er sie immer besuchen könnte, sie aber nicht mehr für fremde Leute als Dienstmagd arbeiten müßte. Eine geniale Idee, beglückwünschte er sich. Einfach eine besonders großzügige Schenkung an einen Orden, der sich hier niederläßt, und schon sind die Schwierigkeiten dieses irdischen Lebens genausogut behoben wie die Probleme mit dem Fegefeuer und der nicht so leicht zu erringenden ewigen Seligkeit. Für seine Frau Margarethe und die ganze Verwandtschaft stellte sich das Ergebnis der langen Überlegungen so dar: Diether wird fromm. Auf einmal hängt er mehr mit Leuten der Kirche zusammen als mit seinen Saufkumpanen. Was man aber verstehen zu können glaubte: Wenn die Säfte und Kräfte vergeudet sind, dann bleibt einem immer noch das Gebet und die Hoffnung auf den Himmel. In diesem Leben gibt es ja wirklich nicht mehr viel zu tun für Diether. Deshalb richtet sich nun sein Blick auf das jenseitige Leben. Und das ist ja so viel länger als das hiesige, wie Pfarrer Halsab so oft gesagt hat. Um so mehr muß Vorsorge getroffen werden, daß auch in ferner Zukunft Jahr um Jahr Seelenmessen gelesen und inbrünstige Fürbitten gen Himmel gesandt werden.

Diether wurde aktiv. Er ließ ein Buch zusammenstellen, in dem alle Pfründe und Stiftungen für Jahrgedächtnisse gesammelt wurden, die er und seine Vorfahren an die Kirche und an einzelne Priester gegeben hatten. Eine Art Hauptbuch der guten Werke also, das dem Herrgott auf den himmlischen Schreibtisch geschmuggelt werden sollte.

Als sein Leitwort zu dieser Sammlung ließ Diether in das Buch hineinschreiben, seine Nachkommen sollten nicht nur nach weltlichem Ruhm und nach immer noch mehr Besitz streben. Er ermahnte sie, dessen eingedenk zu sein, daß sie dereinst vor dem ewigen Richter Rechenschaft abgeben müßten über ihr Dasein. Deshalb sollten sie nicht nur in gleicher Weise fromme Werke tun, sondern auch peinlichst genau darauf achten, daß alle genannten Verpflichtungen eingehalten werden. Weil es auch nachlässige Priester gebe, müsse man ihnen auf die Finger schauen, damit nicht die armen Seelen im Jenseits für ihre Versäumnisse leiden müßten. Deshalb sollten seine Nachfahren auch immer darauf achten, nur gutausgebildeten und pflichtgetreuen Priestern die Pfründe der Handschuhsheimer Kirche zukommen zu lassen. Schließlich bat er alle, die dieses Buch lesen oder sich vorlesen lassen, für sein Seelenheil zu beten und auch für das seiner Vorfahren und Nachkommen. Und typisch Diether: Er werde sich dafür in der jenseitigen Welt mit Bitten für sie revanchieren. Also wieder das uralte Prinzip, das mit korrigierter Interpunktion so aussieht: Der brave Mann denkt an sich, selbst zuletzt.

Mit dem Orden der Augustinerinnen wurde er schnell handelseinig. Ihnen war er besonders weit entgegengekommen. Einmal, weil seine Tochter ja Augustine hieß, dann aber auch, weil er seit jeher für den heiligen Augustinus etwas übrig gehabt hatte. Wie der Mann sein Leben gelebt hatte, das fand er imponierend. Ein richtiger Mann, der sich genommen hatte, was er nur kriegen konnte. Der dabei auf keinen Menschen gehört und alles besser gewußt hatte. Die Frauen genossen und die tollsten Häresien verkündet. Um dann doch nicht auf dem Scheiterhaufen zu enden, sondern einer der größten Kirchenlehrer zu werden – und ein Heiliger noch dazu. Das war ein Mensch, den man sich zum Vorbild nehmen konnte. Auch seine Regel: Armut, Gehorsam und Ehelosigkeit. Ja, wenn man alles so im Übermaß gehabt hat wie Sankt Augustinus, warum sollte man es dann nicht mal mit dem Gegenteil versuchen. Das würde er, Diether, auch so machen. Das mit den Frauen ging ja ohnehin allmählich zu Ende, er glaubte es schon zu spüren. Irgendwelchen Irrlehren, nun, denen hatte er nie angehangen. Aber die große Wende hin zum Glauben, hin zum heiligmäßigen Leben, die würde er dem heiligen Augustinus nun nachmachen.

»Unruhig ist unser Herz«, betete er, »bis es ruhet in Dir, Herr.«

Das Gebet hatte ihm die ehrwürdige Mutter des Augustinerinnenklosters vorgesagt, das er nun in Handschuhsheim gründete. Ein großes Gut mit neunzig Morgen Land und mit eigenem Wasser, das sollte die Klause der Augustinerinnen werden. Gleich westlich anschließend an die Kirche zum heiligen Vitus lag es. Dazu kamen noch Ländereien in Heddesheim, Straßenheim und Mergstadt bei Worms. Beurkundet und besiegelt im Jahre des Heils 1470.

»Nur adlige Fräulein werden in unserem Hause als Nonnen Aufnahme finden«, hatte die ehrwürdige Mutter gesagt, in ihrer feinen, sanften Art, »und natürlich Eure liebe Tochter Augustine, Ritter Diether. Das sind wir Euch schuldig für Eure Großherzigkeit. Und wenn Ihr noch mehr Töchter haben solltet, für die Ihr den richtigen Platz in dieser Welt noch nicht gefunden habt, dann wendet Euch nur immer vertrauensvoll an uns. Und auch im übrigen sind wir hier in der Klause immer gern für Euch da.«

Dieser letzte Hinweis bezog sich auf die Hauptaufgabe, die sich die Mutter und die Schwestern der Handschuhsheimer Klause gestellt hatten: Sie widmeten sich aufopferungsvoll alten Pfründnern, die bei ihnen ihren Lebensabend verbrachten. Mit ihren frommen Stiftungen, oft dem gesamten Besitz, zugunsten der Klause, erkauften diese Leute sich nicht nur die ewige Seligkeit, sondern auch noch ein bißchen Ruhe, Geborgenheit und Pflege für die letzten Jahre davor. Die Klause wurde zum Altenpflegeheim für begüterte Mitbürger – oder besser: für Bürger, die zumindest begütert waren, ehe sie aufgenommen wurden. Auch unser Diether könnte, wenn ihm der Alltag draußen zuviel würde, zu ihnen in die Klause kommen. Das hatte die Vorsteherin gemeint. Aber daran mochte Diether noch nicht denken.

»Ich bin doch noch kein alter Mann, ehrwürdige Mutter, mit meinen gerade vierzig Jahren«, protestierte er gegen das Altern. Wofür er ein feines Lächeln erntete.

65. Kapitel

Wie für Diether das Denken das Kämpfen ersetzt, auch der Gedanke an die ganze große Welt

Kehr heim, Diether der Fünfte, du hast dich lange genug für andere geschlagen. Laß die Burgen der Hochnäsigen, laß sie auf ihren hohen Bergen sitzen. Du hast dein eigenes Nest. Zieh du nur deinen Weg heimwärts, wenn er auch gelegentlich durch einen Hohlweg führt. Macht nichts. Wer könnte dir etwas wollen, gepanzert und gewappnet, wie du bist. Die schwere Lanze in der Rechten, aber gegen die Schulter gelehnt, nicht auf dem Haken eingelegt wie zur Attacke. Du hast sie mit einem Buschen geschmückt, wie du dein Pferd aufgeputzt hast mit Eichenlaub an Kopf und Schweif. Recht hast du und das Visier offen. Sollen sie dich ruhig sehen. Einen Mann nach getaner Arbeit. Du hast doch keinen Blick für sie. Nicht einmal für den bocksfüßigen Teufel, der dir als Untier aufgelauert hat. Du läßt ihn einfach stehen. Wie sollte er dich schrekken, trotz der gewaltigen Widerhaken an seinem Spieß und trotz seiner wild gedrehten Hörner. Selbst der Tod, der sich dir auf seinem Klepper in den Weg stellt, dir mit dem verrinnenden Sand im Stundenglas droht, ist dir keinen Blick wert. Du weißt wieso. Und dein Pferd kennt den Weg zum Stall. So kannst du es ruhig gehen lassen. Nur dein Hund macht immer fröhlichere Sprünge. Es geht ja heim.

Wenn du durch das äußere Tor deiner Burg einreiten wirst, dann, so weißt du, wird schon die Zugbrücke heruntergelassen. Und du wirst mit lautem Hallo empfangen. Man hilft dir vom Pferd und aus dem Eisen. Im Badstübchen wird gleich heißes Wasser eingegossen. Endlich wieder daheim. Und wenn deine Frau dich fragen sollte: »Sag, wo hast du deinen Schild gelassen? Er trug unser Zeichen, er war unser Stolz«, dann sagst du zu ihr: »Auch wer den Kampf, den lebenslangen, glücklich gewinnt, irgendwas verliert er doch. Und wenn es nur der Stolz ist, dann sind wir noch gut weggekommen. Und nun schrubb mir den Rücken, Weib, und alles übrige auch. Ich will fühlen, daß ich wieder zu Hause bin.«

Er ritt nicht mehr so oft die Bergstraße hinauf und hinunter. Diether von Handschuhsheim hatte seine Leute für den anstrengenden Aufsichtsdienst. Er ließ seine Knechte um so eifriger nach dem Rechten sehen, quasi als seine Hilfssheriffs, je häuslicher er selbst wurde. Zuverlässige Männer. Sie ritten hinauf bis vor Darmstadt und hinab bis nach Wiesloch und berichteten ihm, wie die Äcker bestellt und die Weinberge gepflegt waren, wo ein Stall abgebrannt und wo ein Stück Vieh von Wölfen gerissen worden war. Sie hatten ein gutes Gespür dafür, wo Wegelagerer den Kaufleuten auflauern könnten, und lauerten ihnen ihrerseits auf und erwischten sie.

Abgemusterte Soldaten, verarmte Ritter und andere Schnapphähne, allerlei Strolche machten die Gegend unsicher. Da gab es immer wieder Arbeit für den Dorfschmied, die Gefangenen in Ketten zu legen – bis zur Auslösung durch ihre Angehörigen. Und es gab Waffen aller Art zu beschlagnahmen, die das Zeughaus des Abtes von Lorsch füllten.

Die üblichen Altlasten nach Jahren des Krieges. Von heute aus gesehen sind wir versucht, den Leuten zuzurufen: Na, wenn's mehr nicht ist! Aber die Leute von damals trugen ohne diesen Spott schon schwer genug an der Unsicherheit und an der allgemeinen Verarmung und an der überall feststellbaren Tatsache, daß die guten Sitten von vielen als überholt angesehen wurden. Damals hatte man noch ein Gespür für den Verlust an moralischen Bindungen, den die Gesellschaft durch das allzulange Kampfgetümmel erlitten hatte. Wenn dieser Verlust auch nicht so eindeutig meßbar war wie unsere heutigen Altlasten, nämlich Wasser-, Luft- und Bodenverseuchung sowie atomare Kontaminierung. Dafür ließen unsere Vorfahren sich noch nicht mit irgendwelchen Messungen abtun. Sie maßen sich noch gegenseitig, und das mit den Maßstäben, die sie von Kind auf gelernt hatten. Damit stellten sie fest, daß der eine schlecht und der andere gut war. Aber ganz schlecht fanden sie, daß diese klare, einfache Ordnung offenbar tiefgreifend gestört war. Das machte sie ängstlich.

Da dämmerte eine Unsicherheit herauf, die wir heute erst allmählich verstehen. Weil uns heute erst selbstverständlich wird, was damals gerade begann, nämlich daß wir Leute als erfolgreich einstufen können, als groß, als berühmt, als veräußerlicht oder als kleinkariert, und daß das alles richtig sein kann und doch nichts mit den Kategorien gut und schlecht zu tun hat. Das heißt, vor etwa fünfhundert Jahren zerbrach die gewohnte Ordnung, und mit ihr zerbrachen die Maßstäbe, mit deren Bruchstücken wir uns bis gestern noch beholfen haben – und mit denen mancher noch heute arbeitet, wenn auch nur mit augenzwinkerndem Vorbehalt.

Was sie von dem Ritter Diether von Handschuhsheim zu halten hätten, das war den Leuten an der Bergstraße noch klar. »Er ist ein guter Mann«, lautete das einhellige Urteil. Bei der Beurteilung des Pfalzgrafen und Kurfürsten Friedrich sah das Bild schon ganz anders aus. Hatte der sich doch als ein gewalttätiger Mann gezeigt. Und als ein äußerst gerissener. Als ein großzügig vergebender auch und als ein gnadenlos bestrafender. Friedrich war so friedfertig wie schlagfertig. So war es nicht erstaunlich, daß das böse Attribut, das seine Feinde ihm angehängt hatten, von seinen eigenen Landeskindern aufgegriffen wurde. Auch in seinem eigenen Kurfürstentum hieß er nicht nur Friedrich der Siegreiche, sondern auch der tolle Fritz oder sogar der böse Fritz – natürlich nur, wenn er es nicht hörte.

Friedrich I. hatte die Leute gründlich verwirrt, und ihr Versuch, ihn noch mit ihren alten Maßstäben zu messen, war für ihn selbst eine Lächerlichkeit. Titel wie »der Tolle« oder »der Böse« konnten ihn nicht treffen. Er wußte, was er geleistet hatte. Er stand über den Bewertungen nach gut und schlecht. Darin schon unübersehbar ein moderner Politiker. Dabei war, was ihn von den Herrschern früherer Zeiten unterschied, nicht etwa seine souveräne Ungebundenheit gegenüber moralischen Normen, nein, die gab es bei Führerpersönlichkeiten schon immer, sondern die Tatsache, daß er diese Ungebundenheit nicht mehr zu kaschieren für nötig fand.

Diether von Handschuhsheim fand seinen fürstlichen Freund Friedrich einfach gut und großartig, ohne jede Einschränkung. Der Kampfgenosse kam damit einem natürlichen Bedürfnis nach. Hätte er sich denn selbst kleiner machen sollen, indem er seinen vertrauten Freund klein macht? Sogar seiner Frau Margarethe, die in letzter Zeit immer intensiver frömmelte, ließ er kein Wort der Kritik am Kurfürsten durchgehen. Alte Kameraden.

Margarethe hatte im übrigen anderes zu tun, als sich darüber zu ärgern. Die Familie war ja größer geworden. Schon ein Jahr nach dem Stammhalter Diether kam Andreas zur Welt. Zwei Jahre darauf wurde Wilhelm geboren, und noch drei Jahre später bekam Margarethe ihr viertes Kind, die Tochter Dorothea. Es war, als ob mit dem Stammhalter plötzlich der Bann gebrochen wäre nach der langen Zeit der Kinderlosigkeit.

Was man allerdings auch nüchterner erklären kann: Seitdem Margarethe sich zum Frommsein durchgerungen hatte, mußte sie auf ihre kunstvollen Praktiken der Empfängnisverhütung verzichten. Die Kirche erlaubte schon damals keinen Boykott ihrer Mitgliederentwicklung. Margarethe und Diether waren nun in erster Linie Eltern. Und sie akzeptierten den neuen Stand mit Stolz und Würde. Noch nicht das Problem, daß Kinder und Enkel einen alt machen. Noch nicht der Zwang zur Jugendlichkeit, der zur neuesten Neuzeit gehört. Man sah den Kindern zu, wie sie nachrückten mit Ungeduld und wie sie einen beiseite drückten mit Selbstverständlichkeit, und hatte nichts dagegen. Man hatte ja genug anderes im Kopf. Beispielsweise:

»Die Portugiesen fahren mit ihren Schiffen einfach immer weiter aus der Welt hinaus, hörte ich«, erzählte Diether seiner Frau, »und sie landen an Küsten, die es gar nicht gibt, und dann kommen sie mit Schiffen voller Gold nach Hause.«

»Das kann nicht mit rechten Dingen zugehen«, entsetzte Margarethe sich. Und hatte ganz recht damit.

»Ein Glück nur, daß wir damit nichts zu tun haben«, resümierte ihr Mann. Dazu nur noch: »Gute Nacht, Weib.«

»Ja, gute Nacht auch dir, Mann.«

Obwohl das »Gute-Nacht« ein guter Schluß für unser Buch wäre, wirklich der passende Schluß, muß die Geschichte noch ein Stück weiterverfolgt werden. Denn historisch gesehen bricht die Nacht nicht so schnell herein. Sie kündigt sich schon lange vorher an, um allmählich immer längere Schatten zu zeichnen, bis dann das Licht ausgemacht wird oder es zumindest so aussieht als ob. Der Abend des Mittelalters begann schon gegen Ende des dreizehnten Jahrhunderts, wenn man den Klimaforschern glauben will. Denn da endete in Mitteleuropa eine lange Periode von Wärme und günstigem Wetter. Und mit ihr schwanden ganz allmählich das Florieren der Wirtschaft, die Großartigkeit des Rittertums, die Begeisterung und Spendenfreudigkeit der Dombauer, die Verwegenheit der Kreuzzügler, die Kunstfertigkeit der Minnesänger, die tiefe Frömmigkeit der Mönche und so weiter. Und alles hing mit allem zusammen, wenn auch unmerklich.

Erst recht spät fiel den Menschen auf, daß es früher besser gewesen war: wärmer, trockener und nicht so stürmisch. Und daß mittlerweile Tausende von Dörfern und Weilern ohne einen einzigen Bewohner dalagen. Daß sie in ungünstigeren Lagen schon lange keinen Wein mehr anbauten, wo der Anbau ihren Vorfahren noch selbstverständlich gewesen war. Das gab ihnen allmählich doch zu denken, und das bestärkte sie in dem Glauben, daß es nun wirklich zu Ende gehe mit der Welt.

Das fünfzehnte Jahrhundert ist das letzte, sagten sie sich, je mehr dessen Ende abzusehen war. Sie hatten mitgekriegt, daß es vor etlichen Generationen ungeheuer viele Tote gegeben hatte, als die Pest, der Schwarze Tod, durchs Land gezogen war. Und sie hatten es als selbstverständlich hinzunehmen gelernt, daß die Menschen in manchen Jahren massenhaft der Vergiftung durch den Mutterkornpilz, das heilige Feuer, zum Opfer fielen. Sie konnten die Zusammenhänge zwischen Klimaverschlechterung und schlechter Ernte, gesundheitlicher Schwächung und schrumpfender Bevölkerung noch nicht durchschauen. Dazu gehört ein größerer Abstand. Aber daß es zu Ende ginge mit ihnen und mit allem, das erfühlten sie doch mit großer Sicherheit, wenn sie auch keine Vorstellung davon hatten, was auf sie zukommen würde. Keine Vorstellung, die über die üblichen Bilder der Apokalypse hinausging. Keine Ahnung vom Auto, Fernsehen, Computer und Kernkraftwerk. Alles genauso unvorstellbar wie Kaffee, Tee und Tabak, wie Geschlechtskrankheiten und Aids, wie Opium und Kokain, wie Weltkrieg und Weltraumfahrt. Was uns nicht wundern darf. Haben wir Heutigen denn eine Vorstellung von dem, was die nächsten Jahrhunderte Neues bringen werden? Vielleicht, weil wir unsere Science-fiction-Träume haben? Und was ist, wenn die sich als naiv erweisen?

Bleiben wir beim Damals. Je höher einer stand in der festgefügten Rangfolge der Zeit, desto wichtiger wurde für ihn, rechtzeitig Vorsorge zu treffen für den Fall der Fälle. Kurfürst Friedrich I., der sich ja feierlich verpflichtet hatte, nicht zu heiraten, um seinem Mündel Philipp keine Konkurrenten zu zeugen, fühlte sich verbraucht vom vielen Feiern und Finassieren, von all den Frauen und Feldzügen. Er wußte, daß er den Kurhut nicht mehr lange tragen würde, daß es aufs Ende zuging mit ihm. Deshalb bestellte er seinen Kampfgefährten und Vertrauten, Diether von Handschuhsheim, zum Vormund über die beiden Söhne, die er – außer Konkurrenz – mit Klara Dett und wohlverdientem Vergnügen gezeugt hatte.

Der Handschuhsheimer baute seinerseits ebenfalls für die Zukunft vor: Er kümmerte sich um eine provisorische Restaurierung der St.-Vitus-Kirche. Den Wiederaufbau des zerstörten Teils wollte er in den nächsten Jahren auf seine Kosten durchführen lassen – ein sowohl gott- als auch pfarrergefälliges Werk, von dem er sich eine entsprechende Doppelbelohnung erhoffen durfte: einen reservierten Vorzugsplatz im Himmel für seine Seele und einen – für seine Gebeine und seinen Grabstein – in St. Vitus.

66. Kapitel

Woran unübersehbar deutlich wird, daß es aufwärtsgeht
mit dem Dorf: Man geht baden

Die Herren, Friedrich so gut wie Diether, hatten für ihr Fortleben in Kindern und Kindeskindern und für die Ewigkeit gesorgt. Für die kleinen Leute wurde auf andere Weise Gutes getan. Ich meine damit das gemeine Badstübchen, das die Landesherrschaft im Jahre 1475 im Flecken Handschuhsheim einrichten ließ, gleich oberhalb der Schönauer Klostermühle. Es sollte schnell der Inbegriff der Seligkeit für die Handschuhsheimer werden. Bei dem Thema muß ich ein wenig weiter ausholen: Mit der durchgehenden Klimaverschlechterung der letzten hundertfünfundsiebzig Jahre war allmählich das Bedürfnis nach einem heißen Bad aufgekommen. Und dem Bedürfnis waren die Gelegenheiten gefolgt. Zunächst natürlich nur für die Herrschenden, dann bald auch für die Bürger, zumindest in den großen Städten, und zuletzt auch für die letzten, die Bauern. Die so Schritt für Schritt allgemein gewordene Badestubenherrlichkeit des späten Mittelalters war weniger eine hygienische Maßnahme als ein gesellschaftliches Ereignis. Hygiene, so darf man hier mit Fug und Recht sagen, war unseren Vorfahren ein Fremdwort. Und es würde noch sehr lange dauern, bis es ihnen übersetzt wird. Vom Übersetzen bis zum Überdrehen, wie wir es heute in den USA erleben, war es dann kein so weiter Weg mehr. Die Leute des fünfzehnten Jahrhunderts jedenfalls hatten noch keine Ahnung von der Notwendigkeit der Sauberkeit, weil ihnen der Zusammenhang von Unsauberkeit und Krankheit völlig unbekannt war. Nun gut, man wusch sich immer mal wieder die Hände, vor allem vor dem Essen. Das gehörte zu den Tischzuchten, auf die man großen Wert legte. Hin und wieder wusch man sich auch das Gesicht. Mancher brauchte das, um richtig wach zu werden. Morgenmuffel wurden so zu Vorreitern der Reinlichkeit. Daß man ganz ordinär stank, machte nichts. Es stank eh rundum.

Doch nichts über unsere Vorfahren. Sie stanken wenigstens noch natürlich und individuell. Damit hatten sie noch etwas Persönliches, das dem modernen Menschen abhanden gekommen ist. Ein weiterer Verlust an Natürlichkeit, der aus dem Wunsch resultiert, sich von der Tierwelt abzusetzen. Statt es mal mit geistiger Überlegenheit zu versuchen. Wenn einer von damals uns Heutige erleben müßte, dann würde er sicher die Nase rümpfen. Denn wie wir jetzt mit den aus der Fabrik bezogenen Parfums und Rasierwässerchen, Seifen- und Puderdüften die Nasen der Mitmenschen malträtieren, das kann man auch als Gestank bezeichnen. Halt alles relativ. Wenn man mal wieder ausgerutscht und in den Dreck gefallen war, vor allem in den Kot von Mensch und Tier, der überreichlich auf allen Wegen und Plätzen lag, dann wusch man seine Kleider im nächsten Brunnen oder Bach aus und machte sich weiter nichts draus. Auch nicht daraus, daß die Leute dort anschließend ihr Trinkwasser holten und der Brauer daraus sein Bier machte. Was machte das schon. Wer konnte denn ahnen, daß die schrecklichen Geißeln der Menschheit, Pest, Pocken und Aussatz, ausgerechnet mit fehlender Sauberkeit zusammenhingen?

Wenn das Brunnenwasser schlecht schmeckte, dann doch nur, weil die Juden es vergiftet hatten. Darin war man sich immer schnell einig. Und schon war man wieder in Pogromstimmung. Haut drauf auf die Brunnenvergifter! In der Kurpfalz bekam man sie ja kaum einmal zu sehen, diese fremdartigen Menschen, die mit einem gelben Zeichen am Gewand herumlaufen mußten. Das hatte ihnen schon vor über zweihundert Jahren das Vierte Laterankonzil zur Auflage gemacht. Der gelbe Davidsstern, der im zwanzigsten Jahrhundert als Unglücksstern aufkommen sollte, würde also nur eine Wiederauflage des alten Gebots sein.

Ein Glück, daß die Pfälzer Kurfürsten keine Juden ansässig werden ließen, sagte man sich. Daß damit Triebkräfte für ein schnelleres wirtschaftliches Aufblühen des Landes fehlten, sah man nicht. Andererseits fehlten einem damit die Schuldigen bei allem Unheil. War doch klar, daß stets die Juden die Übeltäter waren. Wie anders wäre es beispielsweise zu erklären, daß sie selbst viel seltener krank wurden und daß Pest, Pocken und Aussatz ganz offensichtlich um sie einen Bogen machten? So würde ein Kurpfälzer aus dem fünfzehnten Jahrhundert argumentieren, wenn wir ihn heute fragen könnten. Kein Gedanke daran, daß die Juden ja in ihren Ghettos separiert lebten und schon deshalb besser geschützt waren. Keine Ahnung von den vielen kultischen Waschungen und von den peniblen Eßvorschriften, die ihren Alltag beherrschten. Nein, die Schuld lag ganz einfach bei den Juden. Man ist versucht zu sagen: Wenn die Beschäftigung mit der Geschichte überhaupt einen Sinn hat, dann könnte der darin liegen, daß man das Aufkommen und die erstaunliche Blindheit und Hartnäckigkeit von Vorurteilen erkennt. Ob man daraus dann einen Rückschluß auf seine eigenen Vorurteile zieht, bleibt allerdings die Frage.

Diether von Handschuhsheim hatte seine Badestube in der Tiefburg. Ein eigenes Bad zu haben, das gehörte inzwischen zum Status eines angesehenen Ritters und Hofmannes. Aber das richtig lustige Badestubenleben hatte er erst in der Burg des Kurfürsten in Heidelberg kennengelernt, wo die Herren und Damen ihre Zeit bei fröhlichem Geplauder und mit stundenlangem Essen und Trinken verbrachten. Badknechte und Badmägde, selbst fast so nackt wie die Herrschaften, bedienten sie. Vor allem gossen sie immer wieder heißes Wasser nach. Der Bader umsorgte die Hofleute so fachkundig wie der Scherer und die Badreiberinnen. Die Musiker standen ein wenig abseits auf dem Trockenen und spielten auf, während alle spielten, auch unter Wasser. Eine geradezu heidnisch-fröhliche Glückseligkeit. Diether liebte die kurfürstliche Burg mittlerweile mehr als seine eigene. Kann man ihm das verdenken?

Die vornehmere Variante des Badelebens hatte Diether erlebt, als die ehrwürdige Mutter der Klause den hochherzigen Stifter zu einem ersten offiziellen Besuch eingeladen hatte. Da sah er sie alle, die Vorsteherin und ihre Nonnen, lauter adlige Fräulein und seine eigene Tochter Augustine dabei, und sie saßen sämtlich in großen Badebottichen, die in der Badestube des Klosters standen. Wie kleine, plumpe Kähne, die längsseits nebeneinanderlagen. Immer zwei Damen in einem Bottich einander gegenüber. Und nur der Platz gegenüber der ehrwürdigen Mutter im ersten Bottich war leer. Er war für den Stifter freigehalten worden.

»Wir fühlen uns sehr geehrt von Euerm Besuch, edler Diether von Handschuhsheim«, eröffnete die Vorsteherin das Gespräch, als Diether zu ihr geführt wurde.

Und überm Ablegen des dünnen Lendentuches, das ihm im Vorraum eine Badmagd umgehängt hatte, beim möglichst behenden Hineinklettern in den Zuber antwortete er ebenso formvollendet: »Es ist mir eine ganz besondere Ehre, im Kreise so edler Damen weilen zu dürfen, und ich danke dafür Euch, ehrwürdige Mutter, so ergeben, wie ich dem Himmel dafür danke.« Er hatte am Vortag lange genug gebraucht, sich diesen schönen Satz zu überlegen und ihn auswendig zu lernen.

Schenkel an Schenkel mit ihr fand Diether seine Badepartnerin zu seiner Überraschung noch sehr gut erhalten, was er ihr aber nicht zu sagen wagte. So konnte er sie auch nicht fragen, ob es die Keuschheit sei, was so wirksam konserviere. Das geht nicht an, sagte er sich. So brauchte er sich auch keine passendere Formulierung für seine Neugier auszudenken. Statt dessen versuchte er möglichst unauffällig, die anderen Damen ebenfalls seinem fachmännischen Urteil zu unterwerfen. Die großen Hauben auf dem Haar und die um den Hals gehängten Rosenkränze standen in aufregendem Kontrast zu den im übrigen völlig nackten Körpern der Damen. Ritterlich stumm wunderte

Diether sich: Sie wirkten tatsächlich oben und unten ohne nicht weniger edel und keusch als in ihrer Nonnentracht. Doch er selbst mußte aufpassen, wie er mit Schrecken und auch mit einer gewissen Genugtuung bemerkte, daß er nicht zu deutlich Wirkung zeigte. Gar nicht so einfach das mit der Keuschheit, stellte er fest. Zum Glück begannen aber auch schon die Vorbereitungen für das Essen. Ein langes, schmales Brett wurde in der Mitte über sämtliche Badebottiche gelegt. Hübsche Mägde rollten feines weißes Linnen darauf aus. Und schon wurden die köstlichsten Speisen und Getränke aufgetischt.

Da weiß man endlich, was man mit den Händen anfangen soll, dachte Diether, wenn auch etwas vorschnell. Denn zunächst mußten die Hände gefaltet werden. Doch nahm er das gemeinsame Tischgebet vor dem Beginn des Essens bei den gebotenen Köstlichkeiten gern in Kauf.

Etwas später, über dem Essen, meinte die Vorsteherin der Klause, daß sie nun mit ihm zusammensitze wie einst Eva mit Adam.

»Vor oder nach dem Sündenfall?« fragte Diether, und mußte sich sagen lassen:

»Selbstverständlich vor – und überhaupt kein Gedanke an einen Sündenfall.«

»Dann sind wir also noch im Paradies, liebe, verehrte Eva?« wurde Diether lebhaft.

»Aber gewiß, lieber verehrter Adam. Und diesmal lassen wir uns nicht daraus vertreiben und von keinem Engel aussperren – und sei sein Flammenschwert noch so groß.«

Das sagte sie mit einem so arglos-fröhlichen Augenausdruck, daß Diether völlig verwirrt war und nur den Blick senken konnte, was ihn allerdings noch mehr irritierte, und eine Weile nichts mehr zu sagen wußte. Er betrachtete nur ihre kleinen, runden Brüste, die ihm wie Äpfel vorkamen. Wenn sie jetzt einen der beiden Äpfel nimmt und mir herüberreicht und sagt, ich solle einmal kosten – was mache ich dann? Und wußte schon, er würde herzhaft hineinbeißen und dann . . .

Nun, es gab keinen neuen Sündenfall. Die schönsten Sünden finden ja immer in der Phantasie statt. Genuß ohne Reue.

So versäumen wir nichts, wenn wir uns jetzt denen zuwenden, die gemäß kirchlicher Doktrin für die angebliche Verfehlung Adams und Evas zu büßen hatten: den Bauern. Im Schweiße deines Angesichtes sollst du dein Brot essen, so lautet der göttliche Fluch in der Bibel – was sich ja nur auf die Bauern beziehen konnte. Denn alle anderen Berufsgruppen konnten besser darauf achten, nicht allzusehr ins Schwitzen zu kommen bei der Arbeit.

Auch für diese Ärmsten, für die Vertreter des untersten Standes, war nun in Handschuhsheim endlich das Zeitalter des Badespaßes angebrochen. Mit einem großen Volksfest wurde das Badstübchen eingeweiht. Ritter Diether und seine Söhnchen Diether, Andreas und Wilhelm waren dabei, als erste Badegäste. Anschließend durfte jeder hereinkommen, der ein Plätzchen fand in einem der großen Waschzuber. An ein Schwimmbecken, an Gegenstromanlage und dergleichen oder wenigstens Duschen dachte damals bei einer dörflichen Badestube noch niemand. Und trotzdem war man glücklich. Denn auch das Glück ist relativ, genau wie der Duft-Gestank.

An diesem ersten Tag war das Baden kostenlos, der Andrang entsprechend. Dabei war der Eintrittspreis, den das Baden vom nächsten Tag an kosten sollte, sehr gering. Eine echte Sozialmaßnahme! Und die Knechte, Mägde und Handwerksgehilfen, denen selbst diese kleine Ausgabe schwerfallen könnte, bekamen ja manches Geldstück als Badgeld zugesteckt, wie der Vorläufer unseres Trinkgeldes hieß.

Es war übrigens sehr empfehlenswert, mehr Geld im Beutel zu haben, als man für das Baden selbst brauchte, hantierte doch der Bader so geschickt – und geschäftstüchtig – mit seinen Schröpfköpfen, daß er bei mancherlei Leiden Besserung schaffen konnte. Was immer einen quälte, zu starker Blutandrang hieß regelmäßig die Diagnose, und Blutegel oder mechanische Schnepper oder sogar ein Aderlaß waren die üblichen Therapiemaßnahmen. Die färbten das Wasser in den Bottichen rot und röter. Womit unübersehbar war, daß man was für seine Gesundheit getan hatte. Nur zu verständlich, daß man sich gleich viel besser fühlte, wenn man es hinter sich hatte.

Da waren allerdings auch Leute, die weniger der Gesundheit als der Freude huldigten. Sie gaben lieber ein ordentliches Badgeld extra in die Linke einer hübschen Badmagd oder eines kräftigen Badknechtes, wofür sich dann die Rechte mit Könnerschaft erkenntlich zeigte, selbstverständlich unter Wasser, getreu der biblischen Devise: Die eine Hand soll nicht wissen, was die andere tut. – So erfahren wir es leider nicht.

67. Kapitel

Wie Diether seinen besten Freund verliert –
und dabei ist weder von seinem Hund noch von
seinem Pferd die Rede

Zeiten waren das, man möchte fast von Gründerjahren sprechen: Zuerst die Klause und dann das gemeine Badstübchen für Handschuhsheim. Und nun für Heidelberg auch noch ein Dominikanerkloster. Damit bot der Pfalzgraf der Landesuniversität und seiner kleinen Hauptstadt eine wertvolle Bereicherung, weil das neue Kloster renommierte Lehrer der Philosophie und Theologie nach Heidelberg brachte. Daß damit auch der Startschuß zu ausführlichen Streitereien zwischen den Dominikanern und den schon länger ansässigen Franziskanern gegeben wurde, das mußte als Nebeneffekt in Kauf genommen werden. Dieser Streit trat zwar gern so auf, als ginge es um theologische Probleme. Aber er konnte auch mal in den so trivialen wie berechtigten Vorwurf abgleiten, der Ordensgründer Franz von Assisi habe eine krankhafte Neigung gehabt, sich vor großem Publikum splitterfasernackt zu zeigen. Sogar als er sein Ende nahen fühlte, war es ihm ja nicht auszureden, sich zum Sterben nackt auf den nackten Boden zu legen. Wie leicht holt man sich dabei was!
Oder es hieß in der Gegenrichtung, daß die Dominikaner, zynisch übersetzt mit »Hunde des Herrn«, als die Vollstrekker der Heiligen Inquisition weniger für Gott als für den Tod tätig seien. Nun ja, jeder Orden hatte seine Eigenarten.
In Wahrheit ging es bei dieser Konkurrenz um handfeste Prestige- und Geldfragen. Die Franziskaner waren von Friedrich stets kräftig gefördert worden. Verständlich, daß sie die lukrative fürstliche Huld jetzt nicht so gern teilen

wollten. Dazu kam, daß die Dominikaner sich selbst als geistige und geistliche Elite sahen – und auf die Barfüßer nebenan betont von oben herab. Auch das Mönchshabit hindert den Menschen nicht daran, die Nase zu hoch zu tragen. Dafür rächten sich die Franziskaner auf ihre Weise, sie waren ja das Betteln gewohnt: Sie zeigten sich gegenüber dem deutlich alternden und kränkelnden Fürsten von ihrer liebenswürdigsten Seite und erreichten es, daß Friedrich schließlich eine Kapelle an ihre Klosterkirche anbauen ließ, speziell für seine höchstpersönlichen Bedürfnisse: Für seine einsamen, stillen Betstunden und als spätere Grablege.

Kurz vor seinem Tod gab er dann Anweisung, ihn ohne alle übliche Prachtentfaltung in der Kutte eines Franziskanermönchs in dieser Kapelle zu begraben. Was tat man nicht alles, um den letzten aller Wünsche erfüllt zu bekommen: den nach einem leichten Tod. Und den fand man nach allgemeiner Ansicht am sichersten in der Gemeinschaft von Mönchen, diesen besonders gottesfürchtigen Menschen. Einkleidungsvorschriften hin und her, die Franziskaner gaben zu dem Handel gern eine Kutte. Bei Toten muß man halt ein Auge zudrücken oder gar beide. Was die andere Seite gab, nämlich der Kurfürst, das war natürlich mehr, aber nicht so edel.

So konnte der Kurfürst und Pfalzgraf bei Rhein, Friedrich I., der Siegreiche, der Tolle und der Böse, am 12. Dezember des Jahres 1476 in Frieden sterben. Und Diether von Handschuhsheim stellte mit Schrecken fest, daß ein Stück von ihm mitgestorben war.

Schon zehn Jahre zuvor war Friedrichs Mündel, der Pfalzgraf Philipp, mündig geworden. Aber er hatte in feierlicher Form vor einer Versammlung des pfälzischen Adels und hoher Beamter noch einmal ausdrücklich erklärt, daß er seinem Oheim weiterhin das Regieren überlassen wolle. Diether von Handschuhsheim war bei dieser Veranstaltung dabeigewesen. Er wußte, daß sie in erster Linie für den Kaiser stattgefunden hatte, um ihn endlich wegen der dreisten Usurpation des Kurfürstenthrones durch Friedrich zu versöhnen. Was ein vergebliches Bemühen war. Der Kaiser blieb hart und bei seiner Ablehnung. Doch die Verhältnisse, auch sie blieben, wie sie waren: Der Widerstand des deutschen Kaisers spielte keine Rolle.

Pfalzgraf Philipp bekam schon bald den Beinamen »der Aufrichtige«, was uns Heutige sehr sonderbar berühren muß. Ist doch nach unserer Erfahrung Aufrichtigkeit von allen möglichen Tugenden die letzte, die ein Politiker brauchen kann. Vermutlich hat sich das Volk einfach im Begriff vergriffen. Daß Philipp aber eine positive Beurteilung verdiente, ist klar. Der junge Mann hatte seine lange Mußezeit offenbar gut genutzt. Er hatte sich eine Bildung zugelegt, die ihn über den Dingen des Alltags stehen ließ. Dabei war er geschickt genug, für diesen Alltagskram Leute an sich zu binden, die ihre Zuverlässigkeit bereits bewiesen hatten, beispielsweise unseren Handschuhsheimer. Der Kurfürst machte den alten Freund und Vertrauten seines Onkels zu seinem Hofmeister, bald danach auch zu seinem Berater und Hofrichter.

Diether von Handschuhsheim machte die uralte und doch immer wieder neu erstaunliche Erfahrung: Mit dem Schwinden der Kräfte wächst die Bedeutung des Mannes. Zum Glück war er nicht gerade philosophisch veranlagt, sondern ein Praktiker. Hätte er doch sonst aus seiner traurig-stolzen Erkenntnis die Folgerung ziehen müssen: Die Kräfte des Mannes haben überhaupt nichts zu bedeuten. Kein Gedanke für unseren Diether. Er nahm die Ämter wie nachgereichte Orden für längst vergessene Großtaten und fand sich damit ab, daß er nun noch öfter in Heidelberg anwesend sein mußte. Er behielt aber seinen Wohnsitz in der Tiefburg zu Handschuhsheim. Doch der Kurfürst wollte nicht, daß er immer noch per Roß den beschwerlichen Weg zu ihm machte, und stellte ihm eine Kutsche zur Verfügung. So wurde unser Diether der Ahnherr der vierrädrigen Berufspendler.

Diether, der Mann aus der großen Kampfzeit der Pfalz, wirkte schnell immer anachronistischer. Kam doch mit dem neuen Kurfürsten ein ganz neuer Geist auf, von neuen Leuten vertreten, die er an seinen Hof und an seine Universität holte. Das alte, starre Denkschema der Theologen wurde plötzlich aufgebrochen durch humanistisch gebildete Professoren. An der Universität sorgte vor allem der neue Magister Johann Wessel für eine erfrischende Unruhe. Dasselbe kann man von Johann von Dalberg sagen, den der betont moderne und aufgeschlossene Fürst zu seinem Kanzler bestellte.

Stand der junge Philipp bildungsmäßig über den Dingen, so betrachtete sein alter Berater Diether sie wie von einem hohen Turm aus. Als hätte seine Tiefburg auf einmal doch den imposanten Bergfried zu bieten, den seine Frau Margarethe immer vermißt hatte. Alles nur eine Sache des Bewußtseins. Sogar das große Turnier zu Würzburg, das im Jahre 1479 stattfand und an dem zwei seiner Neffen teilnahmen, bekam Diether nur noch wie aus sehr großer Höhe mit. War ihm doch längst alles geläufig und alles banal: alle Angst, aller Schweiß, alles Triumphgeschrei und aller Stolz. Ihn beschäftigten mittlerweile viel größere Dinge: die Staatsgeschäfte der Kurpfalz, die Suche nach der Gerechtigkeit des Hofgerichts – und der unabweisbare Gedanke ans Ende.

68. Kapitel

*Wie dem alten Diether die Welt immer verrückter
vorkommt. Natürlich auch umgekehrt*

Die große Zeit des Rittertums, sie ging rapide zu
Ende. Das zeigte sich unter anderem an der plötzlichen In-
flationierung der Turniere. Hatte man früher gerade ein
einziges Mal oder höchstens zweimal in seinem Leben die
Gelegenheit gehabt, an diesem dramatischsten Ereignis
des Ritterdaseins teilzunehmen, so folgten solche Veran-
staltungen neuerdings Schlag auf Schlag. Unser Ritter
Diether hatte Pech – vielleicht auch Glück – gehabt: Im
Jahre 1439, beim großen Turnier in Landshut, hatte er nur
als kleiner Page dabeisein können. Für das folgende Turnier, das erst vierzig Jahre später ausgetragen wurde, in
Würzburg, fühlte Diether sich schon zu alt.
Und nun waren schon die Einladungen unterwegs für das
nächste Turnier im nächsten Jahr, und zwar in Mainz. Ein
Jahr darauf stand auch Heidelberg ganz im Zeichen des
Turniers. Es galt, ein Jubiläum zu feiern: Es war das drei-
ßigste der großen Turniere des Mittelalters.
Diether von Handschuhsheim sah es sich an, von der Eh-
rentribüne aus, und er dachte dabei an das adlige Fräulein
Kunigunde, das drüben im Kloster Neuburg für die Liebe
zu ihm gestorben war. Das weiße Tüchlein mit der verfäng-
lichen roten Rose, das sie zu Onkel Henne hatte herabfal-
len lassen, damals bei der Siegerehrung, er hätte nicht sagen können, wo es geblieben war. In der Tiefburg hatten
inzwischen so viele Kinder herumgetobt, hatten mit allem
gespielt, was ihnen in die Finger fiel, und hatten sich vielleicht mit diesem Tüchlein als Königin geschmückt – oder
als heilige Jungfrau Maria im Rosenhag.

Zwei von seinen Geschwisterkindern brachen bei diesem Turnier in Heidelberg die Lanzen für die Ehre seines Geschlechts. Das konnte den alten Handschuhsheimer noch einmal erregen. Die beiden schlugen sich tapfer. Das war dann aber auch alles von der alten Turnierherrlichkeit für Diether. Man wächst halt aus allem heraus, sogar aus einer maßgeschmiedeten Ritterrüstung.

Vier Jahre darauf sollte das nächste Turnier in Stuttgart stattfinden. Im selben Jahr dann auch noch eins in Ingolstadt, ein Jahr später war Onoltsbach im Frankenland der Austragungsort der großen Ritterspiele, zwei Jahre darauf Bamberg, im nächsten Jahr Regensburg, und ebenfalls in diesem Jahr 1487 gab es das letzte große Turnier überhaupt, diesmal in Worms. Bei diesem letzten Aufflackern der alten Ritterherrlichkeit waren noch einmal zwei Handschuhsheimer dabei. Doch gerade in dem Jahr interessierte den alten Diether kein Turnier mehr. Aber halt, so weit sind wir noch nicht.

Diether fand seine Zeit immer sonderbarer. Heute würde man dazu sagen: Der Mann wird sonderbar. Daß überall von Druckerpressen die Rede war, von gedruckten Büchern frommer und anderer Art, verrückt so was – er war zeitlebens ohne ausgekommen. Und er konnte auch jetzt noch nichts damit anfangen. Für diese Modetorheiten noch lesen lernen? Nein! Er machte ja auch nicht die Mode mit, die aus dem Burgundischen gekommen war und jetzt überall die Höfe eroberte. Sollte er sich nun etwa in hautenge Beinlinge zwängen und mit einem hohen, spitzen Hut herumstolzieren? Nein. Das überließ er lieber den jungen Gecken am Hofe. Und die jungen deutschen Gretchen zeigten neuerdings ebenfalls Modisches: einen besonders weiten Ausschnitt am Oberkleid, und sie trugen dazu den Hennin, eine spitze Kegelhaube mit Schleier, sobald sie verheiratet waren.

Ja, bleiben wir einen Moment beim deutschen Gretchen. Der Maler Martin Schongauer aus Colmar stach die heilige Margarethe in Kupfer, wie sie graziös auf dem bezwungenen Teufel steht, den sie an die Kette gelegt hat. Andere

Margarethes waren weniger erfolgreich im Kampf mit dem Satan, wie die Geschichte um Johannes Faust gezeigt hat, der gerade erst geboren und noch kein bißchen unheimlich war.

Für zwei Margarethen wurde das Jahr 1483 zum Schicksalsjahr: Margarethe Luther ging in Eisleben mit ihrem Sohn Martin schwanger. Ein gutes halbes Jahr vor ihrer Niederkunft, nämlich am Gründonnerstag, starb im fernen Handschuhsheim Margarethe von Frankenstein, Diethers Frau, die im Franziskanerkloster in Heidelberg begraben wurde.

Und ob das eine – über die zufällige Namensgleichheit hinaus – etwas mit dem anderen zu tun hat! Diese beiden Ereignisse läuteten das Ende der Geschichte ein, die hier erzählt wird: Das Ende des Mittelalters und das Ende des Ritters Diether von Handschuhsheim. Denn so sehr er sie vernachlässigt hatte, seine Margarethe, jetzt fehlte sie dem alten Ritter.

Ein anderes Ereignis, von dem noch keine Kunde nach Deutsch-Südwest gedrungen war, gehört ebenso zu diesem Jahr 1483: Am Hof des Königs von Portugal, dessen Schiffe überall auf fremden Meeren kreuzten, holte sich ein Abenteurer namens Christoph Columbus eine Abfuhr: Er wollte nach Westen segeln und auf diese Weise nach Indien gelangen und damit beweisen, daß die Erde eine Kugel ist.

»Das ist mir nun wirklich zu verrückt«, beschied ihn König Johann II. Und Columbus blieb nur, dagegen aufzutrumpfen: »Dann werde ich die spanischen Majestäten bitten, mir ein Schiff zu stellen, und mein Erfolg wird sich mit deren Namen verbinden, nicht mit Eurem, Majestät.«

Davon – wie gesagt – ahnte man in Handschuhsheim natürlich nichts. In der Hauptstadt Heidelberg übrigens auch nicht. Es gab ja andere Aufregungen genug. Die Pfarrer verkündeten es wortreich von den Kanzeln herab. Aber was kümmerte Diether von Handschuhsheim jetzt noch die päpstliche Bulle gegen das Hexenunwesen. Davon wollte er partout nichts hören. Auch nichts von dem Buch, das zwei besonders verbissene Hexenverfolger geschrieben hatten und das Hexenhammer hieß. Unangenehme Themen für Diether. Wenn auch der Hexenhammer nur von der Hexerei der Frauen sprach, von ihrer abgrundtiefen Verderbtheit und maßlosen Triebhaftigkeit, nicht aber von dem, wie es in ihm aussah. Diether von Handschuhsheim wirkte jetzt oft abwesend. Hätte er einen Fernseher gehabt, er hätte wohl nur noch davor gesessen und alles und nichts gesehen.

Statt vor dem Bildschirm saß er nun sehr oft im Freisitz über der Burgkapelle und starrte gedankenverloren in die Ferne, Stunde um Stunde. Das ließ den alten Handschuhsheimer fast schon zu einem Symbol dafür werden, wie wir alle irgendwann mitten im großen Rennen steckenbleiben: für das eine zu früh gekommen, für das andere zu spät. Aber wer denkt schon an so was, wenn er einen alten Mann dösend dasitzen sieht.

Der Ritter und Hofmann Diether V. von Handschuhsheim nahm einfach nichts mehr wichtig außer sich selbst. Reichlich spät erst war er darauf gekommen. Aber immerhin. Damit war er nun fast so was wie ein Schüler des berühmten französischen Magisters Petrus Abaelard, der den Weg zu sich selbst propagiert hatte. Doch hatte Diether davon nie was gehört. Philosophie gehörte ja nicht in den Kopf eines Ritters. Zudem war dieser Meister Abaelard schon dreihundert Jahre tot. Was kann der einem noch sagen, hätte der alte Handschuhsheimer gesagt. Wenn Diether überhaupt je von ihm gehört hatte, dann nur, daß dieser hochgelehrte Mann eine Nonne entführt und entjungfert hatte und daß er dafür von deren Onkel entmannt wurde. Eine tolle Geschichte! Natürlich, mit so einem Hintergrund wird ein Philosoph sogar fürs Volk interessant.

Von einem anderen, ebenso bedeutenden Philosophen hatte Diether ebenfalls nichts mitgekriegt, obwohl der ein Zeitgenosse von ihm war. Ich meine Nikolaus von Kues, den Moselaner, der Kardinal und Fürstbischof von Brixen in Südtirol wurde. Der Mann hätte dir gefallen, Diether. Denn er sprach dich in seiner Philosophie direkt an: »Du, das absolute Sein von allem, bist so bei allem, als hättest du keine Sorge für etwas anderes. Dies kommt daher, weil jedes Wesen sein Sein allen anderen vorzieht.«

Wahr, wahr. Nur schade, der Kusaner war nun auch schon gestorben. Und seine Schriften lesen, das konntest du ja nicht. Da hätte dir nicht einmal eine etwas klarere Ausdrucksweise, in die ich seinen Ausspruch hätte übersetzen können, genützt. So standest du trotz der einzelnen im sogenannten finsteren Mittelalter aufscheinenden Lichtblicke mit deinem Ich im Dunkeln. Zwei deiner Kinder waren schon gestorben, aber du schautest auf deine Söhne Diether und Andreas und konntest dir sagen: »In ihnen lebe ich weiter.« Das heißt, wenigstens die Volksausgabe des gefundenen Lebenssinnes war dir gewiß.

Alter Graukopf, jetzt da du allen Anlaß hättest, dir einen prächtig verzierten Helm überzustülpen, jetzt bleibst du barhäuptig, zeigst dich, wie du bist: Das Grau über wie unter deiner Hirnschale gleich belanglos. Wo sind deine stolzen Farben geblieben? Wo das Blau, das Silberweiß, das Rot? Grau streckst du die Waffen vor dem Restleben. Grau, das ist die Farbe der Aufgabe, weinerliche Demonstration der Bereitschaft abzutreten. Grau geworden sind deine Gedanken von dem Jammer, daß sie alle schon gestorben sind, die dich groß erlebt hatten. Die Waffengefährten, die deinen Ruhm weitertragen sollten. Die Geliebten, die das schöne Andenken an dich hätscheln sollten. Schon längst unter den Toten dein Vormund Heinrich IV. und deine beiden Onkel Henne und Hartmann. Nicht einmal der Kurfürst, dein Freund, und auch nicht Margarethe, deine Frau, können noch groß von dir sprechen – die beiden, die dich am besten gekannt, die miterlebt haben, wie stark, wie geschickt und umsichtig du manches Mal warst.

Sogar deine Tochter Dorothea und deinen Sohn Wilhelm hast du schon beerdigen müssen. Ja, wahrhaftig, mitten im Leben sind wir vom Tod umgeben, wie der alte Pfarrer von Handschuhsheim immer sagte. Wenn er nicht zur Abwechslung den Spruch brachte: »Sic transit gloria mundi«, womit er nichts anderes sagen wollte. Jetzt sind also nur noch deine beiden Söhne Diether und Andreas um dich und etliche Geschwisterkinder. Die wundern sich über den wunderlichen Alten, von dem sie niemals groß denken, groß sprechen können, weil sie für sein Leben zu spät gekommen sind. Ja, die Jungen sind zu spät, aber die Alten haben den Schaden davon ... Was sich weiter ausführen ließe, doch genug von dem Lamento.

Das, was sich in dem dösenden alten Ritter abspielte, das ist die immer wieder gleiche Tragödie der Alten. Dieses letzte Rumoren in den grauen Zellen – als ob es die ganze Erscheinung mit seinem Grau überziehen wollte.

Daß man Maximilian von Österreich zum neuen deutschen König gewählt hat, wird dem Alten erzählt. Dazu sagt er nur: »Na und?«

Er kann ja nicht ahnen, daß dieser Maximilian viel später einmal den Titel bekommt, der eigentlich ihm, Diether V. von Handschuhsheim, zusteht: »Der letzte Ritter.«

Daß für die Zeit der Königswahl ein im ganzen Reich geltender Landfriede ausgerufen wird, bedeutet ihm ebenfalls nichts. Diese zeitweiligen Verbote der Fehde hatte es ja schon öfter gegeben. Sie bedrohten den, der dagegen verstieß, mit Strafen an Leib und Leben. Aber grundsätzlich ändern konnten sie doch nichts an der allgegenwärtigen Gewalt, an der allgemeinen Angst. Diether hatte sich zeitlebens klug und gerissen aus dem Fehdeunwesen herauszuhalten gewußt. Er hatte die von seinem Urahn unwillig vollzogene Auswechslung des Fehdehandschuhs gegen den Abtshandschuh auf dem Schild der Familie in seinem Leben Wirklichkeit werden lassen. Der permanente kleine Krieg, der schreckliche Kampf aller gegen alle, der alltägliche Mord und Totschlag, dieses eigentliche Erbübel des ganzen Mittelalters, das war nicht sein Metier gewesen. Diether von Handschuhsheim war kein Schlagetot alter Schule, er war noch der alte, edle Ritter. Und gleichzeitig war er der Vorläufer der modernen Geheimdienstler.

So hätte ihn auch nicht gestört, was man neun Jahre später Sensationelles von dem neuen deutschen König hören würde, nämlich daß er den Ewigen Landfrieden verkündete: endgültig Schluß mit dem Recht zur Fehde! Das war nun wirklich ein Faktum, das das Geschlecht derer von Handschuhsheim betraf – wenn auch nicht mehr den fünften Diether.

69. Kapitel

Welcher Wunsch des sterbenden Ritters schließlich von all seinem Wünschen und Hoffen übriggeblieben ist

Das Jahr 1487 wurde ein Jahr der Hoffnung. Zum einen war da der Wunsch des Königs von Portugal, nun doch endlich einen Seeweg nach Indien zu finden, zum Paradies der Gewürze und Seiden und anderer Schätze. Seine Seeleute schipperten seit Jahren an der afrikanischen Westküste entlang, immer rauf und runter, wie Fliegen an der Fensterscheibe. Es muß doch irgendwo einen Durchlaß geben, stöhnten sie. Aber es gab keinen. Immer weiter nach Süden drangen sie vor, doch immer lag Afrika als ein schier endloser Riegel vor dem ersehnten Osten. Dann aber, in einem heftigen Sturm, wurde der portugiesische Seefahrer Bartolomeo Diaz plötzlich um die Südspitze Afrikas herumgewirbelt, ohne daß er überhaupt wußte, was er geschafft hatte. Er hatte den Weg nach Osten gefunden. »Kap der Stürme« nannte er die Spitze Afrikas, als er sie plötzlich hinter sich sah und sich von dem Unwetter erholt hatte. Sein König war nicht so prosaisch, der taufte diesen Wendepunkt der Geschichte in »Kap der Guten Hoffnung« um.
Manche Historiker sagen, mit Bartolomeo Diaz und Christoph Columbus, mit Johannes Gensfleisch, genannt Gutenberg auch, ende das Mittelalter. Das Mittelalter sei die einzige Epoche mit uns bekanntem Anfang und Ende. Auffassungssache! Wir können uns mit gleichem Recht darauf einigen, daß das Mittelalter bis heute dauert, warten wir doch immer noch auf das Ende des Mordens und Leidens, auf das Ende des Wahns und aller Verführung und Unterdrückung durch Wort und Gewalt. In wie vielen Ländern

der Erde herrschen heute noch genau die Zustände, die wir Mitteleuropäer vom Mittelalter her kennen, nur daß die Bewaffnung der Marodeure moderner geworden ist. Um so schlimmer.

Es spricht einiges für die Annahme, daß erst jetzt, am Ende des 20. Jahrhunderts, das Mittelalter endet. Wenn wir als Indikator den allgemein verbindlichen Moralmaßstab sehen, nach dem unsere Vorfahren handelten, dann müssen wir zugeben: Er hat sich als Restethik bis heute gehalten. Aber jetzt lösen sich die westlichen, modernen Gesellschaften von dem positiven Vorurteil: Das kann man nicht tun. Ist doch unübersehbar, daß beispielsweise die Überlegenheit der japanischen Wirtschaft vor allem darauf beruht, daß sie ihren krassen Eigennutz wie die Verfilzung mit den führenden Politikern und mit Verbrechersyndikaten nicht mühsam zu kaschieren braucht. Denn in der japanischen Gesellschaft gibt es nicht dieses Vorurteil, alles müsse ethisch gerechtfertigt sein.

Auch in den westlichen Ländern sind Wirtschaftsführer und Politiker neuerdings immer öfter nicht mehr bereit, allein aus Rücksicht auf die noch vorhandenen Ethikreste auf die Vorteile von Korruption jeder Art zu verzichten. Das erst ist das eigentliche Ende des Mittelalters: Jetzt wird das Visier geöffnet, jetzt legt man die prächtige Rüstung des heiligen Georg ab, und das heißt: Jetzt hebt ein Hauen und Stechen an, das wir ohne diesen Schutz durch allgemeinverbindliche Verhaltensnormen bestehen müssen. Die allgemeine Gewissenlosigkeit triumphiert. Womit uns eine neue Variante der Pest eingeholt hat. Und das Tückische an dieser Epidemie ist, daß jeder, der auch nur von diesen Krankheitsfällen hört, sofort der Meinung ist, daß er der Dumme sei, wenn er allein sich noch an überlieferte Moralvorstellungen hält. Womit er schon infiziert ist.

Jedenfalls war für unsere Vorfahren das sogenannte finstere Mittelalter nicht zu Ende, denn sie konnten sich natürlich nicht vorstellen, daß allein durch die fernen Seereisen und den Buchdruck mit beweglichen Lettern eine ganz neue Zeit angebrochen wäre. Können wir Heutigen uns das denn vorstellen angesichts von Äußerlichkeiten wie Weltraumfahrt und elektronischer Kommunikation? Kaum. Bleibt der Mensch sich doch gleich in seinen Bedürfnissen. So fremdartig damals den Eroberern die Eingeborenen vorkamen, auf die sie trafen, so erwiesen sich diese sonderbaren Wesen doch bald als aus demselben Lehm gebildet wie die Eroberer. Und ob uns der Weltraum demnächst wirklich mit andersartigen Lebewesen konfrontieren wird, die wir nicht einfach als Tiere abtun können, das ist noch die Frage. Das gäbe uns dann die Chance, endlich klarer zu sehen, was im Vergleich dazu der Mensch ist.

Bleiben wir noch einen Moment auf unserer alten Erde: Der Burgherr Diether fühlte sich sterbenselend, obwohl er nicht mit dabei war, im Sturm auf dem Schiff von Bartolomeo Diaz. Er war schwer krank – ein Leben lang die Kälte und Nässe des Burggemäuers wie des Feldlagers –, und er hatte keine Hoffnung mehr auf Besserung. Mehr als ein halbes Jahrhundert auf den Schultern, das drückte, das erdrückte ihn fast. Ein letzter Besuch noch bei dem jungen Kurfürsten, ein letzter Besuch dann auch noch in der Klause, bei der ehrwürdigen Mutter mit den Apfelbrüstchen, und bei seiner Tochter Augustine. Nein, er würde sich nicht ihrer Pflege anvertrauen, nicht mehr nötig. »So lange geht es doch nicht mehr mit mir«, zeigte er sich als überlegener Realist.

In Wahrheit wollte er nur in seiner Burg sterben, und das im Beisein der Menschen, die ihm dafür wichtig waren. Nur noch schnell ein paar letzte Dinge regeln. Das waren vor allem einige großzügige Vermächtnisse zugunsten der Augustinerinnenklause, würde dieses Kloster doch als sein Denkmal ihn überdauern und ewig von seiner Großherzigkeit künden. Dachte er. Und droben im Himmel würden seine Vermächtnisse ja wohl auch nicht unbemerkt bleiben. Glaubte er.

Diether V. von Handschuhsheim hatte es gerade noch geschafft, sich noch einmal heimlich und allein in den Keller unter der Burgkapelle zu schleppen. Auf einmal war er ver-

schwunden. Doch als er aus der Unterwelt wiederauf-
tauchte, schien er allen sehr verändert.

»Nun geht es ans Sterben«, sagte er beinahe tonlos. Die Familie nahm es sonderbar gelassen zur Kenntnis. Seine
Söhne waren so ganz anders als er. Nur noch gut leben
wollten sie, den Tag genießen, sich ihres Lebens freuen.
Sein Stammhalter, Diether, zeigte so wenig Begeisterung
für das ritterliche Leben, für die Vorbereitung auf den
ständigen Kampf, wie der andere Sohn, Andreas. Dabei
war Diether beinahe achtzehn Jahre alt, beinahe mündig,
aber ohne alles Verlangen nach dem Ritterschlag.

Das und daß der Junge nur beinahe mündig war, beunruhigte den alten Vater. Deshalb bestellte Diether zur Vorsicht noch schnell zwei Vormünder für seinen Sohn: seinen Vetter Dam und, aus der Familie seiner Frau, Conrat
von Frankenstein. Dann war da noch etwas zu erledigen,
wofür er seinen Vetter Dam sehr dringlich zu sich bat, außerdem den Pater Paulus aus dem Allerheiligenkloster.
Dam war sofort zur Stelle. Der alte Pater eilte ebenfalls sofort herbei, obwohl ihm der Weg den Berg hinab schwer-
fiel.

Es war inzwischen recht leer geworden in den beiden Klö-
stern auf dem Heiligenberg. Gerade noch eine Handvoll
Mönche war übriggeblieben, lauter sehr alte Männer, die
mehr wehmütig zurückschauten als beteten und sangen.
Sie hatten schon lange keine jungen Männer mehr in ihre
Gemeinschaft aufnehmen können. Die Menschen
rundum kümmerten sich ja mehr um den Satan als um
Gott.

Der blasse Gott aus dem fernen Kleinasien, der nicht
wollte, daß man sich ein Bild von ihm machte, zog im Wettbewerb mit den Teufeln in tausend Gestalten ganz offensichtlich den kürzeren. Hexenwahn, Satanskult und Dä-
monenglaube, die Kehrseite des christlichen Wunderglau-
bens, glänzten weit heller als Gott mit all seinen Heiligen.
Als ob die Leute, wenn es auf eine Zeitenwende zugeht, die
ihnen gebotene Heilsmedaille argwöhnisch umdrehten.
Die Klostergebäude auf dem Heiligen- oder Allerheiligen-

berg – das war nun auch schon egal – verfielen, und der Abt in Lorsch zeigte kein Interesse, die beiden Tochterklöster zu erhalten. Die da so viele Tage des Jahres in Nebel und Wolken lebten, doppelt eingesperrt durch ihr Gelübde und die Natur, die fühlten sich deshalb wie die letzten Überlebenden auf einem steuerlos dahintreibenden Schiff, dem Untergang geweiht. Und nichts mit Kap der Guten Hoffnung.

Es war am St.-Markus-Tag, also am 25. April dieses Jahres 1487. Unser alter Diether war wie waidwund durch die Burgkapelle geächzt, die enge Wendeltreppe hinab und hinein in den kleinen Raum unter der Kapelle. Bei ihm sein Vetter und der Pater, die ihm nur zögernd gefolgt waren. In dem engen Keller standen die beiden ihm nun gegenüber, in dem völlig leeren, kleinen Raum mit den kahlen Wänden, und sahen sich verwundert an und um.

»Ich sehe es an Eurer Nase, Diether, Ihr habt mich hergebeten, damit ich Euch die Beichte abnehme und Euch auf einen ruhigen Tod vorbereite. Ich habe das Fläschchen dabei für die Letzte Ölung. Also: Euch kann geholfen werden. Nur, warum müßt Ihr dafür mich alten Mann vom Berg herunterholen, statt Euern Pfarrer zu bitten? Und was soll Euer Vetter Dam dabei?«

»Euch, Pater Paulus, brauche ich, weil Ihr der Hexenpater Eures Ordens seid. Und gnade Euch der Himmel, wenn Ihr nicht mehr dabeihabt als Euer Ölfläschchen. Meinen Vetter aber . . .«, wollte Diether seine Erklärung fortsetzen. Doch wurde er von Pater Paulus unterbrochen:

»Oh, braucht Ihr ein Hexenpülverchen? Oder gar eine junge Hexe fürs Bett? Wie einst König David, als er nur noch fror? Ihr wollt eine schöne Abischag von Schunem haben? Ja, wer von uns alten Knaben sehnte sich nicht nach so einer Wärmflasche im Bett. Dann könnt Ihr Euer Kyrieeleison anstimmen. Dazu braucht Ihr nur ein feines Philtrum, einen Liebeszauber, dem die Schönste nicht widerstehen kann. Ja, wenn es nur das ist. Aus Taubenblut und gemahlenen Froschknochen, Sperlingsleber und Katzenmark einen gar köstlichen Sud, mit der Zunge des

Wendehalses und Schwalbenherzen darin, zerstoßene Eidechsen auch und ein wenig von dem Häutchen auf der Stirn eines neugeborenen Fohlens, dieses alles wohlbereitet für die Suppe Eurer Liebsten, das kann ich Euch bieten. Oder soll ich vielleicht einen bösen Geist austreiben?«

»Wartet nur ab, Pater, und laßt mich Euch beiden alles der Reihe nach und in Ruhe berichten. Es geht um den Fluch unseres Geschlechts oder den Segen, wie immer man es nennen will. Ich muß das Geheimnis aussprechen, ehe es mit mir zu Ende ist. Jeder unseres Geschlechts muß es an seinen ältesten Sohn oder, wenn der noch minderjährig ist, an dessen Vormund weitergeben, und zwar unmittelbar vor seinem Tode.« Klar, daß er nach dieser Einleitung aufmerksame Zuhörer hatte.

»Mein Vater«, fuhr Diether fort, »hat meinem Vormund, meinem Oheim Heinrich, damals im Lothringischen am Abend vor der Schlacht, in der er den Tod fand, das Geheimnis unseres Geschlechts und unserer Burg geoffenbart. Mein Vormund hat es mir am Abend vor meinem Ritterschlag weitergegeben. Er hat mir gesagt, was ich jetzt dir sage, Dam, dem Vormund meines Sohnes Diether. Und du mußt es dir gut merken, weil du es genauso meinem Sohn sagen mußt, sobald er mündig ist. Nicht früher, aber auch nicht zu spät darfst du den Mund aufmachen.«

Und noch ehe sein Vetter den Mund aufmachen und fragen konnte, woher er denn den richtigen Zeitpunkt wissen solle, hieß Diether ihn mit einer müden Geste zu schweigen. Dann wies er auf die Wand gleich rechts neben dem Eingang, vor die er sich bei jeder Gefahr knien müsse, um dreimal mit der Stirn gegen das Mauerwerk zu schlagen und die Worte Hilfe, Hilfe, Hilfe zu sprechen.

»Wenn es dabei hohl dröhnt, dann ist für dich keine Gefahr. Hörst du aber ein ungewöhnliches Klirren und Rasseln, dann weißt du, daß der Tod dich schon an der Hand gefaßt hält. Dieses Klirren und Rasseln habe ich gestern gehört. Deshalb sind wir jetzt an diesem Ort versammelt.«

»Aber was habe ich damit zu tun?« wurde der Pater ungeduldig, weil Diether so langsam sprach.

»Wartet nur ab, Pater. Ihr werdet sehen, Ihr habt heute die wichtigste Aufgabe.« Und setzte dann seinen Bericht fort: »Der Vater meines Großvaters, unser Ahnherr Diether III., war ein wilder, ein schrecklicher Mann. So edel und vornehm sein Vater gewesen war, Diether II., der Truchseß Kaiser Ludwigs des Bayern, der Sohn war genau das Gegenteil. Er mochte sich mit keinem Menschen vertragen, weshalb ihn alle Leute fürchteten. Dieser Diether fand immer einen Grund, einem anderen die Fehde anzusagen. Kein Mensch war davor sicher, seinen Fehdehandschuh vor die Füße geworfen zu kriegen. Der mit dem Handschuh, hieß es nur immer voller Furcht. Dieser Diether baute den Sitz seiner Väter erst zu der stattlichen Burg aus, die wir heute bewohnen und die meine Frau Margarethe selig eine Maulwurfsburg nannte. Ja, sie ist eine Maulwurfsburg, und der sie sich so gebaut hat – anders als jede andere Burg rundum –, dieser Ahnherr Diether III., der hatte wahrlich Grund, sich so in die Erde einzugraben. Ja, er gehörte in die Erde. Und das nicht nur, weil er mit jedem in Feindschaft lebte. Das störte zwar die Leute, nicht aber ihn selbst. Er hatte seine helle Freude daran. Denn er wußte, daß er immer siegen würde, hatte er doch mit dem Teufel einen heimlichen Bund geschlossen und mit seinem eigenen Blute besiegelt. Deshalb war das Kämpfen, das Siegen seine Lust. Nicht einmal das Gottesurteil, der Zweikampf vor Gericht, hatte ihn schrecken können. Er hat auch diese Probe, als man ihn dazu gezwungen hatte, bestanden. Als wäre er der Erzengel Michael selbst. Er blieb in jedem Kampf der Sieger. ›Da ist der mit dem Handschuh daheim‹, sagten die Leute deshalb ahnungsvoll und voller Scheu und machten einen weiten Bogen um unsere Burg. ›Da ist der mit dem Handschuh daheim‹, das wurde zu einem Schreckensruf in aller Munde und so zu unserem Namen – erst verachtet, heute aber hochgeehrt, weil wir immer erfolgreich waren.«

»Aber ich verstehe immer noch nicht«, unterbrach ihn Dam, »wann ich denn . . .«

Doch Diether bedeutete ihm zu schweigen und zuzuhören. »Als unser Ahnherr Diether III. diesen Turm neben das

Burgtor baute, da ergab es sich, daß er gerade wieder einen Feind in wilder Fehde besiegt hatte. Kein Geringer soll das gewesen sein. Aber wie er hieß, das festzuhalten schien den Zeitgenossen unseres Ahnherrn zu gefährlich. Der wilde Diether stellte dem bezwungenen Gegner seinen Fuß auf den Nacken, doch er schlug ihm nicht den Kopf ab, wie es ja sein Recht gewesen wäre, sondern sagte, daß er ihm das Leben schenken werde. Doch er schenkte das Leben des Besiegten gleich anschließend dem Satan. Um den Teufel und das ganze Heer der Dämonen günstig zu stimmen, ließ er den unterlegenen Ritter in voller Rüstung lebendig einmauern, direkt unter der Schwelle der Burgkapelle stehend. Dafür sollte der Teufel seine Burg und alle, die darin leben, auf ewig beschützen. Dafür versprach ihm der oberste der Teufel, Beelzebub, daß er ein langes Leben haben werde, ein Leben voller Siege, und daß er sich in jeder Gefahr bei diesem eingemauerten Ritter Auskunft holen könne, ob er überleben werde oder sterben müsse.«

Der alte Burgherr machte eine Pause. Und das nicht nur, weil ihn das viele Sprechen anstrengte. Auch nicht, damit seine beiden Zuhörer sich von der Überraschung erholen könnten, in die sie das Geheimnis des eingemauerten Ritters gestürzt hatte. Nein, Diether hatte einen Verdacht. Schon länger hatte er den, und er überlegte, ob er diesen Verdacht aussprechen oder besser für sich behalten sollte. Weil er damit doch nie übers Fragen, Fragen, Fragen hinausgekommen war. Was, überlegte er immer nur, wenn mein Ahnherr Diether III. gar nicht einen überwundenen Gegner hier hätte einmauern lassen? Wenn er diesen Schacht vielmehr zu seinem eigenen Grab bestimmt hätte, in das man ihn hineinstellen sollte, in voller Rüstung, sobald er gestorben wäre? Und er hätte die Geschichte von dem Teufelspakt nur erfunden, um immer und ewig in den Gedanken seiner Nachkommen zu bleiben? Fragen, auf die Diether nie eine Antwort gefunden hatte.

Auch diesmal kam er nicht über die lästige und fruchtlose Fragerei hinaus. Denn schon unterbrach ihn Pater Paulus:

»Aber wenn Ihr Euch so einig seid mit dem Teufel, Diether, was kann ich als Hexenpater Euch dann noch Gutes tun?«

In diesem Augenblick fuhr ein scharfer Luftzug durch den Keller, der die Kerze in dem Blaker ausblies, den Dam in der Hand hielt. Dunkel plötzlich und der brenzliche Geruch des verglimmenden Dochtes. Dazu ein Rasseln und Klirren, als ob der eingemauerte Ritter seine steifen Glieder schüttelte oder heraussteigen wollte aus der Wand. Diether hörte es ganz deutlich. Da war er nicht länger nachdenklich, da gab er auch nicht mehr zögernd seine Geheimnisse preis. Plötzlich brach es aus ihm heraus:

»Mich retten sollt Ihr, Pater! Mich retten! Denn nun ist mein Leben zu Ende. Schluß mit dem Siegen. Meine Seele ist dem Satan verfallen, zu ewiger Höllenpein verdammt. Das ist der Preis für die lebenslange Hilfe des Teufels. Und nur Ihr könnt mich aus seinen Klauen befreien.« Und sobald sich Diether an seinen Plan erinnerte, an das in langen, einsamen Stunden Ausgeheckte, wurde er ganz ruhig, ganz kühl. Dabei packte er den alten Mönch an seiner Kutte: »Weil Ihr, Pater Paulus, jetzt hier bei mir seid, in meiner Todesstunde, deshalb kann ich gerettet werden. Es soll Euer Schade nicht sein, Pater. Zu einem Drittel habe ich unseren Herrn Jesus zum Miterben eingesetzt. Und ich habe Euer Kloster mit einem großzügigen Vermächtnis bedacht. Mein Vetter Dam wird es Euch auszahlen. Aber erst soll er laufen und ein Licht holen! Kerzen, viele Kerzen! Wenn Ihr jetzt all Eure Kunst einsetzt, Pater, das Kreuz, das ihr umhängen habt, und Eure feinen Pülverchen und Kräuter und Bannsprüche, Segen und Gebete auch, dann kann der Teufel mich nicht holen.«

Der Pater, heiser vor Schreck: »So wollt Ihr Beelzebub, den obersten der Teufel, um seinen verdienten Lohn prellen, Diether?«

»Ja, das will ich.«

»Und Ihr glaubt, der Satan läßt sich das bieten und bleibt Eurem Geschlecht doch weiterhin gewogen?«

»Ja, das glaube ich. Hat der Höllenfürst sich das doch bieten lassen müssen von meinem Vater und von dessen Vater und von unserem Urahn Diether III. selbst, der den Pakt mit ihm geschlossen hat. Sie alle haben in ihren letzten Atemzügen ihre Seele gerettet. Es blieb dem Satan ja immer noch die Hoffnung, daß er die Seele des Sohnes in seine Fänge kriegt – und sie nicht verliert. Und mit dieser Hoffnung soll er auch jetzt sich zufriedengeben müssen. Doch nun ans Werk, Pater! Ich fühle, es geht mit mir zu Ende. Stellt Kraut und Knochenwerk zusammen! Ich habe genug von dieser Welt, genug auch von Handschuhsheim, ich will endlich in den Himmel!«

INHALT

69. Kapitel

Welcher Wunsch des sterbenden Ritters
schließlich von all seinem Wünschen und Hoffen
übriggeblieben ist

379

Es darf gelacht werden. Gelacht? – Wo es doch um die Bibel geht?

Walter Laufenberg

Im Paradies fing alles an

Die Geschichte von Adam und Eva und uns

HERBIG

All die schön-verstaubten und haarsträubenden Stories der Bibel, die ja so was wie die Basistexte unserer Kultur sind, in Walter Laufenbergs Paradiesbuch werden sie rücksichtslos vom Menschlich-Allzumenschlichen her gesehen und dadurch erst wirklich verständlich: Sex and crime auf Schritt und Tritt, umwerfend kenntnisreich erzählt, spannend — und zum Lachen.

Herbig